W9-AXE-325

文學新象 110

牡丹還魂記

Peony In Love

馮麗莎（Lisa See） 著
林維頤 譯

高寶書版集團

文學新象 110

牡丹還魂記

Peony In Love

作　　者：馮麗莎（Lisa See）
譯　　者：林維頤
總 編 輯：林秀禎
編　　輯：郭昕詠
出 版 者：英屬維京群島商高寶國際有限公司台灣分公司
Global Group Holdings, Ltd.
地　　址：台北市內湖區洲子街88號3樓
網　　址：gobooks.com.tw
電　　話：(02) 27992788
E-mail：readers@gobooks.com.tw（讀者服務部）
pr@gobooks.com.tw（公關諮詢部）
電　　傳：出版部（02）27990909　　行銷部（02）27993088
郵政劃撥：19394552
戶　　名：英屬維京群島商高寶國際有限公司台灣分公司
發　　行：希代多媒體書版股份有限公司/Printed in Taiwan
初版日期：2008 年 8 月

國家圖書館出版品預行編目資料

牡丹還魂記 / 馮麗莎(Lisa See)著 ; 林維頤譯 -- 初版. -- 臺北市：高寶國際出版, 2008.08
面； 公分.—(文學新象； TN110)
譯自：Peony in love

ISBN 978-986-185-208-9(平裝)

874.57　　97012469

contents

前言

明朝亡於西元一六四四年，起而代之的是大清王朝。在明末清初的三十年間，整個中國處於動亂時期。身處在動亂的時代，有的女人被擄，不得不與親人離散；有的得以依自己的選擇生活。那段期間出了許多女文人，她們寫詩、為文發抒她們的想法，並付梓出版。以懷春少女為題的著作是當時風行的潮流之一，至今仍流傳的作品，約有二十來部。

我是依照中國的年代紀元來作為本書的時間經緯。清朝的康熙皇帝，在位期間從西元一六六二年到一七二二年。湯顯祖所寫的《牡丹亭》是在一五九八年出版。陳同（在本書中化名為牡丹）生於一六四九年，談則生於一六五六年，錢宜生於一六七一年。這三位女性合著了一本評論《牡丹亭》的論著，名為《吳吳山三婦合評牡丹亭還魂記》。這本在一六九四年出版的著作，是世界上第一部女性批評文學的著作。

情不知所起，一往而深。生者可以死，死可以生。生而不可與死，死而不可復生者，皆非情之至也。夢中之情，何必非真?天下豈少夢中之人耶！必因薦枕而成親，待掛冠而為密者，皆形骸之論也。【編註一】

《牡丹亭》作者題辭　湯顯祖
萬曆戊戌秋（西元一五九八年）

花園

乘風

再過兩天就是我的生日。

睜開眼，我醒了過來。醒來的時間太早，睡在我床腳下的丫環仍高臥未起。我本應該罵她，可是我不想，因為我想自己一個人多回味一下我的興奮。

我愛極了《牡丹亭》這部戲曲。這部戲曲出了十三個版本，而我已經收集到其中的十一個版本。我平常愛躺在床上看女主角杜麗娘跟她的夢中情人怎樣破除萬難，最後有情人成眷屬。就在今晚，就在我們家後花園的戲台，即將要上演全本的《牡丹亭》，我將可以看到這齣戲。按理說，女子是不被允許看這齣戲的，可是從今天晚上開始，一連三個晚上，這齣戲將演到七夕。七夕也叫七巧節，是牛郎織女相聚的日子，也是我的生日。我父親邀請了幾戶人家來家裡一起過節。

柳兒坐起身，她揉揉眼睛，一見到我在看她，立刻從地上爬起，向我行禮福安。由於我心中充滿了期待，所以柳兒在伺候我沐浴、更衣、替我梳理頭髮的時候，我都比平常挑剔。我挑剔是因為我要自己看起來完美無瑕，我要我的一舉一動都是完美的。

女孩兒家到了十五、六歲都知道自己美不美，望著鏡中的那個人，我知道自己有多美。我的頭髮漆黑如子夜，柔順如緞，當柳兒替我梳頭髮的時候，我可以感覺到梳子從我的頭頂沿著背脊往下滑；我的眼睛形狀像柳葉；我的蛾眉秀氣得像書法名家的傑作；

而我細緻的臉頰上，有抹淡淡的粉紅，粉嫩一如牡丹的花瓣般。我的父母總是說我人如其名，因為我的名字就叫牡丹。我盡量讓自己的外貌與名字相符。我的唇飽滿柔嫩、蠻腰纖細，我的胸部已發育完全。我不會說自己是個自負的人：充其量我只是個典型的十五歲少女，一個知道自己長得美，但也有足夠智慧知道美貌是會隨時光消逝的少女。

我的父母很寵愛我，讓我受教育——非常高的教育。我過的是錦衣玉食的生活，而我受寵的程度，連我的貼身丫環都裹小腳。小時候我一直以為大家為七夕舉辦的聚會，是為我慶生，而大家也讓我這樣以為，從沒人糾正我，只因為我集三千寵愛於一身。

我深吸了口氣，然後愉悅地緩緩吐出。這將是我出嫁前在家裡度過的最後一個生日，我會好好享受每一刻。

離開了閨房，我走向祠堂，去向祖母的牌位上香。由於早上我花了太多的時間在打扮上，便匆匆祭拜了事，急著往飯廳走。裹著小腳的我走不快，可是我還是盡量地趕，因為我不能遲到。不過當我看到父親跟母親都還坐在面對花園的亭台上時，我的腳步慢了下來。既然娘還沒去，我自然就不用急了。

「大家閨秀是不能拋頭露面的。」我聽見娘這樣說。「我也擔心幾個弟妹。你是知道的，我從來不贊同女人家外出。這次為了這齣戲還讓外人進到內院……」娘噤聲不語。

我應該繼續往飯廳走，可是聽到事關今晚的戲，我的腳就定住了，再也邁不開步子。我閃身躲到一株紫藤的後面。

「不會有拋頭露面的事情發生，妳們又不會坐到男人的席間去。妳們將全都坐在屏風後面。」爹說。

「可是有外人。他們有可能看見我們露在屏風下的鞋子、襪子，我們的髮香味，或是身上的粉香味也有可能被他們聞到。還有，你什麼戲不好選，偏偏挑了個未出嫁的閨女不宜聽的戲曲！」

我娘是個很傳統的女性，凡事都依照規矩處理。滿清入關後，明朝流傳下來的許多規矩都被破壞，有很多名門淑媛歡歡喜喜離開她們的繡樓，搭坐畫舫遊湖，並寫下她們的所見所聞，還將她們的文稿出版。我娘很不認同她們的行為。她是個忠於已覆亡的明室，在某些方面她極為固執。當長江三角洲那邊的婦女，興起對婦德、婦工、婦容、婦言四德的重新定義時，我娘親對我耳提面命，要我牢牢記住四德原本的旨意。

「永遠要閉緊嘴巴。」她總是如此說，「如果有什麼非說不可的事情，切記要等到適當的時機才能開口，絕對不可以衝撞到任何人。」

我娘對這類細節很注重，她是個受「情」支配的人，所以她敏感、衝動、有愛心；相對的，我父親則是個被「理」支配的人，所以他能控制情緒，凡事用理性來思考、衡量，也因此他對娘如此憂慮陌生人的到來，很不以為然。

「我詩社那些朋友來時，也不見妳這麼嘀嘀咕咕、囉哩囉唆的。」

「他們來的時候，我女兒、姪女又不在後花園裡！所以根本不會有任何違禮的情況發生。還有，你幹嘛邀請其他那幾家人？」

「妳又不是不知道我為什麼邀請他們。」父親失去了耐性，聲音大了起來。「談大人對我很重要。好了，不要再說了！」

我看不到他們的臉，但是我可以想像在父親那聲厲斥下，娘的臉色肯定是蒼白的。我娘掌理府內大大小小的事務。在她的裙摺裡掛了好幾個魚形的鐵鎖鑰。

舉凡小妾犯了家規需要被關禁閉，或是染坊送來府上用的絲綢，多到需要另一間儲藏室，又或者是臨時需要一間房間移作食品的暫存處，娘就會找間空的房間置放，將門關鎖起來。另外，要是有僕人缺錢用，拿他們的東西質押貸款，娘也會另闢專房放置他們的物品。娘的戒律嚴明，被罰的人都心服口服。可是娘有個毛病，只要心裡一不痛快，她的手就會習慣性地撫摸那幾個鎖頭。

「他們看不到我們的女兒，也看不到我們的那幾個姪女的。」父親語氣轉為安撫。「一切都會按照禮數來。再說，這件事很重要，所有的細節我都格外仔細。我們這一次大開歡迎之門，說不定別人的門也會跟著打開。」

「你一定得為我們這個家打算。」娘最後說。

聽到這裡，我便匆匆走離。他們的這段談話，我聽得不是很懂，不過，我也不想懂。我只是想確定今晚的戲會照演，而我跟我的幾個堂妹會是全杭州第一群看到這齣戲的姑娘家。當然，我們不會跟那些男人坐在一起看。就跟我爹說的一樣，我們會坐在外人看不見的屏風後。

等娘進到春軒跟大家一起用早膳時，她已經恢復成平常的樣子。

「有教養的女孩子，吃飯絕對不會狼吞虎嚥。」經過我跟堂姊妹們的飯桌時，娘向我們訓示，「要知道將來妳們嫁入夫家，妳們的婆婆絕對不會喜歡妳們吃起飯來像隻飢餓的鯉魚，嘴巴張得老大。不過，話又說回來，待會兒客人來時，我們大家都得準備好去迎接他們。」

於是我們大夥兒連忙加快扒飯的動作，但同時又得保持大家閨秀的優雅模樣。

待僕人撤下飯菜，我走近娘的身邊。「我可以到前門去嗎？」我想去迎接客人。

「可以呀，在妳出嫁的那天。」她微笑著回答。每次我問了愚蠢的問題，她都會面帶那種笑容睇睨我。

我耐心地等，心知這會兒客人的轎子都已經進了陳府的大門，也已經被迎到偏聽奉茶。稍坐片刻後，僕人會把他們帶到手雅廳，我父親將在那裡接待來客；至於女眷，會被直接帶入後進，免得被男人看到。

終於聽到了鶯鶯燕燕的悅耳聲，是我娘的兩個姐妹跟她們的女兒，在此同時，我謹記母親的教誨：言談舉止得有大家閨秀的樣子。接著抵達的，是我幾位嬸嬸的姐妹，以及她們的女兒，然後是我爹的幾個朋友及家眷。這些女客中以談夫人最尊貴：她就是稍早我爹娘在爭執中提及的談大人的夫人。這位談大人最近才升了官，擔任清廷內務府掌儀司的主事。

這位談夫人長得高高瘦瘦，她的女兒談則則是一臉的好奇，一直左顧右看。一股嫉羨很快湧上我的胸口——我長到這麼大，連陳府的大門都還沒邁出去過，而她小小年紀竟能到外面跑，不知道談大人是不是經常讓他們家的女兒出門？

相互寒喧問好，交換過禮物、奉茶後，我們將客人帶到她們的房間，好讓她們卸下行李，簡單梳洗一番，脫下旅行的服裝、換上乾淨的衣服，然後大夥兒再到盛蓮閣。盛蓮閣是我們家女眷聚會、活動的廳堂。

盛蓮閣有著高高的天花板，有被漆成黑色的圓柱支撐，整體建築呈魚尾形；櫺格鏤花門窗一邊可以看到花園，另一邊可以看到滿池的蓮花。室內的中央有張供桌，供桌上放了一個小屏風，以及一只花瓶。屏跟瓶都是取「平安」中「平」的諧音。

大家坐定後，我看了看四周。我很高興我有先見之明，特地打扮了一番，因為在座的女子每個都穿著上好的絲綢衣裳，上面都繡了精美的圖案。在細細比較後，我不得不承認最美的是我的堂妹蓮兒。不過，她一向都是美麗的。事實上，每個女孩子都因為期待之後三晚的盛會，而洋溢著光彩。即使是我那個肥嘟嘟的掃把堂妹，看起來也比平時亮麗不少。

僕人端上甜點後，我娘宣佈開始刺繡比賽：這是她為三天演出安排的頭項活動。我們將自己的刺繡作品放在一張桌子上，由我母親一一檢視，評比誰的花樣最精緻，誰的女紅技巧最好。當她走到我的女紅前，她給了我中肯的評語。

「我女兒的刺繡有進步了。看看她是怎麼繡菊花的，」娘頓了頓，「這繡的是菊花吧？」我點點頭。「妳繡得很好。」她在我的額頭上印了一記輕吻。

只是，誰都可以看得出來我不會贏得這個刺繡比賽。這次不會，以後也不可能會。

到了傍晚，期間或是停下來喝喝茶，或是繼續進行另一個活動，大家的情緒無不興奮難耐。娘的眼睛掃過沒安份坐著的小孩子，掃過她們的母親，掃過雙腳晃搖的四嬸，掃過頻頻拉著領子的掃把；當她的目光掃向我時，我竭力端坐不動如山，兩手疊放在大腿上——可是我的心在飛揚，我好想跳起來，好想揮舞雙臂，呼喊出我的喜樂。

娘清清喉嚨，有幾個女人看向她，可是那股昂揚的騷動依然迴盪在室內。她再次咳嗽了一聲，手指甲在桌上扣了數下，然後開口吐出她婉轉的嗓音。

「從前有一天，灶神的七個女兒在一個池子裡沐浴的時候，有位牛郎跟他的牛來到了水邊。」

一聽到這個眾人耳熟能詳的開場白，室內安靜了下來。我向母親點了下頭，欽佩她的機智，用故事來轉移大家的注意力。我們聽著她敘述那個可惡的牛郎，如何惡劣地偷走那個最可愛的天女——織女——的衣裳，害她困在池子裡。

「夜晚的林子寒氣逼人，織女沒有辦法，只好強忍著羞窘去到牛郎家，去要回她的衣裳。織女心知只有一個方法能挽救她的名譽，她決定嫁給牛郎。接下來妳們猜發生了什麼事？」

「他們相愛了。」談夫人的小女兒談則大聲地說。

這個故事出人意表的轉折是在這裡，因為沒有人認為天女會愛上一個凡人。即使在人間，父母為他們的子女精挑細選最好的對象，也不見得小兒女們在婚後會是對愛侶。

「他們生了很多小孩，每個人都過得快快樂樂。」談則又說。

「然後？」我娘提示，她希望有別的小孩回應。

「然後天上的神愈來愈無聊，」仍是談則接話，「祂們想念織女，祂們想念她能把雲彩織成衣裳的能力，想要穿她織的衣服，祂們要她回去。」

我娘皺了皺眉。那孩子實在太失禮了！這個談則看起來差不多九歲大。記起她今天走進來時，並沒有人攙扶——或許，她的熱烈起因於她能再走路，可是她那個樣子實在有失家教！

「說呀，繼續說下去嘛。」談則催促。

母親頓了頓，然後繼續說下去，彷彿這裡並沒有一樁有失四德的事件發生。「王母娘娘降下玉旨，將織女跟牛郎帶至天上，然後她取下髮釵，化為一道銀河將他們隔了開來，這樣織女就不會怠工，王母娘娘又能有美麗的衣裳穿。每年的七月七日，神明允許人間的喜鵲用牠們的翅膀在銀河搭出鵲橋，讓牛郎跟織女見面。三天後，要是妳們到了深夜仍沒有睡，要是妳們坐在葡萄棚下仰望天上的月牙，妳們會聽到這對夫妻哭著互訴別離的苦。」

這是個挺浪漫的遐想，只是那一天我們不會有人單獨到葡萄棚下，至少對我來說，我就不會去。我一顆心只為《牡丹亭》充滿了期待。到底還要我等多久呀？

到了晚餐時間，大家回到春軒用餐。分桌的時候，自家姐妹跟自家姐妹一桌，表姐妹跟表姐妹一桌，可是談夫人跟她的女兒與在座其他人沒有任何親戚關係，談則卻大剌剌在我身旁坐下。我這一桌是閨女桌，她這一坐，就好像她不是小孩子，而是個年已及笄、很快就會嫁作人婦的少女。我知道如果我多招呼這位小嬌客，娘會很高興，可是當我表示出我的親切後，我後悔了。

「我要什麼我爹都會買給我。」談則驕傲地向我以及所有同桌者炫耀，她家可是比我們陳家還要富有。

我們才剛吃完飯，就聽到外面響起了鼓聲跟鐃鈸聲，通知大家該到花園去了。我想顯出我的從容，想要慢慢地走出去，可是事實上我卻是第一個到門邊的人。走出春軒，順著臨池的曲廊，我跨過了月門。音樂聲更清晰了。

我強迫自己放緩腳步，我得小心，絕對不能讓男客看到我。要是讓家人以外的男子看到，被責備事小，品格被烙上污點才是大事。只是放慢腳步，小心地前進，遠比我所認為的還要困難——戲就要上演了，而我連一秒都不想錯過。

到了為女性隔離出來的區域，我走向其中一個屏風，並在靠近它的位置，挑了其中一個坐墊坐下來，那個位置可以從屏風的縫隙看出去。透過屏風的縫隙，其實能看到的很有限，但是我已經心滿意足了。跟在我身後進來的婦人小孩紛紛找位置坐下。我太興奮，興奮得甚至不在意談則坐在我身邊。

為了找人演這齣戲，父親花了很多時間。他先是找了一個跑碼頭的八人劇團，團員都是男人。母親很生氣，因為戲子是社會階層中最低下的一級。除了找劇團擔綱外，他還找家丁、家奴、家婢擔任戲裡的要角。我的婢女柳兒即是其中之一。

「妳的這齣戲有五十五場，四百三十個唱段！」柳兒一臉敬畏地說道，彷彿我不知道似的。

上演全本的《牡丹亭》起碼得花十個時辰。可是無論我如何軟硬兼施，柳兒就是不肯告訴我爹究竟刪了哪幾場戲。

「老爺交待不能說。」柳兒拿著雞毛當令箭。

到了進入緊鑼密鼓排練的時候，不是叔叔找不到僕人幫他拿菸、填菸絲，就是嬸嬸要洗澡的時候沒人提熱水——我也是，因為柳兒飾演的，是戲份相當吃重的丫環春香。

音樂開始，負責開場的「末」上場敘述故事大綱，強調杜麗娘跟柳夢梅是經歷了三生，始得有情人終成眷屬。接著男主角上場，自述姓柳，因為某日夢見一位麗人站在梅樹下，醒來後，他就把名字改為「夢梅」。梅樹枝葉茂密，果實累累，象徵夢梅的天性是熱情的。我專注地聽戲，可是我的心已經飛向麗娘，焦急地等著她現身。

麗娘在名為《訓女》的第三折上場。她穿了一件繡著紅花的橘黃色絲袍，梳著高高的髮髻，頭上插著花朵跟蝴蝶頭飾，每走一步，那些裝飾就會輕輕搖晃。

「嬌養她掌上明珠，」杜夫人對她的丈夫唱道，接著轉向她的女兒。「……難道八字梳頭做目呼。」【編註二】

麗娘的父親杜太守回應，「古今賢淑，多曉詩書。假如刺繡餘閒，有架上圖書，可以寓目。」【編註三】

不久，杜太守為女兒請了一位老師。這一折演的是《春香鬧學》。這位教書的老師十分嚴厲，課堂上總是要求學生背誦教條。而那些教條我再熟不過。

「凡為女子，雞初鳴，咸盥、漱、櫛、笄，問安於父母。」

除了這些，還有笑不可露齒，走路要緩慢穩重，看起來得清純美麗，對長上必須孝敬，衣襬有綻線要用剪刀剪去線頭等，每天都會聽上一遍。

受不了這些課程的春香，要求老師放她離開去上廁所。當柳兒彎著腰，縮著身，兩手在小腹前絞動著，隔屏另一邊的男士們發出咯笑。看到柳兒的動作，我很困窘，可是又不能責備她，畢竟她只是遵照我父親的指示做而已。（令我驚訝的是，我爹怎會知道這種事？）

由於不自在，我將目光從戲台上別開，這個動作讓我看到了男人。他們大多數背對著我，只有少數幾人因為角度的關係，可以看到他們的側臉。我是個未出嫁的姑娘，依禮是不能細看的，然而我看了。過去的十五年，我一向循規蹈矩，不曾離經叛道，可是這會兒實在按捺不住好奇心。

我看到一位轉過頭去跟旁人說話的公子。他有著高高的顴骨，大而溫和的眼睛，頭髮黑得像洞穴，並且依滿清的律令剃髮，髮辮垂在一肩。他穿了件樣式簡單的深藍色長袍，抬起一手遮在嘴邊小聲地說話。僅僅是那樣的一個小動作，便給了我好些想法：思維周到、為人斯文優雅，是個喜愛詩的人；他笑了，露出了一口完美的皓齒，眼睛綻著愉快的光芒；他的優雅書卷氣讓我聯想到貓：修長、矯健、有教養、滿足、自在；他的俊美是種充滿男子氣概的俊挺。當他轉回頭去看戲台上的戲時，我這才驚覺到自己是屏著呼吸的。

我慢慢地吐氣，試著把注意力放回戲台上。這時春香小解完畢回到台上，並向她家小姐稟告自己發現了一座園子。

當我閱讀到這一段故事的時候，對於麗娘十分同情。她的生活是如此封閉，封閉到連自己家裡有座花園都不知道。此刻春香正在慫恿她的小姐去花園看名花異草，看亭台樓閣。麗娘非常好奇，可是她卻技巧地掩飾自己的想法，不讓她的丫環知道。

靜謐的氣氛被響亮的喇叭聲擊碎，宣佈接下來進入另一個折子——《勸農》。這一折演的是杜太守去到鄉間探訪民情，勸農人、村婦、採桑的、採茶的要努力工作，丑角上場做出翻滾、打跌、喝酒的動作，有人扮農夫四處地鋤呀犁呀，家奴、家婢們唱著、舞著、慶祝著鄉間的豐收。看到戲台上的表演，我對外面男人的樣子也有了具體的雛型：他們講話時肢體動作都很大，臉上都有著誇張的表情。還有，外面都很喧嚷。

我閉上眼睛，不去聽那吵雜的鑼鼓聲，試圖探索書頁裡的世界。我的心靜了下來。當我睜開眼，我一眼自屏風的縫隙看見先前看到的那位公子，他的眼是閉著的。他該不會感受到我所感受的吧？

有人拉扯我的袖子。我看向右邊，看見談則繃著一張臉，正盯著我看。

「妳在看那位公子？」她細聲地問。

我連眨了幾下眼睛，又做了幾次的呼吸，才勉強收斂心神。

「我也在看他。」她大言不慚地說。「我看妳應該已經訂親了。可我呢，我爹可還沒有替我訂親。」她睜著一雙犀利的雙眼看著我。「他總說現在世道很亂，婚姻這種終身大事不能太早決定，因為哪家會振興、哪家會中落還說不準呢！他說要是把女兒嫁錯郎，那可就糟糕透頂了。」

有沒有什麼辦法可以讓這個女孩的嘴閉上？我不怎麼和善地想。

談則瞇著眼從屏風的縫隙看出去。「我會要我爹去打聽一下那位公子的家世。」說得簡直像她真的可以挑選夫家似的！不知怎地，我的心中湧起忌妒跟憤怒，氣她居然想將那位公子據為己有。誠如談則所說，我是個已有婚配的姑娘家，跟那位公子當然是不可能的事，可是在這部戲上演的這三晚裡我也想要作作夢——夢自己也有個像麗娘那樣美好結局的夢想。

我把談則趕排出腦海，並讓自己回到台上的《驚夢》。這個折子演的是麗娘終於進入花園，她見識到她有生以來第一場花園錦簇的美景，看到了這樣的美景竟然長在無人造訪的地方，她感到惋惜，並覺得自己就像那座花園一樣：開滿奼紫嫣紅，卻無人欣賞。我完全了解她的感受，因為每當我讀到那些唱白的時候，都能夠從字裡行間體會到她的感受。

麗娘回到她的閨房，換上一件繡了牡丹的袍子，然後坐在鏡前，打量著自己的美貌，一如早上的我一樣。

「可惜妾身顏色如花，豈料命如一葉乎。」她唱著，表達春色的惱人，以及光陰的飛逝。「常觀詩詞樂府，古之女子，因春感情，遇秋成恨，誠不謬矣……忽慕春情，怎得蟾宮之客？……想幽夢誰邊？這衷懷那處言！」

接著，杜麗娘睡著了。在夢裡，她到了牡丹亭；接著柳夢梅出現，他穿了一件繡了楊柳圖案的長袍，手裡拿著柳枝，用柳枝的葉片輕觸杜麗娘；他先是對杜麗娘說了幾句話，然後表示希望杜麗娘為他手裡的柳枝作詩；他們一起舞蹈，麗娘的動作好嬌柔婉約，美得就像瀕死的春蠶，那麼的柔軟而優雅。

柳夢梅拉著她，將她拉進了我家花園的假山後，他們消失在觀眾的視線內，我所能聽到的，只有柳夢梅充滿誘惑的聲音在唱道：「轉過這芍藥欄前，緊靠著湖山石邊。和妳把領扣鬆，衣帶寬，袖梢兒搵著牙兒苫也，則待妳忍耐溫存一晌眠……」

我一直參不透這段文字在講什麼，想像不出他們在牡丹亭旁的假山後做了什麼。現在仍是不懂，得靠著上場的花神解說：「……單則是混陽蒸變，看他似蟲兒般蠢動把風情搧……」

我還是不懂。我是個未出嫁的姑娘家，雖然有人告訴過我關於雲雨的事，可是並沒有人清楚地向我說明，那到底是怎麼回事。

之後，自假山的頂端灑下一陣牡丹花瓣雨，麗娘吟唱出她跟她的夢中情人共同發現的喜悅。

等麗娘從夢中醒來，她知道自己找到了真愛。春香奉了杜老夫人之命勸麗娘進食，可是她怎麼吃得下？沒有愛的日子，哪有什麼趣味？於是麗娘遣走了丫環，獨自入園尋夢。她看見滿地的殘紅落英，山楂枝勾住了她的裙子，止住了她的腳步，教她憶起早先的夢境：「……他倚太湖石，立著咱玉嬋娟……」記起他如何將她輕推在地上，又是如何將她的長裙展開來，「……敢席著地，怕天瞧見。」直到讓她嚐到了難以形容的美好滋味。

後來，她來到一棵結著飽滿梅子的梅樹下。這顆樹不是普通的樹，它象徵麗娘神秘的夢中情人。她唱道：「這梅樹依依可人，我杜麗娘若死後，得葬於此，幸矣。」

打從我小的時候，娘就訓練我心緒不露於外，但是當我閱讀到《牡丹亭》時，我感覺到愛，感覺到傷感，感覺到快樂。而今，看到戲台上的戲，想像著麗娘跟那位書生正在假山後面做什麼，還有那位家人以外的陌生男子……有生以來，第一次如此大量的情感湧現，同時衝擊著我。那一陣陣的衝擊太震撼：麗娘的騷動不安變成了我的騷動不安。我必須離開一陣子，必須獨處一下。

我慢慢起身，悄悄走遠，沿著花園的曲徑走，試著將目光放在林園的景緻上：我家的花園裡沒有花，放眼盡是翠綠，給人的感覺就像在喝涼茶般，讓人心情平靜。我走上橫跨在蓮花池上的曲橋，走進了乘風亭——座落在蓮花池上的這座亭子，原意是讓人在盛夏的傍晚，可以迎著晚風消除暑意，吹去心頭的焦躁。於是我坐了下來，希望這座亭子能發揮作用。我一直期待著看這齣戲，可是我完全沒有料到，它會帶給我這麼大的衝擊。

晚風送來戲台那邊的鑼鼓聲，捎來杜夫人對女兒病情的憂心。杜夫人還沒看出她的女兒罹患了相思病。我深深吸了口氣，閉上眼睛。

而後我聽見身邊多了個呼吸聲。我連忙睜開眼，映入眼簾的，竟然是我透過屏風縫隙看到的那位年輕公子，他的出現令我失聲低呼。孤男寡女獨處已經夠糟，更糟的是，他不是親戚，而是個完全陌生的男子。

「失禮了。」他雙手抱拳，連連作揖。

我心跳如擂鼓，既害怕又擔心，因為這位公子肯定是爹的朋友，我必須展現大家閨秀的風範，但同時又必須合於禮教。「我不該離開觀看台，是我的錯。」我期期艾艾地說。

「我也不該。」他踏近一步，我反射性地後傾。「可是那兩人的愛……」他搖了搖頭。「想到他們二人找到了真愛……」

「我想過好多次。」話甫脫口，我後悔莫及。

這樣的話怎麼能對男子說？無論是對陌生男子，甚或對自己的丈夫都不宜啊！我明明知道，卻還脫口而出，當下急忙掩口，免得又有不該說的話出口。

「我也是。」他又朝我跨近一步。「可是麗娘跟夢梅是在夢中相遇相識，進而相愛。」

「公子也許對這齣戲曲不怎麼熟稔。他們二人的相遇固然是發生在夢中，但是之所以會有進一步的發展，是在麗娘去找他，並隱瞞自己是個鬼之後。」

「這齣戲我很熟，可是我不同意小姐的說法。柳夢梅並不害怕她是個鬼——」

「他怕的，在她引誘了他之後。」天哪，這種話我怎會說出口？「請恕我失陪，我該回去了。」

「別，等等，請別走。」

我回頭看著暮色中戲台的方向，彷彿可以聽見麗娘唱著：「……怯衣單，花枝紅淚彈……」患了相思病的麗娘，人變得非常消瘦，她決定繪自畫像，以防三長兩短發生，能留下自己青春美麗時的樣子；她刻意讓畫中人手持一枝梅枝，是希望夢中情人看到這幅畫時，能認出她來；最後，她在畫上題了一首詩：「近覩分明似儼然，遠觀自在若飛仙；他年得傍蟾宮客，不在梅邊在柳邊。」，暗示自己想嫁給姓柳的男人。

我是個大家閨秀，怎能這麼隨隨便便就離開觀戲的地方？怎能跟一名陌生男子獨處？如果我曾經往深處思考，就會了解為什麼有些人認為《牡丹亭》這齣戲曲會讓女孩子做出不當的行為。

他肯定看出了我的動搖——又有誰看不出來呢？

「我不會告訴任何人的，所以請留步。我從來沒有機會聽姑娘家說，她們對這齣戲的感想。」

姑娘家？情況愈來愈糟。我繞過他，小心注意著，不讓衣裙有任何地方碰到他。

「我認為作者想要挑起女子對愛的情感。我從故事裡感覺得到，可是我不知道我的感覺對不對。」他在我擦身經過時開口。

我轉過臉，注視著他，四目相對，距離近在咫尺。他的五官十分俊秀，藉著月牙的皎潔光芒，我可以看見他高高的顴骨，可以看見他溫柔的眸子，跟他飽滿的雙唇。

「我……」在他的注視下，我失去了聲音。清了清喉嚨後，我又試了一次，「一個養在深閨、足不出戶的大家閨秀——」

「就像妳這樣。」

「能自選夫婿？那是不可能的事。對我來說，是不可能的；對她，也是。」

「妳認為妳比作者還要了解麗娘？」

「我是個姑娘家。我跟她同齡。我認為為人子女者，當行孝道，所以我會謹遵父命。不過，只要是姑娘家都會有夢，即使她們的命運已定。」

「這麼說，妳也有跟麗娘一樣的夢想？」

「我可不是西湖上那些畫舫裡的歌女！」我再次失言了。瞪著地面，真教人羞愧欲死！

與他的繡靴對比，我的三寸金蓮看起來好小。我可以感覺到他看我的目光，我很想抬頭看他，可是我沒那個勇氣。垂著頭，我邁步走出亭子。

「明天見？」他輕問。隨即，他的聲音更強硬了些。「明天晚上見。來這裡。」

我沒回答，更沒有回頭，步入花園後，我走到原位坐下，然後偷偷看了看四周，看有沒有人注意到我先前的離開。我試著把心神放在戲曲上，卻發現自己的心神很難集中。未幾，我注意到那位公子也回到了他的座位。我閉上眼，告誡自己不能看他。我把眼睛閉得緊緊的。

【編註一】本書中所有《牡丹亭》戲曲對白皆以徐朔方、楊笑梅校注（里仁書局；民國八十四年初版）之版本為準。

【編註二】全文為「兒呵，爹三分說話妳心自摸，難道八字梳頭做目呼？」，出自《牡丹亭・訓女》，意為「兒啊，爹說話含蓄，妳自己去領會，難道一個小姐連字也不識！」

【編註三】本書原著10頁內"No virtuous and eligible young lady should fail to be educated.Take time from your embroidery and read the books on the shelves."在此譯作「古今賢淑，多曉詩書。假如刺繡餘閒，有架上圖書，可以寓目。」。作者為因應情節鋪陳需求，寫作時並未完全按照《牡丹亭》原著內曲牌出現順序寫作，特此告知。

竹漆籠

隔天早上，占據腦海的是我的祖母。我受到兩道力量強力拉扯：一個是今晚去涼亭見那位公子，另一個則是自小就根植在我心裡的禮教及束約。

梳洗完畢，穿好衣裳，我往祠堂走。那是段不算短的路程，而我就好像以前從沒仔細觀看過似的，沿路細細觀賞著每一樣景物。

我們陳府這座位於西湖邊的祖宅佔地十分遼闊，當中有許多的院落以及亭台樓閣，府內的人工湖、曲橋、池塘、竹林都跟自然合而為一。我經過了聚美閣，這是一座位於高處的建築，它可以讓未出嫁的姑娘觀看到花園內的來客，而不被人看見。在這裡，可以聽見外面的各種聲音，像是偷偷飄過湖面、飄進花園、飄進我們府裡的笛聲等，我甚至還聽到過小販的叫賣聲、船家的吵架聲、畫舫作樂的嬉笑聲。但這一切只能耳聞，至於人，就看不見了。

走進放著祖先牌位的祠堂，看著那一個個神主牌，他們都是陳家歷代的列祖列宗。他們在世時是陳家人，過世之後，魂魄分成三條，一條前去地府報到，一條進入他們的墓穴，一條則寄身在屬於自己的牌位上。從這些寫著他們名字的牌位，我們不僅可以追溯到九代以前的起源，還可以向這些列祖列宗尋求庇護跟引導。

點了香，我在團墊上跪了下來，仰望供桌上那兩幅巨大的祖宗畫像。左邊是祖父，他是個博學多才、考取過功名的人，他興盛了我們陳家，為我們陳家光耀門楣。畫像上的他採坐姿，兩腿張開，手裡拿了一把扇子，表情嚴肅，眼周滿是智慧跟憂慮的紋路。他在我四歲時過世。印象中的祖父，是個總要我沒有聲音、並且對家裡的女眷，包括我娘都沒好臉色的長輩。

右邊掛的是祖母，她也是一臉的肅穆。祖母在我們陳家，甚至在國內都擁有崇高的尊榮地位，因為她在揚州大屠殺中壯烈成仁。明朝末年的時候，祖父在揚州織造局裡當差，祖母從水路搭了兩天的船去揚州，隨侍在他的身旁，全然不知大禍將降臨揚州的爹娘，也相偕前往。就在他們抵達後不久，滿清就攻入揚州，大肆燒殺搶掠。

每次我問娘有關那段期間的事，她總是回答：「妳不需要知道。」五歲那年，我曾大膽詢問娘有沒有親眼看到祖母死去，娘反手一掌摑得我跌倒在地上。

「別再問我那時候的事。」

我娘從未打過我，即使是我裹小腳哭鬧不停的時候，她也不曾動手打過我。自那之後，我不曾再問過她有關祖母的事。

女人的一生當以「不事二夫」的貞節烈婦為最高德範。不過，我祖母更了不起，她是寧死也不肯受辱於滿族。儒家所謂的「貞節」在她身上充份地體現。清廷入關後，在編著烈婦集時，將我祖母的故事也納了進去，彷彿他們希望自己的妻女能拿那些高風亮節的婦女作榜樣，向她們看齊。

滿人是我們的仇敵，可是他們利用那些入關燒殺擄掠過程中犧牲的漢人女子，用替她們立牌坊、為她們著書立說的方式，收攬民心，懷柔漢人百姓。

我在祖母的畫像前擺上完美無瑕的白桃。

「去？還是不去見他好？」我低聲問道，希望祖母給我指引。「求您指點我迷津，求求您。」我向祖母的畫像磕頭後抬起臉，希望她看出我是多誠心地祈求，接著彎身，再次磕頭。

磕了三次頭後，我起身拂了拂羅裙，走出祠堂。我的願望隨著那縷清香飄上天界，傳送給祖母，可是我的心思並沒有比進祠堂之前更確定。

站在祠堂外面等我的柳兒，看見我走出來後說：「夫人說您早膳遲到了。把手給我，小姐，我帶您過去春軒用餐。」

她是我的僕人，可是我得聽她的。

這會兒廊上處處看得見人。我們陳府上上下下近百口；嫡系的陳家人有二十四人；小妾跟小妾生的孩子——全部都是女的，有三十三人；廚子、園丁、奶媽、保姆、婢女等下人，大約有四十人。如今時逢七夕，府內的人更多了。這麼多的人，要把他們安置在合宜的地方愈顯重要，所以今天早上——事實上是每天早上的早膳，那十個偏房小妾跟她們生的二十三個女兒，全都在她們的屋裡吃飯；三個正值纏足緊要關頭的堂妹，也在自己的房裡用餐；剩餘的女眷全都在春軒裡，依照位階而坐。

我娘是陳家大家長的正室，所以她坐主位，跟她同桌的是她的四個妯娌；幾個年齡較小的堂妹由她們的奶媽服侍，三個年齡跟我相仿的堂姊妹則跟我同桌。客人也是依年齡跟位階區分，角落裡則是奶媽跟保姆在照顧那些年齡小於五歲的女娃兒。

我輕移蓮步，穿過桌席，身軀像隨風輕柔款擺的花朵。到了我的座位，坐了下來，同桌的幾個堂妹對我視若無睹，完全沒有問候。平時我不會太在意，我會告訴自己我已經訂了親，只需再忍受她們五個月。可是因為昨晚在乘風亭的邂逅，我對自己的未來產生了疑慮。

我父親跟我未婚夫的父親是自幼一起長大的朋友，當他們各自成婚，便約定將來要作兒女親家。吳家很快生了兩個男孩，可是我出世的比較晚，而送過府的八字，他們家很快有了回音，說是我的八字跟他們家二公子的較合。我父母很開心，但我就開心不起來了，尤其是現在。

我從來沒見過吳人，我也不知道他到底是大我兩歲，還是大我十歲；我不知道他長的是圓是扁，是高是矮，是斯文還是兇惡。況且對於有關他的事，爹娘什麼也不肯透露。父母之命，媒妁之言，就是我的命運。至於會不會嫁得幸福，從不是必要的考量。

「咱們玉女今天穿了玉一般的顏色呢。」說話的人，是我二叔的女兒掃把。

她跟陳家所有的女孩子一樣，也有個以花為名的名字，可是沒有人使用那個名字，因為她出生在一個掃把運最強的黑煞日，這意味無論她嫁給誰，都會將夫家的好運掃光光。二嬸心腸軟，結果是讓掃把吃成了個大肥豬，其他的嬸嬸，還有娘，大家莫不設法讓掃把少吃點，希望把她嫁出去，將壞運掃出家門。

「我不知道這個顏色適不適合妳耶。」蓮兒甜甜地說。她是三嬸的長女。「我要是說實話，玉女聽了會不開心吧。」

雖然她們說的話語字字如刺，但我依舊把一抹淺笑掛在臉上。爹總說我是玉女，而我的未婚夫是個金童：那暗喻著兩家是門當戶對、天作之合。我不該想到昨夜邂逅的那位公子，可是我又想到了他，並好奇爹會不會對他的人品也有很高的評價。

「對了，我聽說咱們那位金童有點蒙塵耶。」蓮兒同情似地說，「牡丹，那是不是真的？」

每次當她說這類的無聊話語時，我都會還擊，如果我不還擊，就等於在示弱。「吳公子生不逢時。否則他會跟他的父親一樣，也位居廟堂。不過，爹也說了，吳公子自小就滿腹經綸，才華過人。他說他是位東床佳婿。」

「但願咱們那位堂姊夫是個有擔當的人。」掃把對蓮兒說，「畢竟她的公公已死，而那位吳家公子也只是位二公子，實際掌權的人會是她的婆婆。」

這太惡毒了。

「吳公子的父親是死於揚州大屠殺，而吳公子的母親，可是位令人敬佩的節婦。」我瞪著她們，看她們是不是還敢再胡言亂語。

莫非吳家在他們的大家長身亡後家道沒落了？爹替我準備了龐大的嫁妝，不但有土地、絲綢廠、牲口，還有金銀珠寶、綾羅綢緞、食物等等。可是嫁妝太豐厚不是件好事。往往作丈夫的會因為妻家太有錢而氣弱，變得懼內；而作太太的人趾高氣揚，嘴巴也就變得刻薄，無容人之量，最後成了一個寡情的妒婦。爹要我過那樣的生活？

為什麼我不能像麗娘那樣，有個深情摯愛的丈夫？

「別老是大言不慚說什麼妳的那門親事是天作之合。其實，是與不是，大家心底都有數。」掃把說。

我嘆了口氣，把整盤水餃推過去。「妳吃水餃吧。」

掃把偷偷瞄了娘那一桌，然後飛快夾起一粒水餃，送入她張得老大的口中，囫圇嚥下。另外兩個堂妹看著我，眼中閃著惡意。這幾個堂妹無論做什麼事都一起行動，刺繡一起繡，午餐一起吃，講別人的壞話一起講，指桑罵槐時也是口徑一致。表面上我奈何不了她們，可是我自有對付她們的方式：我會故意炫耀我美麗的新裝、新髮釵、新珠寶首飾——我知道這樣未免太小孩子氣，可是我的孩子氣是用來保護自己的。我沒有想到的是，我跟我的堂妹們其實都像被圈養在竹漆籠中的蟋蟀，同樣受到約束，同樣沒有海闊天空的自由。

接下來我都沒有再開口，而其他人呢，則是三五成群地竊竊私語，認定我一定是在生悶氣。我沒有——就某方面來說，特別是對陳家而言，恐怕我帶給他們的失望更勝於掃把。畢竟我在鬼月出生，而且是個女孩，一般人家都希望生下男丁傳承香火，更遑論我們這樣的大戶人家。我爹是長子，當然巴望有個兒子繼續領導陳家其他子嗣祭拜祖先，請祖先庇佑子孫們富貴永續，可是他卻只得到一個毫無用處的女兒。或許這幾個堂妹是對的，爹把我嫁給一個家道中落的凡夫俗子旨在懲罰我。

我抬起眼，看向桌子的對面，看見掃把正在跟蓮兒咬耳朵。她們兩個瞥了我一眼，然後掩嘴竊笑——我的猶豫遲疑倏然蒸發了，並且暗自感謝這兩位堂妹，因為我有個天大的秘密，一旦她們知道的話，就再也不會羨慕跟忌妒我了。

早膳用畢，大家來到盛蓮閣，娘宣佈女孩們即將舉行彈箏比賽。輪到我時，我跟其他姊妹一樣，在箏前坐了下來。我本來就彈得不太好，但這次更糟，只要一想到昨晚邂逅的那位公子，我就撥錯弦。才一彈奏完畢，娘便吩咐我到花園去走走。一步出那整間滿是女人的廳閣，我沿著迴廊，很快抵達父親的書齋。

我們陳家是書香門第，一連九代都有人在殿試中考取科考中最高等級的進士，我爹是第九代，在明室官拜副織造。後來因為明室傾覆，爹不願在滿人手下效力，所以便從官場退下，賦閒在家。現在的他，跟時下大多數文人士子一樣，熱衷讀書、寫字、為文、下棋、彈琴、詠詩、品茶以怡情養性，目前則忙著研究戲曲、教戲班子唱戲。他最開心的事，就是點上薰香，欣賞字畫，或是跟寵愛的小妾下棋。

爹是個忠臣，他效忠明室，所以他不替滿清朝廷做事，可是人在屋簷下，不得不低頭，為了這個家，他還是得屈服清廷的律令剃頭。他說：「男人跟女人家不一樣，男人必須在外行走，如果不照清廷律令，就得冒著被砍頭的危險。我死事小，重要的是這一大家子大大小小怎麼辦？我們的家業怎麼辦？我們已經失去太多東西了。」

我走進書齋，門邊站了一個僕人伺候著。在我左右兩側的牆壁上，掛著玉石山水刻畫，雖然窗戶大開，但是整間書齋仍瀰漫著濃濃的紙、墨、筆、硯文房四寶散發的氣息。空間裡滿架子滿桌子的書與書匣，都是九代讀書人的心血及收藏，爹收藏了好幾百本明代女作家的著作，以及一千多本當代女作家的文集。他說這年頭男人得從不尋常的地方去尋找才華。

今早爹不在書桌後，他斜躺在羅漢床上看著被裊裊水煙籠罩的湖面。那張羅漢床的床板是藤編製的，床底下放了個連體雙托盤，兩個盤面上都擺了從地窖挖出的大塊冰磚。這是他消暑的方式：白日要是覺得酷熱，他會要僕人去地窖取幾塊冰上來。

在他後方的牆壁上，掛了幅對聯，那副對聯上寫著：

正本清心謙為貴　實汗青自有評【編註一】

「牡丹，」看見我，爹對我招招手。「來這裡坐。」

我走近窗子，以便欣賞孤山以及西湖的風光。雖說大家閨秀不允許朝牆外看，可是爹的沉默無聲往往代表了默許。我挑了桌旁的一張椅子坐下。

「妳今天又逃學了？」

這些年，家裡替我請了好幾個博學的女師傅，可是我的啟蒙師傅是我爹。早在四歲的時候，我爹就把我抱在他的大腿上，教我讀書、識字。他教導我生命就跟藝術一樣，透過讀書，可以進到很多不同的領域跟世界，而當我提起毛筆寫字，則可以訓練我的智慧跟想像力。我爹是天底下最好的老師。

「我今天沒有課呀。」我羞怯地提醒他。

他不會忘了明天是我的生日吧？一般來說，除非是到了五十大壽，否則是不過生日的。可是我在他的心目中如珍似寶，他不就是因為寵我、愛我，才特地要人上演那齣戲曲的嗎？

「對，對。」他笑呵呵地說，隨即略斂笑容。「那些女人又在說東道西，講人長短了？」

我搖搖頭。

「那，妳是來告訴我，妳娘策畫的那幾個比賽，妳奪了頭魁？」

「喔，爹呀。」我嬌嗔。他明知道我不是那塊料。

「是喲，妳長大了，不能取笑妳了。」他拍拍大腿，笑著說。「明天起妳就十六歲了。妳不會忘了這個大日子吧？」

「謝謝爹送我那麼大的禮物。」我微笑回答。

他偏著頭，疑惑地看著我，肯定又在捉弄我了。「我猜爹您那樣費心教人排戲，肯定是為了某人。」

這些年來，在爹面前我都可以暢所欲言，可是今天他非但沒有誇我聰慧，也沒有用俏皮話逗弄我，他只是漫不經心地虛應：「是，是，沒錯，沒錯。」接著，他坐直身，兩腳落地後站起，理了理長衫。「我還有一個禮物要給妳。那個禮物呀，妳會更喜歡。」

他走向櫃子，打開抽屜，取出一件用紫色絲綢包裝的物品。當他遞給我時，我馬上知道那是書，並且暗暗希望那是湯顯祖自己出版的《牡丹亭》。我慢慢打開絲綢，那是《牡丹亭》沒錯，是我到目前為止還沒有擁有的版本，但不是我夢想得到的那個版本。

縱使如此，我還是欣喜地緊緊抓住那本書。若不是爹這麼疼我、寵我，就算我再怎麼希冀，也不可能擁有這麼多種版本的《牡丹亭》。

「爹，您對我真好了。」

「打開。」

我酷愛書，我愛它們在我手中的感覺，我愛那股墨香味，還有紙張味。

「看書的時候，看到哪一頁，別用折頁的方式來做記號，別用指甲在紙頁上畫；翻頁的時候，別用手指頭舔濕了翻。還有，絕不可以拿書當枕頭使用。」

「我不會的，爹。」他老人家到底要叮嚀幾次呀？

我的目光落在首頁那幾行字上，昨晚有個演員扮演作者，唸著上面這幾句話，說麗娘跟夢梅是歷經了三生的情緣，才得以在牡丹亭圓夢。

我拿著書，指給爹看那一行字，「爹，這出自何處？是湯顯祖自己創作，還是他引用自哪一句詩詞典故？」

我爹微微一笑，為我強烈的求知慾高興。「去那邊第三個書架，找最舊的那本書，妳就會找到妳想要的答案。」

我將新書放在羅漢床上，走向爹指示的書架，找到了那本書後，回到羅漢床邊逐頁翻閱，直到找到三生的出處。原來，在唐朝的時候，有位姑娘愛上了一個僧人，他們歷經了三世的磨難，才終於有情人成眷屬。我琢磨著：世上真的有那堅定的愛情，可以超越死亡，可以不止一生，而是經歷三世？

我再次拿起那本《牡丹亭》，慢慢地翻著書頁。我在找柳夢梅，想藉此重溫昨晚的邂逅。我翻到了柳夢梅出場的那一段：

……紹接詩書一脈香。能鑿壁，會懸梁，偷天妙手繡文章……

「妳在看什麼呀？」

我一驚，雙頰泛起一陣紅暈。「我……我……」

「裡面有些事情是妳這樣的姑娘家不懂的。不懂的地方，可以問妳娘——」

這下我的臉更滾燙了。「不是那樣的，」我結結巴巴地說。之後，我把看的那段文字唸給爹聽。

「啊，原來這幾個出處妳也想知道。」我點點頭。隨後爹起身走向其中一個書架，自上面取下一冊書，再回到羅漢床邊。「這本書記載了許多名人碩儒的故事。要我講解給妳聽嗎？」

「不用，爹，我自己看就行了。」

「我知道妳可以。」爹把那冊書遞給我。

感覺到爹的那雙利眼仍停留在我身上。我翻著書頁，找到匡衡這個人物，裡面提到他曾經窮到沒有錢買油點燈，為了讀書，他鑿壁偷光，借鄰居家透來的光線閱讀。

「再往下翻幾頁，妳就能看到孫敬。他擔心讀書讀著讀著會睡著，就用繩子綁著頭髮，然後懸在屋樑上。」爹又說。

我慎重地點點頭，心裏卻想著：不知道那位公子對於做學問是否也像這兩人這麼勤奮認真？

「要是妳是個兒子，不定會是我們陳家最出類拔萃的後進，妳會是個很優秀的翰林學士。」

爹對我的讚賞，我受之無愧，只是從他的話裡還聽到了許多遺憾——他遺憾我是個女兒，不是個兒子。

「既然妳來了，就別閒著。來幫忙吧。」也許察覺到他說溜了嘴，爹匆忙提出建議。

我們父女倆回到他的書桌前坐下，他理了理衣裳，將辮子移到肩後，又摸了摸頭頂剃髮的地方。那是他的習慣：就跟他穿著滿族的服裝一樣，都是為了提醒自己，他的忍辱負重是為了這個家。接著，他打開抽屜，從裡面拿出幾串的銅錢。【編註二】

「我得送些錢到鄉下去，妳幫我算一算。」

我家擁有很多遍植桑樹的土地，離此不遠的古盪，整個村子的生計都倚靠我們家。他們種植桑樹、養蠶吐絲、抽絲、紡紗、織布……，爹告訴我每個程序需要多少銀兩，然後我開始加總。

「妳今天怪怪的，有什麼心事嗎？」

我當然不能告訴爹那位公子的事情，也不能告訴他，我正困擾著今晚到底該不該去乘風亭跟他再次相見。不過，要是爹能讓我多了解祖母的為人，了解她當年是怎麼做抉擇的，說不定我就可以為今晚的決定拿定主意

「我在想祖母的事。她一直都是那麼勇敢過人的嗎？她有沒有過猶豫不決的時候？」

「那段歷史我們討論過——」

「是的，但那段歷史跟祖母個人不同。她是個怎樣的人呢？」

我爹非常了解我，我對他也非常了解。他的任何一個小動作都逃不過我的眼睛：我向他請教某首詩或是某位女詩人的著作時，他抬起眉的樣子，那表示了他的驚訝；他考

我問題而我回答錯誤時，他的臉色會陰沉；我問他有關《牡丹亭》的問題，而他不知道答案時，他會摳摳下巴，陷入沉思。但此刻，他注視我的神情充滿著評估的意味。

「滿清入關後勢如破竹，攻城掠地如入無人之境。」他終於開口，「可是他們知道，等他們到了江寧一帶，將會遇到頑強的抵抗。他們可以選擇杭州，也就是我們住的這個地方，可是他們沒有，他們挑上了揚州，拿它殺雞儆猴。當時妳祖父正好在揚州擔任織造。」

這部份他已經說過許多次。我納悶這一次他會不會說些我不知道的。

「滿清的那些將領原本還很約束他們的士兵，可是那天他們下了解禁令，任他們的士兵燒殺淫掠，為所欲為——女人、金銀珠寶、綾羅綢緞、古董字畫、牲口等，說是犒賞他們的將士用命。」爹頓了頓，憐惜地看著我，「我說……女人……妳知道我在說什麼嗎？」

我不知道，但我還是點了點頭。

「所有人都嚇壞了，可是我娘教我們如何勇敢面對——當時我們在許多方面都必須堅強以待。」他再次端詳著我，彷彿衡量著該不該繼續說下去，最後他決定打住，拿起一串銅錢開始計數，「現在妳知道為什麼我只看美的東西，只讀讀詩、練練字、聽聽戲曲了吧？」他頭也不抬地說。

可是他仍舊沒有告訴我有關祖母的事！他也沒有提供任何能夠幫助我下定決心、決定今晚要不要跟那位公子見面的線索，或者幫助我了解自己，究竟為什麼這麼困擾？

「爹……」我怯怯地開口。

「嗯？」他沒抬起頭。

「我一直在想那齣戲，還有麗娘的相思病。這種事有可能發生在現實中嗎？」

「當然。小青的故事妳聽說過，不是嗎？」

當然有。馮小青是千古以來害相思病害得最嚴重的一個。「她死的時候很年輕。她的死，是因為紅顏薄命嗎？」

「她在很多方面都跟妳很像——才貌雙全，知書達禮，原本也是大富人家的名門閨秀。可是因為家道中落，她娘淪為以教席為生，在她的教導下，小青飽讀詩書。但或許就是書讀得太多了。」

「書哪有嫌讀太多的？」爹不就對我的好學欣慰不已？

「小青小的時候，遇見過一個尼姑。那個尼姑見小青能一字不漏地背誦心經，對她的聰慧很是驚嘆，但也看出她的命不好。那個尼姑說，要是小青不碰書本，就可以活到三十歲。如果碰書本……」

「可是她怎麼會死於相思病呢？」

「到了十六歲那年，有個杭州商人納她為妾，但那個商人的大老婆是個醋罈子，所以商人把她金屋藏嬌在孤山裡，免得被大老婆欺負。然而人在孤山的小青，時時形單影隻，唯一的消遣就是讀《牡丹亭》。跟妳一樣，她經常閱讀那部戲曲，久而久之，便沉迷在其間，罹患上了相思病，開始形銷骨立，並寫下自比麗娘的詩句。」【譯註一】爹的聲音愈說愈輕柔，臉頰染上了紅暈。「她死的時候才十七歲。」

我和我的幾個堂妹有時候會談到小青。我們猜測著「幕天席地，承歡雨露」是什麼意思。而今，看到爹的樣子，看來小青的嬌弱、放浪在某方面來說，令爹目眩神馳。但他不是唯一一個為小青早夭的悲劇人生所吸引的男人，事實上，有不計其數的男人為小青寫詩作詞，光是描寫她故事的戲曲就不下二十部。我開始有點明白，為什麼她的死教如此多的男人唏噓嗟嘆。那位公子對她也有同樣的感覺嗎？

「我常常想到，小青在她最後那段時日裡，什麼都沒吃，每天只喝一小杯的梨子汁。妳能想像嗎？」爹的聲音輕悄如夢。

我開始不自在起來。

一直以來，我都認為爹娘兩人相敬如賓，爹對他那幾個小妾也算不上是真正的喜愛，她們也沒能給他真正的快樂，可是一想到我昨晚所感受到的悸動，他可能也有，我就渾身不自在——畢竟他是我爹呀。

「她跟麗娘一樣，想留下自己的畫像。而畫師前後試了三次，最後的一次才完成。小青一天比一天消瘦，可是她每天都把自己打扮得美美的，同時還穿上她最漂亮的絲裳。她死的時候，人是坐著的，樣子美到凡是看過她遺容的人，都不相信她已經死了，他們都認為她仍然活著。而那個可怕的大老婆也跑了去，不但把她的詩稿全部都燒光，連她的畫像也不放過，燒得只剩下一幅畫像倖免於難。」

爹看著窗外，望著湖上的孤山，他的眼睛炯炯發亮，充滿了……憐惜？慾望？還是渴求？

「沒有燒得精光啦，爹。」我打破沉甸甸的靜默，「在她死前，用幾張紙包了些珠寶首飾，送給照顧她的婢女的女兒，當那個女孩打開紙團時，發現紙上有十一首詩。」

「背誦一首給我聽，好嗎，牡丹？」

爹並沒有幫我釐清自己的感覺跟情感，但是他卻給了我窺探那位公子心中浪漫想法的念頭。深吸了口氣，我開始背誦：

「冷雨幽窗不可聽——」

「住嘴！」

那是娘。

她從不曾踏進書齋一步，她的出現令我驚愕，也令我不安。她到底站在門外聽了多久？

「你告訴女兒小青的故事，可是你非常清楚讀《牡丹亭》而死的女孩子，不只她一個。」娘對爹說。

「前車可以殷鑑。」爹輕鬆以對，他輕易掩飾了對娘突然出現的驚訝。

「小青的故事憑什麼給我們的女兒借鏡？我們家的牡丹可是書香門第的大家閨秀，那個女孩則是個瘦馬，她們一個是玉潔冰清，一個則是——」【譯註二】

「不用妳提醒我，我知道小青是幹什麼出身的。」爹打斷娘說話。「我會對女兒講述到小青，是因為她跟這齣戲曲有關，多知道些相關的故事，可以讓女兒對這齣戲曲有更深的領悟。這又沒什麼害處。」

「沒害處？你言外之意是說我們女兒的命運會跟那個杜麗娘一樣？」

我偷偷瞄了眼站在門旁的那個僕人。不知道他什麼時候會把這裡發生的事情說出去，然後傳得人盡皆知？

「沒錯，牡丹可以從她身上學到一些東西。」爹平靜地說，「麗娘是個美麗、純真、善良、有遠見，既堅毅又有真性情的人物。」

「那叫執迷不悟！對情愛的偏執！還要死多少女孩子，你才會看出這齣戲曲有多危險可怕？」

我跟幾個堂妹曾在夜深人靜、沒有人會聽到我們交談的時候，聊起那些令人惋惜的故事。像俞二娘，她十三歲時就對這齣戲曲傾心不已，十七歲時已香消玉殞，死的時候枕旁還放著《牡丹亭》。聽到這件事時，湯顯祖十分難過，寫了好幾首詩悼念她。在那之後，又有許多女孩子因為讀了《牡丹亭》而死，她們都想跟麗娘一樣，希望有情人能找上她們，讓真愛也能印證在她們身上，使她們死而復生。

「我們的女兒是鳳凰，我自會挑條龍搭配，不會讓她彩鳳隨鴉的。」爹說。

這個回答，娘並不滿意。我看得出來，是因為她開心的時候，能使寒冬化為暖春；但她生氣或者難過的時候，卻能把烏雲變成螫人的蜂群。

「女子有才，不是好事，女孩子讀太多書，只會薄命。讓她看那麼多書，你認為那會讓她變成什麼樣子，是會對婚姻感到幸福，還是大失所望，終而憔悴枯萎至死？」

「我說過了，讀點書對牡丹是不會有害的。」

爹娘似乎忘了我的存在，而我動也不敢動，唯恐他們注意到我。昨天他們才剛剛爭吵過。我很少看到爹娘同時出現，他們一起出現時，不是在節日，就是在祭典上。不知道他們私底下是不是就是這個樣子？

「她老是往這裡跑，哪裡有時間學習作個好妻子、好母親？」娘質問。

「怎麼不能？」爹毫不在意地說。更讓我驚訝的是，他引用杜麗娘父親的話：「古今賢淑，多曉詩書——那是因為將來嫁了人，跟丈夫才能有話聊，不至於話不投機；還有，牡丹的角色不就是要當個衛道者嗎？那妳就該為她的不喜裝扮不愛奢華而高興；她的美完全是渾然天成的，來自內在的涵養及才華使她氣質出眾，將來她的丈夫會從她的讀誦中得到慰藉。不過那些都是其次——最主要是教導我們的女兒，成為一個不折不扣的好母親，她將可以教她的女兒寫詩，以及女孩子家該學的所有技能。最最重要的一點是：她還可以在我們的外孫大到需要得跟女孩隔離時，教導我們的外孫；等到她的兒子功成名就，也就是她得享榮耀之時。」

這是娘無法爭辯的論點，所以她只得默認。「只要她閱讀的書不會教她越了界。你也不會想要她變得不聽管教吧？還有，如果你一定要講故事給她聽，難道不能說些神仙的故事？」

爹用沉默代替回答。

娘的目光落在我身上。「你還要留她在這裡多久？」

「再一會兒。」

她來時無聲無息，離去也無聲無息。

我想這一回合是爹贏了。最起碼他仍是一派平靜地，把數字填到帳冊上，然後放下毛筆，站起身，走到窗前眺望孤山。

一個僕人走了進來。他躬身行禮，遞上一封以紅色火漆封口的信，爹若有所思地撫摸那封信，彷彿知道信裡寫了什麼。既然爹不想當著我的面拆閱，我也就識趣地起身，向他致謝，謝謝他送我另一個版本的《牡丹亭》，然後走出書齋。

【編註一】原文為"Do not care about fame.Be modest.In this way you will found by other to be special."

【編註二】本書原著27頁內有"……and then he opened a drawer and pulled out several strings of silver cash pieces."敘述，然經查證當時成串之貨幣乃以銅鑄造，大清龍幣於光緒年間初次出現，亦無穿孔，經作者同意後，於中譯本修改為「幾串的銅錢」。

【譯註一】流傳的小青詩作，有《焚餘草》，而最著名的詩是：「冷雨幽窗不可聽，挑燈閑看牡丹亭。人間亦有痴于我，不獨傷心是小青。」以及「瘦影自臨春水照，卿須憐我我憐卿」，還有「稽首慈雲大士前，不升淨土不升天。願為一滴楊枝水，灑遍人間並蒂蓮。」

【譯註二】古時揚州有人專門豢養七、八歲小女孩，分資質教以琴棋書畫、計算、烹飪、刺繡、縫紉等等，培育有成，稍長後再賣給有錢人家或為妾，或為婢，這些小女孩大多長得瘦瘦弱弱，時人稱為瘦馬。

渴望

又是另一個華麗溫暖的夜晚。眾女眷享受了一頓美食佳餚，有陳皮蒸春豆，還有每年此時出產自鄰近水域、雞蛋大小的的七月紅蟹。已婚婦人的那幾桌，多了幾道有助懷孕的菜色，至於已經懷了身孕或是有可能懷身孕的那幾桌，則謹尊禁忌，絕對不上兔肉跟羊肉製成的菜餚，因為大家都相信吃兔肉會生下兔唇小孩，吃羊肉則會影響新生兒的健康。

面對豐盛的晚餐，我卻不感覺飢餓。我的整顆心都已經飛到了乘風亭。當鐃鈸、鑼鼓響起，宣告著戲曲即將上演，我磨磨蹭蹭走在後面，一下子跟嬸嬸閒聊，一下子跟那幾個小妾談天，一下子跟那女客們說話，想辦法讓自己成為走在最後的一群。到了後花園，只剩最後的幾個位置沒有人坐，我挑其中一個墊子坐下，然後悄悄看了看四周，以確定自己的決定是否正確。

事實證明，我的作法是正確的。因為身為女主人的娘坐在中間的位置，除了我以外的未婚女子都坐在一起。談則——不知道她是終於妥協，或者我娘做了什麼，總之，她現在是跟她同年齡層的女孩們坐在一起。

今晚爹再度選擇以重頭戲開場，劇情發展到杜麗娘死後三年、柳夢梅上京趕考，途中受寒生病、被麗娘的老師陳最良帶回去照顧的《旅寄》。陳最良將柳夢梅安置在梅花庵中。因為坐得太遠看不到演員，我只能聽著唱白，隨著情節想像劇情。【譯註一】從樂曲的音樂聲，我知道劇情已由《旅寄》進行到《冥判》，那個判官肯定相當莊嚴：他一面敘述閻羅十殿上的景象，一面敘述只要自己在點鬼簿上一點，那些鬼魂該分發到一百四十二重地獄的就會遞解過去，該分發到四萬八千界的，就會遣往投胎，無一例外。等到麗娘上場，判官先是驚艷，看到她面泛桃紅，便問她有沒有喝酒，看她那麼美、那麼年輕，就問她嫁人沒，又問她生什麼病死的？接著麗娘喊冤，說她還年輕，不該這麼早就死，並說她沒有喝酒，還沒嫁人，死因則是因為做了一個夢，患了相思病致死。【編註二】

「天底下哪有作作夢就死掉的？」判官叫來花神質問。

花神說明原委，表示杜麗娘跟柳夢梅有三世姻緣，於是判官調來斷腸簿跟姻緣簿，兩相對照後，發現杜麗娘確與柳夢梅確實緣訂三生，再加上神主牌還沒有點主，便放杜麗娘出枉死城，去尋找那個跟她有緣的人。接著他命令花神保護麗娘的屍身，令屍身不致腐壞。

出了枉死城的麗娘，回到她的埋葬處，寄身在梅樹旁。當負責看顧她墳墓的石道姑，打點好飯菜放在梅樹下的桌上準備祭祀她時，麗娘感動得撒下一片花瓣雨答謝。

養好病的柳夢梅四處走動，恰好走進了花園，而後的巧合彷彿是命運的安排——他拾到了一個匣子，發現裡面有幅畫。起初他以為是觀音像，就把那幅畫帶回自己居住的房間，燒香膜拜起來。他喜愛畫中女子柔軟如薄霧的秀髮、形似玫瑰花蕾的櫻唇，以及她鎖在雙眉間那股彷彿是關愛的眼神，然而當他愈是端詳，愈覺得被繪在綢緞上的女子不可能是位女神——觀音應該飄浮在空中，但羅裙下卻是一雙向前伸出的三寸金蓮。直到柳夢梅進一步發現畫上提的詩句，才確定這是一幅臨死少女的自畫像。【譯註二】

他想到自己姓柳名夢梅，而畫上美人捧擁春梅的樣子，在感覺上就好像她擁的不是一簇梅，而是自己。於是他和詩一首，邀請畫中的女子下來一晤。

接下來，劇情發展到杜麗娘從她的墳墓走出來，到窗邊敲窗，柳夢梅詢問她是誰。這個時候我悄悄起身離座，邊走邊聽見麗娘自我介紹，並唱道：「你為俺催花連夜發，」接著她含羞戲弄柳生。「……妾千金之軀，一旦付與郎矣，勿負奴心。每夜得共枕席，平生之願足矣。」

我未婚，可是我明白麗娘說的是什麼，柳夢梅則欣然接受她的獻身。他一再詢問麗娘芳名，麗娘屢屢顧左右而言他。對一個鬼來說，獻身比透露身分來得容易多了。

愈是接近通往乘風亭的曲橋，我的腳步愈是緩慢。我想像著羅裙下的金蓮，步步生蓮，並用手拂整了一下衫裙，摸摸頭飾，確定頭釵一一如位，頭髮沒有飛亂；我將手覆在胸口上緊緊壓住，希望心跳不要跳得那麼快。我一再提醒自己，我的身份是個祖上出有九代進士的書香世家的獨生女、是個已有婚約的姑娘家。況且我裹了小腳，萬一發生什麼事，我跑不快也跑不掉，更不可能能像麗娘那樣，一閃身就可以變不見。要是被人看見我跟一個男子單獨在月下相會，我會被退婚——雖說一個女孩子家再沒有比被人退婚，更令家門蒙羞，可是我的腦子已經駑鈍，而我的心更是被渴望佔領，根本不受管制。

我重重揉搓了下眼，藉著疼痛將娘拉進腦海。如果我還有理智，我就會想到娘發現了會有多失望、多生氣，可是我腦海浮現的卻是她的美、她的氣質、她的雍容，而這是我的家、我的花園，我的亭子、我的夜晚、我的皓月、我的人生。

我踏進了乘風亭。而他就站在那裡。

起初，我們誰也沒有開口說話。也許他是驚訝到說不出話，因為我的出現之於我的品格，可不是多好的佐證；也有可能他跟我一樣的害怕，害怕被人逮到我們的私會。但也有可能他也跟我一樣，是在盡可能地呼吸對方，將對方納入自己的肺，自己的眼、自己的心。

然後，他開口了。「我認為那幅畫不僅僅只是一幅自畫像而已。」他的語氣沉穩，「它對於柳夢梅跟她的未來是個關鍵，就是因為看到了畫上的梅花和題字，言明畫中人將委身一個姓柳的人，柳夢梅才會悟到畫上的女子，是他夢寐以求的宿世伴侶。」

或許他是在借用這樣的方式避免我們彼此做出錯事。這跟我渴望聽的話語，有很大的差距，可是畢竟我是姑娘家，所以我順從他的引領。

「我喜歡梅花。在這部戲曲裡，它一再地出現。你有沒有看見麗娘將梅花花瓣撒在梅樹下供桌的那一幕？」在他點頭後，我才繼續說，「麗娘以鬼魂之力撒的花瓣雨，跟風吹所造成的花瓣雨，有沒有什麼不同？」

他沒有回答我的問題，反倒將話鋒一轉：「我們一起賞月吧。」他的聲音粗濃厚重。

我先是讓麗娘的勇氣充滿心房，然後才慢慢走到他身邊。明天是初七，天上的月亮只是枚月牙兒，一陣清風吹來，清涼了我的臉，幾根髮絲垂墜下來，拂觸肌膚，我不由得一顫。

「冷嗎？」他問，站在我身後，他將雙手放在我的肩膀上。

我想轉過頭，想面對他，想看他的眼，想……？為了一圓情夢，麗娘挑逗了她的秀才郎，可是我不知道自己該做什麼。

隨著他將雙手抽離，我感到一陣暈眩——我沒有昏倒，或是跑開，是因為他的體溫包裹著我。這顯示我們倆站得有多近。我一動也不動地，站定在那裡。

遠處傳來戲曲的進展。麗娘跟柳夢梅夜復一夜地見面，柳夢梅一再問起她的名字，可是麗娘一再拒絕告訴他。一次柳夢梅問起麗娘：「姐姐，妳來的腳蹤兒恁輕，是怎的？」麗娘逐向情郎承認，自己的腳步總是輕到連地上都不會留下足跡。

兩情繾綣終有時。一天，麗娘懷著不安的心情來見柳夢梅，因為她終於決定自他表白身世，並告訴他自己是鬼不是人。

此刻乘風亭內也有一對男女在備受煎熬，他們忐忑，害怕得不敢動，不敢說話。我可以感覺到那位公子的呼吸，正輕拂著我的頸背。

遠處，柳夢梅問道：「姐姐敢定了人家？」

還沒聽到麗娘的回答，就聽見耳畔響起一聲低問：「妳跟人訂親了嗎？」

「從小就定了親。」我聽不到自己的聲音，因為我只聽見血液向上衝擊的聲音。

他嘆了口氣。「我家裡也替我定了門親。」

「我們不該見面的。」

「我可以離開，可是那是妳要的嗎？」

從戲台上傳來麗娘說出她的憂慮。她說，兩人已經有了肌膚之親，想來柳夢梅不會娶她為妻，只會納她為妾了。一聽到那句話，憤怒剎那間充塞我的五內——我不是在場唯一有違禮教的人。我轉身面對他。

「這是你的未婚妻所期待的婚姻？她會樂見公子背著她見別的姑娘？」

他露出靦腆的笑容。可是一個老實人會在應該跟我爹、我的叔伯、談大人以及其他男客一起看戲的時候，偷溜出來私會良家婦女？

「**飲食男女，人之大欲存焉**。」他借《禮記》中的名句補充道，「我希望我的妻子不僅僅是個賢內助，在閨房之內也是個好伴侶。」

「原來公子尚未成婚就已經在找小妾了。」我不客氣地說。

在婚姻大事不能自主的情況下，小妾是所有女人的夢魘，因為男人的愛總是給了小妾。男人娶妻多半出於一份責任、一份承諾、一份現實的考量，也是為了讓後嗣擁有良好的血統。雖然無法自己挑選妻子，但是他們可以將自己喜歡、心儀的女子納為妾，並盡情地寵愛她們。

「如果娶的是妳，我永遠不需要納妾。」

我垂下眼，心中充滿莫名的歡喜。

或許有人說這一切太荒唐，或許有人說這樣的事不可能發生，又或者說這是我自己幻想出來的，而且就是因為我太過於沉迷於幻想裡，才會讓自己執著於寫作，並且得不到好結果，甚至有些人會說，如果世事真的如我所敘述的那樣，那我未能得到好報都自找的，就算得到比死還要慘的結局也是應該。而我也的確得到那樣的報應。不過，在這個時候我是開心的。

「我認為我與姑娘是命裡注定要相識的。昨晚，我並不知道妳會出現在這裡，可是妳出現了。既是命定之數，我們就不能違逆。我們應該接受上蒼賜給我們的這份良緣跟良機。」

我羞得只能望向別處。

後花園裡上演的戲持續進行著。這齣戲的劇情我非常熟，熟到我與這位陌生男子交談期間劇情會如何發展，我的一部分知覺都意識得到。終於，麗娘向愛人承認自己是被困在陰陽兩界的遊魂野鬼，柳夢梅聞言，驚呼聲大到傳至乘風亭。我再次打了一個冷顫。

他清清喉嚨。「看來妳對這齣戲曲知之甚詳。」

「我只是個女流之輩，知識淺薄得很。」我謙虛地應答。

他疑惑地看著我。「小姐的美貌，令我驚豔。不過，真正令我想要探究的是這裡。」即使沒有觸碰到我，但他仍以直指我胸口的指尖，征服了我的心——那是所有意識及感覺的所在。

「這是我想了解的地方。」他說。

我的胸口彷彿因為他的觸碰而燃燒。我們兩人此時都是放肆且不顧後果的，麗娘跟她的夢中情人雖然離經叛道，但他們最終得到成為眷屬的美滿結局，我則是一個活生生的人，要是我真的仿傚學麗娘，後果是不堪設想的。

戲台那邊，柳夢梅克服了他對鬼的恐懼，誓表愛情忠貞，並承諾娶麗娘為妻，他替麗娘的神主牌點了主——麗娘的父親走馬上任新職，走得太匆忙，沒有替麗娘的神主牌點主。接著他挖墳，取出放在麗娘口中的玉，讓她得以復生。

「我得走了。」

「妳明天還會來嗎？」

「不行。她們會找我。」連著兩晚沒人來找我，已經是奇蹟了。怎能再冒第三次險？

「明天別在這裡，」他似乎沒有聽到我說的話。「有別的地方嗎？有別的離花園更遠的地方嗎？」

「湖邊有座望月亭。」我知道那個地方，可是我從沒去過。就算有爹陪，我也是不能去的。「那裡是府中最偏遠的地方。」

「那，我在那裡等妳。」

我好想他碰我，可是我不敢。

「妳一定要來。」

我憑藉著驚人的意志力才移動腳步，沿著曲橋往園子的方向走。我可以感覺到他灼熱的目光，持續燃燒著我的背。

我們女孩子家連跟自己未來的丈夫都不能私下單獨見面——即使是像談則這樣被寵壞的女孩也不行——更遑論私自跟一個出於自己意願選擇的陌生男子相會，還奢望不受到非議與譴責。我深受麗娘的故事影響，然而她並不是一個現實中的人物，她無須承擔任何後果。

【譯註一】這梅花庵就在一棵梅樹旁。事實上，梅花庵即為杜府的一角，由於女兒要求被葬在花園的梅花樹下，所以杜父在奉命平淮亂之前，便把這塊地方割出，建了座梅花庵供奉麗娘的牌位，並委請石道姑跟陳最良照顧維護，又撥了兩頃良田作為梅花庵的開銷之用。

【譯註二】此詩出自《牡丹亭・玩真》，內容為「近覩分明似儼然，遠觀自在若飛仙。他年得傍蟾宮客，不在梅邊在柳邊。」

【編註一】本書原著34頁內有 "They're sent to any of 48000 fates in the realms of desire,of form,and of the formless,or to one the 242 levels of Hell." 敘述，然經對照牡丹亭原著第二十三齣《冥判》，內容應為「但點上格子眼，串出四萬八千三界，有漏人名，烏星砲粲。怎按下筆尖頭，插入一百四十二重無間地獄，鐵樹花開。」，經作者同意後，於中譯本修改為「一百四十二重地獄」。

夏日思春

每個少女都會想到她們的婚事，我們擔心自己未來的丈夫會否冷酷、平庸、漠不關心甚至不喜歡自己，即使如此，想的仍以美好的憧憬居多。畢竟，現實已經夠苦，有夢就有了希望，不是嗎？

所以當今晚夜鶯低唱的時候，我想像著我的婚事，我未來的丈夫和所有引導我們直至結合那一刻的事物，正在他家等著我——只不過，我讓那位英俊的陌生男子，取代了原本不識面目的未婚夫角色。

我夢想聘禮送進門的樣子，想像閃亮貴重的頭釵、耳環、戒指、手鐲、項鍊等首飾，還有那些跟我家工廠生產品質不相上下的蘇州絲綢，以及聘禮中的豬隻。爹會要人將一頭全豬肢解，而我將會依風俗，將豬頭跟豬尾包起來送回吳家，作為回禮。在回禮中，我爹還會準備艾草、石榴、棗子跟七穀——艾草具有辟邪功能；石榴象徵繁殖力；棗子與「早生貴子」諧音；七穀則代表多子多孫。

我想像過來接我的喜轎長什麼樣子；我想像初次拜見婆婆後，她將春宵秘戲書冊交給我，好讓我了解雲雨是怎麼一回事的情景；我想像初次與陌生男子在床上過夜是何種情景；我想像我跟他婚後衣食無缺的生活——我們將從白天、黑夜、彼此的微笑、語言、親吻及目光中得到樂趣。所有美好的念頭，都是沒有意義的夢想。

七巧節以及我的生日，隨著清晨的到來揭開序幕。然而那名年輕男子迎著我臉頰呼吸的氣息，以及低語的字字句句，卻也在我心底盤旋不去，教我食慾欠佳，腦海一片混沌。

最終，我領悟到這異乎尋常的的快樂，那是相思成疾帶給我的喜悅。

今天從起床的那一刻，直到我前往望月亭與他相見之間發生的所有事，我都要依隨自己的心意作決定。我要柳兒幫我解開裹腳布，並將我的右腳托起，扶著我的腳踝，一圈圈慢慢鬆綁。解開之後，將我的腳放入浸泡了柚子葉的溫水中，柔軟足部，讓它容易被纏裹，再將腳趾上的硬皮清除。接著，塗抹上用藥材「地骨皮」磨成的粉末，消除腳上粗糙不平的部份，在趾間、趾縫灑上明礬粉，保持乾燥，以免發生潰爛。最後，再撲上香粉。

我的小腳裹得非常美，我很引以為傲。通常我會監督並要求柳兒，要她務必巨細靡遺地清洗我的雙腳，不放過每一個細縫，將所有雞眼仔細剔除，指甲絕對都剪得圓圓短短的。這一次，我將注意力放在足部對溫水及冷空氣的敏感度上。女人的一雙腳是她最大的秘密跟禮物，要是奇蹟發生，讓我嫁給了那位公子，我會私下打理我的這雙腳，為它們上香粉，替它們上裹腳布，裹得緊緊的，好使它們繼續纖美如昔。

我要柳兒拿幾雙繡鞋過來讓我挑選。他會喜歡哪一雙呢？是這雙繡著蝴蝶的紅鞋，還是那雙繡了蜻蜓的綠鞋？

再看看柳兒為我取來的衣裳，我又陷入沉思。他會比較喜歡哪一件呢？

柳兒幫我穿上衣服，替我梳好頭髮，伺候我洗好臉、上好粉，在頰上抹上胭脂。我所有的心思已被對愛的渴求填滿，整個人渾渾噩噩，可是日常的行事還是必須如儀。

抵達祠堂時，我發現自己不是第一個前往祭拜祖先的人。我們都希望祖先庇佑陳家富貴榮華，多子多孫，而供桌上也已放滿了祭祀品——有芋頭，那象徵旺盛的繁殖力，不用問，那絕對是幾個嬸嬸跟那些小妾供奉的；枇杷跟荔枝則是祖父的幾個妾室擺上的，她們知道生是陳家人，死是陳家鬼，將來到了陰間依然是祖父的小妾，所以希望祖母能在祖父耳邊美言幾句；我的幾個叔叔則是供奉米飯，祈求平安跟富足；我爹供的是一盤肉，祈求財富跟蠶桑有成。供桌上還準備了碗筷，好讓祖先們可以優雅地享用。

沿著迴廊，在前往春軒用早膳的途中，我聽到了娘叫我。順著聲音，我來到小孩房，不滿七歲的女孩都住在這裡。走進房內，混雜著杏仁、桑白皮、乳香的氣味撲鼻而來，這是個熟悉的味道，我們陳家女孩裹小腳時都用我乳母的偏方。我看見二嬸抱著她最小的女兒蘭兒，我娘則蹲跪在她們面前，所有住在那個房間裡的小女孩都圍在四周。

「牡丹，」看見我，我娘叫道，「過來幫忙。」

之前，我娘就抱怨過二嬸心太軟。還說蘭兒的裹腳進展得不夠快。此刻娘托握著蘭兒的一隻腳，那隻腳該斷的骨頭都斷了，可是該成型的卻沒有成型，看起來就像隻章魚的殘骸。換句話說，就是團醜陋、瘀青、無用的肉塊。

「妳知道我們家的男人個個軟弱，滿清入關後，他們一個個都不肯出仕、不肯降清，當官的全都辭官回家；他們不騎馬，改坐轎子，鎮日沉湎在蒐集的古董字畫裡；他們變得愈來愈……嬌柔。」娘的話語一頓，「情勢如此，我們更當奉行婦道。」她搖了搖蘭兒的腳，蘭兒嚶嚶啜泣，二嬸則潸然落淚，可是娘視若無睹。「我們必須奉行三從四德，要記住在家從父、出嫁從夫、夫死從子，要謹記丈夫是天。」娘引述女戒。「妳們知道我說的句句是真理。」

二嬸沒有說話，可是這些話卻教我聽得心驚肉跳。身為陳家的長女，家裡每個女孩纏足時的情景我都歷歷如目，我那幾個嬸嬸心腸太軟，以致於娘都得親自出馬，幫我那幾個堂妹重新裹腳，那麼一來，不但小孩哭，為娘的往往也跟著掉淚。

娘厲聲地說，「痛是當然會痛，但是纏足可以讓我們更柔軟，更柔順。」娘頓了頓，接著語氣一緩，不過蘊含其中的堅定並沒有稍減。「這次我會做給妳看，四天後妳得接手幫妳女兒做。每四天一次，每一次要比前一次緊。給妳女兒妳的母愛，明白嗎？」

二嬸的淚珠像斷了線般滴下，落進她女兒的頭髮裡。在場的人都知道，四天後的二嬸照樣無法硬下心腸，所以這樣的場面絕對會再度發生。

娘轉向我。「來我旁邊坐下來。」我們的目光交會，娘給了我一個充滿疼愛意味的微笑。「我要妳好好學著，這樣妳出嫁後生下女兒，才能好好地為她纏足。」

其他的小女孩一臉敬佩地望著我，她們都希望自己的母親也能這樣樹立榜樣。

「首先，我們得先矯正先前的疏忽。」娘輕柔地向二嬸補充道，「遇到替女兒纏足，當娘的永遠會怯弱不前。我也曾經歷跟妳一樣的猶豫，總想著：不用再緊了吧，這樣就可以了吧。可是如果纏得不夠緊，孩子會怎麼樣呢？她們走路的時候，骨頭會移位。所以，二弟妹，別以為那是善待孩子，實際上妳這是在害她呀，只會增加她的折磨跟痛苦。要知道人的外貌美醜在天，可是一雙四不像的纏足，只表示了當娘的人有多失職，也表示她的女兒有多偷懶。這會讓親家怎麼想？女孩兒家應當細緻得有如花朵，她們走路得像浮雲過月般優雅，言談舉止得溫文。她們之所以如珍似寶，道理就在這裡呀。」

轉向我，娘的聲音變得嚴峻。

「一旦沒有纏好，我們就得修正。來，左手握著妳堂妹的腳踝。」我照做。

娘將手覆了上來，並緊緊握著我。「妳要握得很緊，因為……」娘看了蘭兒一眼，沒把話說完，改口道：「牡丹，我們是不做粗活的，但是妳應該看過柳兒或是其他丫鬟奴婢洗妳的衣服跟布帕吧。」

我點點頭。

「好。那妳就知道她們洗好了衣服，會擰衣服，會把水盡量擰乾。我們要做的事情，跟那個差不多。看好我的動作，跟著我做。」

母愛這個辭彙包含了兩項元素：愛和痛。我以前一直認為，母愛指的是女兒對母親的感受，做女兒的人了解她們的母親在替她們纏足時，是痛在兒身疼在娘心。而今，看到娘的勇敢，看到了二嬸的淚水，我才知道這個辭彙形容的是她們，當娘的人永遠都在痛、生產時痛，替女兒纏足時痛、送女兒出嫁時還是痛。我有決心讓我的女兒知道我有多愛她們，可是見到蘭兒的慘狀，我不由得擔心，當時候來臨時我是否辦得到。我的胃翻攪起來。

「弟妹，抱緊一點。」娘對二嬸說。之後，她看著我，對我鼓勵地點了下頭，「把妳的另一隻手放上來……就好像要擰衣服一樣。」

我才將手放上去，蘭兒已經忍不住蠕動起來。二嬸連忙把蘭兒抱得更緊。

「我真希望可以快快結束，可是會變成這個樣子，就是因為太急躁跟心軟。」娘一面說道，她的左手托握著蘭兒的腳踝，右手緩緩往腳尖的方向拉扯。蘭兒開始失聲尖叫。

我感到暈眩，但同時感受到蓬勃的生氣——娘正在向我示範，母愛可以有多麼偉大。我跟著她作，而小堂妹的哭叫聲更悽慘了。

「很好。感覺到手掌下的骨頭都到位後，就放開妳的手。」

我的手從小堂妹的腳趾間離開。蘭兒的腳看起來還是畸型得可怕，但已經不再像先前那樣，隨處可見凸塊向前突出，而只是像兩條瘦瘦長長的辣椒。蘭兒本人則不住地抽泣。

「接下來的這一步會很痛。」娘對站在她右邊一個小女孩說，「去找蕭媽。她跑去那裡了？去把她找來，快！」

那個小堂妹很快將蕭媽找來。蕭媽是我的奶娘。她原本有個好人家，但是後來丈夫去世，年紀輕輕就成了寡婦，便來我們陳家工作。隨著年齡增長，我愈來愈不喜歡她。因為她為人很嚴厲，心腸很硬。

「握住小孩的腳。」娘對蕭媽說，「除了我跟小姐的手有動作外，我不要看到膝蓋以下有其他任何的動作。明白嗎？」

蕭媽已經是老手，她非常清楚娘要她做的是什麼。

娘看看四周的小女孩。「讓開點，給我們一些空間。」雖然那些小女孩們個個都好奇得要命，可是陳家畢竟是由我娘打理，她的號令沒人敢不從。

「牡丹，妳記得妳纏足是怎麼纏的吧？妳知道妳的四個腳趾頭是得朝腳心彎著纏吧？我們要像捲纏襪子般，把腳掌纏起來。妳做得到嗎？」

「可以。」

「弟妹，妳準備好了嗎？」

面色蒼白如紙的二嬸，像靈魂失落了一大半般，茫然地點點頭。

「跟先前一樣，看著我，照著做。」娘對我說。

我很專心地照著做，專心到幾乎聽不見蘭兒的尖叫聲。蕭媽將蘭兒的雙腿箍得死緊，緊到她的手指關節都變成白色。蘭兒痛得吐了出來，穢物吐了娘一身，連臉上都有。二嬸連聲道歉，聲音裡充滿歉意與慚愧。我也想吐，可是娘穩如泰山，絲毫不為所動，繼續著她的動作。

最後，我們終於完成。娘檢視過我這一腳的情況後，她拍拍我的臉頰。「妳做得非常好，妳會是個賢妻良母的。」

娘從不曾這樣讚美過我。

娘開始替她負責的那隻腳纏上布條，並做到了二嬸做不到的事情——把布條纏得非常緊實，直到蘭兒哭得聲嘶力竭，室內只剩下娘的說話聲跟包紮聲。她一圈又一圈地捲，一圈又一圈地纏，轉眼間長長的三尺布條都被纏在那纖弱的小腳上。

「纏足在我們漢族由來已久，不過現在纏足的女子卻比以前多很多。」娘娓娓敘說，「滿清韃子以為我們婦道人家是在走回頭路！那是因為他們看得見我們的丈夫在外行走，但卻看不進我們藏身的深閨。纏足是我們漢女對他們的反抗，看看我們四周，即使是我們的奴婢都裹小腳，我們漢女無論老少貧富，無不纏足。或許我們是弱女子，可是弱女子也能用自己的方式明志，這就是我們的價值所在。他們能脅迫得了我們的男人，卻威嚇不了我們女人！」

娘把布條縫上後，將蘭兒的腳放到一個墊子上，接著開始縫我纏好的那一隻腳。縫合工作結束後，也將那隻腳放到墊子上。她拉開二嬸放在蘭兒滿是淚水的臉頰上的手。

「透過纏足，我們這些肩不能挑、手不能提的婦道人家擊敗了滿清韃子。他們頒布法令要我們不得纏足，可是看看他們敗得有多慘，他們的女人家都反過來想效法我們呢。要是妳們去到外頭，就會看見韃子的女人腳上，穿著奇醜無比的大鞋，為了走起路來能像我們一樣搖曳生姿，她們在鞋底下嵌了一個小小的底座……哈！她們根本無法與我們對抗，更不能阻止我們珍惜固有的文化。不過那還只是其一罷了，最重要的是，我們的纏足是為了我們的男人，是為滿足他們。要知道，一個好丈夫絕對能帶給妳們幸福以及快樂。」

從被那位公子撩起的情思看來，我隱約知道娘在說些什麼。但奇怪的是，我不曾看過爹娘互相碰觸——是娘不喜歡身體上的碰觸，還是爹不喜歡？

爹非常地疼愛我，每當我去到書房，或是在迴廊遇見，他總會抱抱我、親親我。看來問題不出在爹，是出在娘。莫非娘當年嫁給爹時，就跟我現在一樣，對洞房之事感到害怕？所以爹才會納了那幾個小妾？

娘起身，她拉了拉髒污的衣裙。「我去更衣。牡丹，妳去春軒用早膳吧。二弟妹，妳也一起去，我們有客人要招待，不能讓人家等我們太久。妳們去了，就請客人們不用等我，讓她們先用膳。」娘轉向蕭媽。「我會派人送稀飯過來給她吃，吃完後，熬些止痛的草藥餵她喝。今天讓她好好睡一覺。從現在起，我要妳好好地看著她，我不要今天的事情又重演，這對孩子不公平，同時也會嚇著其他的小女孩。」

娘走後，我站起身。一開始，眼前一片黑，不久後我的雙眼恢復清明，可是我的腸胃並沒有好轉。「二嬸，您慢慢來沒有關係，我到外頭等您。」我設法從口中擠出話語。

我飛快奔回我的房間，掀開便盆的蓋子，朝裡面嘔吐。幸好柳兒不在，否則就不知道該怎麼解釋了。站起身，我漱了漱口，快步回到迴廊，才剛到廳堂外，二嬸恰從裡面走了出來。

我終於做了件娘真正稱許的事，只是這件事卻也讓我不舒服到極點。儘管我的心想要跟麗娘一樣的勇敢，可是事實上它卻跟二嬸一樣的軟弱。我做不到的。將來我絕對沒法替女兒纏足，我絕對沒法給她這樣的母愛。到時肯定會很慘。但願娘永遠不會知道我的軟弱，而我的婆婆極可能不允許這樣的家醜傳出吳家，一如娘不會讓二嬸的軟弱被外人知道一樣。

我原本以為春軒內必定個個交頭接耳，因為她們一定聽見了蘭兒的哭喊聲。但是當我跟二嬸走進春軒，卻發現每個人都若無其事地吃著、聊著。原來三嬸利用這個機會扮起女主人的角色，早已吩咐下人上菜。

我忘了武裝自己，以應付幾個堂妹的伶牙利嘴，但是非常奇怪，她們今早的尖酸刻薄彷彿像是柳兒拿軟石替我磨去腳上的粗繭般，完全不痛不癢。除此之外，我感覺不到半點飢餓，即使娘特地吩咐廚子替我做的慶生餃子，也之激發不起我的食慾。叫我怎麼吃得下？我才剛剛幫人纏足，還有個天大的秘密必須守護，除此之外，今晚的相見是否會被人發現，更教我擔心得手足無措。

早膳結束後，我回到房間，一直等到聽見別的房間傳出有人往盛蓮閣走動的聲響，我才起身，隨手拿了一幅畫，用絹布捲起，再深吸了口氣，這才走出閨房。

到了盛蓮閣，我走到娘的身旁，她卻從我身邊走過，早上的慈愛似乎已經蒸發，但是我不在意。她今天很忙：既要款待客人，又要主持比試，還要張羅慶典的祭祀。

今天的第一場比的是繪畫。如果說我的女紅跟琴藝稱得上馬馬虎虎，那我的繪畫可就糟得不忍卒睹。頭一個考題是牡丹，在大家攤開自己的畫作後，眾目紛紛轉向我。

「牡丹，妳的牡丹呢？」一位女客問。

「那雖是她的名字，可是她從來不畫那種花。」三嬸向客人們解釋。

之後依序是菊花、梅花和蘭花。我的蘭花畫得死氣沈沈，所以是別人勝出；下一個主題是蝴蝶，最後是蝴蝶跟花。這兩項我也沒入圍。

除了花與蝶，仍是花與蝶。可是除此之外，四周還能有什麼題材可以發揮？我們只能拿觸目所及的東西作題材，而我們所看到的，就只有花園裡的花花草草跟蝴蝶。看著我的幾位嬸嬸、堂妹，還有那群女客們，一張張妝扮得美麗漂亮的面孔，我看到了強烈的渴望。然而，一如我在暗地裡觀察她們，她們同時也在觀察我。我的恍惚全落在那些觀察敏銳的人眼裡。

「妳們家的牡丹好像患了思春病呢。」四嬸說。

「是啊，我們都發現到她的雙頰緋紅，不知道在想什麼。」三嬸說。

「我明天抓些草藥熬成茶給她喝下，或許有幫助。」四嬸又說。

「夏天思春？」娘說。「牡丹是很實際的。」

「我們喜歡這樣的牡丹。」二嬸說。「哪個少女不懷春？每個少女在她十六歲的生日上都該像她這個樣子。畢竟再過五個月她就要跟人成親了。也該是思春的時候了。也許她會跟別的姊妹說說心事也不一定。」

儘管我費盡全力想維持臉上的平靜，但熱氣還是如泉湧而出。有些長輩見我羞紅了臉，不禁失笑。

「幸好她已經有了婆家，而且很快就會過門。」娘輕快地說，「妳說的對，二嬸，也許她該找妳女兒談一談、聊一聊。我想掃把的丈夫在洞房花燭夜時，一定會很心懷感謝。」娘輕拍雙手。「走，大家上花園去進行我們最後一回合的比試。」

屋裡的人紛紛往外走，我可以感覺到娘的目光停留在我身上，充滿掂估及考慮的意味。她沒有說話，我也不敢看她。我們像兩座石雕相對矗立著。我很感謝她對我的維護，可是倘若如此，不等於是在承認……承認我害了相思病？招認我這兩天在乘風亭跟一名男子私會？招認我今晚還要去望月亭跟他見面？突然之間，我發現自己不一樣了。我領悟到不是月事，也不是嫁人讓女孩子變成女人——而是愛情。是愛情讓我由女孩變成了女人。

我拿出祖母的鎮定跟莊嚴，抬起頭，跨出門檻，往花園走。

我找了張瓷凳坐下來。園子裡花團錦簇，提供這一回合比試豐富的素材。我的幾位嬸嬸、堂妹背誦的盡是些名女詩人詠梅、詠菊、詠蘭、詠牡丹的詩句，滿園的奼紫嫣紅讓人想到的自是美麗、愉悅的辭藻，可是此刻在我腦中浮現的，卻是一首蒼涼的詩句——那是一位佚名女詩人留在牆上的詩句，時間發生在揚州慘遭清兵屠城期間。我一直等到其他人都吟誦完，充份揣摩那位女詩人當時的哀傷情緒後才開口：

瑟瑟枯樹佇立，迢迢悲雁鳴空，忍把血淚染梅紅，
未竟春日，心如槁灰，生若輕鴻，泣下千行淚滴滴重。【編註一】

這首被評為當代最令人感傷的詩句，深深觸動了在場每一個人的心。仍為女兒纏足之事心情沉重的二嬸再次淚眼盈眶，可是她不是唯一的一個，園內所有人莫不為那位已經香消玉殞的女詩人哀絕潸然。

突然，我感覺到娘的盯視，她的臉色非常蒼白，蒼白到頰上的胭脂顯得相對不自然。「這樣的好景佳日，小女卻吟詠這樣的悲情詩句。」她的聲音低到幾乎不可辨聞。

我不明白娘為什麼表現得那麼奇怪。

「小女身體微恙，」娘對周遭的人說，「才會如此失禮。」她將目光移回身上。

「妳該回房，今天一天妳就在房裡好好歇著吧。」

只因為念了首哀傷的詩，娘就不准我看今晚的戲？我的眼前頓時泛起霧氣，但我立刻眨去水霧。

「我沒有不舒服。」我可憐兮兮地說。

「柳兒可不是那樣對我說的。」

我既生氣又羞愧。柳兒清理便盆後，肯定跑去告訴娘我吐了。現在娘知道她養了一個多失敗的女兒，不但女紅、琴棋書畫樣樣外行，將來嫁了人，也沒能力做個好母親、好妻子。只不過這層認知並未對我造成打壓，反而強化了我前往望月亭的決心。

我抬起手，將食指輕貼頰骨，微微低下頭，露出一臉純真杭州少女的表情。

「娘呀，我想我可能真的被嬸嬸們說中了。或許因為今天是七夕的關係，我總想著夜裡鵲橋一搭，那對有情人就可以相會。可能是因為想到這件事，心裡就多少有些傷春悲秋的情懷產生。我不是思春，也沒有頭疼或是其他不適，我只是為賦新詞強說愁罷了，真的沒什麼。」

我的表情是那樣的無辜，加上周圍投射過來的目光，無不充滿包容與理解，我知道在這樣的情勢下，娘如果執意要我回房會顯得不近人情。

隔了片刻，娘開口，「誰會背誦詠木槿花的詩？」

琴棋書畫、女紅，我沒一件像樣，但娘卻樣樣精通，又知書達禮。只可惜，她有一樁夢想沒能幫爹達成，就是為他生個兒子——像娘這樣出色的女性，在當妻子這一項都不合格了，我憑什麼能作個相夫教子的賢德女子？更何況，我的心已經深深愛上一名男子，自是無法達到一般丈夫對妻子的要求。我要是出嫁了，難保我的丈夫不會背棄我、不會當著婆婆的面給我難堪，甚至到湖上的畫舫尋花問柳，或是乾脆將歌女納為小妾。

我想到娘常說的一句話：「小妾是生活中的一項現實。納妾這件事的重點，在於別等丈夫開口，妳就必須先幫他打點。另外，就是妳該拿她們怎麼辦——妳不能動手打她們。那種事，讓丈夫去作就行了。」

重點是，那不是我想過的人生。我想過的日子，不是這個樣子的呀。

今天是我十六歲的生日。而今晚，天上的牛郎跟織女會團圓，杜麗娘會因為柳夢梅對她的真情至愛而復活。而我，我會去到望月亭跟那位公子相會。我或許不是全杭州最完美的姑娘，可是他看我的眼神讓我覺得我是。

【編註一】原文為"The tree are bare.In the distance,the honks of mourning geese. If only my tears of blood could dye red the blossoms of the plum tree.But I will never make it to spring.My heart is empty and my life has no value anymorw. Each moment a thousand tears."

鞋污

子曰：敬鬼神而遠之。然而，在七夕這天，人們忘了鬼，忘了祖先，大家只想快快樂樂地度過節日——從我們的遊戲到這齣《牡丹亭》的上演皆然。

我換上了一件絲綢比甲，比甲上繡了一對在夏日繁花上飛舞的鳥，這讓我憶起與那位陌生公子相處時的愉悅，正如這隻鳥兒般歡喜；比甲下我搭配了一條裙擺繡上雪白海棠的絲裙，以及一雙桃紅色的繡鞋；我的耳垂上戴著金耳環，手腕上戴著金手環跟玉手環，那都是這些年來家人送給我的禮物。然而這樣的穿扮算不上盛裝，我往任何地方看過去，女人家們個個穿得花枝招展，走起路來無不搖曳生姿。

盛蓮閣的供桌上放置了一個三腳青銅香爐，爐裡插著燃燒中的清香，空間內充滿著濃郁的芬芳；成堆的水果——橘子、香瓜、香蕉、楊桃、龍眼等被擺放在景泰藍磁盤上，桌子的一端放著一個白色的瓷碗，碗裡盛著水跟數片柚葉，那是要給七位仙女使用的；桌子的正中央放了一個圓盤，圓盤的直徑約有一米大小，圓心畫了牛郎跟織女，還有一頭在溪邊走來走去的水牛。圓心的四周區隔出六個區塊，每一格都繪了一位仙女，象徵織女的六位仙姐。娘逐一唱名，讓我們這些未出閣的女孩子上前，將供品獻給每位仙女。

儀式結束後，大家坐下來享受晚宴。桌上的每一道菜都有其特殊含意，我們吃了被認為可以為家族帶來男丁的「送子龍蹄」——那是用十種祖傳秘方，經過煨煮燜蒸，並用文火反覆細燉而成的豬腿肉；接著下人為每個餐桌送上叫化雞，並透過用力的重擊，將包裹在外的厚實泥層粉碎，蔥、薑、酒、香菇的香氣頓時飄散四溢。一道道的佳餚依序送上桌：好的、壞的、香的、臭的、甜的、酸的、鹹的、苦的……分別滿足不同人的不同口腹所需。點心是用糯米、紅豆、胡桃還有青草做的糕粿，那可以幫助消化，防止發胖，延年益壽。雖然晚餐非常豐富，可是我緊張得完全吃不下。

晚宴之後，是最後一場比試。一盞盞燈火全都被熄滅，所有的未婚少女只能憑藉一柱香的照明穿針引線，誰能成功地把線穿過針孔，就表示那個女孩子在婚後能一舉得男。由於席間大家喝了不少紹興酒，可想而知，眾人都笑鬧成一團，很難有人能穿得過去。

我盡可能跟大家一起笑鬧，可是大腦卻也開始盤算著，該怎麼作才能神不知鬼不覺地去跟那位公子見面——我得像跟爹下棋時一樣，仔細算計每一步。

我不能跟第一晚一樣，坐在距離戲台較近的前排位置，也不能跟昨晚一樣坐在最後一排——要是我又坐在最後一排，娘肯定會起疑。她太清楚我對這齣戲曲有多著迷，不可能一連兩晚都遲到。在發生了下午的事情後，我想我應該多做些讓娘開心的事。正當腦海中盤旋著許多可能，我的目光落到了談則的身上。

我想到了，我可以利用那個孩子替自己脫身。

當蓮兒成功將針線穿好，眾人掌聲響起，我悄悄往談則的方向走去。她坐在一張椅子的前端，正望著我娘會點她上場去玩遊戲，但那是不可能的事，因為她不是已經跟人訂親、只等著大紅花轎來迎娶的大閨女。她是個小孩子，婚事半點沒有著落。

我拍拍她的肩膀。「跟我來，我帶妳去看件東西。」

她才一滑下椅子，我便牽起她的手，並刻意讓我娘看到我跟誰在一起，正在做什麼。

當我帶著談則往閨房走去時，我對她說：「妳是知道的，我已經跟人訂了親。」談則神情嚴肅地點點頭。

「想不想看我夫家送的聘禮？」

她發出一聲歡呼，我也暗自歡呼了一聲。不過理由不一樣。

步入房內，我打開豬皮製成的衣櫃，向她展示已送至家中、成匹輕如空氣的薄紗、充滿光澤的緞子，以及金線織花的錦綢。

園裡響起鐃鈸鑼鼓聲，通知大家即將開戲，眾家姐妹開始往屋外走。談則匆匆跳下椅子。

「看看我的嫁衣，」我趕忙說，「你一定會喜歡我的頭飾。」

談則坐了回去，急切地扭著她的小屁股。

我取出了我的紅綢百褶繡花裙。我爹雇用的繡工手藝很精熟，就連裙褶與裙褶相接後布上的花鳥、雲朵，以及所有象徵富貴榮華的吉祥圖案仍保持一體成形，外衫也是同樣的巧奪天工，就連盤扣也不只咽喉、胸前、腋下等處的傳統款式，而是精緻的一長排設計扣，好讓我的夫君在洞房花燭夜得花上不少時間才能全數解開；頭飾的樣式既簡單又雅緻，就是一簇薄薄的金葉，它們會在我走動時輕輕搖晃，也會在燈火下熠熠生輝。

結婚當天我的頭頂會覆上一塊紅帕遮去我的臉，我的蓋頭將會在過門後，由我的夫婿揭起，直到那時我才會知道自己的夫婿長什麼樣子。我一直很喜歡這套嫁裳，只是在欣賞的此刻，心情卻非常陰暗——為一個跟自己毫無感情的人，打扮得漂漂亮亮，像個禮物般送上門去，究竟有什麼意義呢？

「很美，不過我爹說，將來我結婚時，他會打造一個鑲有珍珠和翡翠的頭飾給我。」

我根本沒在聽她說話，我將全部的精神都放在留意外面的動靜上。鑼鼓聲仍催促著人們前往花園，可是外面的迴廊已經沒了聲音。我放下嫁裳，牽起談則的手，離開我的房間。

來到花園，我看見我那幾個堂妹佔據了屏風前的好位置。難以置信的是，她們居然替我留了一個位置，蓮兒甚至向我招手，邀請我過去跟她們坐在一起。我回了她一個微笑，然後彎下腰對談則小聲地說。

「瞧，那群大姐姐要妳過去跟她們坐一起呢。」

「是嗎？」

談則甚至不待再次慫恿，就興沖沖奔向前坐下，並開始熱烈地和她身旁的人說起話來。

那群姐妹平常總沒給我好臉色，這就是我的回饋。

我做出尋找前排或是靠中間位置的樣子，當然遍尋不著。接著，我刻意露出失望的模樣，然後無奈地在後排靠邊的位子坐下。

今晚開場的戲是我很想看的一個折子，可是現下卻只有坐在後面聆聽的份。這個折子上演的是《婚走》——也就是私奔。那是我們聞所未聞的事。劇情發展到麗娘與柳夢梅成婚之後，她向丈夫坦承自己仍是個處子——儘管她曾以鬼魂的狀態，在夜半時刻與柳夢梅燕好，但其肉身仍以處女的形式，被保存在墓穴中。這齣戲最後以柳夢梅前往杭州應科考，並帶著麗娘一同前往告終。

相較於其他部份，我對這部戲曲最後的三分之一的情節並不感興趣，因為這部份的劇情多半發生在杜家花園以外的地方，而且是武戲，所以有許多人在戲台上舞刀動槍。即使如此，台上的武戲仍吸引住了多數人的目光，我四周的人也都沈浸在刀光劍影裡。

我一直等待，直到再也無法按捺，終於懷著一顆跳動不停的心悄悄起身，斂了斂衣裙，一臉若無其事地，往後進女眷住的廂房走去，只不過我不是回我的閨房，我在半路離開了迴廊，改沿著我們家南邊的圍牆走。經過了一個又一個的亭台樓閣，我來到濱湖的走道。

我從沒來過這條走道，因此猶豫了片刻，不知道接下來該怎麼走。然後，我看到了望月亭，並感覺到那位公子已經在那裡等我。

僅僅靠著天上半月的光輝引導，走著走著，我在暗夜中看到他了——他坐在望月亭內離岸最遠的欄杆旁，但他不是朝湖面看，而是在看著我。意識到他正盯著我看，我的胸口止不住上下起伏。這條走道上鋪了鵝卵石，並以圖案裝飾——蝙蝠象徵福祿，烏龜代表長壽，錢幣則是代表財富。當人們漫步其上，每一步都像走在福祉上，邁向長壽，而且愈走愈富有。這條走道同時兼顧健康上的考量，因為上了年紀的人走在這條路上，小石子可以按摩他們的腳。然而，這條道路當初會如此設計，必定是為了防止女子走入花園，因為我發現它的起伏不平，讓我的小腳寸步難行，我的每一步都必須很小心，一腳踩穩了才能跨出另一腳。而這樣的走法，也使我的蓮步愈顯婀娜多姿。

到了望月亭，我遲疑了，我的勇氣消失了。這個亭子三面被湖水環繞，就某個程度來說，這裡已經是在陳府的後花園之外，而女子是不能抛頭露面的。

然後，我想到了麗娘的勇敢，深深吸了口氣，走進亭內後停步。他穿了一件深藍色的長袍，並在身旁的欄杆上放了一枝牡丹花跟一截柳枝。他並沒有起身，只是定定地看著我。我試著保持不動。

「妳們家的這個亭子是三觀亭。我們家也有一座，只不過它是在池塘邊，而不是在湖邊。」他一定是看到了我的迷惑，所以繼續說道。「從這裡可以看到月亮的三個樣貌：天上的，水裡的，還有就是反射在鏡子裡的。」他抬起手，指了指亭內唯一一張家具上的鏡子——一張木雕羅漢床。

「喔！」我失聲輕呼。亭內擺著的那張床，對我來說就是一張休憩用的床，我從沒有對它有過任何其他的想法。可是現下看到它，看到那面鏡子，面對如此軟弱無力的夜晚，我卻忍不住顫抖，只想置身他家的那座亭子裡。

他微微一笑。

他究竟是因為看到我的難為情而笑，或者因為他和我正想著同樣一件事？

經過漫長並且對我來說相當不安的沈默後，他起身走了過來。

「來，我們一起到這裡看看。」

趨身步向亭內，我抓握著欄杆支撐自己。

「這是個美麗的夜晚。」他望著波瀾如鏡的湖水後，轉過身來面向我。「但妳更美。」

我快樂得無以附加，緊接著一股猛烈的羞怯與恐懼淹沒了我。

「怎麼了？」他疑問地望向我。

淚水充滿了我的眼，我努力地控制著。「也許你看到的我，是你只想看到的那一面。」

「我看到一位我想為她吻去淚水的真實女孩。」

兩顆淚珠滾出了眼眶，滑落我的面頰。「在這件事發生後，我怎麼還能做得了一個好妻子？」

「妳又沒有做錯什麼事。」

我當然有！我來到這裡跟一個陌生男子私會，不是嗎？可是我不想談這個。我往旁邊跨了一步。「我彈古箏時，老是會彈錯音。」將雙手交疊在身前，我試著用平靜的聲音說。

「我不在意古箏彈奏。」

「但是你不會是我的丈夫。」我話音剛落，他的臉上閃過一抹痛楚。我傷害了他。

「我的針線活作得粗糙，總不夠細密，而且不平整。」

「我娘沒成天坐在繡房裡刺繡。要是妳是我的妻子，妳們兩個會有很多事可以一起做。」

「我的繪畫畫得很糟。」

「妳都畫些什麼？」

「就是些平常的花。」

「妳本身就不平常，不應該畫平常之物。如果能畫畫的話，妳想畫什麼？」

沒人這樣問過我。

事實上，從來沒有人問過我這樣的問題。如果我曾經被人詢問過這樣的問題，如果我曾經思索過這樣的問題，該如何回答才能符合期待？那麼我會回答：我會練習畫花，並且把花畫得像樣些。可是我沒有想過這些事。

「我會畫這片湖，這月亮，這座亭子。」

「原來是畫山水。」

不是那種掛在爹書房裡的那種山水畫，而是寫生的山水畫。這個主意令我心動極了。

「我家在對岸，在山的高處，每個房間的視野都很好。要是我們是夫妻，我們會是志同道合的伴侶。我們可以一起遊湖，一起觀潮汐。」

他說的每件事都讓我既歡喜又難過，因為那是一種我極度渴望、卻終生不可得的生活。

「不過，妳放心，我相信妳的未婚夫肯定也不會完美到那裡去。看看我，自宋代以來，每個讀書人莫不以科考為職志，莫不以金榜題名、位列朝班為人生目標。可是我從未參加過科考，也從來沒想過要謀個一官半職。」

可是現下不就是如此?!一個有節操、忠於明室的男人，不都寧可賦閒在家，也不願替清廷效力?他為什麼特別拿出來講?他以為我無知嗎?還是他以為我會希望他從商?商人滿腦子只有賺錢，太俗氣了。

「我是個詩人。」

我微微一笑。早在透過屏風縫隙看到他時，我的直覺就告訴我，他肯定是個讀書人。「文人最重要的天職，就是吟詩作對度日。」

「我要的婚姻，是擁有一個能分享人生、詩文的伴侶，」他低語。「要是妳我是夫妻，我們可以一起蒐藏書籍，一起煮茶談文論詩。我先前就告訴過妳，我要的是妳的這裡。」

他指了指我的心，但是起回應的卻是另一個位置較低的地方。

「我們談談那齣戲吧，」隔了片刻，他說。「沒看到麗娘跟她母親團圓的那一段，妳很失望吧?我知道女孩子都很喜歡那場戲。」

是的，我很喜歡那個折子。正當官兵跟亂賊打得難分難捨之際，杜麗娘的母親跟春香為避戰禍投宿杭州的一間客店。看到女兒，杜老太太十分害怕，以為見鬼了，但麗娘此時已經三魂合一，復活為人，杜老太太在聽了女兒的解說跟石道姑的作證後，由驚駭變成了驚奇。

「每個作女兒的人，都希望無論她是人是鬼——不管是不是化為餓鬼，是不是跟人私奔，她的母親都還是會認她、愛她。」我說。

「是的，那是非常感人的一幕，那讓我們見識到了母愛的偉大。至於今晚的其他場戲……」他淡淡地說，「我對政治不感興趣，太多理性了，妳認為呢？我比較喜歡花園的那幾折戲。」

他是在戲弄我嗎？

「夢梅用他的真情讓麗娘起死回生。」他又說，「他相信她，所以她由虛幻變成了實體。」

他對《牡丹亭》的解讀與我相近，衝動之餘，我脫口而出：「換作是你，你會為我那麼做嗎？」

「我當然會！」語畢，他將臉湊近我。

他的呼吸如蘭似麝，雙方懷抱的慾望為我們之間的空氣加溫。我想，他就要吻我了，而我也等待著他的唇烙印下來。我不知道自己該做什麼，也不明白他期望我做什麼。不對，事實也不盡然如此——應該說，我從沒想到會發生這樣的狀況，只是當他退開、並用他那雙幽深的眸子定定地望著我時，我才發現自己是如此地渴望，渴望到身體顫抖了起來。

他看起來沒有比我大多少，可是他是個男人，而且可以在外頭走動。說不定他跟那些畫舫的姑娘還有過「血色羅裙翻酒污」的日子。在他眼中，我一定單純得像個什麼都不懂的小孩子，而就某方面來說，他對待我的模式也的確像在對待小孩子一樣。

「我一直無法判定，這齣戲的結局究竟算不算是喜劇收場？」他說。

他的話令我一驚。時間已經過了那麼久了嗎，戲曲已經演到尾聲了嗎？他一定是察覺到我的驚慌，遂又開口安撫。

「放心，還有好幾場戲。」他拿起那枝牡丹花，一手捻著花梗，將花朵放在另一手的手心上。「柳夢梅去應試，中了狀元。」

我的思維早已跟身體脫節，注意力更是不在戲曲上。經他一提醒，這會兒我不得不使勁將心神拉回戲曲上。我猜那是他的用意。

「可是當柳夢梅向麗娘的父親自稱為女婿時，杜寶很生氣，」看到他露出微笑，我明白他果然是希望我把心神放在戲曲上。

「杜寶命人搜身，結果——」

「官卒搜出了杜麗娘的自畫像，杜寶更認定柳夢梅是個壞人，還是個盜墓賊。他怒不可遏，命人嚴刑拷打。」我說。

「夢梅敘述自己如何協助麗娘復活，並稟告杜父他二人已經成婚，杜父根本不相信他的話，硬是要將柳夢梅定罪。」

他手上的牡丹香氣薰得我頭昏欲醉，更讓我憶起自己昨天夜裡渴望完成的所有事——於是我拿起了欄杆上的柳枝，一面繞著他轉啊轉，一面用低沉的聲音輕撫他。

「這個故事會以悲劇收場嗎？之後所有人都被帶到金鑾寶殿上，恭請皇帝聖裁……」繞完了一圈，我回到他的面前，停了一下，看著他的眼睛，然後繼續圍繞著他漫步。只是這一次，我手中的柳枝沿著他的腰腹畫圈。

「杜麗娘被帶上了金殿，」他的聲音粗啞。「可是她的父親不相信女兒死而復活，連親眼看到她，仍是不信。」

「藉著這一幕戲，湯顯祖想表明男人的腦子是多麼受到『理性』侷限。」我的聲音依然是低沉的，我知道那能使我的詩人更加聚精會神，專心聽我說話。「面對這樣聞所未聞的奇事，人們根本無法保持理性。」他發出嘆息，我一笑。「可是執著的杜父認定他的女兒已死，出現在眼前的是個女妖，堅持他的女兒需接受檢驗——」

「於是她被帶到鏡前，如果是鬼，便沒有影子；又被帶到花蔭底下，檢查走路時有沒有留下腳印——如果她是鬼怪，便不會有足印。」

「是的。她同時也回答了喜、怒、哀、懼、愛、惡、慾等與七情相關的問題。」

「妳有沒有經歷過這些感受？」

我在他的面前停了下來。「並非全部都有。」

「喜？」他將手中的牡丹拿高，輕觸我的面頰。

「今天早上醒來的時候。」

「怒？」

「我說過，我不是十全十美。」牡丹花瓣游移來到我的下巴。

「哀？」

「每年先祖母的忌日。」

「但從來沒有經歷過妳自己的。」花瓣離開了我的臉頰，來到我的手臂。「懼？」

我想到初來此地的忐忑及恐懼，可是卻又口是心非地回答：「沒有。」

「很好。」花朵一路滑移，來到了我的手腕內側。「愛呢？」

我沒有回答。但花瓣觸及皮膚的感覺，讓我一顫。他笑了。

「恨呢？」

我搖搖頭。我們都明瞭，我還沒年長到足以對任何人產生怨恨。

「只剩一個了。」他手持牡丹，在我的手臂上來回移動，然後輕觸我耳朵下方，橫向沿著我的脖子，拂過領口，直達喉嚨。「您？」

我屏住呼吸。

「妳的臉上已經顯現了妳的回答。」他的唇貼近我的耳朵。「如果我們成婚，將不會把時間只浪費在品茗及聊天上。」他退了一步，轉頭看向湖面，「我真希望……」他的聲音顫抖。

此刻的他，和我一樣難為情。他清清喉嚨，發出沉重的吞嚥聲，當他再度開口，語音裡平靜無波，就好像剛剛什麼事情都沒有發生過一般。我又再次一個人迷失在狂潮裡。

「我真希望妳能看到我家。我家就在湖對岸的吳山上。」

「那不就在那邊了嗎？」我指著湖對岸的那座山崙。

「是的，就是那座，不過我家被孤山擋住了，妳從這裡看不到，我家就在孤山那個邊角再過去的方位，真希望妳能看到，這樣的話，當妳往那邊看的時候，就會想到我。」

「也許從我爹的書房，我可以看得見你家。」

「沒錯！從令尊的書房可以看得到。我跟令尊曾在他的書房裡談天論地過數次，從那裡的窗台可以看到我家。可是就算妳能看到吳山，又怎麼知道哪一棟房子是我家？」

我的心一團亂，完全想不出解決之道。

「我指給妳看，這樣妳就會知道了。我保證，只要妳往那邊看，一定可以找到每日朝這邊瞭望的我。」

我點頭。

他帶領我走向湖岸涼亭的右側，從我手中拿走柳枝，連同牡丹一起放到欄杆上，然後人在欄杆上坐下，身體一旋，兩腿轉到欄杆的外面，接著跳到欄杆外的一塊石頭上，再向我舉高雙手。我驀然明白，他是要我跟著他躍到石上。

「把手給我。」

「我不能。」真的不能。今晚我已經做了太多違反規矩的事，我不能跟著他走。我從沒踏出過陳府半步，要是我離開這裡，爹娘肯定不會饒恕我。

「沒有多遠。」

「我從來沒出過花園一步。我娘說——」

「娘的話固然要聽，可是——」

「我不可以的。」

「那，妳剛剛的承諾怎麼說？」

我動搖了。我的意志，就跟掃把面對送到她面前的餃子一樣。

「妳不是今晚唯一走出她家花園的姑娘，我認識好些小姐今晚都在湖上泛舟。」

「畫舫的姑娘。」我冷哼。

「才不是。我說的是那些詩社的成員。她們跟妳一樣，不願意自己的生活只侷限在閨閣之內，所以她們走出閨房，寫詩、作文，成了女文人。要是妳是我的妻子，我想帶妳領略的，就是外面世界的生活。」

言外之意，這樣的夢想就只能編織到今晚為止，往後就沒了。

再一次當他舉起雙臂，我在欄杆上坐了下來，盡量端莊優雅地，將雙腿翻過石欄，然後任由自己跨出安全的府牆。他帶著我沿岸邊的岩石步行，我這樣的行為不只是大逆不道而已，但不可思議是，我們居然沒有被人逮到，也沒有鬼魂自草叢飛出，或是從樹後跳出來嚇我們，甚至將我們殺害。

由於部份石頭上長滿青苔，容易打滑，所以他托著我的手肘，以防我滑倒。我可以感覺到他手掌的溫度正透過薄薄的衣料熨燙著我的皮膚，溫暖的氣流翻掀著我的裙襬，彷彿蟬翼被風吹拂而揚起。我到外面了，我看到過去從未見過的景物，從這裡到那裡，藤蔓覆蓋在我家大院的圍牆上，讓人一目瞭然牆裡種了些什麼植物。一棵棵的垂楊，柳條輕拂著水面，岸邊盛開的野薔薇與我擦身，瀰漫在空氣中的花香，紛紛注入我的衣服、我的髮間、我的手中。我的身體被數種強烈的情緒激盪著：害怕被人發現的恐懼、開心能到外面走上一遭的興奮、喜愛的男人帶我來到這裡的歡喜。

我們停了下來。

「我家就在那裡。」他指著湖的對岸，距離孤山上那座從我爹書房得以眺望的新亭子，尚還有一段距離。「那裡有間廟宇。每逢節日，廟裡的師父都會把寺門打開。妳看到那間廟了嗎?今晚它點了火炬，整間廟亮如白晝。往上一些，再往右一點點，那幢房子就是我家了。」

「我看到了。」

月兒灑下些許銀色光芒，但已足夠為我腳邊直到他家門前湖面的這段路，指引方向，這也讓人感覺我們此時的相聚，盡是天意的安排。

就在這個特殊的時刻，我分神了。突然感覺到腳底一濕，我的裙子下襬似乎也濕了。我連忙倒退一步，遠離悄悄偷襲的湖水。那湖水讓我想到今晚在湖上泛舟的情侶，想到躲開人們的目光、正在湖邊亭子裡卿卿我我的年輕夫妻。

「妳會喜歡我家的。我們有座很漂亮的園子，雖然不如陳家來得大，園子裡有假山，有望月亭，有池塘，還有一棵梅樹。每逢春天，那棵梅樹開花後，香氣都會盈滿園子。以後每次看到它，我都會想到妳。」

我希望我們擁有洞房花燭夜，更希望今夜就是，想到這裡，我難為情地低下了頭。當我抬起頭，卻發現他凝視著我的雙眼，我知道他和我有著相同的渴望。然後，那一刻就過去了。

「我們該回去了。」他說。

他催促著我們盡快離開，可是我足下的繡鞋因為潮濕變得容易鬆脫，所以只能徐步前進。

愈是接近望月亭，戲台那端的聲音愈加填滿我的意識，聽聞劇情已經進展到柳夢梅被杜父嚴刑拷打，我知道戲曲接近尾聲。

他將我舉高，送我回到望月亭內——就這樣了，明天起，我又要回到待嫁女兒的角色，而他也將回到準備迎接新婦的準新郎角色。

「我想跟妳聊這齣戲。」

這樣的話語實在稱不上浪漫，可是對我來說，它們卻是甜蜜的，因為那顯示他有多喜歡文學，有多在意閨房情趣。他是真的想要了解我、認識我的內在。

他將柳枝遞給我。「妳留著。給妳做紀念。」

「牡丹呢？」

「我會永遠帶在身邊。」

我心裡好甜，因為我的名字就叫牡丹啊。

他將自己的雙唇貼近我的，「我們有三個晚上的美好回憶，這遠比許許多多的夫妻在他們一生中所能擁有的還要更多。我會永遠珍藏在心底。」他情意深長地說。

我的眼前一片模糊。

「妳先走吧。我會隔段安全距離再走。」

我忍著淚，咬著唇，轉身走出望月亭。回到花園，我稍稍停了一下，將柳枝放進衣服裡。當我聽見杜父在責罵麗娘是個妖怪的時候，這才記起自己的鞋子、襪子、裙襬都濕了，得回房更換。

「原來妳在這裡。」掃把從暗處走出。「妳娘要我來找妳。」

「我……我……」我想起第一晚柳兒扮演的春香，「我回房去小解。」

掃把一笑。「我去過妳的房間。妳不在妳房裡。」一副逮到妳說謊的得意模樣。

當她的眼睛由我的臉一路往下看到我的裙子、鞋子後，她臉上的笑容愈加擴張開來。接著她將手一拐，勾起我的手臂，很親暱地對我說：「戲快演完了，我不希望妳錯過結局。」

我被自己心裡那份不欲人知的幸福感沖昏了頭，便說服自己相信她是想幫我的。而我先前那份跑到望月亭跟他私會的勇氣，這會兒已經全都撤退到我心底的一個角落，因為我沒有坐回原先最後一排的位置，而是無助地、愚蠢地任由掃把拉著我，穿過一個個女客，甚至走過我娘的面前，走到最前排的位置，在她跟談則間坐了下來。也因為談則的關係，我發現我所坐的位置，就在那個可以看到戲台的屏風縫隙前。

我試著在一群黑髮男子中找到他……我找到了，他跟我爹坐在一起。看了片刻後，我強迫自己將視線移回戲台上。

在此同時，皇帝試著為杜父及杜麗娘緩頰，於是他頒布公告，分別授與杜父、杜母、杜麗娘及柳夢梅四人榮耀——這對男女主角而言，絕對是得償所願、苦盡甘來的喜劇結局，只是杜父跟杜麗娘之間，卻再也恢復不了以前的關係。【譯註一】

男客席那邊的觀眾紛紛起立鼓掌，大聲叫好，女客席這邊則個個點頭稱妙。

跟第一晚一樣，我爹走上戲台，向賓客致詞，謝謝他們來到寒舍欣賞戲曲，並向所有參與表演的戲班，以及被要求客串演出的僕役們致意。

「這是個愛與命運的夜晚。」他說。「我們看到麗娘跟夢梅的故事如何畫下句號，也知道牛郎與織女將與稍晚相會。現在，且讓我們預告另一段愛情故事的展開……」

啊！爹將要當眾宣佈我的親事了。我的他低下了頭——果然，他也是不想知悉真相的。

「在你們當中有許多人都知道，我很幸運地，跟自己未來的女婿成了忘年之交。」爹說道。「吳人是我看著長大的，我視他如子。」

眼看著爹抬起手，指向我即將要婚配的對象，我閉上了眼睛。若是三天之前，我一定會順著他手指的方向望去，但是現在的我，無法將充盈在體內的微妙情感擱下。只想保持現狀再久一點。

「對吳人熱愛詩文這一點，我感到慶幸，但是當他在棋局中勝過我時，我可就沒那麼開心了。」

男客席間響起一陣賞識的笑聲，但是我們女客席這邊卻一片寂靜。我感覺到背後非難及輕蔑的瞪視，那一道道的目光都像刀子射在我的背上。睜開眼，看向右側，談則正盯著屏風的縫隙，兩眼瞪大甚至合不攏嘴，接著隨即將目光移開。看來我的未婚夫必定長得很醜，很見不得人。

「在場許多賓客未曾見過小女，」爹繼續說道。「但我們陳家的人全都在這裡，他們參與了牡丹的人生。」爹對著我的未婚夫說，但話語則送進所有人的耳裡。「我從不懷疑她成為賢妻良母的可能……除了一點，那就是她的名字並不合宜，因為令堂也名叫牡丹。」

爹的視線越過了男客席，投向我們所在的屏風後方，「我親愛的朋友，正因為她的名字與令堂相同，從今以後，我們將改口叫她『同』。」

我無法置信地搖搖頭，爹就這樣將我的名字永遠更改。從今以後我叫陳同——只因為一個常見的巧合——我和自己未來的婆婆，一個我尚未謀面卻已經開始控制我直到她死的女人同名。我爹沒問過我、甚至沒預先通知我就作了決定。我的詩人是對的，往後的這一生一世，我就只能靠那三個夜晚的美好回憶過日了。不過，今晚還沒過完，我不要現在就陷入絕望之中。

「今晚大家好好地慶祝一下。」我爹向大家宣布，並抬起手對屏風後的女眷示意。奴僕準備攙扶我們回盛蓮閣，我讓柳兒攙著，正想直接回房的時候，娘走了過來。

「妳今晚真是天之驕女。」她說。娘的語調雖親切，卻掩不住藏匿其中的失望。「柳兒，我帶她回房就好。」柳兒退下後，娘挽起我的手臂——我不知道，她如何能夠在將指甲隔著衣料掐入我肉裡的同時，動作卻一派優雅。

於是眾人讓出一條路來，讓當家女主人領著她的獨生女回到盛蓮閣。眾人尾隨在我們身後，安靜得如同一條條飄浮在空中的絲巾，或許他們不知道我方才作了些什麼，但卻能夠從我髒污的雙足——某種程度上，這是女性軀體的極私密處——確知我必定去過什麼不該去的地方。

我不知道我為什麼會回頭，可是我回頭了。我看見談則跟掃把走在一起，掃把的嘴邊泛起一抹幸災樂禍的笑意，但談則太小，不懂怎麼隱藏她的情緒。她的小臉通紅，下巴緊繃，整個身體因憤怒而顯得硬梆梆。我不知道她在氣什麼。

到了盛蓮閣，娘停了一下，囑咐眾人自便，她等等就回來。之後她帶著我往未婚女孩居住的閨樓走去。到了房門前，她推開房門，輕輕將我推了進去，接著關上房門。我聽到一陣聲音，那是我以前從來沒有聽過的聲音——就像金屬摩擦般。當我想開門確認聲音來自何處，才發現門被鎖住了。這是娘第一次將她的鎖匙，用在我身上。

然而，娘的惱怒並未取代他在我耳邊留下的話語，那些他曾用牡丹撫過我身體、因而徘徊不去的感覺，亦未曾有過任何改變。我拿出他送我的柳枝輕畫臉頰，然後將它放進抽屜中，接著脫下鞋襪、解下裹腳布，取來乾淨的布條重新纏上。

從窗戶望出去，我看不見天上為織女跟牛郎搭起的鵲橋，但我可以聞到玫瑰留在我髮稍、肌膚上的香氣。

【譯注一】此詩出自《牡丹亭・圓駕》，內容為「據奏奇異，敕賜團圓。平章杜寶，進階一品。妻甄氏，封淮陰郡夫人。狀元柳夢梅，除授翰林院學士。妻杜麗娘，封陽和縣君……」

關上門，打開心

娘從未過問我換下的髒繡鞋、髒襪子和髒裙子，因為有個僕人會來把它們都帶走，而且不曾再拿回來過。至於我，則一直被鎖在房裡。

在被監禁的漫長一周裡，我對任何事都感到困惑，但我不過是個被關在自己房間裡、沒有人可以對話的可憐女孩，甚至連柳兒都被禁止與我見面——送飯跟盥洗用水的時候除外。

我成天都坐在窗前，可是我能看到的很有限，就只有上方的一小片天空，和天空下的庭院。我翻閱那些不同版本的《牡丹亭》，找出《驚夢》一折，試著想弄清楚柳夢梅跟杜麗娘究竟在山洞裡做什麼【編註一】。每當我想起那位陌生男子，充塞胸口的情感便壓抑著我的食慾，讓我的腦袋一片空白，卻停止不了我為禁閉解除後的日子擔憂。

在被幽禁七天後的這天早上，柳兒打開門，走了進來。她端了一個托盤，托盤上有壺茶，有碗稀飯——這是我的早餐。我想念她的陪伴，更想念她替我梳頭、洗腳、裹腳等等的照料，和我倆之間鮮少間斷的對話交談。這些天她端三餐、茶水進來的時候都很安靜，都是放下便走。可是今天她面帶微笑，而那種笑容是我不曾見過的。

她斟好了茶，在我的面前蹲跪了下來，看著我，等著我開口問她。

「告訴我發生了什麼事。」我料想她是要告訴我，我娘解除對我的監禁了，要不然就是要告訴我，我娘准她留在我房間了。

「老爺問我要不要扮演春香那個角色的時候，我答應了，我是希望來看戲的男客中，會有人看上我，並且向老爺提出要求，將我買下。」柳兒說，她的眼睛閃閃發亮，亮著快樂的光芒。「昨晚有人開價，而老爺答應了。我今天下午就要走了。」

我感覺就像被柳兒摑了一巴掌，就算歷經萬年我也無法想像，居然會發生這樣的事。

「可是妳是我的人！」

「事實上，直到昨天為止，我都是老爺的財產。從今天起，我是關老爺的人了。」她說話時臉上泛起的笑容，點燃了我一肚子的怒火。「妳不能走。妳不可能想走的。」

她沒有回答，我這才知道她是真的想走。可是怎麼會呢？她是我的奴婢、我的同伴啊！我從來沒想過她從哪裡來，為什麼會成為我的僕人，可是我從很早以前就認定她屬於我。她是我生活的一部份，一如夜壺——在我睡眼惺忪時，她在我的腳邊；一早睜開眼，第一個看到的會是她；在我睡醒前，她會準備好炭盆、接過熱水方便我盥洗。我一直認為，在我結婚以後，她會跟隨我到夫家繼續伺候我；當我懷孕生子的時候，她應該照顧我。而且因為她跟我同齡，我甚至覺得她會一直伺候我，直到我死。

「每晚在妳入睡後，我都只能躺在這片地板上，將淚水藏進手帕裡。」她向我坦承一切。「這些年來，我都希望妳爹能將我賣掉。要是我夠幸運的話，新主子說不定會納我為妾。」她停了停，想了一下，然後很平靜地說：「二姨太、三姨太、四姨太……都無所謂。」

我又再一次被她的渴望驚嚇：無論想法或者慾望，我的奴婢都遙遙領先在我之前。她來自外面的世界——一個我突然為之神魂顛倒的世界——但我卻從來沒想過要問問她，關於那個世界的事情。

「妳怎能這樣對我？妳還有沒有良心？」

她的笑容逐漸消失。她是不想回答，還是她認為自己並不欠我什麼？「我很感激你們陳家收容了我，」柳兒向我承認。她有張漂亮的臉孔，可是直到這一刻，我才看出她有多不喜歡我。說不定這些年來，她從沒喜歡過我。「過去我是『瘦馬』，但以後我可以擁有不同的人生了。」

我聽過那個名詞，可是對它不是很了解。

「我出生於揚州—也就是妳祖母喪命的所在。」她繼續說。

「和許多人家一樣，我家也遭到悲慘的命運，那些老的、醜的女人都被韃子殺死。像我娘一樣的女人則像鹹魚般，被人稱斤論兩地販賣。我娘後來被賣給一個商人，我是她第四個被賣掉的女兒。從此以後，我就像風中的葉子般四處飄零。」

我聆聽著。

「從事瘦馬交易的商人為我纏足、教我識字、唱歌、刺繡、吹笛，就這方面來說，我的生活跟妳沒有多大的不同，可是就更多方面而言，則跟妳有天壤之別。這些人在他們的土地上『栽種』女孩，而非莊稼。」她低下頭，偷偷地用眼角餘光掃視我。「春去秋來，他們會年復一年地養育我，直到我成長到足以出售至聲色場所的年紀，但是當市場供過於求，我們的售價便會滑落，這時候他們就會拋售一些庫存的莊稼。於是，有那麼一天，他們替我穿上了紅衣服，替我化了妝，把我帶到市場上販賣。妳爹先是檢查我的牙齒，然後用他的手掂掂我的腳，還撫摸了我的身體。」

「他才不會那樣！」

「他有，而我羞愧欲死。他用幾匹布買下了我。過去的這幾年，我一直暗暗希望妳爹會收我做他的四房姨太，希望我能替他生下妳娘、以及其他三位姨太都無法為他生下的兒子。」

不堪的念頭讓我的胃一陣緊縮。

「今天，我將去到我第三位主人的家。」柳兒就事論事。「他用豬肉跟銀兩向妳爹買下我。你爹很開心，他認為這是筆好買賣。」

豬肉？我想到我未來夫家的眾多聘禮中，有一項也是豬肉。也許我跟柳兒的命運終究沒有什麼天大的不同，我們對於自己的未來都沒有發言權。

「我還年輕，」柳兒說。「若是我沒有生下男孩，或者再也沒能討得主子的歡心，我很有可能會再被轉賣。瘦馬販子曾經告訴過我：男人買妾是為了增添花園的風光，有的樹能結出果子，有的提供樹蔭，有的則純粹供人欣賞。我只希望自己不會又被賣掉。」

「妳就跟小青一樣。」我驚奇地說。

「我沒有她的美貌和才情，我只希望我的命能比她好一點，還有……下輩子別再生在揚州。」

這是我第一次真實地了解到，自己的命運跟我家圍牆外的女孩竟是如此的不同，發生在她們身上的事，又是多麼的嚇人而且可怕——這些都是過去我不被允許得知的秘密，對此我感到慶幸，卻又難以理解。我的祖母才剛踏出陳家圍牆，就變成了殉難者；而從牆外進到陳家的柳兒，她的未來就跟我的一樣：取悅生命中的男人，替他生幾個兒子，而且必須遵從三從四德。

「我要走了。」柳兒倏然起身後對我說。

「等等，」我走向一個櫃子，打開抽屜，搜尋著我的首飾、頭釵，想找一件不會太普通，又不能太誇張的珠寶飾品。我挑了件形狀有如飛舞鳳凰般的藍色翠鳥羽毛頭釵，將它塞到柳兒的手上。

「去見妳新主人時，戴上它吧。」

「謝謝。」她走出房間。

她離開沒多久，我的乳娘同時身為女僕領班的蕭媽走了進來。「從現在起，由我來照顧妳。」

再沒有比這個更壞的消息了。

娘派蕭媽前來執行她的計畫。蕭媽現在都住在我房裡，時時刻刻盯著我的一舉一動。「阿同，妳該為妳的婚事作準備，此刻沒有別的事比這個更重要。」她甚重其事地向我宣布。

聽見那個新名字，我的心因絕望而一陣收縮。我在這個世上的命運被貼上了標籤，被重新定位——從名字被更改的那一刻起，我的身分已經從女兒轉變為妻子跟媳婦。

接下來的七個星期，我的三餐都是由蕭媽端進來，可是我的胃早已成了痛苦的深淵，拒絕進食。隨著時日的過去，我的身體產生了變化，裙子從腰際滑落至髖部，上衣則愈來愈寬鬆。

我娘不曾來看過我。

「妳娘對妳很失望。」蕭媽日復一日提醒我。「她怎麼會生出妳這樣的女兒？我對她說，壞女兒也是女兒。」蕭媽每天對我說。

我很會唸書，但那不是我娘對我的期望，她一心只想看我嫁入好人家。雖然她都不來看我，但是她派來了一個又一個的特使。

每天早上天還沒亮，三嬸就會來教我刺繡。

「不可以再敷衍了事。」她的聲音清脆得有如白玉。當我犯了錯，她會要求我拆掉重繡。在我的專注和三嬸嚴格的監督下，我持續學習著。而我的一針一線，都代表著我對他淒苦的思念。

上完刺繡課，三嬸甫離開，蕭媽便要求二嬸隨後進房，前來調教我的琴藝。雖然二嬸是出了名的心軟，可是她對我非常嚴格，只要我稍有彈錯，她就會用竹條打我的手指頭。正因如此，我的琴藝進步快速，琴音表現清徹透明。我總想像自己彈奏的每個琴音，都飄出窗外，飄過湖面，飄進他的家，讓他就像我想念他一般地，想念著我。

到了傍晚，太陽西斜的時候，膝下無子、一人寡居的四嬸會來教導我有關雲雨方面的事。

「女人最大的長處就是生個男孩。」四嬸吩咐我。「它能夠給予女人權力，也能從妳手中將權力索回。如果妳為妳的丈夫生了個兒子，便有機會阻止他尋花問柳，或者納妾。記住，女人的貞節是透過隔離養成的，這也就是我們大門不出二門不邁的原因。」

我很用心地聽，可是她從沒告訴我洞房花燭夜到底會發生什麼事，也沒告訴我，如何跟一個我不愛、不喜歡甚至不認識的男人翻雲覆雨。

上課的時候，我的腦海裡殘酷地浮現著我娘、幾位嬸嬸、堂妹為我淨身後穿上嫁衣的畫面：禮服裡還穿了肚兜，肚兜裡放了五穀、豬肉、豬心等具有象徵性意義的物品。在眾人的流淚歡送下，我被大紅花轎抬出家門，然後跨進吳家大門的門檻。在我跨過吳家大門的門檻時得讓肚兜落地，以確保我生兒子時會又快又俐落。

最後，我被領進了新房。

那些想像，以往會讓我充滿美好的期待，但現在只讓我想要閃躲。而無處可逃脫的事實，則讓我更感到絕望。

晚飯後是五嬸的書法課。

「書法是男人家在外頭世界創造出來的玩意兒。」她說。「那是順應男人天性的社會化活動——這些事我們女人家原應避免插手——不過為了將來，當我們的兒子在學習的時候需要娘親在旁協助，我們多多少少還是得學著備用。」

我臨摹《詩經》裡的詩文、參照《筆陣圖》的內容練習、抄錄《女四書》的教誨【譯注一】，我寫完一張又一張，直到手指頭都沾上了墨。

除了練字外，五嬸的授課主旨簡單明瞭：「前人可以為師。詩文的價值在讓妳學習穩重，而非墮落妳的心、思維或情感。妳得出得了廳堂——說話應輕聲細語，但無須透露太多；勤奮頻繁地自我洗滌，並且保持一顆調和的心，如此一來，我們就將氣質顯現在外。」

我盡責地聽從，然而我的每一道筆觸都像是對他的愛撫，每一次揮筆都像指尖輕觸過他的肌膚，每一個字的完成都像是獻給那位入侵我思緒的男子的一份禮物。

每個晨昏，只消是我的幾個嬸嬸沒待在我房裡的時刻，蕭媽總是隨伺左右。就跟柳兒一樣，她睡在我床腳下的地上。早上醒來，她在那裡，我解手時她在，我上課時她也在，我睡著時，她仍然在。同樣的，當她打鼾、放屁時，我必須忍受她的氣味；在她使用便盆後，我難免會看到些不想看的；當她在搔臀、洗腳時，我無可避免地，只能待在那裡——但無論她在做什麼，她的嘴巴就像嘔吐般，從沒有閉上的時候。

「女人一唸了書就不會安份了。」她的理論跟我幾個嬸嬸牴觸。「妳的心跑出了閨閣，這是很危險的事。妳娘要妳確切明白這一點。忘記妳所學的。《溫氏母訓》告訴我們，女孩子大字只需認得幾個，像是：火、米、魚、肉……這幾個字就夠妳持家了，再多，都只會招來危險。」

身處在一扇扇緊閉門扉後的我，心門卻一天天向外大開。牡丹亭裡的一場夢中奇遇，讓杜麗娘害了相思病；陳家花園亭子裡的會面，也讓我害了相思病。即使我無法支配自己的行動——從我的穿著到我跟吳人的未來，但我的心依舊無拘無束。我認為，相思病起因於約束與渴望之間的矛盾衝突，一旦陷入愛河，我們將無視枷鎖，我們的心受盡折磨、戲弄、誘惑，在這股情感的壓倒性力量影響下，我們幾乎忘了真實世界的面貌，卻又樂在其中。然而真實世界始終存在——所以我們女人家得思索著如何當個好妻子、生幾個兒子、好好操持家務，還得隨時打扮得體，以避免丈夫被日常瑣事所擾，甚或跟著那些小妾們廝混度日。這些能力都需要透過女性長輩徐徐地教導，透過課程、箴言，以及技術的養成。在我們被形塑的同時，我們也被控制。

娘藉由她的命令指示控制我，即便她拒絕與我見面；嬸嬸們透過她們的課程控制我；我未來的婆婆將在婚後控制我。彷彿同心協力般，這些女人將控制我的每一分每一秒，從我出生的那天起，直到斷氣的那刻鐘。

無論她們多麼努力地控制，我就像拋出的陀螺般愈轉愈遠。他無時無刻占據著我的腦海——在針線往來間、在琴弦彈撥間在所有被訓練教導的課程間。他在我的髮際、我的眼底、我的指尖、我的心頭，即使白天我也會想著他正在作什麼、想什麼、看什麼、笑什麼、感覺到什麼。因為對他的這份想念，我無法進食，每當花瓣散發的香氣飄過我窗前，我的情緒便會陷入騷動。他渴望的是一位傳統的妻子，抑或是他與我相遇在望月亭時所提及的新女性？

不知道他的那位未婚妻會不會符合他的期望？他對我抱著什麼樣的想法？今後又將會有那些事發生在我身上？

夜裡，當月光將雜亂交錯的竹影送入房中、橫陳在我絲質的被褥上時，我便坐困在這些陰鬱的想法裡。有時我會下床，跨過蕭媽，走到櫃子前打開抽屜，看著那枝他給我的柳枝。幾周過去，枝上的柳葉已片片掉落直到殆盡，僅剩下光禿禿的細枝，每看一次，我的心便更加淒苦。

由於我的琴藝進步、熟讀教誨以及勤習刺繡，在我與世隔絕兩個月後，三嬸宣佈：「妳現在可以替妳婆婆做鞋了。」

每個新娘都得做雙鞋子，送給她的婆婆以表孝敬，我自知女紅很差，所以一直擔心這項任務，現在更擔心了。雖然我的刺繡功夫已長進許多，不會再丟人現眼，可是我對那個女人沒有絲毫的感情，更不覺得有討好她的必要性。我究竟應該如何自我保護，免於絕望？我只能試著把她想像成那位陌生男子的娘親。

既然未來的婆婆跟我一樣名喚牡丹，於是我決定以牡丹為樣——無論圖畫或者刺繡，這都是相當困難的選擇。我費心完成圖案上的每一瓣每一葉，經過一個月後，我完成了。我將繡花鞋放在手心上，向三嬸展示。

「繡得好極了。妳可以把它們包起來了。」三嬸說。那是真心話。我或許不如三嬸般，懂得如何為自己編織輕巧的髮辮，但就一般的標準看來，這雙鞋的繡工確實令人滿意。

九月初九的這天，我們都會祭拜被婆婆虐待、得天天清洗廁所，後來在廁所間自縊身亡的紫姑。而這天，當我的房門被打開，進來的是娘。我恭恭敬敬地站立，雙手交錯在身前，眼睫垂得低低的。

「妳！妳看起來……」娘聲音裡的驚愕教我抬起眼。她原本一定還在氣我，因為她的臉色並不好看。可是娘一向擅於掩飾她的情緒，所以她很快恢復平靜。「妳的最後一批聘禮到了。在下人收起來前，妳可以去看一下，但是我希望妳——」

「放心，娘。我不一樣了。」

「我看得出來。」她說，但她的語氣仍舊不帶半絲的快意。甚至，我聽到了擔憂。

「來吧，去看看，然後跟大家一起用早膳。」

當我踏出房門，彷彿有根細線將我所有的情緒繫在一起——孤寂、絕望，以及對他堅定不移的愛。我必須學著透過這些排解憂傷。

保持著禮貌的距離，我跟隨在娘身後，來到盛蓮閣。

我的聘禮被裝在看來像是玻璃棺槨的朱漆箱子裡，送進家門。裡面裝放的東西很平常，無非是綾羅綢緞布匹、珠寶首飾、瓷器、糕點、餃子、一罈罈的美酒跟烤豬。當中有些是給我的，大多數則是給我爹的，還有充裕的財物是要給我幾位叔叔的。這些都是婚禮即將展開的具體證明。而且時間迫在眉睫。我捏捏鼻樑，努力忍住淚，待恢復平靜後，隨即換上一臉沉靜的笑容。終於，我能夠踏出房門，但是我的一舉一動都看在娘的眼底，我必須時時刻刻都保持警戒。

我的目光落在一件用紅色綢布包起的禮品上。我望向娘，她向我點頭示意，暗示我可以將它打開。我解開綁縛得並不緊實的結——那是上、下兩冊的《牡丹亭》，是我唯一還沒有擁有的版本，更是湯顯祖私人印行的《牡丹亭》版本。裡面有張短箋，上面寫著：「**弟妹如晤：甚盼與妳秉燭茶話此書。**」這是已經嫁入吳府的長媳寫給我的信。除了這份聘禮本身不凡的價值外，它更讓我知道，嫁入吳府後，起碼有一個人會是我的同好。

「可以給我嗎？」我問娘。

娘皺皺眉。我以為她會說不行。「拿回妳房間，然後就來春軒用膳。妳得吃點東西。」

我將書緊緊抱在胸前，緩緩走回房，將它們放在床上，然後遵照我娘的吩咐，前往春軒。

我被禁閉了兩個月，現在我得以用全新的眼光去看整個飯廳的人。和往常一樣，緊張的氣氛如同沸水般，在我的幾位嬸嬸堂妹、我娘、小妾以及她們的女兒——那些白天從未列席的女眷之間翻騰。但由於我離開了一段時日，因此對眼前的暗潮洶湧格外敏感，甚至感受到了許多過去未曾留意的細節。每個女人一生中至少可以懷胎十次，但我們陳家的女人卻很難懷孕，縱使懷孕，也沒生下過男孩，這件事成了舉家的重擔。曾幾何時，我們對那些小妾寄予厚望，讓她們吃得飽、穿得暖、住得安穩，但她們也沒能生下半個兒子。儘管她們礙於家規，不能跟我們同桌吃早餐，卻仍像陰魂般與我們同在。

我的那幾個堂妹突然之間都對我好了起來。曾經合謀將我幽禁的掃把，夾了好幾個餃子到我的盤子裡；蓮兒替我倒了杯茶，又把她自己那碗加了鹹魚跟青蔥的稀飯端給我；我那幾個嬸嬸都笑瞇瞇迎面走來，歡迎我的歸來，並一直招呼我吃飯。可是我一點也吃不下，即便是娘要蕭媽端過來的豆沙粽，我也一口都沒吃。

吃完飯，大家移到盛蓮閣，三五成群結伙，有的刺繡，有的練書法，有的誦讀詩歌。不消片刻，小妾們來到，她們紛紛走過來問候我，掐掐我的面頰，試著紅潤我的臉色。我祖父的小妾僅剩兩位在世，她們已經很老很老，臉上的水粉讓她們的皺紋更顯突出，頭上的珠釵並沒有使她們看起來更年輕，不過是更強調那一頭的白髮。她們的腰圍都很粗大，可是她們的小腳仍跟當年被握在我祖父手上一樣纖巧脆弱，宛如不可多得的珍品。

「妳長得愈來愈像妳祖母。」我祖父最寵愛的那位小妾說。

「還跟她一樣，也是那麼的溫婉端莊。」另一個說。

「來我們這裡，跟我們一起刺繡吧，要不做做其他事也好。無論妳做什麼都好，只要妳肯陪我們，我們可就開心了。我們是一家人——當年我們在揚州躲滿州韃子的時候，妳祖母就是這樣跟我們說的。」

「而她現在就在天上保佑著妳。」另一個諂媚地說。「這些日子，我們都有代妳去祭拜她。」

經過了這些日子的獨處，無論是喋喋不休或者爭權奪利，那些隱藏在刺繡、書法及詩歌後的行為舉止，都清楚地向我揭露陳府女人的陰暗面。我必須努力當個好女兒，必須一臉和善，聽從她們言不由衷的虛假親熱，我知道我的一生活終將如此度過，心裡不免一陣酸楚，眼底熱氣直湧而上，但我仍使盡全力克制，阻止淚水成形。

我不能違逆娘。

我很想將自己淹沒在愁緒裡，很想把自己深深埋進愛的思緒中，我無法自婚姻中逃脫，但或許可以藉著閱讀、寫作及想像——這些我長久以來賴以度日的方式度過餘生。我不是男人，這輩子也不可能與他們互較文采，我對八股文沒興趣，即使給我參加科舉的機會亦然。不過，我確實擁有某些知識，那些自幼坐在我爹腿上聽講，直到長大後他給我經典詩冊、鼓勵我學習而來的知識，這些都是大多數女孩沒有的。我將用它們來拯救自己。我不會為花朵蝴蝶創作詩詞，但我會找出對我具有意義、又能支持我度過下半生的事來做。

一千年前詩人韓愈說：「不平則鳴」，指的是風吹樹木，樹葉會發出沙沙的聲音；敲打金屬，金屬會發出宏亮的聲音；人遇到不合理的事情，就當訴諸筆墨。我知道我要做什麼了，那是我好幾年前就想做的事。隨著外在世界的瓦解，我必須將我的人生花在向內自我觀照上，好照顧自己的情緒，以保持協調平穩的狀態。既然我心儀的男子想知道我對於七情的想法，現在開始，我會從《牡丹亭》的章節、字裡行間去尋找，我會寫上注解——但不是那些批評者的觀察所得，也不是我那幾位嬸嬸的意見，而是寫上我自己的想法。我會在婚前完成這個計畫，這樣才能擁有足以紀念那三個晚上的憑據，可以讓我在嫁入吳家之後作為慰藉。我這一生，或許就只能被困在吳家，但我的心卻能夠飛向望月亭，一次又一次地與我的詩人相會，再也沒有害怕事跡敗露的恐慌；雖然，他無法看到我為《牡丹亭》下的註腳，但我能夠想像自己將作品呈獻給他的畫面——我會將把身上的衣物脫去，躺在他床上，向他展示我赤裸的真心。

我猛然站起，椅子發出突兀的聲音，室內的人都往我看過來，在那一張張美麗的臉上，掛著虛假的關心和憂慮。我能看出她們的虛假，是因為她們難掩眼中的嫉妒跟恨意。

「阿同。」娘喚我的新名字。

這一刻彷彿有螞蟻在我腦中爬行，我盡力讓臉上的表情自然。「娘，我可以去爹的書房嗎？」

「他不在，他進京去了。」

我一愣。打從天下被滿清佔領後，他就不曾再去過京城。

「就算他在，我仍是會說不行。他把妳寵壞了。他認為女孩子該對湯顯祖有所知，可是看看妳。」她當著眾人的面這樣說我，是在顯示她對我的行為有多不贊同，對我有多不滿。「現在戰亂已過，女人該回到閨房，而不是到花園去亂晃。」

「我只是想去找份資料。拜託，娘，請讓我去吧。我會很快就回來的。」

「我陪妳一起去。我扶妳。」

「娘，不用的，我很好。我很快就回來。」

即使我對娘說謊，但她仍然答應了。

我的頭其實是暈眩的。我強撐著，走出盛蓮閣，然後沿著迴廊走，來到可以通往花園的岔口。時令九月，繁花落盡，處處落英，鳥兒都已飛往較溫暖的南方。或許因為對春去秋來的易感，青春、生命乃至美貌的脆弱竟格外令我傷感。

來到池塘邊，我蹲下身來注視著水面上的倒影：相思病使我臉頰消瘦、蒼白，我的身軀瘦到像是連件薄衫都負荷不了，金鐲鬆垮地懸掛在手腕上，甚至連頭上的玉釵看起來都比我的身子骨沉重。他要是看到現在的我，還能認得出我來嗎？

站起身，我看了池水的倒影最後一次，然後回到迴廊，來到前門。過去的十六年來，我到過這裡無數次，可是沒有一次跨過門檻，也從沒坐在轎子裡被人抬出去過——直到我結婚的那天。我觸摸著那扇門，爹曾經告訴過我，我們家這扇大門是所謂的「風火門」，外面那一層是實木，可以對抗各種惡劣的天候，同時還有防盜辟邪的功能。盜匪跟鬼怪到了陳家門外，看到這扇大門，會認為裡面沒有值錢的東西，或是會讓他們感興趣的人事物；而裡面的這一層則嵌了石板，除了有防火的功能外，對辟邪還有加重防護的作用。摸著那一塊塊的石板，就像觸摸著冰冷的陰曹地府。離開前門後我走進祠堂，點燃一柱清香，向祖母祈求賜予力量，讓我堅強。

最後一站，是我爹的書房。當我跨過房門，發覺我爹已經離家一段時日，書房內沒有菸味，也沒有焚香味；置放冰塊的托盤已經收起，但並沒有拿出火盆以對抗秋天的寒氣。更甚者，這裡不但沒有他的氣息，感覺上整個家中都嗅不到他的氣息。他是陳家大家長，是陳家最重要的人，就算我被軟禁，也不該會不知道爹出了遠門才對。

走到書架前，我從眾多詩集、史書、神怪、宗教類的書籍中選了幾冊。我前後走了三趟，將書搬到我的房間。然後再回到書房，在爹那張羅漢床坐了下來，思考我是不是還有什麼書忘了帶上。我在牆角又挑了三冊書後，離開了書房，回到房間，關上了房門。

這一次，是我自己將門關上。

【編註一】據《牡丹亭・驚夢》中杜麗娘自述，兩人應於「牡丹亭畔，芍藥闌邊，共成雲雨之歡。」，唯本書依原著直譯「在山洞裡」。

【譯注一】《女四書》是清代流傳的女教書，它是《女范捷錄》、《女誡》、《女論語》及《內訓》的合訂本。

玉碎

接下來的一個月，我都專注在研讀手邊十二種不同版本的《牡丹亭》，並為它們謄寫註釋，再將附本抄錄在未來嫂嫂送的那兩冊《牡丹亭》上。抄寫工作結束後，我將自爹書房取來的那些書籍堆放在身邊，逐一翻閱查詢這部戲曲的內容出處，直到另一個月過去，我已經那兩本《牡丹亭》中的上冊全文以及絕大多數的下冊內容整理完畢。我的眉批既不是針對其中可能的暗喻發表看法，也不是對書裡用的曲牌詞句或表演發表高論，更沒拿其他戲曲跟它相提並論。我只是將我的感想用極小的字體，註釋在句裡行間。

我沒再離開過我的房間。我允許蕭媽為我沐浴更衣，但因為沒有胃口，所以回絕她帶來的食物──頭暈目眩似乎讓我的思維及寫作脈絡愈加清晰。當我的嬸嬸、堂妹們紛紛來到我的房間，邀我一起到花園走走，或是邀我到春軒一起用膳時，我都微笑婉拒了。當然，我娘對於我的足不出戶頗不以為然，但我沒告訴她我都在做些什麼，她也沒有問過我。

「光躲在閨房裡看妳爹的書，是沒辦法讓妳成為一位賢妻良母的。」她說，「到春軒來用些早膳，跟妳的嬸嬸們聊聊，聽聽她們過來人的經驗談；中午一起用餐，向她們學習小妾的對付之道；晚餐也跟大家同桌，好讓妳的對談進退更得體。」

突然間，每個人都希望我多吃一點。長久以來，娘對我耳提面命，要我吃少一點，以免變得像掃把那麼豐滿，婚禮上也好以纖瘦的身形亮相。但沐浴在愛河中的我，怎麼可能吃得下？

只要是懷春少女，都有這樣的經驗：我的心裝滿對他的想念，腦子只想著這個保護我免受婚姻所苦的計畫，至於我的肚子？它是空的，而我一點也不在乎。

我的時日開始在床上過。一整天，我都捧著那兩卷《牡丹亭》，到了晚上，我就著油燈閃爍的光線繼續閱讀。我研讀得愈深入，對湯顯祖運用細小環節創造內容深度的文字功力體會就愈深。我推敲著每一個折子的關鍵、戲曲中出現的各種預兆、隱藏在行為後的動機，推敲他的一字一句以及情節，是如何闡述那令我廢寢忘食的主題：愛情。

譬如梅樹，它是生命跟愛的象徵。杜麗娘跟柳夢梅在那裡相遇，她的屍身埋在那裡，而柳夢梅使杜麗娘回魂復生的地方，也是在那裡。在第一幕中，柳夢梅就點出他因為一個夢改名為夢梅，在此同時，梅樹也召喚著麗娘。梅花代表了嬌貴、精緻、純潔無垢的美麗，但當女人一腳踏入婚姻，她的美麗終將消散，並將永遠失去浪漫的形象，只剩下許多等待被完成的責任——生下兒子、尊敬夫家的列祖列宗、成為一位貞潔的寡婦——同時逐步向死亡滑進。

我取出墨條，在硯台上劃圈，加了些水，開始磨墨。掀開第一卷，我在書眉上寫下：

傷春人偏易傷秋，天時人事中有至理；徒見春光滿目，不能遍述，僅約略嘆惜之。

神理絕妙，悠悠世上多是忙過一生，了與韶光，無涉不獨錦屏人也，若錦屏人園亭雖麗，不解賞心樂事，又不如斷并頹垣動人低回也。

這部戲曲最引人入勝的地方是它對浪漫愛情的描繪，它和我在陳家奉父母之命媒妁之言說定的無愛婚姻，是如此的不同。對我來說，情是崇高的，無論是男人還是女人，都想得到它。雖然我對它僅有弦月下三個晚上的認識，可是我相信生命是因為它，才有了意義。

世境本空，凡事多從愛起，如麗娘因遊春而感夢，因夢而寫真，而死，而復生，許多公案皆愛踏春陽之一念誤之也。

麗娘成了鬼魂，她和柳夢梅盡情享受雲雨之歡。他們兩人對彼此都是那麼的誠摯——就跟他與我一樣——半點也不能跟男人與他們的小妾之間那種醜陋行徑相比。

展香魂而近前，豔極矣，覩其悲介，乃是千金身份。

我在寫下這幾句的時候，想到了那一晚我跟他在望月亭的情景。

接下來，我敘述夢境——有杜麗娘的，柳夢梅的，還有我的；我同時將麗娘自繪畫像的舉動，與我此番計畫的用心相比。在書眉上，我提筆留下娟秀的字跡：

人知夢是幻境，不知畫境尤幻，夢則無影之形，畫則無形之影，麗娘夢裡覓歡春，卿畫中索配，自是千古一對癡人，然不以為幻，幻便成真。

影子、夢境、鏡花水月……甚至連記憶都是虛幻而短暫的，難道它們就沒有任何一點真實性？對我來說，它們並非如此。我將筆刷濡溼，去除多餘的墨汁後寫下：

柳生此夢麗娘，不知也後麗娘之夢柳生，不知也各自有情，各自為夢，各逐其真。

我是如此努力寫作，廢寢忘食，甚至懷疑自己是否真的跟他在乘風亭裡相聚兩晚？我們是否曾經相偕從望月亭散布到湖邊？這些究竟是作夢還是真實？它必須是真實的。

因為再過不久，我就要嫁給一個我不愛的人了。

牡丹亭，芍藥欄，怎生這般悽涼冷落，無人跡？好不傷心也。

淚，從我的眼眶滑落，滑下了臉頰，落在紙頁上。

對愛情的憧憬令我著迷。之前被幽禁期間讓我得已倖存的少許食慾，到如今已經蕩然無存；馮小青每天尚且喝下半杯梨子汁，我卻只能吃下幾粒米飯；停止進食彷彿中止了他們對於我命運的操控，中止了我對他的情感，以及那些喧嘩騷動、耗盡我心神的逐愛渴望。有位先賢曾說過：「沒經過重大痛苦跟折磨的詩人，是寫不出好的詩句。」，著名的女詩人顧若璞針對這個理論提出了她的看法，她說道：「那些文官跟文人為文，會不惜切肉刻骨，白了一頭的頭髮，乃至耗盡他們的生命，但求寫出一己最深刻的感受的文字。」

我進入自己的內心深處，進入一個可以將塵世間所有事情都拋去的地方，我僅僅感受到：愛、悵惘、渴望和希望。斜臥在床上，身上穿著我最喜歡的、一襲繡了鴛鴦蝴蝶的長衫，我讓自己的思緒飄盪，飄進《牡丹亭》。杜麗娘的遊園驚夢算不算有失貞節？我的夢——那場在我家後花園裡的漫遊——又算不算是有失貞節？當我在園子裡邂逅了一名陌生男子，並讓他用牡丹花瓣碰觸我，是不是就不再純潔如昔？

當我廢寢忘食地書寫時，我周遭的人都在忙著籌備婚禮的相關事宜。一天，一名裁縫要我試穿嫁衣，隨後讓我脫下，好把那身嫁裳改小；又有一天，娘跟幾個嬸嬸連袂而來，我躺在床上，絲被上散落著我的那些書籍。她們臉上帶著微笑，卻看不出一絲喜悅。

「妳爹派人從京城傳話，說等妳出閣後，他就要出仕了。」娘用她悅耳的聲音說道。

「滿清韃子走了？」難道我對著述的專注，讓我連改朝換代了都不知道？

「不是，妳爹要成為清帝的臣子。」

「可是爹是效忠明室的呀。他怎會——」

「妳該吃點東西。」娘打斷我。「將頭髮清洗乾淨，抹上水粉，做個孝順的孩子，他回來時好迎接他。他榮耀了我們家的門楣，妳該去表達妳的尊敬。現在，起床！」

可是我下不了床。

娘轉身離開，留下幾位嬸嬸在房內。她們攙扶我下床，幫助我起身站立，可是我的身體不聽使喚，就像一條滑溜的鰻魚般，止不住向下跌落。我不懂，爹是個忠貞的明室臣子，他怎麼會變節了呢？娘當年隨著爹去揚州，如今，他要去京城述職時，娘會跟著一起去嗎？

隔天，娘請來道爺——我們家要是有事，就會請這位道爺來幫忙消災解厄，請教他要怎麼讓我在出閣之前恢復建康。

「有沒有龍井春茶？」他問。「跟薑一起沖泡可以幫她暖胃，讓她恢復氣力。」

我試著喝了些茶，但卻沒有幫助。我輕得連一陣微風都可以把我吹跑，睡衣對我來說，似乎都略嫌重了些。

接下來，他給了我十顆酸梅——這個處方，通常是用來治療那些過於早熟的少女——但這些對我毫無幫助，我一心只想著要嫁給我的那位意中人，只想著在懷第一胎時吃些鹹酸梅，就可以抑制孕吐。

之後，這位道士說有邪靈盤據在我的床上，他去拿了豬血，將豬血灑在我的床上。

「只要妳開始吃東西，到妳要出閣的那天，妳的頭髮會變得又黑又亮，妳的皮膚會變得柔滑細緻，美麗得不得了。」

可是我對嫁給吳人一點意願也沒有，自然不願意為求討好他，而勉強自己吃東西。所有需要為出閣做的準備，我都做了。我加強了我的刺繡，我的刺繡已經精進到完美的地步；我練箏，練到可以行雲流水。現在，每天蕭媽都會來伺候我穿衣服，挑給我穿的衣服都是繡了鴛鴦蝴蝶，象徵我進了吳家後，夫妻會如膠似漆度過美滿的婚姻生活。我都很盡責的穿上，我只是沒吃東西，連水果也沒吃；我只能吃得下幾口飯，再多，就吃不下了。支持我勉強度日的，是我對愛情的朝思暮想，是我對那三個晚上的回憶與留戀。

這位道士離開前，交代我的房門要隨時關上，以避免妖邪侵入，並改了廚房爐子的方位，還把我的床移到風水較好的位置。娘統統照做，並要僕人遵行。但這一切並沒有讓我感覺到任何的不同，移移床位終究無法治療一顆渴望的心。他們一走，我又回到我的寫作。

過了幾天，娘請來了趙大夫，他替我把了脈後說是，「令嬡是得了心病，她的心有鬱結。」

被正式診斷出罹患了相思病，讓我非常開心，我甚至想著，要是自己跟麗娘一樣，也因為害相思而病死的話，他會不會來找我，會不會設法讓我復生，好跟他共度此生？

可是娘面對大夫的宣布，反應跟我截然不同。她掩面啜泣。

趙大夫將娘帶到一旁，低聲說起話來。「這種心病會影響到五臟六腑，會使人停止進食。陳夫人，令嫒有可能因而餓死。」

哎呀！這些大夫總是靠著恐嚇人母這一套賺錢。

「妳一定得要她吃東西才行。」

而那正是他們接下來做的事。蕭媽跟娘抓著我的手臂，趙大夫將一個飯糰塞進我的嘴裡，然後捏握起我的下巴。一名婢女拿來了醃製的李子跟梅子，趙大夫又把它們硬塞入我的口中。

我的一陣嘔吐，吐出肚裡所有的一切。

趙大夫一臉嫌惡地看著我，不過他說話的對象是娘。「放心，夫人，這樣的鬱結是因情慾而起。如果令嫒已為人妻，我會說只消一宵的雲雨敦倫，什麼鬱結就會統統沒有了。但令嫒是個未出嫁的閨女，就只能靜待到她的成親之日了。只是，夫人，她有可能撐不到那個時候。我現在有個方子。」他再次拉著娘的手肘，將她拉近，湊到她的耳邊小聲地說了幾句。當他放開娘時，娘臉上的憂懼變成了陰鬱的決心。「憤怒通常可以解開鬱結。」他補充了一句。

娘送趙大夫出門。我躺回床上，四周全都是書。我拿起《牡丹亭》第一卷，閉上了雙眼，任思緒飄向湖的對岸，想念著他。不知道他是否也在想我？

不一會兒房門被打開。娘跟蕭媽走了進來，後面跟了好幾個僕人。

「從那邊開始。」娘指了指我放在桌上的一疊書。「妳，拿地上的那疊。」

娘本人跟蕭媽則朝我走過來，拿起我周遭的書。

「我們要拿走這裡的書。」娘說。「趙大夫說得把它們燒掉。」

「不要！」我立刻抱緊了手裡的書。「為什麼？」

「趙大夫說這樣妳就會痊癒了。他說得很清楚，非常有把握。」

「不可以！這些書是爹的！」

「那，妳就更不用擔心了。」娘平靜地說。

書從我的手中掉落，我發狂地想要甩開絲被，想要下床，想要阻止他們，想要救回那些書，可是我的體力太弱了。僕人們拿著書走出房間。我放聲大叫，伸長了手，不像個九代書香世家養出的千金女，倒像個要向人行乞的乞丐。可是，那是書呀！是書香門第最珍視、最寶貝的書籍呀！

至於我床上的書，則是那十二個版本的《牡丹亭》。我驚恐地護著、搶著，不讓娘跟蕭媽收走。

「不要啊！這些是我的！」我大聲叫喊並且努力奪回，可是他們輕易地撥開我的手，輕易地一本本的收走。「娘，求求妳，別壞我的大事，裡面有我的心血啊！」

「我不知道妳在說什麼。妳的大事只有一件，那就是完成妳的事。」娘抓起爹送我的那本生日禮物。

我聽見外面樓下的院子裡有聲音。

「去看看妳任性、不懂事的後果。」娘又說。

她向蕭媽以及兩名婢女點了下頭。她們一起將我拉離床，攙扶到窗前。我看到樓下的院子裡有個已經生了火的火盆，僕人們正在把爹的書一本本丟進火堆裡。那本爹喜愛的唐詩被火舌吞沒。我的胸口止不住一陣陣刺痛。

蕭媽放開了我，走到床前，去拿剩餘的書，然後走了出去。

「妳生氣了嗎？」娘問。

我只感到萬念俱灰。我的停止進食與詩書無關，然而一旦它們消失，我更是什麼都沒有了。

「告訴我妳很氣。大夫說妳會氣得不得了的。」

我沒有說話。

娘一個不穩，跌坐在地上。

我默默看著蕭媽出現，看著她把《牡丹亭》一本本丟進火裡，看著它們被火舌逐一吞沒，被燒成灰，被風吹進空中飄揚，飄往牆外。我乏力、絕望、心如槁灰。我的夢，我的心血全完了。我現在該怎麼嫁去吳家？我要如何度過我那漫漫下半生寂寥的日子？

娘哭了起來。她的上半身往前彎曲，直到頭碰到地，然後她爬向我，謙卑的就跟個奴婢一樣。她抓住我的裙子，臉埋進了我的裙摺裡。

「對我生氣，求妳。」娘的聲音很低，非常低，低到我幾乎聽不見。「求求妳，生氣，女兒，求求妳。」

我讓手輕輕落在她的頸背，但我沒有說話。我只是看著那盆火。

過了一會兒，蕭媽回來，將娘攙了出去。

倚著窗，看著入冬的花園，看著綠葉落盡的枯枝，我沒有力氣走離窗台，只能勉強提聚了些元氣，把自己撐離。我的頭在暈眩，兩腿在發抖，我以為自己的三寸金蓮勢必支撐不了我的身體，一定會摔倒。可是我終究走抵床邊。床上一片凌亂，我拉整好絲被，爬上床，當雙腳伸進被窩時，我好像踢到了什麼。我伸手去摸，拿出來之後，發現那是我未來嫂嫂送給我的《牡丹亭》上冊——竟然還有一本沒被銷毀。我悲喜交加地哭了起來。

那天深夜，我離開床，跨過睡死的蕭媽，走到窗邊，拉開隔絕戶外冷風的厚重窗簾。外面在飄雪。想到豔麗的繁花被冰雪覆蓋的畫面，愁緒便籠罩在我的心頭。望著天際那輪皓月，我看著它緩緩地移動。

夜復一夜，我倚窗而立，任露水滲濕我的頭髮，我的衣衫，任寒氣凍僵我的手指。我受不了這種無窮無盡心寒徹骨的日子。我想到了小青，想到她每天打扮得漂漂亮亮，小心翼翼地整理衣裙，坐在床上。為了不讓頭髮亂掉，她總是坐得筆直。可是我完全沒慾望顧及我的儀表，甚至連我的小腳都沒再清洗、打理。這些日子全是蕭媽為我清洗，並且總是輕手輕腳，溫柔得不得了。我很感謝，但也很提防她：我很怕娘或是蕭媽會發現藏在床褥裡的《牡丹亭》上冊，又把它拿去燒掉。

趙大夫又來了。

替我把脈後，他皺了皺眉，可是當他開口，說的卻是：「夫人，您做的對。妳一把那些不吉的書籍燒掉後，也就燒掉了那些惡靈靠近令嬡的憑藉，現在那些邪魔惡靈已經離開了令嬡，再也別想作怪了。」

他觀察我的呼吸，又問了我一些無聊的問題。

然後，「少女，尤其是那些待字閨中的少女，最容易招致邪魔惡靈上身。愈是漂亮的姑娘家，受害愈深，會發冷發熱，會不再進食，情況就跟令嫒這樣子一模一樣，最後香消玉殞。」他嘶嘶下巴，「這樣的事情，夫人，我想妳也知道這種事夫家是絕對不會樂意聽到的。據我所知，我們杭州有很多少女就是用這個法子躲避婚事。不過，話又說回來，夫人您該覺得慶幸，因為令嫒是這種情況。她說她沒有跟任何的神靈鬼怪發生不當的關係，這意味令嫒仍是清白之身，是可以與人婚配的。」

我娘聽了這些話後並沒有任何的喜色，而我只感覺更糟。我的路被封死了，我一定得出嫁，而出嫁後的洞房花燭夜，以及婚後的日子，要我怎麼過？

「取來新雪煮茶，能使令嫒的臉色恢復紅潤。」趙大夫在離去前說。

娘每天都來，她會站在我的床前，滿眼憂慮地看著我。她苦苦勸我下床，去看看嬸嬸們、姐妹們，至少多吃一點東西。我輕笑，試著淡化她的憂慮。

「娘，放心，我很好，沒事。」

可是我的話沒能安慰得了她。她將那位道爺請了回來。這一次他手持桃花木劍在我床鋪四周揮舞，用法術驅除邪靈惡鬼。他還給了我一顆加持過的避邪石掛在胸前，以防我的魂被餓鬼勾走。接著，他向我娘要了我的一條裙子，然後將一包花生放進去綁起來。他說，每一顆花生象徵著一個地獄，會吸納做歹的邪靈惡鬼。他大聲地唸起咒文，我則拉上被子矇住臉，不讓人看見我的淚。

對女孩子來說，嫁人是「小死」。我們得告別從小長大的環境，告別父母，告別家人，告別打小照顧我們的僕人，走進另一個全新的環境，過全新的生活。我們得待在夫家，直到我們去世，牌位將得以進入夫家的祠堂。這樣的經歷對我們來說，等同死而重生，只是沒有真正步上黃泉而已。我知道這種想法不太健康，可是對我來說，這樣的想法不過是與我的現狀相呼應罷了。我愈是自憐，愈是難過，心就愈是鬱結。有時候我甚至認為我會跟小青，跟其他所有因患了相思病而紅顏早逝的少女一樣，也會魂歸離恨天。

我提起筆，沾了沾混合了淚水的墨，振筆寫下：

待嫁女兒心，習繡花與蝶。
一旦赴黃泉，香舞仍依舊？

接下來的日子我的文思泉湧，我寫了又寫。當我累到連筆都拿不住時，我就口述，要求蕭媽寫。於是接下來的幾天，我又多作了八首。

臘月到了。現在天氣冷得得燒上一整天的炭火，可是我還是感覺不到暖意。離出嫁日只剩十天了。

繡鞋纖纖只三寸，衣帶款款折半長。
身軀殘敗幽冥路，需借風兒載我行。

唯恐被人發現我的詩作，被人取笑我的胡思亂想，或是嘲笑我的文筆，我將紙折起來，目光搜尋室內可供藏匿的地方。可是，我房裡所有的家具在我嫁到吳家後，也都會被送過去。

我不想自己的詩作被人發現，可是要我親手焚毀這些詩作，我又辦不到。有太多女子在完成作品後，認為那些詩句不值得留存，便將它們燒掉，但一旦燒掉後，又後悔了。我想保留它們，這樣日後我成了親、有了自己的孩子，說不定我會忘掉他。而當我回娘家，偶然間看到這些詩，也能想起少女時代的病相思，那不是很好嗎？

我是不會忘記發生過的事情的。為了紀念這段邂逅，我更想找個地方藏匿這些詩作了。無論將來會是怎樣，只要藏在家裡，我都能回來拿我這些感性的作品。

我勉強起床，離開了房間，來到走廊。時間是傍晚，大家都去吃晚飯了。我努力地走，有時扶著牆壁，有時抓著欄杆，有時則倚著柱子，走了好久好久之後，終於來到爹的書房。我抽出一本不會有人看的書籍，那是本講述歷代南方水渠建築的書，然後把我摺疊起來的詩作夾進書頁中。放回書後，我定定地默記那本書的書名，以及該書放置的位置。

回到房間，我最後一次拿起筆，在那本《牡丹亭》的封面上，我畫下我對驚夢一折的解讀，畫下杜麗娘跟柳夢梅進到假山雲雨前的一幕。等到墨跡都乾了之後，我才翻開書頁，並寫上：

情不獨兒女也，惟兒女之情最難告人，故千古忘情人必于此處看破，而至于相負則又不及情矣。

我闔上書，喚來蕭媽。

「妳是看著我來到這個世界的，如今妳即將目睹我離開這個家，嫁到別家去。除了妳外，我想不出我還能信任誰。」

淚珠滑下蕭媽平時嚴肅的臉上，「小姐要吩咐小的什麼事？」

「我爹跟我娘已經從我這裏拿走太多東西了，可是有些東西，我希望能帶到我的新家去。答應我，無論我娘或是我爹怎麼說，請妳在我嫁到吳家後的第三天帶過去。」

她猶豫了一下後說，「好的，小姐。」

「請妳幫我把我替我吳夫人做的繡鞋拿過來。」

蕭媽走出房間。

我靜靜躺著，靜靜看著天花板，聽著飛掠過天際的孤雁鳴叫。那叫聲讓我想到小青的詩，想到她詩中所呈現的那股蒼涼悲悽感，又想到揚州城牆上那個無名女詩人的詩句。她也聽到了孤雁的鳴叫聲。我嘆了口氣，憶起她詩句中的片段：**忍把血淚染梅紅，未竟春日……**

不久，蕭媽拿了我做的那雙繡花鞋回來。

「把它們放到一個安全的地方。別讓我娘知道。」

「是的，牡丹小姐。」

自我爹為我改了名字那天起，就沒再有人喊我這個名字。

「還有一件事，」我將手伸到床褥下，拿出我藏起的那本《牡丹亭》。

蕭媽驚嚇得倒退一步。

「這是我嫁粧中最重要的一件。我娘跟我爹都不知道，妳絕對不能讓他們知道。妳發誓！」

「我發誓。」她嘟囔。

「放到安全的地方。只有妳能幫我辦到了。記住，我成親後三天帶來給我。」

爹從京城回來了。他來到我的房間。這是我有生以來他第一次來到我的房間。他在門口猶豫著。

「女兒，離妳出閣的日子只剩五天。妳娘告訴我妳成天躺在床上，不肯下床。妳一定得下床，女兒。妳不會想要錯過妳的大喜之日吧。」

我溫順地低下頭。

他走了進來，在床沿坐了下來，執起我的手。「演那齣戲的最後一天，我有把妳那個未婚夫指給妳看。妳看了不喜歡？」

「我沒看。」

「喔，牡丹，我現在真希望我有多告訴妳有關他的事，可是，妳娘那個性子妳也是知道。」

「沒關係，爹。我會做個乖女兒，不會讓您跟娘蒙羞的。我會讓吳人快樂的。」

「吳人是個好人。」爹自顧自地說，完全沒聽到我在說什麼。「他打小我看著他長大，那孩子從來都是中規中矩，不曾做不合宜的事。」他輕聲一笑。「只除了一次。那晚，戲終人散後，他來找我，要我把一件東西交給妳。」他搖搖頭。「或許我是咱們陳家的大家長，可是家裡的事，事實上是妳娘說了算，而她為了我開那台戲已經很生氣，所以我就沒把那件東西拿給妳。給妳的話，也不合禮。所以我就把那東西放進一本詩集裡。我了解你們兩個，我認為那是最好的地方。」

現在給我，或是五個月前就給我，並不會改變我對我的丈夫或是我的下半生的看法。一切仍是只有責任、責任、責任。

「如今，離妳……只有幾天的時間，」爹像是在甩掉什麼不愉快的想法般，他甩了甩頭。「我想妳娘現在應該不會介意我在這時候給妳了。」

他放開我的手，伸進懷中，掏出一個用宣紙包起的東西。我無法從枕頭抬起頭，但我看得見他打開了紙包。裡面是一枝已經乾枯的牡丹。爹將它放到我的手中。我不敢置信地瞪著它。

「吳人只大妳兩歲，但他的成就已經不小。他是個詩人。」

「詩人？」我複誦。我的腦子有些難以接受我手上的東西，在渾渾噩噩中，爹的話語聽來像是來自遙遠的地方。

「而且是很有才氣，很有名氣的一個。雖然他還那麼年輕，可是他的詩作已經出版。他就住在湖對面的吳山。要不是我上了京城，我就會透過書房的窗子，向妳指出他家的方位。可是我去了京城，而妳現在則是這個樣子——」

爹在說的是他，我的那個他。我手上這支乾涸的牡丹，就是最後那一晚，他在望月亭中用來觸摸我的牡丹花！我所害怕的一切全都是多餘的！我要嫁的人就是我愛的人！我跟他本來就是命定的夫妻，本來就是註定要相遇，注定要當一輩子的鴛鴦。我們是廝守一生一世的神仙眷侶！

我的身體開始不由自主地抽搐，熱淚放肆地奔流著。爹抱起我，將我抱入他的懷中。

「對不起，每個姑娘家都害怕嫁人，可是我不知道妳有這麼害怕。」

「爹，我哭不是因為我難過，或是因為我害怕。喔，爹呀，我哭，是因為我太高興了。我是世上最幸運的女孩子。」

可是爹好像沒有聽見我說的話，因為他說：「妳跟吳人本來是天生一對。」他輕輕把我放回床上。

我想把那朵牡丹拿湊近鼻端，想聞聞看是否還有香氣，可是我太虛弱了，連這個動作都辦不到。

爹將那朵花放到我的胸前。感覺上，那花有如石頭般沈重，壓在我的胸口。淚水匯聚在爹的眼裡。真好，父女團圓喜極而泣。

「我得告訴妳一件事，那是我們陳家的一個秘辛。」爹急促地說。他已經給了我最大的結婚禮物了，不可能還有更大的了。

「妳知道除了現存的幾個叔叔外，妳還有兩個叔叔。」

一開始我高興得聽不太懂爹的意思。我知道那兩個叔叔的名字，祠堂裡有他們的神主牌位。可是清明的時候，我們從來沒有為他們掃過墓，所以我猜他們一定是出生後就死了，家裡才會對他們不太重視。

「妳祖父要去揚州就任的時候，他們還很小，所以他帶妳祖母去揚州的時候，也把他們一起帶去。你祖父要我在他不在的期間，照顧門戶以及家中大大小小。後來我帶妳娘去揚州拜望他們二老，可是去的時機太不巧，那時滿清韃子已經入了關，長驅直入殺到江南。」

他停了一下，觀察我的反應。我不懂他為什麼會在這麼喜氣洋溢的時刻，談這麼穢氣的事情。當我沒有開口，他繼續說了下去。

「韃子攻進揚州城後，我、妳祖父、妳那兩個叔叔，以及一些男人我們全被韃子關在一處。我們不知道女人發生了什麼事，直到今天妳娘還是不願談起那段往事，所以我只能告訴妳我們這邊的遭遇。身為人子，我們三兄弟只有一個念頭，就是一定要盡力保全父親。我們把爹圍兄弟三人的中間，那不僅是在保護他不讓清兵對他施虐，也是在防範其他被擄的人。要是其他人知道他的身份，只要有人認為供出他就可以挽救自己的性命，他們肯定會向清兵告密。」

我從來不知道有這一段故事。儘管我滿心的喜悅，腦海中還是疑竇重重，想知道當時祖母跟娘時人在哪裡？爹的再次出聲打斷了我的思考。

「我沒能目睹妳祖母的勇敢，可是我親眼看到了妳那兩位叔叔的死亡。喔，牡丹，人有時候是非常殘忍的。」

突然之間，他似乎再也說不下去。這讓我再次感到困惑，為什麼爹現在告訴我這些？

隔了片刻，「看到他們時，告訴他們我很抱歉；告訴他們，我們已經竭盡所能地紀念他們，每次祭祀都很豐盛，可是他們還是沒有庇佑我們陳家生個傳宗接代的男丁。牡丹，妳一直是個乖女兒。拜託妳幫幫忙。」

我真的被搞糊塗了。我想，爹也一定是糊塗了。我是要嫁出去的女兒，我的責任是替吳家生男丁，不是替娘家呀。

「爹，我是要嫁吳家。」我出聲提醒。

他閉上雙眼，將臉轉向一旁，「對，對，」他哽咽地說，「爹弄錯了。」

我聽見外面的長廊響起聲音，片刻後，僕人魚貫而入，將我屋裡的家具、衣服、帳幔、嫁妝……都往外搬，除了我的床。他們要把這些搬到我夫家去了。

接著，我娘和我的幾位嬸嬸叔叔、那些個堂妹，還有他們的小妾全都進到我的房間，圍在我的床邊。爹一定是算錯我出閣的日子了，但既然家人都來了，我也就努力下床，想向他們行個完整的磕頭禮，可是我實在太虛弱，即使心有餘卻力不足。僕人在我的房門口掛上了一面鏡子，還有一個篩子，那是用來過濾厄運用的。

在成親這天，我不能吃東西，可是這天早上家人會準備一些特別的食物，讓我稍稍嚐一下。我一點也不餓，可是我會配合，做我該做的事，因為每一口都有它們的象徵，祝福我嫁到夫家後諸事和諧。可是沒人拿帶筋肋肉給我。帶筋肋肉將帶給我生男丁的力氣，我得在肋骨處作勢咬一口——但不能咬到骨頭，因為那樣會傷及丈夫的繁殖力。

他們還會給我蓮子、南瓜子、葵花子，我得作勢吃一口。它們是早生貴子的象徵，而且還能生下很多兒子呢。可是也沒人拿那些種子堅果給我吃。看來他們都捨不得我嫁，不過我倒是帶著欣喜的心情出閣。我的身體好輕，輕到覺得自己可以用飄的飄出去。我深吸了口氣，穩住自己。今天傍晚我就可以跟他在一起了。至於這期間的繁文縟節，我會耐心地遵循，到了他家後，我會把我這些歡樂的點點滴滴拿出來與他分享。

男人們退出後，嬸嬸、堂妹們幫我擦拭身體，可是她們忘了在水裡放柚子葉；她們替我梳頭，插上玉釵、金釵，可是她們忘了把我的結婚頭釵插上；她們在我的臉上撲粉，但是她們忘了替我的臉頰跟唇塗上胭脂。她們將那枝乾燥牡丹花放到我的手中。接著她們替我穿上一條寫滿經文的白色絲兜裙。看見女眷們一個個都在哭，我也就不好意思提醒她們，忘了在我的兜裙內要放上豬心。

我含笑地看著她們，等著她們替我穿上新娘服，在此同時，我盡責地扮演就要出嫁的新娘，細細地哭泣。這段期間我實在太任性了，我應該好好運用這段有限的時間，跟大家多多相處，而不是一逕躲在閨房內進行我的寫作。

她們還沒去拿我的嫁衣，二嬸就叫男人們回來。我看著僕人拆下一片門板，拿到床邊來。她們把我輕輕抬起，放到門板上。我的四周擺滿了一整株一整株的芋頭——芋頭象徵著多子多孫。我的樣子看起來簡直像是供奉給神明的祭品，看來我連走都不用走去擺放轎子的地方。感激的淚水從我的眼角滑落，滾進我的頭髮裡。我作夢都沒想到我能有這麼快樂幸福的一天。

他們把我抬下樓，沿著有廊蓋的迴廊前進，形成一個美麗的隊伍。我們得去祠堂，因為我得辭謝陳家的列祖列宗對我的照顧與呵護，可是他們沒有在那裡把我放下，隊伍直接往偏廳前的庭院走。到了那個可以看到大門的庭院，他們把我放了下來。看著那扇風火門，我心想就快了，很快大門就會打開，我會被攙進大花轎裡。在最後一次辭別爹娘後，大花轎就會被抬起，他們會把我抬到我的新家去。

接下來，他們一個一個，上至我的父母，下至我家最低下的僕人，都走到我身邊向我致意，替我送行。而後，奇怪的事情發生了——他們竟然一個個全都走遠，我被孤伶伶地單獨留下。

我的心很平靜。四周都是我的私人用品，衣櫃裝滿了那些綾羅綢緞的繡花衣裳，還有我的鏡子、緞帶、床單、被單。這個時節的院子很冷清，我沒聽見有人升起火盆的聲音，也沒聽見迎親的鐃鈸鼓樂聲，更沒聽見有人將花轎抬進的聲音。憂慮開始像糾結的藤蔓擴散開來，我這才驚恐地領悟過來，他們壓根沒得把我送到吳家去，我的家人把我抬出來，是在遵行一項習俗——沒出嫁的女兒得抬到外面，不能死在屋裡。

「娘，爹。」我大叫，可是我的聲音微弱到小之又小，根本不會有人聽到。我想翻動身體，可是我的身體說它重，感覺上又很輕，我絲毫無法動彈。

收合手掌，我感覺到那朵乾枯的牡丹在我的手裡變成碎屑。

那是十二月天，氣溫非常的寒冷，即使我撐過了那一天，還有那一夜。當黎明的朝霞矇矓了天空，我覺得自己就像掉入波浪的珍珠，我的心則像崩裂中的玉石，我的腦子逐漸失去了熱力，而意識在逐漸混濁、飄離。在我嚥下最後一口氣的時候，我想到的是我最後一首遺墨：

夢難醒，魂魄留連月下花間……

下一個瞬間，我騰飛起身，彷彿飛越好幾千里。

輯二

隨風漫遊

離魂

我在清康熙三年十二月七日七時去世。死時距離我的婚期只差五天。

在臨死時，死前的那幾週所發生的事才顯得清明起來。很明顯地，我一點也不曉得自己就快死了，可是我娘知道，所以她初次踏入我房間時才會那樣憂慮。而當我去到春軒跟大家用早膳時，她們都要我吃東西，那是因為她們都看出我在絕食。在最後的那幾日，我就跟麗娘一樣，她是一心一意只想完成自畫像，我則是完全沉湎在寫作中。我以為我的文思泉湧是因為真情摯愛的緣故，但實際上，在我的內心深處，我一定知道自己就快死了，才會急著想要留下一些東西。看來，身體知道的跟心裡知道的，是兩碼事。而爹之所以會給我那枝牡丹，是因為他知道我就快死了，合不合禮教已經不再重要。當我知道我的未婚夫婿就是我的夢中情人時，我很開心，只不過為時已晚，病入膏肓回天乏術了。

屋裡的那些帳幔會被取下來，不是要拿去我的夫家，而是因為它們的圖案很像漁網，我的家人不要我下一世投胎為魚。爹之所以告訴我兩個叔叔的事情，是要我到了陰間時，替他帶話。他說：「妳看到他們時……」意思已經非常清楚，只是我當時沒明白過來罷了。我的家人在我的四周放了芋頭，芋頭固然是新娘帶到夫家的東西之一，象徵著多子多孫多福氣，但那也是要給死人的東西，同樣有祈求後代能多子多孫多福氣的意思。傳統習俗上，沒出嫁的閨女，在剩下最後一口氣的時候，要把她抬到屋外。可是一口氣該怎麼評估計算？至少我死的時候不是嬰兒。如果我是嬰兒，那我且不是會被野狗吃掉，或者隨便挖個淺坑埋了，然後就被淡忘掉。

從小父母就會教導我們有關死亡的事，我們也可以從祭祀祖先等習俗，以及一些勸人為善的故事中得知死後的世界。可是我對死亡的了解多半來自《牡丹亭》。而活人不可能什麼事都知道，所以大多數的時候，我依然茫然困惑，就連我踏上死亡之旅時，仍處於懵懂的狀態。我聽說死後的世界是一片黑暗的，但其實不是那個樣子的。我經過了七七四十九天，才由陽間進到了陰間。人一共有三條靈魂，人死了之後，陰魂得各自找正確的歸處——一條得跟屍身在一起，一條去陰間報到，一條則停留在人間界，等著進駐到神主牌裡。當我經歷三魂分裂的過程時，我依稀可以感覺到我的每一條靈魂，都意識得到其他兩條正在經歷的，我可以感覺到恐懼、悲傷、困惑和茫然。

當我的靈魂出了竅，甚至聽得到院子裡的哀號悲慟聲。當我看到我的家人、親戚、僕人個個呼天搶地痛哭流涕時，我可以感受到深切的哀傷充滿體內。他們所有人都披頭散髮，沒有戴任何的珠寶飾品，身上披著白色麻衣。有個僕人調整我房門口掛的鏡子跟篩子，我原以為那是用來庇佑我去到吳家一路上的平安，後來才知道那是為我的將死作好準備。現在篩子會讓吉利進入屋內，不好的事物則會被鏡子反射開來。

我頭一個關切的，是我那條留跟屍體在一起的魂魄。我看見娘跟嬸嬸將我屍身上的衣服脫光。看到自己屍體的模樣，我才知道我瘦得有多不成人形。她們替我擦洗了數次後，替我穿上壽衣。襯衣有棉襯，那是讓我在冬天時保暖用的；接著她們替我穿上綢衫緞袍，仔細留意著衣服周邊不能夾雜著毛髮，以免我下一世投胎入畜牲道。她們挑了一件花色很鮮豔，袖口滾翠鳥圖案的絲棉襖。我昏昏沈沈——任何一個剛剛離竅的靈魂都會感到暈眩，可是我真希望她們是挑我的嫁衣作為我的壽衣。我生前是個即將出閣的新娘子，我希望自己死後到了陰間，仍能穿著美麗的嫁裳。

娘拿了塊白玉放進我嘴裡，用來保護我的屍身；二嬸在我的口袋放了些零錢跟米，那是讓我在前往陰曹地府途中，碰到惡犬時可以丟給牠們、安撫牠們用的；三嬸拿了塊白綢布蓋住我的臉；四嬸在我的手腕綁了彩色的線繩，那是在防止我帶走家裡的小孩。她同時也在我的腳上綁上繩子，以防我在黃泉路上碰到惡靈，發生屍變。綁繩子可以防止我亂跳。

僕人在陳府大門的右邊，掛了十六個白色的紙幡，讓左右鄰居知道陳府有個十六歲的女兒過世了。我叔叔拜請當地神明，燒紙錢給祂們，懇求祂們庇佑我前往地府的這一路上，可以走得平平順順。我爹僱了僧人——因為我是晚輩，所以僧人不多，只有幾個——每七天就誦一次經文。活人在世時，沒有人可以任意行走，死後也是一樣。我的家人現階段最重要的任務，就是把我綁好，絕對不能讓我任意遊蕩。

我死後的第三天，他們將我放入棺木中，一起放進棺木的還有銅錢、石灰和塵土。之後這口尚未封死的棺木被放在庭院的一角，等道士看個好時辰擇日下葬。嬸嬸在我雙手裡各放塊了糕點，叔叔則將筷子放在我身子的兩側。他們燒了紙錢、紙衣、紙裹腳布、紙製食物給我。只不過我是個女孩兒家，沒多久，我就發現他們燒給我的衣物錢財數量遠遠不足。

到了二旬的時候，我下到陰間的魂魄已經到了奈何橋前。這裡的鬼差毫不留情地執行著他們的任務，排我前面的，是一個姓李的鬼魂，在那頭七天裡，我跟他看著前面眾多鬼魄的遭遇，看得他心驚膽跳，不停地顫抖，比我還要害怕。現在輪到他坐上秤盤，由於他在生時的種植惡行使得秤盤傾斜很大，鬼差給他的懲罰是殘酷並且即時的——他被撕裂成碎片，落地後灰飛煙飛。

「李大人，這只是給你的一個見面禮。」將他恢復成人形後，其中一名鬼差冰冷地說，「不用求祖父告祖母地求饒。現在才後悔，來不及了。下一個！」

我嚇呆了。那些牛頭馬面湧了過來，把我逼上秤台。我的重量跟空氣差不了多少——這是個好現象——不過，話又說回來，我在人世間的時間不算長，所以惡行自然也就少之又少。

在我排隊上奈何橋的期間，看到陳家的鄰居和朋友們，都上門去慰問我的爹娘。談大人送了冥錢給我爹，讓他燒給我，以便讓我在陰間花費。談夫人帶了蠟燭跟香，以及紙製的物品燒給我。談則檢視供品，評估著它們的份量，然後對我那幾個堂妹說了幾句空洞的慰問之詞。不能怪她，她才九歲大，對於死亡，她能懂多少？

時值第三旬，我通過了惡犬村。在世時行善的鬼魂到了這裡，狗兒們會對他們搖尾巴，在陽間作過壞事的鬼魂，狗兒們會把他們撕裂，血流成河。我在世時沒有為惡，可是還是有幾條凶惡的狗對我虎視眈眈，這時我很慶幸嬸嬸放在我手中的糕點，以及叔叔給的筷子，讓我得以將牠們引開。到了第四旬，我來到了孽鏡台。鬼差告訴我那可以看到我下一世會投胎成什麼。如果我在世為非作歹，有可能會看到一條在草間爬的蛇，或是一頭在淤泥裡打滾的豬，甚至是一隻啃食腐屍的老鼠。如果我在世時勤作好事，那我會看到自己的下一世比這一世過得更好。但當我往鏡子裡望去，卻只見一片黑暗。

我那第三條靈魂一直在人間飄蕩，它要等到神主牌點主了以後，才得以歸位。

我對吳人的思念始終一直存在著。我很懊悔自己的任性，不肯吃飯，以致於沒能作得成他的新娘，可是對於跟他重逢，卻從沒絕望過。事實上，我對我們之間的愛情，信心更加堅定了。

只是我以為他會過府，會來撫棺哭祭，會向我爹娘要一雙我穿過的繡花鞋，會點上三柱清香，每過一個彎就會呼喚我記得跟上，一路把我帶到他家，將我引領到一張椅子上。如果他連著兩年不間斷地燒香，並經常念著我，那我就能得以成為他的妻子。可是，他沒有去我家，沒有哭棺，更沒有向我父母要我的繡花鞋。

即使在陰間也是還是可以擁有配偶的，於是我開始夢想冥婚。女方向男方開口要求冥婚，畢竟不是件容易開得了口的事，也不浪漫，可是我不在乎，只要能讓我快快嫁給吳人，我什麼都不在乎。一旦舉行了冥婚，透過神主牌，我就能從陳家進到吳家，而那裡才是我的歸屬。

因為一直等不到他們討論冥婚的細節，我那第三條靈魂決定去找吳人。與吳人相見是我在世時唯一的心願，即使死了，也還是念念不忘。如今我什麼地方都可以去了，問題是我不知道該怎麼去。腳下的三寸金蓮讓我寸步難行，每每走不了十步，就會被風吹得搖來晃去。然而，就算不知道路該往哪個方向走，我還是想見他。

外頭的世界比我想像的要美得多，但也醜陋得多。琳瑯滿目的水果攤，夾在豬肉攤跟鐵舖之間，身軀傷殘的乞丐在路邊行乞。我看到了女人，那些出身高貴的女性，視若無睹、談笑自若地走過我身邊，走進茶樓飯館。

我好奇，迷惘，興奮。街道上行人車輛熙來攘往，有載著鹽的牛車，有發出刺耳叫聲的小販在叫賣著魚、麵等商品，有正在建築中的工地，吵得我耳朵嗡嗡作響。男人高聲談論政治、金價，還有賭債。我用手捂住耳朵，可是那些聲音依然在耳邊繚繞。我想離開街道，可是變成鬼的我，沒人召喚就無法轉彎。

我回到家裡，想試試別的路。一路上我經過了商店區，那裡有賣扇子的、賣絲綢布匹的、賣紙傘、剪刀、雕刻玉器、念珠的，還有茶販。店家的招牌跟幡旗為我擋去了陽光。我繼續往前走，經過了廟宇、棉花工廠，還有造幣廠，那裡的噪音撞擊著我的耳朵，教我難受得掉淚。杭州的道路都舖了碎石子，我的三寸金蓮被折騰得破皮、瘀青，最後連血滲出繡鞋。人們都說鬼沒有痛覺，但那不是真的。如果沒有痛覺，陰間那些刑罰所設何來？

再一次的搜尋仍無所獲，我索性回到陳家。這一次我改變方向，沿著陳家的外牆走，直到來到西湖邊。我看到了堤岸，看到了波光瀲灩的湖面，看到了青翠的山崗。我聆聽著鳥叫啁啾，然後我看到了孤山，記起吳人曾向我指示他家在吳山上的方位。但我該怎麼過去呢？我在一塊石頭上坐了下來，壽裙圍攏在四周，不過由於我已經是條鬼魂，身上衣服也就沒有髒污的問題。更不必擔心我的繡花鞋會沾濕。

我沒有影子，也不會有足跡的產生。我的感覺是什麼？是自由，還是無法控制的孤獨？我想兩者皆有。

夕陽西下，彩霞滿天，湖面變成了一片的靛紫。夜幕低垂，我一個人孤孤單單地坐在湖畔，陷入愈來愈深的絕望中。如果吳人不來我家拜祭我，而我既不能轉彎又受不了噪音的折磨，我要怎麼去找他？

環湖人家的燈火一盞盞熄滅，看來人們都就寢休息了——可是那是陽間。此時另一個世界正準備開始活動。湖岸的樹精和竹精左右搖晃；被毒死的狗兒冤魂跑到水邊，絕望地飲著牠們的最後一口水；溺死的水鬼，或是不願投降滿清韃子、不願剃頭而被斬首的冤魂，從草叢冒了出來。我也看到其他過世不久的亡魂，正等著他們三魂各歸其位。對我們這些亡魂來說，再也沒有美麗的夢境得以充盈平靜的夜了。

夢！

我跳了起來。他對《牡丹亭》的熟悉程度，幾乎跟我一樣深刻。杜麗娘跟柳夢梅的初次邂逅就是在夢裡，他一定打從我死後，就一直在夢中尋找我，而我跟他一直沒碰面，是因為我不知道該怎麼做才能見到他，該到哪裡才能跟他相會。現在我知道自己的目的地了，不過我的行進路線必須是正確的，才能抵達。我試了好幾次，最後終於找到一個免於轉彎的角度，沿著岸邊走，來到了望月亭。就在月牙剛浮現山頂，我看見了他。他正在等著我。

「我一直在這裡等妳，希望能見到妳。」他說。

「人。」

他向我伸出手，我沒有害羞地躲開。他抱著我，良久不發一言。「妳怎可以死，怎麼可以丟下我？我們在一起時是那麼的快樂，難道妳後來發覺妳其實是不喜歡我的？」他的痛苦全寫在臉上。

「我不知道你就是我的未婚夫呀。我不知道啊。」

「一開始我也不知道妳就是我的未婚妻。我只知道我的未婚妻是陳大人的女兒，還有只知道她的閨名喚牡丹。我不要父母之命媒妁之言的婚姻，可是跟妳一樣，我也是身不由己，只能順從命運的安排。當我見到妳時，我猜妳要不是陳家其他幾房的閨女，就是訪客的千金。於是我告訴自己，就擁有這三晚吧，能得逢夢想中的佳人，已是大幸。」

「我也是這麼想。」我淒苦地說，「要是當時我有告訴你我的名字就好了。」

「我也沒有告訴妳我的名字。」他悔恨交集，「那朵牡丹呢？我有託令尊交給妳。看到牡丹，妳就知道是我了呀。」

「他拿給我時，已經來不及了。」

他長嘆。「牡丹。」

「我還是不懂，你是怎麼猜到我就是你的未婚妻的？」

「對我來說，我要娶的人一直是個沒有臉、沒有聲音的陌生女子。但是當妳爹當眾宣佈了妳我的親事，說出了妳的閨名的時候，我有了一個全新的想法。當他說因為妳的名字跟我娘同名，所以妳的名字必須更改時，我馬上感覺到，他在說的人便是妳。妳長得跟我娘並不相像，可是妳跟她一樣的聰穎、善感。當妳爹指向我時，我滿心希望妳會看到我。」

「我閉上了眼睛，我沒有看。在跟你邂逅之後，我更害怕看到我的未婚夫長什麼模樣……」

然後，我回憶起當我張開眼時，談則嘴巴張開的樣子。談則看到他了。她在開戲的那個晚上曾告訴我，她也看上了吳人。難怪在女眷先行離席時，她的反應會那麼氣惱。

吳人輕觸我的臉頰。他的動作顯示他想做的不只是撫摸我的臉而已，但是我想把事情弄清楚。

「所以你是憑直覺認定，你的未婚妻即是我？」我追問。

他微微一笑——我想，若要是我們真的有幸成婚，當我任性固執時，他的反應肯定就是如此。

「很簡單，在妳爹作了那樣的宣佈後，就要女眷先行離去。於是在男人起身時，我很快往旁邊走，走到可以看見女眷離去身影的地方，我看見妳就走在最前面。這顯示妳就是新娘子。」他低下頭附在我的耳朵。「我好高興，等到洞房花燭夜那一刻，我們將不再是陌生人。我好慶幸妳是我的妻子，妳的容貌，妳的氣質，妳的金蓮，妳的教養……」他挺起身，「那一晚之後，我一直夢想著我們婚後的生活。我們會有多契合，多恩愛。我送妳的《牡丹亭》，妳收到了嗎？」

他是如此的深情款款，我怎能告訴他，我死於自己的盲目執著？這麼多的陰錯陽差，導致悲劇的產生。對「早知如此，何必當初」這句話的體認和悔恨，再沒有比這一刻更深刻更悲哀。要是當初我沒有在開戲的那一晚中途離開，我會如期嫁到吳家，會在新婚之夜跟吳人首次見面；要是第三個晚上，我試著張開眼睛去看，我就會看見我的未婚夫就是他；要是爹能在隔天，甚至只要能早一個月，或是七天把那朵牡丹拿給我，事情就不會變成今天這個樣子。命運對我怎麼會這樣殘忍？

「已經發生的事情，我們或許已經無能為力，但我們的未來還是有可為的。畢竟，柳夢梅根杜麗娘找到了法子了，不是嗎？」他說。

我還不是很清楚陰間的規矩和狀況，也不清楚我可以做什麼，不能做什麼，我只能語重心長地承諾，「我不會離開你，我會永遠守在你身邊。」

他抱緊我。我把臉靠在他的肩膀上，我想永永遠遠置身在他的懷裡，可是他輕輕推開我，指了指天邊的旭日。

「我得走了。」他說。

「不要走。我還有好多話要告訴你。」

他一笑。「我聽見僕人來了。他端茶來給我。」

跟第一晚一樣，他要求我再來跟他相見。才一眨眼他已不見人影。

我待在那裡沒有離開，一直等到入夜，等到他進入夢中，又來尋我。在等他前來赴約的那段期間，我想了很多。在《牡丹亭》一劇中，杜麗娘是在夢中與柳夢梅邂逅，並且無論生前或者死後，她都是在夢中與柳夢梅雲雨的。當她復活，她的肉體仍是處子之身。復活後的麗娘不願在沒有名份的狀況下，與柳夢梅有所曖昧，直至兩人在道姑的證婚下成了婚，始有夫妻之實。但那是小說，在實際人生裡有可能會是那樣的嗎？除了《牡丹亭》外，所有故事及傳奇中的女鬼，都是冤死的，有些還去取她在世時情人的性命。我娘曾經告訴我一個鬼故事，故事中的女鬼對她的意中人說：「你我人鬼殊途。若是雲雨，會傷了你的陽氣，你會變得短命。我不能害你。」同樣的，我也絕對不會冒著傷害吳人的危險。生，我是他的人妻，死，我是他的鬼妻，我只會更為他著想，才能報答他對我的一片深情。誠如麗娘所言：「**鬼可虛情，人須實禮**。」我想以身相許，可是前提必須是對吳人沒有傷害的。

那天晚上，當吳人來到望月亭，我們談花，談詩，談情，談美，談永恆的愛情，也談到煙花女子短暫的情愛。天明他離去後，我感到悵然。跟他在一起的時候，我好想觸碰他，好想對他訴說我心底的話，好想看他衣服下的模樣，好想讓他脫下我層層的壽衣壽裙，想要他找到我一直在渴望著他的地方。

隔天晚上，他帶了紙墨筆硯前來。他牽著我的手，兩人一起走到湖邊，齊齊屈身將湖水掬進墨槽中。

「說吧，妳想寫什麼。」

我想到我在世的最後時日，於是我開始吟詠：

夜夜眠不得，翩飛入霄漢。
露翠戀波影，雲裡會蕭郎。

當我吟出最後一個字，他放下了毛筆，脫下我那件袖口繡有翠鳥的襖子。

下一首則是出自於他。他的字寫得非常好，非常優美，美得像愛撫一般動人。他說那是來自於女神的眷顧。他說的是我。

別後總是黯消魂，惟有夢裡覓芳蹤。
縱使巫山雲頭見，醒來孤枕淚潸然。

我們一共相和了十八首詩。我吟上句，他就對下句，而引用的詩句，多半出自我們喜愛的《牡丹亭》。我引用了麗娘在跟柳夢梅私下成婚後的一段唱詞：「……今夜呵，把身子兒帶，情兒邁，意兒挨……」。這裡面的每一字每一句都蘊藏了親密的意味。我們每作成一首，我的衣服就褪去一件。我已經忘了我該有的矜持，意識間只剩下一些詞彙，像是：一晌貪歡、被翻紅浪、雲雨……

破曉，他離我而去。烈日高懸，而我身上僅剩單衣。鬼魂雖然不像在世時一樣分別得出冷熱，可是我們還是有感覺的，我們感覺的東西是更深一層的情緒。吳人的愛教我顫抖不已，但我沒有撿拾衣服穿上。我等了又等，等到深夜，等著吳人回來。可是他沒有。下一刻，我只知道自己被強行拉離望月亭，身上僅著一件肚兜，跟一件繡了一對在花朵上方翩飛的鳥兒的薄衫。

我已經死了五個七天，那是三十五日了，而我的三魂已經確切的分開了。一條牢牢附在屍身上，一條在神主牌四週盤旋，而到陰間的這一條，則已經行到了望鄉台。來到這裡的死後亡靈無不依戀著人間的親人，莫不想再看家鄉以及掛念的人們最後一眼。我努力地望過去，找了又找，終於找到了西湖，也找到了我的家。一開始我只能看到一些瑣碎的景象，諸如僕人正在傾倒我娘的便盆、那幾個小妾為一盤獅子頭爭吵、蕭媽的女兒把她的繡樣藏在我那卷《牡丹亭》的書頁裡。然後，我看到了我爹娘是如何的悲傷與自責。我死，是因為我用情太深，而那耗損了我的身心。望著哭泣不止的娘，我心知她是對的，我實在該離《牡丹亭》遠一點，它帶給我太多的感觸，太多的寄望，乃至隨之而來的失望與絕望。因為它，我今天才會與親人天人永隔，才會不能與吳人結為夫婦。

身為陳家大家長的爹，現在主要的職責是看著我好好入殮、安葬，以及點主。家人跟僕役們替我準備了很多的冥錢跟紙品——凡是他們認為我在陰間會用得到的東西，他們都替我準備了，譬如紙做的衣服、食物、房子、書……等等，他們什麼都給了，就是沒有替我準備一頂轎子，只因為娘認為，即使我到了陰間仍是名門閨秀，不可以恣意外出。

下葬的前夕，他們將那些物品全拿到門外的街道上去燒化。從望鄉台，我可以看見蕭媽拿了根棍子拍打著火苗跟燒剩的紙灰，那個動作是在嚇阻任何想過去搶我的東西的鬼。這件事我爹應該找叔叔們擔任，男人可以顯現他們的威武跟氣勢。另外，爹還應該要我娘在火堆的周圍扔米，以便誘開孤魂野鬼，因為蕭媽根本沒有產生任何的嚇阻作用，東西全都被其他的孤魂野鬼搶走了，我幾乎什麼都沒能拿到。

當我的棺材被抬到風火門，我看到了吳人。棺木臨出門時，庭院四周炮竹齊放，那是為了驅邪避兇。他們將棺木抬上一頂轎子——不是新娘乘坐的那種大紅轎，而是殯喪用的綠色轎子。起轎後，我的幾個叔叔沿途灑冥紙，這是買路錢，可以避免我走錯路。吳人走在我爹跟談大人之間，他的頭垂得低低的。他們的後面跟著坐轎的娘、幾位嬸嬸，以及我的那些堂妹。

到了墓地，他們將我的棺木放入墳穴。颯颯的風吹拂著一棵棵的白楊樹，演奏著哀淒的樂音。我娘、我爹、我的叔叔嬸嬸，還有堂妹們，他們一個接著一個抓起一把泥土往墳穴裡扔，當塵土覆蓋住棺蓋，我感覺到三魂中的那一魂，永遠地離開了我。

我站在望鄉台前靜靜地看著，靜靜地聽著。沒有舉行冥婚儀式，也沒有在墳旁設宴，好讓我跟我的新鄰居們認識一下，好讓他們以後多關照我一點。我看見娘哀慟得站都站不穩，幾位嬸嬸必須將她攙扶回轎子。爹帶著大夥兒往回走。吳人再一次走在爹和談大人之間。有很長的一段時間，沒有人開口說話。

有什麼能安慰得了一個失去獨生愛女的老父親？有什麼能安慰得了一個尚未成親就已成了鰥夫的少年？

「令嬡不是那齣可怕戲曲的唯一受害者。」談大人終於開口打破靜默，他對我爹說。

這算哪門子的安慰？

「但是她愛極了那齣戲。」吳人低語。所有的男人都瞪著他。於是他補了一句，「陳大人，我聽說她很愛那部戲曲。要是我有幸娶得她為妻，我絕對不會不許她看。」

不久之前，我們兩人才在一起賦詩，我實在很難形容我看到他的感覺。他的哀慟是如此的真摯，教我再一次懊悔自己的任性、固執和懵懂。

「可是她就跟戲中的那個可憐姑娘一樣，死於相思病！」談大人顯然不太習慣有人不附和他的話。

「現實人生中若發生了跟戲劇裡一樣的戲碼，的確不是件能讓人愉快得起來的事。」爹說，「不過，這小子沒說錯。小女的確愛書成癡又多愁善感。話又說回來，談大人，難道你就沒有稍時片刻，動過體驗閨房柔情的念頭？」

吳人不待談大人回答立即接話，「陳大人，令千金確是愛書又多愁善感，她連續三晚都來到我的夢中。」

不！站在望鄉台的我不禁驚呼出聲。他知不知道他說了什麼？

我爹跟談大人驚憂地看著他。

「是真的，在前幾天。我跟她在您家的望月亭相會。第一晚她梳著新嫁娘的髮型，身穿繡著翠鳥顏色的衣裳。」

「你的形容相符，但是你又沒有見過她，怎知所見之人是她？」爹懷疑地問。

吳人會說出我們的秘密？他會在我父親的面前洩漏我的行為有多敗壞門風？

「是我的心讓我認出她。我們一起作詩，像是夜夜眠不得，翩飛入霄漢……醒來之後，我立刻著手謄寫，我們一共吟詠創作了十八首的詩。」

「人兒，這再次證明了你是個多麼多情的才子。我何其有幸得你為半子。」

吳人探手入袖，取出數張摺疊起來的紙。「我想您會喜歡這些詩。」

他真好，可是這麼一來他可就犯了天大的錯誤了。在人間，人們要是聽到有人在夢中夢到死人，甚或那個死人還留下文墨，人們的反應只有一種——那就是快快驅邪。這也就是為什麼每每狐仙、艷鬼，甚至仙女都要千叮嚀萬囑咐她們的人類愛人，千萬不可以說出她們的存在。但凡是人，多半無法守口如瓶，一定會說出去。當然，鬼是不會消失不見的，只不過，他們都到哪裡去了呢？

無論是去了哪裡，總之，我進到人們夢境裡去的能力不見。我完全無計可施。

死後的第六個七日，我應該到了忘川；到了第七個七日，我應該到十殿閻羅輪轉王處報到，由他判決我的命運。可是我還是在望鄉台這裡。我開始懷疑是不是哪裡出錯了？

我沒看到爹找吳人談冥婚的事。爹很忙，忙著準備上京就任。我應該為此感到苦惱，因為爹不是效忠明室的忠臣嗎？怎會變節了呢？但事實上，我的確是苦惱的——我擔心爹的操守，擔心他為了功名利祿不惜捨棄良知，那麼死後怎麼辦？但是在此同時，我更擔心爹會為我找別的丈夫。他可以在門外丟些錢等人撿，然後告訴那個人他撿了陳家的「粧奩」，就得娶我為鬼妻。只是這也沒有發生。

娘說她不打算離開杭州，隨爹到北京城去。我聽了，心稍安了些。現在的娘，天天以淚洗面，哀悼我這個薄命早逝的女兒，她成天待在擺放我遺物的儲藏室，拿我穿過的衣服聞著上面殘留的氣息，摸著我的遺墨，看我親手繡的那些粧奩。生前，我與娘對抗了好長一陣子，而今，我好想念她。好想好想。

我死後的四十九天，我的家人齊聚在祠堂舉行我的點主儀式，並做最後一次的告別。庭院裡站了好些說唱者。點主這個儀式向來都是由地方上的顯達人士，或是家族中享有盛名的文人學者擔任。一旦點主完成，我那第三條靈魂就會附在神主牌上，就近看顧我的家族。點主後，我將成為家族裡的祖先之一，會受到供奉，當他們有所求時，會用祭祀的方式向我祈求。未來要是遇到了家族性的重大抉擇，例如子女的婚姻、替孩子取名字等事，都會向祖先祈求協助。

我原以為點主官肯定是談大人，因為他是杭州城內，我爹認識的人之中官位最高者。可是我爹請的不是別人，而是對我意義最深重的人——吳人。

他的容顏比我下葬那天還要憔悴。他的頭髮凌亂，彷彿夜夜輾轉反側，徹夜難眠；他的雙眼盛滿了痛苦跟悲傷；如今我連他的夢都去不了，他的失落感肯定更大。我那條跟隨神主牌的魂魄走近他，我想要他知道，我就在他的身邊陪著他，可是不僅是他，整個屋子裡沒人曉得我就在祠堂內。似乎我比堂上的香煙還要虛無飄渺。

我的神主牌就放在供桌上。那上面寫著我的名字，我的生辰八字。神主牌旁放了一小碟的雞血跟一隻毛筆。吳人拿起毛筆，沾了沾雞血，舉起筆，停頓了一會兒後，毛筆從他手中掉落，他呻吟了一聲，隨即奔出祠堂。爹跟僕人追了出去，看見他坐在一棵銀杏樹下。他們端杯茶給他喝，又安慰了他數句。然後，我爹發現我娘不見了。

爹往祠堂裡走，其他人跟著他走入，發現我娘正坐在地上，雙臂緊緊抱著我的神主牌，低聲地哭著。爹無助地瞪著娘，蕭媽蹲了下去，想拿走我的神主牌，可是娘抱得非常緊。

「夫君，讓我保有這個。」她哭著說。

「得點主啊。」爹說。

「她是我的女兒。讓我點。拜託。」她乞求著。

可是娘不是什麼大人物啊！她也不是什麼大作家，或是大文人。在我困惑不解的時候，我爹娘互望了一眼，體諒與理解充盈在我爹的眼中。

「好。這樣也好。」他說。

蕭媽攙扶著我娘，把她帶了出去。

爹遣走了說唱者，解散了家人跟僕人。

吳人向爹拜別。

整個晚上，娘都哭個不停。儘管蕭媽一直勸解、安慰，娘就是不肯放開神主牌。我過去怎會這麼盲目，看不出她多這麼愛我？爹就是因為明白這一點，才會答應娘為我點主？可是這不合禮制呀。如果要點，也該是由爹來點才對。

到了早上，爹去到娘的房間，蕭媽替他開門。他看見娘躲在被窩裡哭，悲傷流進他的眼底。

「告訴她，我得動身上京了。」他輕聲對蕭媽說。然後，轉身走開。

我跟了過去，一直跟到大門，送他上轎，直到轎子離開我的視線，我才回娘的房間。

蕭媽跪在床邊，靜靜等著。

「我的女兒死了。」娘哀哀地哭訴。

蕭媽發出應付的安慰聲，理了理貼緊在娘面頰上的溽濕髮絲。「把神主牌給我吧，夫人，我拿去給老爺。好讓他替牌位點主。」

她是在說什麼呀？我爹人不在呀，他已經上路了。

娘把神主牌抱得更緊，怎樣都不放開。

「妳知道規矩。」蕭媽厲聲地說。她真是太厲害了，知道拿傳統壓制我娘。「這是當爹的人應盡的責任。給我。」看到我娘動搖，她又加了把勁。「妳知道我說的是實話。」

娘儘管有一千個不捨，一萬個不願意，終究還是鬆開了手。蕭媽一拿到神主牌，立刻走出娘的房間。娘痛哭失聲，將臉埋進被子中。

我跟隨在乳娘身後，跟著她往後廂房的一間儲藏室走，無助地看著她將我的神主牌位放到架子上一個醃菜罐的後面。

「好好一個家弄成這樣，這樣一個醜東西，沒人會想要再多看一眼。」她嫌惡地說。

沒有點主，我那條靈魂就無法進入牌位，它只能回頭跟站在望鄉台上的靈魂合而為一。

望鄉台

到了望鄉台後，我的行程便停滯了，無法繼續往前，我的案子也就沒有機會到得了閻王判官們那裡。隨著時日一天天地過去，我發現我仍有活人的渴求。死亡並沒有消弭我的情感，反而使得它們更加的強烈。人世間所謂喜、怒、哀、懼、愛、惡、慾，都跟著我到了陰間。這些原生的感觸非常執著堅韌，它們源源不絕地環繞著我，比生命力更旺盛，比死亡更生生不息，那股頑強，就連神仙也抵擋不住。被浸淫在其中的期間，我最最強烈感受到的一種情懷，就是對生的眷念，以及對「生」的懊悔。

我想念陳家，想念薑的氣味，想念綠茶，想念茉莉，想念夏雨的芬芳；在經歷那麼多個月的食慾不振後，我突然覺得餓了。我好想吃醬燜蓮藕、板鴨、西湖蟹、水晶蝦；我好想再聽聽夜鶯歌唱，好懷念後堂女人們，閒話家常的聲音，好想念湖水拍岸的聲音；我想念絲綢的觸感，和微風送入窗內的清新；我想念書墨的味道，我想念我的那些書，我想念那種走入書中世界的悠然。我最最想念的，是我的家人。

每天，我憑欄看著他們。我可以看見娘，看見幾位嬸嬸，看見那些堂妹，還有小妾們依各自的作息活動。看到爹從京城回來，我好高興。我看見他在手雅廳裡，會見那些個儻的年輕人，看見傍晚時刻，他跟我娘一起喝茶閒談。我很留神地聽，可是沒有聽見他們談起我。娘沒有提起，是因為她以為爹已經為我點主；爹沒有提起，是因為他以為娘已經為我點主了。這同時表示爹不會再找吳人幫忙，但因為我的神主牌被蕭媽藏了起來，所以我極有可能永遠被困在這裡。

每每當我害怕得無以名狀時，我就會自我安慰。安慰自己杜麗娘的父親在她去世之後立刻走馬上任，他也忘了替麗娘點主。我跟麗娘之間有這麼多的雷同之處，想來我一定也可以擁有真愛，甚至得以復活。

我開始尋找吳人的家。在嘗試了無數次後，終於找到路徑，越過西湖水，越過孤山，上到西湖的北岸，找到了那晚燈火通明的寺廟，從而找到了吳人的家。

大家都告訴我，我和吳人門當戶對，是金童玉女，是天作之合的一對，這表示吳家應該也是大富人家。可是我眼前這座宅子，卻只有幾個院落、亭閣，以及寥寥十二口人。吳人的大哥跟他的妻小已經搬到別的州縣，家裡除了他跟他的寡母外，僅剩十個僕役。不過我對這些表象並不在意，我的心全被逐愛的渴望填滿，只看得見我想看的。

在我眼中，這是一個小巧雅致的莊園，大門漆著朱漆，屋頂是綠色的琉璃瓦。莊園四周廣植柳樹，吳人對我提過的那棵梅樹，則種在中庭，只不過它現在葉子落盡，只剩禿枝。然後，我看見吳人了。他白天都在書房寫作，三餐跟他的娘親一起用膳，晚上他會到花園、迴廊上散步。由於我鎮日望著他家，望著他，甚至忘了回到陳家，因此看見蕭媽登拜訪的時候，我頗為訝異。

我的奶娘被人帶進了一個廳堂，僕人要她在那裡候著。不久，吳人跟他的母親在一個僕人的引領下出現。吳人的母親已經守寡多年，她的穿著總是以暗色調為主，她灰白的頭髮多半是挽起的，臉上刻滿失去伴侶的傷痛痕跡。蕭媽對他們二人行了多次禮，不過由於她是僕人，所以他們並沒有回禮，也沒有倒茶給她喝。

「小姐臨終時，要我把幾件東西帶過來。這頭一件是——」蕭媽揭開用絲巾包起的籃子，從裡面拿出一只同樣是用絲巾包起的包裹。她低著頭，雙手呈了上去。「這是小姐親手繡的，聊表她對夫人的孝意。」

吳夫人接過去，慢慢打開絲巾，拿起其中一隻繡花鞋，細細地端詳。那是繡在深藍色布面上的牡丹花。

吳夫人轉過頭去對她的兒子說，「你媳婦的女紅繡得很好。」

要是我仍在人間，她會那麼說嗎？還是會像個傳統的嚴厲婆婆那般批評我？

蕭媽再次將手伸入籃子中，拿出一本冊子。看到那本《牡丹亭》上冊，我才發現人鬼之間的另一個別差。

人死後，有些在世時認為很重要的事情，不盡然都會記得。例如我死前對蕭媽千叮嚀萬囑咐，要她在我出嫁後三天將那本《牡丹亭》跟那雙繡花鞋拿到吳家來，她並沒有遵照我臨終的請託，自有其明顯的原因，可是我自己也忘了她曾答應的事情，更忘了自己的計畫。即使看到她女兒將繡樣藏在我那冊《牡丹亭》的書頁裡，我仍沒有想起。

蕭媽大略說了下我怎麼廢寢忘食地捧書、研讀、寫批注，我娘怎麼燒了那些書，這本是怎麼被我藏起來。吳人接過書冊，翻了開來。

「我兒子看過那齣戲後，便全城搜尋，才找到了這個版本。但我想還是用我大媳婦的名義送給妳家小姐比較妥當。這書應該有上、下兩卷。另一卷呢？」吳夫人說。

「回夫人問話，我剛剛已經說過，被我家夫人燒掉了。」

吳夫人嘆了口氣，不贊同地抿了抿唇。

吳人翻閱著，不時停下來細細看。「看，」他指著被我的淚勻開的蠅頭小楷字跡，「她的才學躍然紙上。」他唸出上面的字句。隔了片刻，他抬起頭，「我在她的字裡行間看到了她的芳容。這上面的字跡看起來很新。母親，妳可以感覺到她的手指餘溫還留在紙頁上。」

他的母親憐愛地看著他。

我是如此地確信，吳人會從我的字句看出我的想法，並領悟到他該做什麼，而蕭媽會幫助他，會告訴他我的神主牌還沒有點主。可是蕭媽並沒有開口提醒，吳人也沒有顯現出頓悟或者滿懷希望的神情。事實上，他只是看起來更加悲傷。我感受到深切的痛楚，痛得就好像我的心正經歷千刀萬剮一樣。

「很謝謝妳，藉著妳家小姐的遺墨，我兒子可以多認識他的妻子。這樣一來，彷彿她仍活著。」吳夫人對蕭媽說。

吳人闔上書冊，倏忽站起。他掏出一塊碎銀打賞蕭媽。之後，不發一言，拿著書就走出了廳堂。

那天晚上，我看見他在書房內愈坐愈憂鬱，他叫僕人準備了酒，一面看我的注腳一面喝酒，不時撫過我寫字的地方，愈看愈傷心。看見他哭得那麼傷心，我很難過。那不是我的本意啊。我趕忙去找他的母親，發現她在自己的房裡。她跟我同名，也跟我一樣，都深愛著吳人，她一定有辦法可以安慰得了吳人，可以使他別再那麼傷心難過。

吳夫人在她的房裡一直等到夜深人靜才走出來。她沿著走廊來到兒子的書房，輕輕推開門，看見吳人醉倒在書桌上。她拿起那冊《牡丹亭》以及空酒瓶，吹熄了燭火，帶上書房的門。回到她的房間，她打開櫃子將那冊《牡丹亭》放進兩件色彩鮮麗的絲綢衣裳間。早已守寡的她，不會再穿那種亮麗顏色的衣服。然後她關上抽屜。

數個月過去。

由於我無法離開望鄉台，所以我看到了每個經過重重關卡來到這裡的陰魂。我看到穿了一層層壽衣的寡婦，看到早她們而亡的丈夫前來迎接她們，看到他們歡歡喜喜地團圓，知道她們的丈夫會敬重她們、愛她們。不過我沒有看到難產而死的母親，她們死後就直接到血湖去了——凡是因難產而死的亡魂，都被判到血湖地獄那裡去接受無期徒刑的苦。至於那些通過關卡來到這裡的亡魂，都被賦予再看一次他們在世親人的權利，並提醒亡魂，他們現在已經是陽間親友的先人了，得盡盡先人看顧後人的責任——無論該賞還是該罰。我看過對後代子孫很不滿的亡魂，有的破口大罵，有的冷嘲熱諷。也有一些亡魂得到後代子孫豐富的供奉，就回饋予大量的收成和很多的男嗣。

不過絕大多數的新亡魂都不知道自己的下一站在那裡，不清楚自己是會被領往哪一殿去受審受罰，還是得等上幾百年，才能再次投胎轉世。他們也不知道自己下輩子是有幸投胎為男人，或者投胎為女人，又或者是墜入畜牲道，投胎為魚類或昆蟲；又或者會被觀世音菩薩接引西方極樂世界享福，再也不必受輪迴之苦。

好些跟我一樣患相思病而死的少女來看我。其中很多人，是我在世時就久仰她們芳名的，例如崇禎年間的名伶商小玲、婁江才女俞二娘跟揚州才女金鳳鈿。商小玲很愛

《牡丹亭》這齣戲曲，她是在演《牡丹亭》的《尋夢》一折時，死在戲台上；俞二娘的死，則令湯顯祖受了很大的震撼，他還寫了詩悼念她；金鳳鈿的故事跟我很相似，只不過她的父親是個鹽商。

我們相互慰藉。在世時，我們都清楚太鑽研那部戲曲的文字，會有致命的危險，可是我們統統陷在與其庸庸碌碌一生，不如死在正值年輕、漂亮、才華橫溢之時的迷咒中，不可自拔。同時代因相思病而死的少女，成了我們惺惺相惜的對象，我們都閱讀《牡丹亭》，也都為它寫詩，最後也都為它而死。我們都認為，透過我們的寫作，生命可以超越時光，超越腐朽的肉體，作為見證這部偉大戲曲的實例。

這些少女都想進一步了解吳人，而我告訴她們我堅信兩件事：第一，我跟吳人的姻緣是上天注定，是命運的安排。第二，我們之間的愛情，一定會讓我們團聚。

她們都用一種同情的眼光看著我，並且竊竊私語。

「我們都有夢中情郎。不過，」最後，商小玲說，「也就僅僅那樣而已，就只是個夢罷了。」

「我也曾相信我的夢郎是存在的。」俞二娘說，「喔，牡丹，妳就跟我們一樣。我們的婚姻，都無法自己做主。對方人品如何，家世怎樣，我們都無從了解，得等嫁過去之後才會知道。儘管我們渴望愛情，希望有個如意郎君，可是實際上卻是無望的。妳說，在這種情況下，有哪個姑娘不會往夢裡去，去夢裡尋她的夢中情郎？」

「告訴妳我的遭遇吧。在我的夢裡，我跟他都是在寺廟裡相會。我愛他愛到神魂顛倒。」另一女孩說。

「我也以為我會跟麗娘一樣。」金鳳鈿說，「我以為我死了以後，我的夢郎會找到我，會讓我起死回生。我們的美夢會成真，我們的情，我們的愛，會是真情摯愛。」她嘆了口氣。「然而，夢終究只是夢，至於我，最終落了個困在這裡的下場。」

我看了看一張張年輕美麗的容顏。她們憂傷的表情，顯示她們每一個人的故事都十分相似。「可是我跟吳人是真真實實的相遇、相知、相愛。他用牡丹花碰觸我。」

她們不相信地看著我。

「姑娘家都是有夢的。」俞二娘又是那一句。

「他是確實存在的。」我指著欄杆外下面的陽間。「妳們看嘛，那個人就是他。」十來個姑娘——沒有一個超過十六歲——順著我手指的方向看去，看到了吳家，看到了正在書房寫字的吳人。

「那是個年輕公子沒有錯。可是我們如何知道他就是妳春閨夢裡的人呢？」

「我們又怎知妳跟他曾見過面呢？」

在陰間，鬼魂有能力讓時光倒轉，向他人重現過往的經歷，這就是為什麼地獄會令人嚇破膽的原因之一。亡魂會一次又一次，沒完沒了地重複經歷他們所犯的罪行。不過我展示在她們眼前的，則是全然不同的經歷。我讓她們看到乘風亭裡發生過的事，還有望月亭裡又發生過什麼事，以及我最後一次到吳家時的情景。她們一個個都感動得落淚。

「麗娘用她的生命證明她的愛可以跨越生死。」我對拭著淚水的她們說，「將來有一天，妳們會看到我跟他結成連理。」

「那要怎麼成真？」商小玲說。

「怕是水中撈月？空裡拈花？」我引用柳夢梅的台詞。「柳夢梅本來也不知道該怎麼作才能令麗娘死而復生，可是他還是做到了。精誠所至，金石為開。吳公子也會辦到的。」

她們全是美麗、善良、善解人意的好姑娘，不過她們並不看好我的信心。

「或許妳跟他確實相遇，還跟他說過話，可是實際上妳跟我們沒什麼兩樣。」俞二娘說，「都是自己把自己活活餓死。」

「妳頂多指望妳的爹娘，能將妳的書稿出版，」金鳳鈿好意地說，「那樣妳還可以存在得更久些。我便是如此。」

「我也是。」其他那些家裡有替她們印行書稿的姑娘們紛紛說道。

「大多數的家人都沒有祭祀我們，」金鳳鈿說，「但因為我們有詩文印行，所以多多少少得到一些祭品。我們也不清楚為何會這樣，但我們就是能收到。」

這實在不是個好消息。我的詩稿被我藏在爹的書房裡，而那本《牡丹亭》上卷又被吳人的母親藏在她的衣櫃裡。我告訴她們後，她們全都替我憂慮地直嘆息。

「也許妳可以跟小青談談，問問她的想法。她在這裡比較久，知道的比我們多，說不定她可以幫妳。」俞二娘說。

「能見到她，就太好了。」我熱切地說。「要是她能給我一些建議，我就更開心了。下次妳們來時，請帶她一起來。」

可是她沒有來。而雖然她們都說那個偉大的湯顯祖就在附近一帶，可是他也沒有來看我。

所以，大多數的時候，我都是孤魂一條。

在世的時候，我聽到很多有關人死後的事情，有些是對的，有些則是錯的。大多數人都稱呼這裡為「地府」，我倒是覺得稱為冥界或是陰間比較恰當。因為雖然有些地方是在地底下，可是其實這裡大致上來說，並不是位在地底下。還有，人死後並不是就跟陽間完全切斷了關係，而且跟在生時的社會位階也沒有不同。譬如說，在世時你若是個農夫，那麼，在這裡你也繼續務農；在世時你如果是個地主，或是個學者、文人，那麼你的日子仍是看看書，寫寫詩，喝喝茶，焚焚香，做那些附庸風雅的事。而女人呢，也跟在陽間的時候一樣，仍是裹小腳，仍必須謙卑柔順，仍是把她們的重心放在她們的家人身上。至於男人，也跟在陽世時一樣，仍是主外。此時的管理階層則是冥府的閻王、判官和鬼差。

在這裡的時間多了，我也就知道自己能做什麼，不能做什麼。我可以飄，可以飛，可以消失不見。沒了蕭媽跟柳兒，我什麼事情都得自己打理。我學會自己清理小腳，自己用陽間燒給我的裹腳布纏腳。我的聽力可以聽得很遠，可是無法忍受噪音。另外，我沒法作大角度的轉彎。還有，當我從欄杆向下看時，我可以看到很多地方，不過僅限於杭州——杭州以外的地方我就看不到了。

我在望鄉台待了好幾個月後，有個老婦人來看我，她自稱是我的祖母。可是很奇怪，她的樣子一點也不像祠堂裡掛著的那幅畫像。那幅畫像上的人，一臉嚴肅。

「真是的！他們怎麼把祖先都畫成那個樣子？」她咯咯笑。「我生前待人何曾嚴苛過。」

祖母還是非常的美，非常的氣派。她的頭釵以純金打造，並鑲著珍珠跟寶玉；她的衫袍用的是最高級的絲綢；她的衣袖很古典的水袖款式，所以雙手總是掩藏在水袖下；她的三寸金蓮比我的還要嬌小；她的臉上有皺紋，可是她的皮膚光滑明亮，整體看起來雍容華貴。而當她緊挨著我身邊坐下時，身體居然傳來陣陣力道。

自那以後，她經常來看我。不過她未曾帶祖父一起來，每每我問起，她總是虛應故事。

她會說：「他在別的地方忙。」

或者回答：「他去京城幫妳爹斡旋。能晉身廟堂的人，多是能翻雲覆雨之輩，玩那種勾心鬥角的遊戲，妳爹是鬥不過人家的。」

再不然就是：「他呀，搞不好又去闖他那幾位小妾的空閨。他有時就愛作這些事，就愛進入人家的夢裡瞎攪和。因為在那些夢境裡，她們仍是年輕貌美，窈窕如昔，而不是雞皮鶴髮的老太婆一個。」

我很喜歡聽她用那種有點辛辣的俏皮口吻批評那幾個小妾，因為在世的時候，她們總說祖母待人多麼親切、和藹及慷慨，而祖母在世時，也不得不在人前樹立模範。可是到了這裡，她愛怎樣就可以怎樣，卻能做回她自己。

「不要再看下面那個男人了！」一天她厲斥我。

「妳怎麼知道我在看誰？」

她用手肘拐了拐我。「我是妳的老祖宗！有什麼能逃得過我的眼睛！」

「可是他是我的夫婿。」我囁囁嚅嚅。

「妳又沒有嫁給他！妳該慶幸！」

「慶幸？我跟他的姻緣是上天欽點的。」

祖母冷哼。「可笑。那算哪門子的上天欽點。妳的親事就跟所有的姑娘家一樣，都是父母之命，是妳爹做的主，哪有什麼特殊之處。還有，別忘了，妳現在可是身在陰間。」

「我不擔心呀，爹會幫我安排冥婚的。」

「妳看事情的時候，應該多往深處想。」

「妳在捉弄我。據我所知——」

「我不是在誆妳，妳爹打的是別的主意。」

「爹在京城，我看不到他在做什麼。不過，那又如何呢？就算他不安排冥婚，我仍是吳家的人，我會等吳人的。那是我之所以會停滯在這裡的原因，不是嗎？」

「妳真以為那個男人會等妳？」祖母不答反問，她的表情活似掀開一個裡面裝了臭豆腐的罐子。由於她是祖母，我自然不能抗辯，只能默默聽著。「別對那男人太癡情。」她抬起手拍拍我的臉。「妳是個乖巧的好孫女。這些年妳祭拜我的水果，我都有收到，我很喜歡。」

「那妳怎麼沒幫我？」

「我不是針對妳個人。」

這是個很怪異的回答。不過，祖母經常脫口而出一些莫名奇妙的話。

「聽好，妳要多用點心，想想自己為什麼會停滯在這裡。」

在這段時間裡，有幾個重要節日來了又去。首先是農曆年的祭祖，我爹娘漏了我，祭祖時沒把我包括在內；正月十三那天，他們應該在我的墳上放一盞燈，但是他們沒有；到了清明那天，他們應該上墳，燃放鞭炮，燒冥紙給我，但是也沒有；十月一日，立冬那天，他們應該燒紙棉襖、紙毛帽、紙毛靴給我，以防我受寒，可是又忘了；更遑論每月初一、十五兩天，他們應該將米飯、酒菜拿到我的神主牌前祭拜我，他們從沒記得過。

蕭媽始終沒有把我的神主牌拿出來放進祠堂，我猜想大家一定都還在為我的死悲傷，才會沒人注意到我的神主牌不在祠堂上，也才會沒人問起。

但是到了臘八日，我發現了一件讓我動搖的事。就在快到我忌日的那天，爹從北京城回到杭州，娘準備了豐盛美味的臘八粥，拿到祠堂祭祖，而我又再一次因為沒有牌位所以無法享用。娘夜夜都在思念我，每晚都哭，但即使思念成這樣，祠堂裡仍然沒有我的神主牌。這不能解釋為「忘了」擺上去，肯定有別的原因。

跟祖父一同享用臘八粥的祖母，肯定看到了這一切。她來找我。她是個有什麼就說什麼的人，可是我不想聽，不想面對。

「妳爹娘是不會祭拜妳的。習俗上，當長輩的人是不拜子女的——如果妳是男丁，妳爹甚至還會打你的棺木，責備妳不孝，居然先他而死。不過打歸打，罵歸罵，就因為是男孩，他們還是會要人準備祭品祭拜。但是如果是女兒，還是個未出嫁的女兒，他們就不會準備貢品祭拜了。」

「是因為我的神主牌沒有點主的關係？」

祖母冷哼。「不，是因為妳是女的。基本上，打妳一出生，妳的父母就是在替妳的婆家養妳，妳從來就不是陳家人，妳是別人家的人。就算今天妳的神主牌點了主，也不會將它放進祠堂，只會放到門後，或是抽屜裡，又或是送去廟裡。來探望妳的那些女孩們，她們神主牌的命運都是那樣。」

這是我從來沒聽過的，有那麼片刻，我相信了祖母。而後，我甩開那個念頭。

「不對，不會是這樣的。」

「只因為妳在世時沒人告訴妳？哈！要是妳爹娘膽敢把妳的牌位放進祠堂，陳家的列祖列宗只怕會從墳裡跳出來。」祖母抬起一手。「不是我，而是那些固守傳統的老頑固。」

「我是爹娘的掌上明珠，是他們的心肝寶貝。當娘的若不疼愛女兒疼到心肝裡，是不會為了想要挽救她的性命，而不惜燒書的。」

「是那樣沒錯。她不想燒，可是那個大夫希望那一招可以激起妳反抗的動力。」

「還有，爹要是不疼我，他絕對不會大費周章地請戲班子，投入了那麼多的心血，在我生日那幾天上演那齣戲。」

「那可不是為了妳。那是為了那位談大人。妳爹是在攀關係，在鋪路。」

「那個談大人又不喜歡那齣戲，他對那齣戲很不以為然的。」

「那是表面。官場上的人都是說一套做一套。」

祖母在暗喻爹也是個說一套做一套的偽君子？

「政場上的忠貞，是個性上忠貞的延伸。」祖母又說，「而妳爹——也就是我兒子，他呢，是兩者都不具備的。」

祖母沒有再多說什麼，可是她臉上的表情，讓我又往陽間看了一眼，而那一眼終於讓我看見我以前視而不見的東西。

發現爹不是我認定的忠君愛國之士，並不是我最大的失落。在世時，我就知道爹很遺憾我不是個能替他傳宗接代的兒子，但儘管如此，在我的內心深處，仍然深信爹是愛我的，拿我當珍寶看待。死了之後，從我的神主牌事件，以及其他種種，讓我了解到在他的眼中，我只是個他替別人家養的孩子。我就像一塊被撕下丟棄的碎布，沒有人在意我，在意我神主牌的去處。就因為沒有人在意，所以我才會被困在望鄉台，哪裡也去不了。

「我以後會怎樣？」我哭了起來。我才死了一年，衣服就已經褪色，而且比死時更瘦了。

祖母飄了過來。「妳爹娘大可以把妳送到姑娘廟去，可是那不是個好處去。因為那裡固然供奉著未出嫁的貞潔姑娘，但那些小妾以及煙花女子死後，她們的神主牌也都往那裡送。」祖母在我身邊坐了下來。「辦個冥婚會是比較好的主意——」

「還是可以把我嫁給吳人呀。行禮的時候，就會用到我的神主牌，他們就會去找我的神主牌了。」我滿懷希望地說。「到時候就會替我點主，而我的神主牌也就能進到吳家的祠堂去被奉祀了。」

「可是妳爹沒有那樣安排。妳好好地想一想，牡丹，好好地想。我之前就告訴妳要好好地看，仔細地看。妳之前都看到了什麼？現在，妳又是看到什麼？」

時間在陰間這裡是很奇怪的，它有的時候過得很快，但有的時候卻又過得很慢。像現在，已經是幾天過去，我爹正在接見另一批年輕人。

「爹在接受人家的拜會。爹是我們地方上的重要人物，年輕的士子都會來拜訪他，向他請教事情呀。」

「孩子，妳從來都沒帶耳朵嗎？」

男人談的都是大事，我是刻意不去聽爹跟其他人的談話呀。不過，既然祖母要我聽，我便豎起耳朵。爹是在跟那些年輕人面談，他們一個接一個進去，而他問他們的問題都一樣。聽著聽著，我的心也揪了起來。爹該不會是想從中遴選一人，要他們娶我的神主牌吧？

「你會忠實嗎？會孝順嗎？你會替我們掃墓嗎？會每天到祠堂拜祭陳家的祖先嗎？還有，我要孫子。你會把你的兒子讓給我們傳嗣嗎？」

我明白了，爹不是要替我安排冥婚，他是想要收個養子。爹無法生出個兒子——這對男人來說，是件很羞恥的事情，而就傳宗接代的層面來說，更是壓力沈重。為了繼承香火而收養子，是個普遍的現象，但這也表示我在他心中，已經完全沒有了地位！

「妳爹在妳身上用了很多心思。他是把妳當成兒子在養，他教妳讀書寫字，教妳作詩，教妳思考，可是妳畢竟不是男孩，而他需要個兒子繼承香火。」

從小到大，我一直認為爹愛我、疼我、包容我，可是當我深入了解後，才發現由於自己我不是個兒子，爹對我的愛其實是有限度的。我放聲痛哭，祖母將我摟入她懷中。

我幾乎無法承受這份認知。我望向吳家，想著吳人說不定為我供上八寶粥——當然，不會有。過年到了，吳人站在屋簷下，在為他家的大門重新漆上朱漆，好迎接新的一年。而我爹這邊的書房裡，一個小眼睛的年輕人，正在簽一份契約。

「阿寶，兒子呀，我早該這麼做了。」我爹拍拍那個年輕人的背部。

揚州大屠殺

人們都說，死亡往往跟隨著新生，說結束就是另一個開始，然而在我身上並非如此。一轉眼，不知不覺間已經過了七年。過年過節，對我來說，都是特別難挨的日子，尤其是過年。我死時已經瘦得不成人形，死了之後，沒有人供奉我，我更是虛弱不堪。七年下來，我已經跟幻影一樣的虛無飄渺。我身上的衣服又破又舊，成了一個可憐鬼，只能在望鄉台的欄杆邊徘徊。

那群患相思病而死的姐妹，過年過節時知道我心裡不好受，都會前來陪我。我很喜歡她們的陪伴，她們跟我在世時那幾個堂妹完全不一樣，對我沒有絲毫的怨妒。這一回，她們終於把小青帶來。她有著高高的額頭，眉目如畫，頭髮梳理得很是華麗，朱唇柔軟動人。小青穿了襲很古典的衣服，式樣雅緻，繡工十分精美，而她的三寸金蓮十分小巧，整個人看起來柔若無骨，走起路來就像浮雲過月般的輕靈。她長得很美，美到沒有人會認為她可以當正妻。我這才知道為什麼有那麼多的男人為她神魂顛倒。

「我把自己的遺墨稱為『焚餘草』。」小青說。她的聲音像風鈴般悅耳。「可是那裡面的詩有什麼出奇之處嗎？男人每回提到我們，都稱我們為相思病患。他們說我們是病態的一群，說我們女人老是在失血，身體總是在耗損，說歸根究底我們的命運自然也就該跟我們寫的詩一樣，是淒美的、哀絕的。他們不知道的是，許多把火並非起於意外，很多詩稿是被它們的創作者自己燒掉的。她們之所以燒掉自己的詩稿，是因為她們對那些詩文寫作技巧不滿意，所以她們就燒了那些手稿。我也不例外。這也就是為什麼世間有那麼多同名的詩文集。」

小青看著我，等我開口。其他的少女也都期待地望向我，默默地催促我。她們認為我一定會有高論。

「春夢了無痕，但我們的詩稿可跟春夢不一樣。我們流傳在人間的詩文，往往都讓人們感動得為之落淚。」我說。

「願流傳到千萬年。」金鳳鈿說。

小青溫柔地環顧眾人，輕輕地複誦。「千萬年。」她的身子一顫，而她週遭的空氣也跟著漾起一陣漣漪。「別那麼樂觀。人們已經開始淡忘我們了。到時……」她站起身，衣裙翻起一陣波浪，接著，她向我們微微頷首，便飄然離去。

那些少女在祖母來到時紛紛離去。可惜我這個祖母不會說些好聽的話來安慰我，她只會說：「天底下沒有愛情這檔事，只有責任跟義務。」每當她談到自己的丈夫，都是從責任的角度切入，從不是自愛的觀點出發。

我默默聽著祖母的教誨，目光一面看著吳家，他們正在為新年除舊佈新。我看見吳人的母親在打掃，看見他家的僕人準備著過節的食品，看見他們取下灶上的灶神像準備燒化，好讓祂返回天庭回報吳家過去這一年間的善行及惡舉。

沒有人想到我。

我將視線移往我的原生家庭。爹從京城回來盡他的孝道，他那位當了七年陳家兒子的阿寶，已經成婚，妻子也生下了三個兒子，但都是死胎。不知是出於自責所以沉淪，抑或是他本性放浪形骸，總之，那個阿寶大多數的時間都和西湖一帶的歡場女子在一起。至於去祖墳拜祭、請祖先回家過年等儀式，仍是我爹跟我娘去，但我爹似乎一點也不以為意。

爹穿著他的官服。胸前那塊華麗的補服向所有人宣示他的位階，並告知大家他是個重要人物。他那種意氣風發的樣子，是我在世時不曾見過的。

我娘的樣子就沒那麼容光煥發了。她的頭髮白了很多，人老了很多，也憔悴了很多。她的肩膀瘦削到似乎再也承擔不了多一分的重量。

「妳娘對妳還是念念不忘。」祖母說。「今年她會打破傳統。她是個很勇敢的女人。」

娘是個克己復禮的人，我無法想像她會做出任何有違三從四德、違反傳統的事。

「妳的死，讓她成了無兒的孤母。每次她看到描寫牡丹的詩，聞到牡丹的花香，她的心就揪著痛。那些在在都讓她想到妳。對她的心臟更造成莫大的負擔。」

我不想聽這些。現在說這些有什麼用呢？可是我祖母從來就不是個會顧忌我感受的人。

「真希望妳認識剛嫁到陳家時的妳娘。她那年才十七歲。才學非常豐富，女紅也精妙到完美無暇。當婆婆的人，挑剔媳婦是天經地義的傳統，可是妳娘沒有給我行使這項天職的機會。老實說，我也不太在意，反正我還有一屋子的兒子，有別人可以讓我扮演那個角色。我很喜歡妳娘，喜歡她的陪伴。我後來沒把妳娘當媳婦看，而是把她當成朋友。妳絕對想像不到我們都去了些什麼地方，做了些什麼事。」

「娘是大門不出二門不邁的。」我提醒祖母。

「那時候的她會。大明式微的那幾年，我跟妳娘談到女子之於時代的天命。也不知是她天資聰穎，還是她大膽假設小心求證的求知慾過人，總之，妳知道嗎？最先對女性文學產生興趣，並去鑽研探討的人不是妳爹，而是妳娘。」

我搖頭。

「她覺得她有責任去蒐集匯編、探討評比別的像我們這樣女性的著作。我們旅遊了很多地方，去蒐集著作和書籍。」

「妳們兩人怎麼去？用走的嗎？」我想要阻止她，希望她別再誇大不實了。

「我們在自己的房間裡走，在府裡的迴廊上走。」祖母微笑著說。「訓練我們的腳力，以免我們走沒多少路就腳痛。不過，我們的腳還是會痛，但疼得很值得，因為我們看了很多地方，增廣了許多見聞跟知識。我們發現世上有以他們母親、妻子的才華與能力為榮的男子，他們甚至找人刻版印刷，為妻女出版她們的創作，藉以紀念她們，榮耀她們。妳娘就跟妳一樣，雅好書籍，滿腹經綸，不過，她行事低調，不肯下筆寫作。如果一定要寫，她絕不用紙跟墨，而是拿顏料和水，然後寫在葉片上。她橫豎就是不願留下任何她個人的詩文就對了。」

此時望鄉台下已時值新年。我們家的祠堂裡，爹娘在供桌上擺滿了菜餚鮮果。祭拜完後，娘拿了三個小飯團去到我房裡，將那三個小飯團放到窗台上。七年來的第一次，我吃到了東西。僅僅三個小小的飯團，我已經有了氣力。

祖母看著我，了然地點了下頭。「我說過，妳依然是她的心肝寶貝。」

「可是為什麼等到現在？」

祖母沒回答我的問題，她重拾先前的話題，熱切地繼續說下去。「我跟妳娘去參加詩社舉行的聚會。有花會時，我們會去參加花會，去賞茉莉、梅花。我們還跑到山上，去廟寺拓印碑文。我們雇船遊西湖、遊大運河。我們遇見了靠自己的繪畫才能，賣畫扶養一家老小的女畫家，還有箭術高超到足以射箭為業的女子，甚至跟名門千金貴婦歡宴。我們彈琴、飲酒、賦詩夜。我跟妳娘玩得開心極了。」

我無法置信地搖搖頭。

「妳不是第一個不清楚自己娘親真正性情的女孩子。」祖母似乎很高興看見我意外的樣子，不過她的愉快只有片刻而已。「我們就跟那年頭的許多婦女一樣，喜歡外頭遼闊的世界，但對它又不是很了解。我們對詩社活動很熱衷，跟同好互較書法、談詩、論文學、唱歌，半點沒有注意到滿清入了關，還一路往江南而來。」

「爹跟祖父知道呀。」我插嘴道。

祖母雙臂抱胸。「去看看妳爹。妳看到了什麼？」

我猶豫了一下。

我已經認清爹沒有忠貞之心，對他的君王沒有，對他唯一的孩子也沒有。他對我沒有深摯的疼愛之情固然教人傷心，但我並沒有因此就不再觀察他，相反的，我內在的某一部份敦促我更深入地觀察他，一如揭開傷口般。我往前檢閱。

過去這幾年，我的能力增加了。我現在不但可以向前回顧歷史事件，也可以看到杭州以外的地方。

逢年過節當爹回到杭州，基於地主身分，他會去巡視陳家的土地。我在《牡丹亭》裡看過《勸農》，在我家花園也看過戲子上演的那一折。我現在看到的，就是一模一樣的情節——各村的農夫、漁夫、絲綢工人端出他們最好的菜餚，來款待他們的地主；雜耍藝人、樂師、大腳的村姑，在一旁跳舞唱歌助興，我爹一方面讚美他們，一方面要他們更加努力，明年拿出更好的收成來回報。

即使我已經看清了我爹的本性，可是我還是抱著一線希望，希望我對他的理解是錯誤的，一切都是我誤會了，其實他還是個高風亮節的文人。畢竟，我在世時聽到的，都是我們家的佃農有多富足，我們家的工人有多生活無慮……可是，現在映入我眼簾，都是個個骨瘦如柴、面容枯黃的男女；那些婦女一生勞碌，她們要汲水、生男育女、照顧小孩、打理家務、紡紗織布、裁衣做鞋、煮飯……；小孩衣衿襤褸，都是撿哥哥姊姊的舊衣服穿；大孩子要分擔家務，要照顧小小孩，絕大多數的男孩也要到田裡幫忙，女孩子得煮蠶繭、用手去撈滾水裡的蠶繭。對這些人來說，他們的生存意義似乎就為了滿足我爹，以及住在陳府裡的那一大家子。

我爹停在古蕩村村長的家門前。村長姓錢，事實上整個村的人都姓錢。村長的妻子不像一般的村婦。她纏了雙小腳，而她的姿態就像個名門之後，說話的用字遣詞很有教養，在我爹面前顯得不卑不亢。她的懷中抱了一個小嬰兒。

我爹伸手碰了下小嬰兒的沖天炮，「這孩子長得挺俊的。」

「阿宜是個女娃兒——又是一個賠錢貨。」村長說。

「已經生了四個女兒，又來了第五個。你真是歹命啊。」我爹同情地說。

那樣毫無遮攔地脫口而出，真是刺耳。但是微笑著說會更好嗎？爹曾笑著對我說，說我是個賠錢貨。以前，我認為他是在捉弄我、戲弄我，但是對他來說，我的確就是個賠錢貨，不是嗎？

我神情悽愴地轉向祖母。「我不認為他會注意到他自身以外事務。」

祖母點點頭，傷感地回答，「妳的祖父也是那個樣子。」

這些年來，祖母經常來看我，但我始終謹守分際，有些問題一直按捺著沒有問她。一部分是因為她的心情陰晴不定，另一部分是因為我不想顯得不孝。還有一部份，是因為我不想知道答案。或許因為我已經當了太久的盲眼人，此刻深怕接受不了事實的真相，所以深吸了一口氣。

「祖父為什麼都沒來看我？因為我是個女的嗎？」我記起小的時候，祖父看見我時，臉上總沒有高興的表情。

「他在地獄裡。」祖母尖銳地說。

我猜那是她討厭他的一種說法吧。「我那兩個叔叔呢？他們怎麼沒來？」

「他們死在外頭。」這一次她的語氣裡沒有尖銳，只有悲傷。「沒人替他們掃墓。他們的魂魄遊蕩在人間，成了孤魂餓鬼。」

我不由得一顫。「餓鬼？好可怕。我們家怎麼會出餓鬼？」

「妳終於要問這個問題了？」

她一臉的不耐煩，讓我頓失勇氣。如果我跟她都在世的話，她會一直用這樣的語氣對我說話，彷彿我是個沒腦的孩子？或者會寵溺我，會拿出她的壓箱寶貝送給我，會拿芝麻糖給我吃？

「牡丹，我希望妳知道很喜歡妳。妳在世時的祈禱，我都聽見了。我試過幫助妳。可是這七年來讓我不得不懷疑，妳的腦子裡，除了那些幻想外，還有沒有別的東西？」

我咬著唇，別開了臉。我果然不該逾越分際。祖母跟娘或許是朋友，但是在祖母的眼中，我顯然也是個沒什麼價值的賠錢貨而已。

「我很高興妳在望鄉台這裡。這些年來，我經常來這裡找我的那兩個兒子，而這七年有妳陪我。」她揚起水袖，比了下望鄉台下的遼闊人間。「他們就在下面的某處。二十七年了，我一直沒能找到他們。」

「他們是怎麼死的？」

「他們死於揚州大屠殺。」

「爹有告訴我。」

「他沒有告訴妳事實的真相。」祖母眨了一下，兩手捧著胸口。我靜靜地等待。終於，她再次啟口，「妳不會喜歡這個故事的。」

我沒有說話。她安靜良久，我們誰也沒有勇氣打破沉默。

「那天我來這裡，我們第一次見面的時候，妳告訴我，我跟畫像不太一樣。事情的真相是：他們都沒告訴妳實話。我對那幾個小妾從不假以詞色。我討厭她們的妖里妖氣。還有，我不是自殺死的。」

她看了我一眼。我保持面無表情。

「明末的那段期間，時局可以說是最壞，但也是最輝煌的時期。政治腐敗，社會混亂，金錢財富橫流，沒人注意到女人，就因為如此，我跟妳娘才有機會走出門去，閱歷外面的世界。我說過，那時候我們遇見了許多為人妻、為人母的女子，她們有的經營自家產業，有的在閨塾任教，有的編纂書籍，我們還見過幾個才高氣傲的風塵奇女子。是時局讓我們有這樣的際遇。我們拋開了針線繡花活兒，拋開了那些迂腐的教條，改用美麗的事物裝填我們的人生閱歷。我們相見恨晚，相濡以沫。我們惺惺相惜，那份相知相惜，讓我們建造出了一個屬於我們自己的世界，一個男人原本不太樂見的世界。然而，這股女性走出大門、相互結交所形成的風潮，有些男人覺得新鮮，妳爹跟妳祖父即是其中之一。所以當你祖父要去揚州上任時，我跟了去。在揚州，我們住的宅院沒有杭州老家這麼大，但它很雅緻，有很多庭院。妳娘經常去，我跟她經常四處散步！

「有一次，妳爹跟妳娘一起來。他們四月二十日抵達，而我們相聚甚歡。只是我們誰也沒有想到時局的轉變如此劇烈，妳爹跟妳祖父也沒有想到。四月二十五日的那天，滿清殺進城。接著短短的五天裡，他們殺死了八萬人。」

祖母敘說起這段往事的時候，我彷彿置身在當時的揚州，就在她的身邊。我彷彿聽見兩軍對峙廝殺，兵刃交接，盾牌相撞，頭盔相抵，戰馬轟隆，殺伐之聲哀鴻遍野；我彷彿看見老百姓驚慌失措地到處躲藏，滿是驚嚇；我彷彿聞到了屋舍失火的燒焦味。還有，我聞到了血腥味。

「人們都嚇壞了。很多人爬上屋頂，可是屋瓦承受不了重量，不少人就那樣摔死；有的人躲在地窖，卻活活淹死；有的人想投降活命，可是一樣遭屠殺身亡。男人被斬首，女人被輪姦至死。妳祖父是明室的官員，身為父母官，應該想辦法救百姓，可是他卻要僕人拿出他們最破舊的衣服跟我們交換。然後，妳祖父就帶著小妾、兒子、妳父母跟我，躲到外間的小屋裡。妳祖父把銀子、珠寶交給小妾和我，要我們縫在自己的衣服裡，男人則把金銀珠寶藏在頭髻、鞋子和腰帶裡。頭一晚我們躲在暗處，聽到被發現的人一一被殺死。那些人不是被一刀殺死，大多呻吟了很久才斷氣。

「第二個晚上，主屋裡的僕人被滿人發現，他們全部被殺。這時妳祖父囑咐我跟他的小妾要守護我們的貞節，要寧死不屈，又要我們有隨時為保護丈夫、兒子而死的心理準備。那幾個小妾心裡想的是珠寶，是她們衣服、臉上的妝，我跟妳娘則根本不用人家開口，就知道我們的責任。我們都做了最壞的打算。」

祖母停頓了片刻，才又繼續說道。

「那些滿人到處燒殺姦淫劫掠。我們知道自己的藏身之處並不安全，妳祖父要大家爬上屋頂——一個已經被很多人證明是個蠢法子的法子。但他那麼說，大家也就爬上去了。那一夜下大雨，到了天明，滿人發現了我們，要我們下去。我們不下去，他們就放火。我們只好跳下去。

「落地後，我們以為馬上就會送命，可是沒有。這得感謝那幾個小妾，因為她們並不習慣穿粗布衣裳，並且將長髮放下。被雨水淋濕的衣服讓她們的胸形若隱若現，加上臉上的淚水叫她們看起來楚楚可憐，於是那幾個滿清士兵沒有立刻殺害我們。他們把男人趕到一個庭院，然後找來繩子綁住我們女人的雙手，將繩索套繞在我們的脖子上，再把我們帶往外面的大街。到了街上，我們看到處處都是屍體，血流成河。我跟妳娘雖然很努力地踩穩腳步，可是我們的小腳不停被地上的血泊跟內臟、屍體絆倒。當我們走到運河邊時，看見河上漂浮著許多屍體。他們押著我們到一間莊園，裡面起碼有一百多個渾身赤裸，又濕又髒，哀哀哭泣的女人。我們看見那些清兵隨意拉起女人，就在光天化日、眾目睽睽下凌辱起人。」

我聽得毛骨悚然。當我聽到我娘、祖母跟其他的幾個小妾被逼著脫光衣服時，我感到羞辱至極。在雨中，我娘帶頭走入人群裡，她帶著她們走到了中心，利用泥濘抹污臉，也幫其他人抹污臉跟身體。她們緊緊貼在一起，每有外圍的女人被拉去強姦或是被殺死，她們都會移動身子，保持在中心的位置。

「那些清兵都喝得很醉，同時忙得不可開交。」祖母繼續說。「要是能夠，我會自殺，因為我們從小被被教導貞潔比性命還要重要。事實上，那個城裡的女人為了不受辱，有很多人都自殺。她們有的上吊，有的抹脖子，有的一家女眷——嬰兒、小孩、媽媽、祖母，集中在一個房間，然後放火燒死自己。滿清取得政權後，封這些自殺的婦女為貞女烈婦。有的人說，誰希罕這個，有的人則說，漢女自殺是因為她們知道事後滿清會追封自己。我們女人從小被教導要當個貞節烈婦，寧死也不可受辱，可是妳娘不一樣。妳娘非常的堅強，她一直在想辦法，她不容許自己，也不容許我們任一人自殺或是被玷污。她要我們在泥濘裡爬，在我們爬到最裡面後，她又一再鼓勵我們要設法逃生，說我們可以從屋後逃生。而我們也辦到了。我們悄悄溜出那裡，逃出那個院子。到了外面，我們看到街道上都插著火炬。我們就像膽小謹慎的老鼠，藉著藏身昏暗的角落，由一條巷逃到另一條巷，直到我們認為處境安全了，才停下來將身上的繩索鬆綁，然後脫下死人的衣裳穿上。三不五時，只要有些許的風吹草動，我們就躺到屍體堆裡假裝死人。儘管我的勇氣已經喪失殆盡，那幾個小妾也只會一直哭，妳娘還是那麼的堅定不移。她堅持我們一定得回去救妳爹跟妳祖父。她說：『那是我們的責任。』」

祖母再次停了下來。我暗暗鬆了口氣。這一路聽下來，看著重現的歷史，我聽得膽顫心驚，看得心痛不已。看到娘那麼的勇敢，看到她受了這麼多委屈，卻依然堅強不屈，而且卻絕口不提當年的這段往事，我熱淚盈眶。

「第四天早上，我們回到住處，同時安全的抵達女孩子家用來觀看外面世界的樓閣，妳娘說那裡絕對不會有人。況且那棟建築的設計用意，本來就是供女眷觀看外面，但外人卻不致發覺。一到了那裡，妳娘立刻用手捂住我的嘴巴，以防我失聲大叫。因為我看到了我的六子跟七子的屍體。他們被清兵劈砍成好幾段，扔到外面的街道上。他們的屍塊就在街道上任憑踐踏、輾過，屍骨無存。」

原來這就是我那兩個叔叔之所以會變成餓鬼的原因。沒有了屍骸，他們無法得到安葬，三魂只能飄泊在人間，無處可安歇。祖母已經淚流滿面，我也潸然。而望鄉台下的杭州正在經歷一場暴風雨。

「妳娘苦心思索脫困之道，她要我們拿出身上僅存的金銀珠寶。我們交給她後，她說：『妳們留在那裡，我去尋找救援。』我們沒人來得及阻止她，我是既哀痛又害怕，至於其他那幾個女人就更別說了。」

我心中充滿不祥的預感。

「半個時辰後，妳爹跟妳祖父來了。他們身上有挨打過的痕跡，臉上充滿驚惶。那幾個女人撲倒在妳祖父的腳前，哭聲震天，似乎恨不得把所有人都引來。我對妳祖父沒有愛，從來沒有。那是個父母之命的婚姻。結婚之後，他盡他的責任，我盡我的。他過他的日子，從來沒過問過我如何排遣我的時間。互不相干。但在那一刻，我所看到的一切，讓我對他只剩下不屑，因為在那一刻我看到了他的另一面──他居然還能享受那幾個漂亮女孩的依賴。」

「爹呢？」

「他什麼話也沒有說，但他的臉上有個為娘的不該看到的表情。那是心虛，是愧疚，是渴望。他愧疚著要丟下妳娘，渴望著想要活下去。他開口催促著說：『快！我們得快快離開這裡！』於是我們離開了那裡。我們是女人，我們一向聽慣了男人發號命令，而現在有男人帶頭了，我們就聽他們的。」

「可是娘呢？她發生了什麼事？」

祖母沒有回答我，她沉緬在接下來發生的事中。我試著搜尋娘，可是我看不到她。顯然，我只能跟隨祖母的回憶之眼，看到她的記憶。

「我們躡手躡足地下樓。妳娘或許買通了人，放了妳爹跟妳祖父一條生路，但那並不表示我們已經安全。我們沿著一條擺了一長排人頭的走道邊走，到了宅第後院的馬棚。我們爬過馬匹駱駝腳下，爬過屍體和血泊，因為不敢冒險到外面去，所以只能躲在那裡等待。幾個小時後，我們聽到人聲。是清兵來了。那幾個小妾驚慌得爬到馬匹跟駱駝的身下，妳爹、妳祖父和我則躲進稻草堆裡。」

祖母的聲音充滿了伴隨回憶而來的苦澀。

「妳祖父對我說：『我知道妳最關心的人是我跟妳的大兒子。我這張嘴巴還要多吃個幾年。為了保全妳的名節，為了救妳的丈夫跟兒子，妳將會死得至德至性。』」

祖母吐了口口水。「我呸，他居然說他那張嘴還要多吃個幾年！我知道我的義務，知道我該做什麼，該怎麼做，可是我不需要一個自私自利的男人囑咐我。

「總之，他說完後，就躲到稻草堆的最底層去。妳也爹跟了過去。身為人妻跟人母，他們把置身在最上層的榮耀留給了我。我躺上去後，用稻草盡量將自己蓋住。清兵進來了。他們不是笨蛋白痴，他們經歷了四天的殺戮，早知道人都躲在什麼地方。他們長茅、刺槍戳進草堆，並且使勁向下戳，直到我死了仍不停歇。我是死了，可是我的丈夫跟我的兒子因為我擋在前面，所以他們得以活命。我保全了我的名節，同時也領悟到我這個妻子、這個母親是可以被犧牲的。」

祖母的臉上露出淺淺的自嘲笑意。她第一次撩起她的水袖，露出滿是疤痕的手臂。

「死後，我的靈魂飛上空中。我看見清兵終於覺得膩了。他們走後，妳爹跟妳祖父繼續躲在我的身下，躲了一天一夜。至於那幾個小妾則躲到屋角，瞪著染滿鮮血的稻草堆。

「之後大屠殺結束，妳爹跟妳祖父爬出了稻草堆。那幾個小妾替我洗去血污，幫我穿好衣服，他們幫我舉行了隆重的儀式，把我運回杭州隆重下葬。滿清朝廷封我為貞節烈婦。」她冷哼。「對於滿清朝廷的這樣懷柔政策，妳祖父很樂於接受。」她用欣賞的目光看了看望鄉台的四周。「我想我有個更好的家。」

「可是他們利用了妳！」我憤慨地說。「他們利用滿清朝廷對妳的封誥，遮掩妳死亡的真相！」

祖母用一種「妳怎麼還是不明白」的眼神看我。

「他們做了對陳家來說有益，而且合理的決定。畢竟男人才重要，女人可是一文不值的。妳呀，還是不肯接受這一點。」

我再次對爹感到失望。對於在揚州發生的事，他非但不曾提及真相，就連我臨死前，他要我代為向兩個叔叔祈求諒解之時，還是不曾提到他的母親是怎樣為他跟祖父捨生相護的。他沒有要求我務必代他祈求祖母的原諒，或是轉達他的謝意。

「別以為我很高興這樣的結果。滿清的封誥讓我的後代得到許多好處：陳家比以前更加富有，還有妳爹的官位也節節高升。就只有陳家最想要的東西，仍然沒有得到。他們想要，不見得我就得給。」

「子嗣？」我很替我祖母抱不平，可是陳家一直不見男丁，真是她的關係？是她從中作梗？

「這不是報復，也不是懲罰，而是陳家上下真正有付出、有貢獻的是女人。長久以來，我們陳家的女人老是被漠視，被推到一旁。我原以為情況可以從妳開始有所轉變。」

我受到極大的驚嚇。祖母怎會這麼殘忍、這麼壞，不讓自己的子孫綿延？我忘了自己的身分，更忘了該有的倫理。

「祖父呢？」我大聲問。「為什麼他沒給陳家子息？」

「我說過了，他在地獄裡。就算他現在在我身邊，這事也沒有他說話的餘地。這種事是女人說了算，而其他的女祖先——即使是我婆婆、妳的祖婆婆，她也是聽我的。因為就算在這裡，我生前的犧牲也受到莫大的敬重。」

祖母的眼睛明亮有神，眼神平靜。可是我的心好痛，情緒好複雜。原來我的兩個叔叔因為橫死，變成了餓鬼；我的祖父因為生前多行不義，現在還在地獄裡受罰；而一向被歌功頌德，擁有慈祥形象的祖母，卻是陳家一直沒能有男嗣的罪魁禍首。不過，我最最掛心的，是母親。

「妳死後，在妳靈魂離竅時，妳一定有看到娘。」

「我生前最後一次看到她，就是她帶著滿手的金銀珠寶離開我們。等我到了望鄉台這裡，已經是五七的時候，而那時他們都已經回到杭州的祖宅。那時，妳娘已經變了一個人，變成妳所認識的模樣，變成一個墨守成規，不敢出門，把自己隔離在詩文之外，再也沒法感覺，沒法表達情感的女人。她不曾提過揚州大屠殺的事，所以我也就無法隨著她的回憶得知她遭遇過什麼。」

我想到一件事：祖母今天為什麼來，為什麼跟我講了這麼多？淚，撲簌簌滑落。我想到了兩個叔叔。

祖母牽握住我的手，和藹地看著我。「牡丹，我的乖孫女，如果妳問出妳的問題，我會幫妳找出答案。」

「我是什麼？」

「我想妳知道。」

我的兩個叔叔死後成了孤魂野鬼，是因為他們沒有得到妥善的安葬。我一直無法離開望鄉台，一直只能在這裡，是因為我的神主牌沒有點主。我們三人的喪禮都沒有完整地舉行，我們的陰間路甚至無法走完全程，連審判都沒法參加。我張開嘴，話從我嘴裡吐出，而我最後一個盲點也隨之消失。

「我是個餓鬼。」

大紅花轎

我無處可去。家人棄我不顧，把我一個人丟在這裡。我沒有女紅可以繡，可以打發時間。我沒有紙墨硯台可以寫字排遣時間。我很餓，可是我沒有東西可以吃。我再也不想看望鄉台下的陽間人界。看到娘，我會很難過，因為我已經知道她不想提及的過去。我也不想看爹，因為我知道在他心目中，我其實沒有自己以為的那麼如珍似寶。而想到吳人，我的心只會陣陣抽疼。有那麼一段時期，我哭泣，我嘆息，我放聲尖叫，我呻吟——那一季，杭州的雨災特別嚴重。

慢慢的，我覺得好一點了。我倚著欄杆向下望，並且抬手遮去我家，將目光落向替我爹耕作的佃農們。我看了看正在紡紗織布的女孩子，又看了看古蕩村村長的家。我喜歡那位錢夫人，喜歡她的氣質、談吐。換作別的時候，她再怎麼樣也絕對不會嫁給一個莽夫。可是生逢亂世，又遭到揚州大屠殺，能嫁人、能有一個家，已經很幸運。

只是老天爺未免對她太苛刻，給了她五個女兒。那是一連串的失望。她甚至無法教她們讀寫，因為她們所有的時間都必須用來生產絲綢。而屬於她一己的時間更是少之又少，不過，每到深夜她還是會抽點時間，在燭火下翻看片刻的詩經。那本書是她前半生存在的唯一證明。她有過很多夢想，卻只能在夢裡尋找。

會注意到她們這一家，其實只是為了分散心神罷了。我會一直看，看到再也忍耐不住，然後向自己投降，再任由讓目光去追逐吳人。我會讓一個又一個的想像，安撫我的心，譬如想像那棵梅樹仍是不肯開花，或者想像園內的牡丹熱情地盛開，又或是想像點點銀光浮映在蓮花池上。然後，我看到吳人了。他現在二十五歲，仍是未婚。

一天早上，當我再次往吳家看，我看到吳人的母親往前門走出，一路頻頻左顧右盼，到了前門時不忘四下張望。確定沒有人後，她從懷中拿出一個東西掛在門上，然後再看了看四周，確定沒人，她雙手合十，向四方各行了三個拜禮，便穿過庭院朝她的房間走去。走的時候，她仍留意著前後——很明顯地，她不想被人看見。但是很可惜，偏偏我看到了。

我現在的眼力非常好，只要稍稍凝神，目光就可以像繡花針那麼銳利。我凝神看了過去，看向大門的上方插了菖蒲。我驚駭得往後跌坐。據我所知，菖蒲葉的葉尖可以戳瞎鬼的雙眼。我摸摸眼睛，擔心自己瞎了——還好我沒事，我鼓起勇氣，再次看過去。沒有，什麼事都沒有。沒有痛覺。那幾片綠色小植物對我根本起不了作用。

現在換我偷偷摸摸了。吳人的母親插菖蒲是為了避邪，她想保護人。我繞了一圈，可是除了我之外，沒發現有什麼鬼怪在附近。難道，她是在防我？她知道我時常往吳家看？她不想讓我看見她的兒子？可是我又不會傷害他！就算我有那個能力，我也狠不下那個心。我愛他呀。不，不對——如果她是在防我，那麼應該是有什麼事，她不想讓我看見。我好奇極了。

這一天我都在觀察吳家。人們進進出出。他們在庭院裡放了桌椅，在樹上張燈結綵。廚房裡，僕人們忙著殺雞鴨、切肉、洗菜，燒菜。有年輕的男客來找吳人，他們玩牌、品茗、喝酒，直到入夜。他們開吳人的玩笑，說他對房事很在行，害遠在望鄉台的我，滿臉羞紅。

隔天，大門貼上了雙喜，顯然有什麼喜事就要舉行。我已經很久沒在意自己的儀表，可是現在，我摸摸頭髮，理理衫裙，又掐了掐面頰，好讓自己看起來氣色好看一些。我忙成這樣，就好像我要去參加他們家的喜宴似的。

我才剛又倚回欄杆，就感覺到有什麼東西碰了下我的手臂。是祖母。她來了。

「快看，下面好熱鬧呢。」我愉快地說。

「我來，就是為了這個。」祖母皺著眉看著下面。隔了片刻，「告訴我，妳看到什麼。」

我告訴她有關那些雙喜字和張燈結綵的事，告訴她吳人幾個友人找他喝酒喝到好晚，告訴她吳家正在準備豐盛的飯菜。我笑吟吟地說著，就好像我是前去赴宴的客人，而不是個旁觀者。

「我好開心，祖母。妳能了解的，對吧?他快樂，我就快——」

「喔，牡丹。」她搖了搖頭，頭釵輕輕搖晃。她一手托著我的下巴，轉過我的臉，讓我的眼對著她。「妳還這麼小，不應該受這種心碎的苦。」

我想別開臉。我不喜歡這樣一個、千方百計潑我冷水的祖母。可是她的手指卻出奇的有力。

「別看，乖孩子。」

這時我掙脫了她的手，一眼望過去，恰恰看見一頂四人抬的大紅花轎，在吳家的大門口停了下來。一名僕人上前，掀開大紅綢帘，一隻完美到極點、穿著紅色繡花鞋的小腳，從裡面伸了出來，而後是一個女人。那是個穿著大紅嫁衣的新娘子。她頭上的頭飾，沈重得足以將她的頭壓低，那副頭飾鑲著紅玉髓、珍珠、玉石，以及其他寶石。一條絲巾遮去了她的面目。一個僕人拿了一面鏡子，將反射的光投射在新娘子的身上，以嚇阻任何跟隨她而來的不祥之物。

我狂亂地想要替目光所及的情景，找個合理的說法，而不是祖母已經下了結論的那一個。

「他哥哥今天結婚。」

「他哥哥早就結婚了。妳那兩冊《牡丹亭》就是他嫂子送妳的。」

「那，肯定是他哥哥要納小妾——」

「他那個哥哥早已不住在這裡，而是帶著妻小去山西就職，當個地方官了。這裡只有吳夫人跟他住。咦，大門上有人插了一根菖蒲。」

「是吳夫人插上去的。」

「她想保護一個自己深愛的人。」

我的身體抖得好厲害。我不想接受祖母想要告訴我的。

「她是在防妳，是在保護她的兒子跟她的媳婦。」

淚珠自我的眼眶墜落，滴在欄杆上。望鄉台下，西湖的北岸，霧氣倏忽凝聚，模糊了吳家的喜氣洋洋。

我拭了拭眼，眨去我的情緒。太陽突破霧氣，花轎再次鮮明起來，而那個取代我的女孩子也又進入我的眼簾。她抬步，跨進了吳家的大門。我的婆婆帶著她，走過第一進庭院，然後是第二進。接著，婆婆將她帶到新房，讓她單獨在房內稍坐片刻，以沉澱思緒，並為接下來的事做好心理準備。至於當了婆婆的吳夫人，她會交給新娘子一本講述春宵秘戲的書，教導她如何配合洞房花燭夜裡新郎提出的親密要求。這是所有身為婆婆的，都會傳授給媳婦的知識。

可是在新房的應該是我！

我承認我很想殺死那個女孩。我想撕下她的絲巾，看看她是什麼人，居然敢奪走我的位置。我想要她看看我的鬼臉，然後挖出她的眼珠子。我想到我娘以前告訴我的一個故事：話說一個男人把一個女人帶進家門，納為小妾，而那個小妾私底下譏笑大老婆又老又醜。最後大老婆後來了一頭老虎，吃掉了那個小妾的心臟跟內臟，只留下頭顱跟四肢，讓那個丈夫發現。我想做那樣的事，可是我離開不了望鄉台。

「我們在生時所知道的事情，往往來到這裡才知道，那些都是錯誤的。」祖母說。

我沒有聽進她的話，怒急攻心，我不願相信自己看到的事是真的。可是它又明擺在我眼前。

「牡丹！」祖母尖聲一叫。「我能幫妳！」

「沒有人幫得了我。」我哭了起來。

祖母大笑。那笑聲是如此的陌生，把我從絕望中拉了出來。我轉向她，她的臉上閃過捉弄的神情。那是我不曾在她臉上看過，但我已經太傷心，傷心到無以復加的地步，所以感覺不到她拿我的苦難當作笑話的痛苦。

「妳是知道的，我從不相信愛情那檔事。」

「我不需要妳不停重複『我早告訴妳了』。」

「那不是我接下來要說的。我想告訴妳的是，我可能錯了。我現在很了解，妳多麼深愛著那個男人，而他呢，肯定仍是愛著妳的，要不然他娘就不會插菖蒲。」她將目光移向望鄉台下，「看。」

我看了過去，看見吳人的母親拿了面小鏡子給新娘子。那是個給新娘子的傳統禮物：鏡子是避邪物，以免有鬼怪想要接近新娘子。

「今天看到了這些，很多事情都有了解釋。妳得回去奪回妳的位置。」

「不行的。」我嘴裡這樣說，可是滿腦子卻是如何趕走那個穿著紅衣、紅鞋坐在那裡，等著她的新郎倌的女人。

「用用腦子，孩子，用用腦子。妳是個餓鬼。現在妳已經知道妳是什麼了，妳可以自由來去任何地方了。」

「可是我被困在——」

「妳無法往前走，也無法往回走，但是那並不意味妳不可以往下走。妳本來就可以隨時回到人間去，是我自私，要妳在這裡陪我，所以跟判官們打了商量。」她傲然抬抬頭。「去到哪裡都一樣，有官僚的地方就有貪污。我拿過年時得到的供品賄賂他們。」

「我能見到判官嗎？我有機會可以申訴我的案子嗎？」

「只有等妳的神主牌點了主以後。要不然，妳就屬於那裏。」祖母指指欄杆下面。

是的，身為餓鬼，過去這七年我應該在人間當個遊魂。

有片刻，我腦子只想著怎麼向那個女孩子討回公道，以及這些年來，我該在人間飄盪才對。我對祖母說的一切還不太理解，於是我收回盯著紅衣女孩的目光，往她的方向看去。

「妳是說，我也可以要我的神主牌點主？」

祖母拉起我的雙手。「妳該有那樣的信念，那樣，妳才能回來這裡，才能當祖先。可是妳有妳的限制。妳擁有很多可以施展在活人身上的技能，可以教他們聽妳的，讓他們做妳要他們做的事。可是點主這一項，妳就無能為力了。妳將驅使不動他們。小時候妳聽的那些鬼故事妳還記得嗎？成為鬼的方式有很多種，如果鬼都能使他們沒有點主的神主牌被點了主，那世上就不會有那麼多鬼了，不是嗎？」

我點點頭。這一次，我全聽進了。所以，首先我要先破壞這場婚禮，然後，我得讓吳人記起我，要他去到我家，替我的神主牌點主，接著，我們就會有場冥婚的儀式，接著我們便可以……我搖了搖頭。焦慮、憤怒使我的腦子無法清明地思考。我想起我聽到的那些鬼故事，想到那些鬼在故事結局處無不被重創，或是被打得灰飛湮滅。

「會不會很危險？娘以前對我說，要是有鬼怪敢靠近我，她會用剪刀把他們剪成碎片，又說我只要帶了護身符，就能永保平安。菖蒲跟鏡子呢？我會不會為它們所傷？」

祖母再次大笑。

「對像妳這樣的餓鬼，人們別想菖蒲能保護得了他們。至於鏡子，」她冷哼。「要是妳靠得太近，是能傷妳，但不至於能把妳的魂魄毀滅得蕩然無存。」她站起身，「除非妳把陽間的事情都全了了，否則妳無法回來這裡。妳明白我的意思嗎？」

我點點頭。

「多參考妳在世時所得到的知識。還有，用用常識，保持警覺。」她開始飄離。

「我會在這裡看著妳的。」

她走後，我低下頭去看吳家。吳夫人現在朝她的房間走，想來是去要拿春宵秘戲書給新娘子。

我最後一次回頭看了看望鄉台，然後縱身跳出欄杆，往吳家的院子跳出。我直接來到吳人的房間，看見他立在窗前，望著窗外一株隨風搖曳的竹子。我以為他會感應到我，會轉過身來，但是他沒有。於是我繞到他的面前，站在竹子的前面。他的雙手放在窗台上，修長的十指，是雙適合握筆寫字的文人才能擁有的；他的眸子黑白分明，清澈得像我們西湖的水。我就在他的面前，可是他看不見我，甚至感應不到我的存在。這一刻，我猜不透他凝望的表情。

鑼鼓響起。這表示吳人就要去見他的新娘子了。這也表示如果我想破壞這場婚事，得找別人下手了，而且要快。我迅速來到新房。那個女人端坐著，手裡拿著那面鏡子。即使房內沒有別人，她也沒有掀起絲巾，顯然她是個家教嚴謹的溫順女子，同時，還是個意志堅強的女子。看到她靜靜地坐在那裡，我有種無法形容的直覺，彷彿她知道我在這裡，而她在與我對抗。

我飛快來到吳夫人的房間。她跪在供桌前，供桌上插著香，她喃喃低語，接著磕頭跪拜。她的動作並沒有使我不舒服，也沒有讓我彈出她的房間。我感覺到的是平和。多年以來不曾感覺到的平和。

吳夫人起身，走向一個櫃子，拉開抽屜。裡面有兩本躺在絲布上的書。右邊，是春宵秘戲，左邊是我那本《牡丹亭》上冊。她伸出手，朝右邊伸去。

「不要！」我尖叫。要是我終究無法阻止這場婚事，至少我不要那個女人的新婚夜太好過。

那本書就像突然著火一般，吳夫人火速將手抽回。

「不要拿那本，不要拿那本，不要拿那本。」這次我小聲地說。「拿另一本，拿那本。拿那本！」

吳夫人倒退了數步，看了看房內四周。

「拿那本！拿！」

沒看到任何異狀的吳夫人，扶了扶頭釵，然後極盡自然地伸出手，就好像她本來就想拿那本《牡丹亭》上冊一般，踏出房門，穿過院子，來到新房。

「媳婦，這本書在洞房花燭夜幫了我很多。我想它一定也能幫妳。」

「謝謝娘。」新娘子說。

那個女孩的聲音中藏著某種東西，讓我胸口一涼。不過，我甩開了它。雖然我對自己的法力還在摸索期間，但我相信我一定很快就可以把她趕走。

吳夫人走出新房。

那女人瞪著封面我畫的畫。那是我最愛的一個折子，那是《驚夢》中杜麗娘跟柳夢梅由邂逅到成為情人的一幕——或許在春宵秘戲圖中也有相似的內容，否則那女孩子不會如此平靜，半點懊惱或是驚訝的樣子都沒有。

如今那本《牡丹亭》到了那個女孩子手中，我才驚覺我剛才要吳夫人拿這本書太不經思考了。我並不想讓這個女孩從這本書中看到我的思想。可是再一轉念，另一個全新的主意成形──我可以利用我上面的字句嚇跑她。於是我重施故計，開始喃唸。

「翻開，妳就會知道現在誰在屋裡；翻開，然後給我滾出去；翻開，給我承認妳作不來吳人的妻子。」

女孩不動如山。我抬高了音調，重複地唸咒，然而她依然紋風不動。我突然領悟到，她完全沒有要打開春宵秘戲圖的念頭。我暫時丟開心中的怨惱，從而研究起這個不想看春宵秘戲圖的女子，她到底想當個什麼樣的妻子？

我倚著一張木雕椅，研究著她。她就那樣端坐著，沒有嘆氣，沒有哭泣，沒有掉淚，也沒有禱告。她沒有掀起絲巾偷看四周，卻只是靜靜坐著。那件大紅色嫁裳上面的刺繡，繡得非常精美，我敢說那一定不是她自己繡的。

「打開。打開。出去。」我再試了一次。

還是什麼都沒有發生。我走了過去，在她面前蹲下。我和她的臉，相距僅僅幾吋，中間只隔了那條不透明的大紅絲巾。

「如果妳留下，妳不會快樂的。」

她的身子微微一顫。

「走吧。」我催促道。

她深吸了口氣，再緩緩吐出。但也就只有這樣而已，再沒有其他任何動作。我回到屋子另一頭的椅子上。我對這個女人就跟對吳人一樣，絲毫沒有半點影響力。

樂隊來到門外。我聽見有人走進屋裡。那個新娘子拿起膝上那本書，將它放到一旁的桌子上，然後起身迎接來人。

在整個婚禮，以及其後的喜宴過程中，我都有設法牽制。可是無論我怎麼做，就是不成功。直到今天，我仍然認為自己跟吳人是命定的一對。可是我不懂，為什麼命運會對我這麼殘忍，讓事情演變成今天這樣？

宴席結束，吳人跟新娘子在眾人的簇擁下回到新房。房內紅燭高照，整個房間染上金橘色的色彩。如果那對紅燭燃燒到天明，人們認為那是吉兆；如果任何一根熄滅，即使是意外熄滅，也會被視為不祥，意味這對新人將無法白頭到老，會有人先去世。

樂隊仍在演奏，而賀客也繼續喧囂著，並沒有因為新人進了新房就散去。他們製造的噪音令我很不舒服，每次鐃鈸一撞擊，我的胸口就一揪，鼓聲大響更是讓我不由自主地心神不寧。婚喪喜慶使用鐃鈸跟鼓，旨在趕跑不好的邪靈，可是我又不是邪靈，我只是一個心碎、命運乖離，想要撥亂反正的可憐女鬼呀。我跟在吳人身邊，亦步亦趨。可是當鞭炮燃起，我的魂魄就被震得飄來蕩去，最後我只好飄離吳人的身邊。

到了一個安全的距離外後，我看見我的吳人抬起手，伸向那女子的頭釵跟絲巾。他取下用以固定的髮釵後，揭下絲巾。

談則！

我的憤怒更加狂熾。多年前那個開戲的晚上，她就對我大言不慚地說，她會要她爹

Chicago Public Library
Roosevelt
4/17/2012 4:54:08 PM
-Patron Receipt-

ITEMS BORROWED:

1:
Title: Mu dan huan yun ji /
Item #: R0501233229
Due Date: 5/8/2012

-Please retain for your records-

ABOOKER

幫她問問吳人是否已有婚配。現在，她總算得到他了！我非撕碎她不可！我絕對要她生不如死！

過去這幾年，我過得很痛苦，可是再怎麼痛苦，都不及發現談則是吳人的新娘來得刻骨銘心。而當我看到談則褪去上衣，露出她雪白無暇的胸部時，我的痛苦更是無以復加，心中的怒火愈燒愈烈。

吳人的母親怎麼可以選擇談則？天底下有那麼多的女孩子，為什麼偏偏選中傷我最深的談則？難道這就是先前談則為什麼會一動也不動的原因？因為她知道我一定會來找她算帳，所以才那樣滴水不漏地提防我？

吳人解開了談則腰間的釦子。她的絲裙滑過我渴望的修長手指後，墜落到地面。我絕望。我嫉妒欲狂。我抓扯自己的頭髮，撕扯自己的衣服。我失聲哀號。湖面上沒有煙霧瀰漫，也沒有狂風暴雨灑下，外面的樂師不見四處奔竄，賓客們笑鬧未曾稍停。我的淚除了墜落在自己的衣衫上外，沒有灑落在其他任何地方。

稍早我曾期盼安靜，好待在吳人的身邊。如今，房內是很安靜了，可是這種安靜不過是為房內正在發生的事情加溫。如果我跟談則異地而處，我會去解開吳人身上的盤扣，我會用我的雙手，去撥開遮掩他胸膛的衣服，會讓我的唇，去觸碰他光滑的皮膚，可是談則什麼都沒有做。她像座石雕，動也不動。我看進她的眼，發現那裡面什麼激情都沒有。這時我才領悟，她要吳人，但不是出於愛。她只是認為自己比我美，比我聰明，所以她比我有資格擁有他，如此而已。如今她贏了。她年滿十六歲，也得到這個男人了，只不過現在的她卻不知道該拿吳人怎麼辦。我甚至覺得，此刻的談則已經不想要他了。

我強迫自己看著他們上床。他將她的一隻手，拉到被子裡去觸碰自己，可是她將手抽開。他試著吻她，她卻別開臉，讓他的唇落在下巴上。他翻身爬到她的身上，她要不是太害怕，怕到毫無感覺，就是無知到不懂該如何回應他給的愉悅。我替吳人感到悲哀。他不應該得到這樣的結果。

吳人在解放的瞬間臉部緊繃。有片刻，他停在她的上方，閱讀她的表情，可是談則的臉上只有慘白和空白。他不發一語地離開她。而當她翻身背對他時，吳人的臉上，出現了我稍早在他房間看到的表情。我真不敢相信自己當時居然沒認出——因為那正是我這些年來，最常有的表情啊。他跟我一樣寂寞，一樣悵惘。

我把注意力移回談則。我還是恨她，但要是我能像操縱傀儡般地利用她，讓吳人得到快樂呢？我是鬼，我的能力可以影響談則，讓她變成一個完美的妻子。如果我夠努力的話，說不定他能感覺到寄身在她體內的我，辨識出那些愛撫，其實來自我的溫柔，從而了解到我愛他如昔？

談則雙眼閉得緊緊的。我可以看得出來她很想睡，認為那可以使她逃離……她的丈夫？親密的肉體關係？她的婆婆？她為人妻的責任？我？

要是她真的很怕我，那麼睡眠可是個再糟糕不過的錯誤選擇。活著的她也許帶了護身符，可能擁有某種被加持的祝福，或因為目空一切的狂妄、自私、任性，使我的能力對她完全派不上用場。但是到了夢裡，她可就是我砧板上的魚肉了。

談則一進入夢鄉，靈魂就飄離了她的軀體，開始漫遊。我隔了段安全的距離，尾隨著她，想知道她究竟想去哪裡，想解讀她的想法——若是我說我已經不想找她算帳，那是在說謊。我跟進她的夢鄉，就是要找她最弱的時候趁機攻擊她。也許我可以當當剃頭鬼。

人們都怕剃頭鬼。剃頭鬼總選在人們氣勢較弱的時候，找上他們，剃他們的頭。被剃頭的地方，通常不會再有頭髮長出來，好叫人們記得，鬼魂曾經找上門，並且留下了記號。人們也害怕做夢時靈魂跑得太遠，因為距離肉體太遠的話，可能會終生魂不附體。所以在夢裡，我絕對不難把談則嚇得跑進林子，讓她困在黑暗裡，再也出不來。

可是這兩件事我都沒有做。我跟蹤她，在她進入一間寺廟的時候，我躲在柱子後面看著她；當她看著池塘的倒影時，我躲在池子裡看著她；等她回到新房，認為她在夢裡很安全，並且四處探看的時候，我悄悄躲在暗處。她先是走到窗前，看棲站在樟腦樹上的夜鶯，接著她拿起她婆婆送給她的那面鏡子，照了照自己的容顏。她對鏡子裡的自己微笑——那張臉比白天時美多了。然後她在床沿坐了下來，背朝她睡著的丈夫——即使在夢裡，她也不肯看她睡著了的丈夫，或是碰他。之後，我發現她在看的，是那本放在桌子上的《牡丹亭》。

我很想跳出去，可是我一直按捺著，並告訴自己，多忍得一時片刻就可以多幾分優勢。另一方面，我一直在思考怎樣才不會太驚嚇到她？我想到了空氣。於是我輕輕朝談則的方向，吹了口氣，讓它們輕飄飄地飄過去，拂上她的臉頰。她不自覺抬起手摸了摸面頰。在暗處的我笑了笑。我取得她的注意力，跟她搭上線了。不過也因為這樣，讓我知道自己必須更小心地進行下一步。

「回去。醒來。去拿那本書。妳知道該翻到哪一頁。」我沒有發出半點聲音，僅僅藉著氣息送出這幾句話。

它們向談則接近，團團將她圍住。但見她身子一抖——就連她現實中的軀體，也開始輾轉反側，接著睜開眼，猛然坐起。她的額上有著薄薄的汗水，赤裸的身子顫抖著。她似乎不知道自己身在什麼地方，看看了四周，再看向躺在身邊的人，她驚愕得抽身拉開距離。至少，在我看來是那個樣子。有好一片刻，她一動也沒動，就好像是唯恐他醒過來似。然後，她躡手躡腳繞過吳人後爬下床。

她的那雙小腳十分纖細，就像是無法支撐她一般，紅色繡花鞋以上的那副雪白身軀，顯得顫巍巍的。她走到她那襲嫁衣堆放的地方，從地上撿起穿上。

接著，她走到桌邊坐了下來，並將一支紅燭挪近些，眼睛瞪著那本《牡丹亭》。或許她正在回想自己的夢境吧。

她打開那冊書，翻動著書頁。當她翻到我要她看的那一頁，纖細雪白的玉手，輕輕壓了壓書頁，目光往床上的吳人看了看，才又回到書頁上。

摹擬仕女，俱從詩中想出，純是神情，絕非色相；展香魂而近前，豔極矣，覩其悲介，乃是千金身份。

我不知道，為什麼我明明是個未出嫁的閨女，卻能說得振振有辭煞有介事，可是我就是那樣想，那樣相信。

談則抖了一下，闔上書，吹熄了蠟燭。然後雙手掩面哭了起來。這個可憐的女孩子，終於知道自己在閨房之樂方面有多無知。而她害怕了。然而假以時日，我還會讓她見識更多更大膽的事情。

雲雨

禮記告訴我們，婚姻最重要的目的就是為了傳宗接代，兒女對待往生的父母，必須跟他們在世時一樣。除此而外，婚姻是兩個家族的結合，藉著聘禮跟嫁妝達到利益輸通、富強固碁的附加價值。可是，《牡丹亭》闡述的完全不是這麼回事。《牡丹亭》寫的是男女相悅之情，描述的是男女間的色慾。麗娘原本是個清純的處子，可是經歷一場夢境後，她變成了一個外放的豔鬼。

在我相思病病入膏肓時，趙大夫下的診斷是：我需要雲雨之事的滋潤。他沒說錯。要是能夠活到出嫁，那麼，洞房花燭夜是可以治癒我的。這些年來，我的那些渴望早就跟我的肚子一樣飢餓。我不是一個可怕、殘忍的鬼，我只是一個需要丈夫關愛、憐惜、撫慰的女鬼。但由於無法跟吳人直接接觸，我只好利用談則。一開始，她會反抗我——但凡人是敵不過鬼的。

鬼跟女人一樣，都屬陰。

接下來的幾個月，我都待在吳人的房間裡。我是個夜行性的物體，在他的房裡我就不用煩惱日光，或是如何轉彎等問題。白天我只需棲息在椽榱上，或是窩在房間的角落，等到太陽下山，我就大大方方地蜷曲在吳人床上，等著他跟他的繼室上床。

談則的嫁妝大幅增加了吳家的財富——這是吳人的寡母，之所以答應這門親事的原因之一——可是那無法買得談則的人緣。就跟我多年前的預測一樣，談則長成一個心胸狹窄、脾氣惡劣的女人。白天，我會聽見她在庭院裡，對僕人惡聲惡氣地大呼小叫。

「我的茶不香。你是用你們家的茶葉？下次給我的茶，不准再用你們家的茶葉沖泡，要用我家帶來的。記住，那是我專用的。你給我站住！我還沒說你可以下去！我的茶要是熱的！別讓我說第二次！」

午膳後，她跟吳人的娘退到內堂，按規矩她應該陪婆婆看書、畫畫、練字，可是談則不做那些事，也不繡花縫製衣服，好幾次，她將手裡的繡品擲向牆壁。還有，據說她的琴藝很好，可是自過門以來，她從不彈琴。吳夫人本想管教她，卻被她罵了回去。

「妳以為妳是誰呀！妳有什麼資格管我！我爹可是掌儀司的主事！」

這樣忤逆婆婆的媳婦，若是一般情況，吳人大可以休妻，或是賣掉，又或是將她打死，都不會惹人非議。可是談家不是平常人家，再加上嫁妝豐厚，吳母只好忍氣吞聲，甚至沒有向她的兒子告狀。

好幾個下午，我聽見談則尖銳的聲音從吳人的書房一路傳到寢房。

「你在這裡幹什麼？我等了你一天了！你怎麼這麼悶呀。我不要你的詩，我要的是錢。有個蘇州的絲綢商今天要來。我不是要替我自己做衣裳，是你家的大廳！大廳的那些幔帳太舊了，該換了。要是你肯多花點心思去賺錢，我們就不用依賴我的嫁妝了。」

晚餐桌上也不得安寧。僕人才端菜上桌，談則就開口批評。

「我不吃西湖的魚。西湖的湖水太淺，魚有土味。」她夾起檸檬鴨，看也不看清燉蓮子雞。

蓮子有催情作用，那是大家都知道的事。吳人自己舀了些蓮子，也舀了些放進談則的碗裡。可是談則仍然碰都沒有碰。

整個吳家只有我知道談則偷偷燒蓮葉，吃蓮葉灰，以防止懷孕。同樣是蓮，不一樣的部位，作用卻迴然相異。

不過，我倒是樂見談則避孕。一旦生下男嬰，她的地位只怕會更鞏固。

所有的婚姻都包含了六種感情：情、愛、恨、苦、失望、忌妒。既嫁作吳家婦，談則的情跟愛呢？她對婆婆、對丈夫都沒好臉色，沒好話，可是她一點也沒自覺，更不懂自省。而吳家母子全都忍氣吞聲任她蹧蹋，只因為她是大官的女兒。

這天，談則的父母來探望她。新娘子撲倒在他們的腳前，哭求他們帶她回家。

「我嫁錯了。他們根本跟我門不當戶不對。我是隻鳳凰，你怎麼讓我隨鴉了？」

她是這麼看我的吳人？所以對他說話才會都夾棒帶棍、冷嘲熱諷？

「所有上門求親的人，妳都打了回票。」談大人冷冷地說。「人家蘇州知縣本來有意跟我結成兒女親家。他們家是大富人家，莊園美輪美奐，可是妳不要。為人父者，都會替女兒找個合適的人家，好確保她日後過得幸福快樂，但是妳呢，妳九歲就決定了妳要嫁給誰。天底下有哪家的小姐，會從屏風後面看一眼，就決定自己一生的幸福?!就只有妳。妳要，不，妳根本是非這個家境小康、人品普通的小子不嫁。我完全想不通妳是怎麼想的。但是，既然妳非要不可，我這個做爹的，就只好成全妳了，省得以後被妳埋怨。」

「可是爹啊，當然應該由你拿主意。況且我不愛吳人。我要回去，你再替我安排另一樁婚事好了。」

「妳根本是被妳娘給寵壞了，到現在妳還是這樣的任性，想怎樣就怎樣。」

這話有欠公允。一個作娘的人，再怎麼縱容女兒，給出的只有無形的感情；唯有富有的爹一味溺愛，才有辦法給予女兒她想要的東西。

「從妳出生以來，就是家裡的麻煩精。妳出嫁的那天，我跟妳娘都額手稱慶。」談大人將他女兒一把推開。

談夫人沒有出聲維護女兒。「起來，別丟人現眼了。這門親事是妳自己要的，命運是妳自己定的，敢做就要敢當。所謂陽在上，陰在下。從現在起，妳要做個溫良恭儉讓的好媳婦，要孝順婆婆，要聽從丈夫的話。」

眼見眼淚攻勢無效，談則生氣了。她的臉脹紅起來，嘴裡吐出非常難聽的話。她就像個非常確信自己地位的長子，極力地爭取她想要的東西，只是談大人絲毫不為所動。

「妳真是丟人，我們談家的臉都被妳丟光了。我們費盡心血，為妳的夫家將妳撫養成人，妳現在已經是吳家的人了，就該依照人家的規矩，做個好媳婦。」

談大人夫妻在訓斥完女兒之後，給了吳母一堆禮物，以彌補他們的教導無方，之後便離去。然而談氏夫婦的那番訓斥，並沒有對談則發生正面的作用，只使談則變本加厲。白天，她對下人的態度更加惡劣。不過，我並沒有干涉。只不過到了晚上，就是另一回事了。

一開始，我不曉得自己該怎麼做，而且談則頻頻反抗我。然而隨著摸索，我的力量愈來愈強，而她只能照著我的要求去做。

讓吳人快樂，是我的首要目標。藉著談則的肉體，我不斷摸索，並從失敗中取得經驗，從而獲取成功。我從他的反應，他的嘆息，他的顫抖，終於明白湯顯祖對杜麗娘的描寫是什麼意思。我也讓談則在吳人想要她的時候，準備就緒。

我不時對談則耳提面命，要她遵守為人妻者的規範。

我在世時，對於娘以及幾位嬸嬸成天耳提面命的那些三從四德，以及嫁人後要怎麼做才算是好媳婦，相當不以為然，並且私下打定主意，以後絕對不像她們那樣，絕對要做個堅定自己想法的人。然而就像所有嫁進夫家的女孩子一樣，我以前曾經深惡痛絕的東西，現在反倒都奉行起來，並且將娘、嬸嬸那套搬出來用。我想，要是我仍然在世，我會變得跟我娘一樣，身上帶了一串鎖鑰，並要求女兒對三從四德奉行不悖。

「別老是追蹤丈夫的行蹤，問他去哪裡，做什麼事。沒有哪個男人喜歡他的妻子問；東西少吃點。沒有一個男人喜歡他們的妻子貪吃；男人家賺錢很辛苦，要對他們顯示出妳的敬意，並且將每一分錢都花在刀口上，只有不正經的女人，才會把男人當搖錢樹看。」

在我夜夜的調教下，談則慢慢改變了。而我自己也變了。以前，我對愛的憧憬、夢幻，讓我得了相思病。如今，隨著實際的參與，我體悟到真正的愛意味著肉體的愛。看到我的丈夫受到慾望的折磨，我就很得意——我可是花了很多時間，去思考如何延長他的快感。我毫無愧疚，不帶任何羞愧地使用著談則的身體，要她做盡所有我認為一個好妻子應該做到的事情，然後，我會退到一旁，微笑地看著我的丈夫解放，而喜悅會脹滿我的整個靈體。隨著摸索，我現在已經知道我丈夫最大的樂趣，是握著談則穿著紅繡鞋的小腳。他會嗅著它們的香氣、會著迷於它們的纖巧，他喜歡看著她臉上的變化。當我發現他想要更多時，我絕不容許談則推開他。透過談則，我體認到性愛。

她沒有感覺，那是她的事。她有什麼想法，我不知道，也不想知道。即使她累了，或是害羞、尷尬，我仍是毫不留情地利用她，將她的肉體毫無保留地呈給吳人，任他探索、揉捏、把玩、品嚐。然而她的缺乏反應，以及絕大多數時候的面無表情，顯然令吳人困擾。每每他向她喜歡詢問需求，或是什麼可以讓她有感覺，她總是閉上眼別開頭。所以，儘管我花了那麼多的心血，她對行房這回事的反應，跟洞房花燭夜當晚並無二致。

於是吳人開始在書房裡流連，總等到談則睡了他才回房。而當他躺回床上，也沒有將她摟入懷中，分享兩人的體溫。他躺在他那邊，而她則躺她那邊。一開始，我非常高興，因為那樣一來，我就可以蜷臥在他懷中，等他翻身，我就跟著他一起翻轉，讓他的溫暖驅離我的寒冷。可是當他起身關窗，吩咐下人再多拿一床的棉被後，我只好回到床架上方的椽榱上。

沒多久，他開始去西湖畔的花街柳巷。我跟了去。他去那邊玩牌、喝酒，最後，他開始讓那些以取悅男人為生的女人服侍他。我在一旁大開眼界，更了解到談則有多自私，多自以為是。無論是身為女人還是扮演妻子角色，她都不合格。她是感覺出了問題？感情有障礙？撇開吳人生理上的需要不說，難道她忘了吳人可能因為在她那裡受挫，轉而愛上聲色場所的女人，並把她們帶回家做二房？

這晚，在她跟我的丈夫行房後，我進入她的夢。打從花燭夜後，她的夢境便不再美麗，而是黑霧濛濛一片。她不讓月亮照明，不點燈或是燃起蠟燭。對我來說，我無所謂。我從樹後、柱子後面、洞的暗處等等隱身的地方監督她、叮囑她、嘮叨她。隔天晚上，她就會蒼白著臉，醒著等我的丈夫回房，然後她會做一切我要她做的事。只是，她臉上的表情還是令我的丈夫不開心。

一天晚上，她終於進入夢裡的花園，我從暗處走出，跟她面對面。她當然驚慌失色，倉皇奔逃。但她能逃到哪裡去？夢裡可是我的勢力範圍。何況，在夢裡奔跑的她會疲倦，我可不會。

「走開！別纏我！」她尖叫，接著用力咬中指，將那根指頭向著我。鬼怕血。可是這是夢，而且她的牙齒無力，手指完好如初。以她的頑強，如果不是在夢裡，肯定會對我造成傷害。可是這是夢，我的力量相對更強大。

「抱歉，但是我永遠不會離開妳。」我甜甜地說。

她雙手掩住發不出聲音的嘴巴。不，不是發不出——應該說，是她原本一直不肯面對的恐懼，如今容不得她再自欺了。我是鬼，所以我知道她有多想自境中掙脫，因為在現實裡，她正發出咿嗚聲，不停拉扯著捲纏在身上的被子。

我朝她走了數步，「我不是要傷害妳。」我一抬手，撒下一片花雨。我一笑，花雨籠罩住我們。我繼續施法，驅退灰霧及黑暗，直到我們置身在一座繁花似錦的美麗花園中。

床上的談則呼吸平穩，表情也緩和下來。而在夢裡的她，頭髮烏亮了，櫻唇紅潤了，十指嫩白如蔥，那雙小腳比我的還要纖美。

我在她的面前蹲下。

「大家都說妳是個壞女人。」

她閉上眼，面容又開始扭曲。

「我要妳壞，我要妳自私，我要妳這裡自私。」我伸出食指，指著她的心口。一接觸，我感覺到有東西在躍躍欲動。

我想起在妓院看到的一些畫面，遂放膽改用兩手，刻意拂過她衣衫下的胸部。才一眨眼的時間，便感覺到她乳頭的變化。而躺在床上的她，也不安地扭動。我很快聯想到吳人那次用牡丹花瓣碰觸我的感覺。這是在夢裡，談則無法躲開我，我讓自己的手往下、再往下，然後停在她的私處。隔著絲綢布料，我可以感覺到有股熱氣正在凝聚，未幾，她輕顫並發出歎息。床上的人也隨之顫抖。

「這個，就要自私了。」我在她耳邊低語。同時，我想起娘曾經說過的——女人也該從中得到快樂。

在讓她從夢中醒來之前，有件事我必須得到她的承諾。「別對任何人提到妳見過我，或跟我說了話。」她絕對不能告訴別人她跟我有所接觸。「誰都不可以，特別是妳的丈夫，絕對不能跟他們說妳夢到我。別人會認為妳迷信、無知，會認為妳是在瘋言瘋語。」

「可是他是我的丈夫！我不能瞞他。」

「所有的女人，都擁有她們的丈夫不知道的秘密。事實上，男人也有不願讓妻子知道的事。」

是不是真的這樣，我不知道，不過，很走運地，她並沒有質問這一點。

「我丈夫要的是一個有別於傳統的妻子。他要的是一個心靈相契合的伴侶。」談則說。

她話音剛落，我便感受到一陣憤怒，因為那兩句話跟吳人曾經對我說過的話接近。然後有片刻，我對自己自己醜陋、可憎的一面感到害怕。

之後，談則沒再給我製造麻煩。我夜夜給予她教誨，將她管教成我要她成為的那個樣子。於是她成了我的妹子。每晚當她回到臥室，我就從椽檩上下來，扶正她的臀，弓起她的背，協助她了解，如何對我們的丈夫敞開身體。她的每一聲呻吟，在我聽來聲聲悅耳。當她有所抗拒，我只消觸摸她的身體，就能讓她陷入純然的歡愉中，使她在床上狂野到頭髮凌亂，整個人融化在雲雨裡。

談則突然間變得熱情如火，將我們的丈夫從花街柳巷拉了回來。他開始愛上他的妻子，愛上她帶來的每一次喜悅，愛上我構思的每一個姿勢，而他也一直在測試她的接受度跟配合度。談則身上有許多敏感點，被他一一發掘出來。她不敢反抗他的挖掘及測試，因為我不容許。如今，她走出房門的期間，我再也沒有聽見喝斥、謾罵、挑剔，她開始端茶到書房給我們的丈夫。他的興趣變成了她的。而她對僕人的態度，也變得和藹可親起來。

看到這些轉變，吳人很是開心。他開始買小禮物送她，會要僕人準備一些特別的菜讓她吃。雲雨過後，他會停留在她的上方，注視她臉上如夢似幻幻的表情，會對她說些甜言蜜語。他以一種我希望的方式愛她，愛到他開始忘了我。

不過在談則的內心深處，仍有一塊冰冷疏離的地方，因為儘管我無私地賜給她所有的肉體歡愉，卻始終無法改變她不肯看著他雙眼的事實。

吳人說過，他要的是一個心靈相通的伴侶。所以我讓談則讀了滿肚子的書，要她飽讀詩文、涉獵歷史。我讓她變得熱愛閱讀。現在房裡處處都是書，梳妝台、珠寶櫃……到處都是。

「我們對知識的追求，要跟隨時保持儀表的美麗動人一樣，鍥而不捨。」吳人有一天對談則說。

吳人的那句話，激發了我對她更進一步地督促。接下來我讓談則看我那本《牡丹亭》，一遍又一遍地看。很快的，她手不釋卷，很快的，她對我的眉批倒背如流。

「妳鑽研到一字不漏呢。」一天，吳人對談則讚美地說。

我好開心。

末了，談則自己開始在紙條上創作。我不知道那到底是出於她自己的意念，還是出於我的暗示——也許兩者都有。記起爹跟談則的父親，當年聽到吳人提及我倆在夢中和詩時的表情，我小心地叮囑談則，要她絕對不准對任何人說起我的事。現在的談則被我調教到言聽計從、百依百順。不過話又說回來，再怎麼說，我是元配，而她是繼室，所謂長幼有序，她當然得聽我的。

總之，一切都進行得很順利。只是，不久後我遇到一個大問題了。

中元節

女孩子家在世的時候，無論我們願不願意，有些事情就是會發生。例如月盈月虧，還有隨之而來的月事。好比歲月的更迭。除夕一過是春節，接著是七夕、中元跟中秋。我們對時序沒有掌控的能力，可是我們的身體卻是聽它們的。過年時，人們必須大掃除，必須除舊佈新，要準備豐盛的飯菜，那不全然出於責任或風俗，而是因為季節的變化，是節氣在對我們的身體釋放訊息，引誘著它們，刺激著它們。對鬼來說，很多方面也是一樣。我們可以自由走動，可是我們也被道統的規範，跟想存活的慾望侷限住。一如我很想時時刻刻待在吳人身邊，可是七月一到，那種飢餓感便強勢地掌控住我。即使我窩在吳人的床上，或是房內的椽榱上，還是可以感覺到有股強烈的力道，在將我往外拉。

那股飢餓感異常強烈，強烈到令我不由自主，離開了安全的臥室；令我筆直穿過吳家的庭院，飄出了吳家的大門。即將飄離的時候，我看見門邊站兩個僕人，他們手裡拿著紙跟盆子。魂魄才一出了門，就聽見大門被關上的聲音。我驚恐無比地看著僕人在門上貼上符咒，保護屋裡的人，不讓像我這樣的東西接近。那天是七月十五中元節。

我拍打大門喊。「讓我進去！」

接著，我聽見我的四周響起鬼魂哭嚎的聲音，「讓我進去！讓我進去！讓我進去！」

我連忙轉身，發現自己身邊全是衣衫襤褸、身形枯瘦、面容憔悴、面相可怕的孤魂野鬼。有些瘦到已經沒了肋骨，有的散發出強烈陰鬱、恐怖或者怨恨的氣息。因溺水而死的陰魂，則散發著死魚的臭味。而那些小孩子——十多個好小好小的孩子，大多數是女孩子，那些被他們的原生家庭忘記、遺棄、賣掉的孩子，眼裡流露著無盡的悲傷和憂愁。

這些鬼全都發出憤怒的嚎叫，他們有的因為飢餓，因為他們沒有依歸，無人祭拜，至於那些本來冤死或是充滿怨氣的死靈，更因為飢餓顯得窮凶惡極。

我嚇得掄起拳頭拼命地拍打大門。「讓我進去！」

可是門上貼了符咒，我的拍打完全展現不出它應有的力道。我的同類也是。

我的同類。

頭抵著門，我閉上了眼睛，讓意識沉澱到內心的最深處，直到完全滲透進我的心底。我，跟這些面容可怖的鬼一樣，是餓鬼。那股漫天撲地的飢餓感將我淹沒。

深吸了口氣，我撐著身軀遠離大門，強迫自己走開。

其他的鬼對我失去了興趣，紛紛回去做他們原本在做的事——囫圇吞下吳家普渡的食物。我想走出這粗暴爭食的一群，可是我的能到外圍不是自己走出，而是被他們擠出。

我沿著路走，每每看到路邊擺了供桌，就停下來，可是每次不是晚了一步，就是被一擁而上的餓鬼擠開。

世人敬神祭祖，將祂捧在手掌心，是因為神明跟祖先會保佑人們，帶給人們福氣、財祿、健康和壽命。所以人們在要祭神祀祖的時候，用的一定是烹飪過的、美味的熟食，餐具更是精美奢華。但是給鬼吃的就不一樣了。鬼，是可怕的、醜陋的、是低劣的，比乞丐、患了痲瘋病的人還要低下，人人害怕，避之唯恐不及。人們認為鬼不是好東西，只會給他們不祥、災難，令他們生病。生意不順、意外頻傳、身體不舒服、收成不好、賭運不佳、不孕、生不出兒子，還有死亡……都是因為鬼魂在暗中作怪的關係。在這樣的認定下，人們在中元普渡的時候，哪會給這些孤魂野鬼什麼好東西吃？他們可不會比照祭祀神明的祖先那樣，用精緻的碗盤裝盛香噴噴的米飯，準備新鮮的水果、色香味齊全的山珍海味，他們給我們的是生米，沒拔毛的生豬肉，爛到該拿去餵豬的菜，而且沒有碗，沒有筷子。人們認為我們吃東西時跟狗沒有兩樣，撲上前去狼吞虎嚥，將食物叼到陰暗的角落享用，彷彿見不得光。

人們不知道有些野鬼出自良好的人家，受過良好的教養，對人們的關心程度也跟他們的祖先一樣，無分軒輊。但既然已變成餓鬼，無法改變事實，可是那並不表示我們就會傷害人。到目前為止，我都沒有利用我的能力去傷害任何人，不是嗎？

在世時，我是個舉止溫雅的淑女，死了以後，我仍是個有教養的鬼。可是，當我沿著湖岸走，飢餓逼出我身為惡鬼的本能——為了一粒剝了皮發了霉的橘子、一根還沒有被吸去骨髓的骨頭，我卻跟那些比我怯弱的同類搶成一團，甚至挨家挨戶趴在地上，撿食任何能被找到的殘羹剩飯。我是如此地專注，一點都沒注意到，自己已經繞了西湖半圈，而且到了家門前。

我記得過去中元普渡時，家中的僕人總會忙上好幾天，也聽他們提過準備了那些豐盛的食物，擺在大門口拜祭好兄弟。他們總會準備雞鴨等三牲，有活的，也有死的，還有豬頭、豬肉、魚、米糕、鳳梨、西瓜、香蕉等供品。等好兄弟享用完畢後，他們會把食物分給乞丐跟一些窮苦人家食用。

跟所有祭拜好兄弟的人家一樣，我家門前也上演著激烈的爭奪戰。不過，這是我家，我應該有優先享用權啊。我用力擠了進去。一個穿了官服、胸前的補服圖案顯示他是個五品官的男子，用手肘想把我擠開，但因為我身形嬌小，一個曲身就從他的腋下鑽過。

「這是我們的！」他咆哮。「妳沒有資格來這裡。滾開！」

我抓緊了桌子，用尊敬──那是對他的官階──的語氣說，「這是我家。」

「妳在世時的身分，可帶不到陰間來。」我右邊的鬼說。

「要是妳世時在這個家裡有任何的身分跟地位，就會被好好埋葬。妳根本是個垃圾。」一個女鬼冷笑著說。她的皮膚腐爛得很厲害，頭骨有一部份露了出來。

那個穿官服的男鬼，把他的臭嘴湊到我面前。「妳家人忘了妳，也忘了我們。我們這些年都來這裡，可是妳看看現下給的是什麼東西！少得就像是沒有！」他對著我噴氣，讓我聞他喉嚨裡那些腐敗食物的臭氣。「妳爹在京城，妳那個新哥哥阿寶就認為祭拜我們這些孤魂野鬼不重要了。他把好吃的全都拿到他的房間，跟他那幾個小妾一起享用！」

說完，那個穿官服的男鬼揪起我的衣領，將我整個人拎起來，甩了出去。我飛撞到對街的牆壁上，貼著牆壁滑到地面。看看那群聚眾搶食的鬼，我繞過他們，拍打著大門。在世時，我恨不得能走出這扇大門，如今，我只想進去裡面。

我已經很久很久沒有想起我的原生家人了。蓮花跟掃把或許已經出嫁，但幾位嬸嬸應該都還在。那幾個小妾應該也是。小蘭花的年紀該是待字閨中，還有那近百口的僕人，那些個嬤嬤、傭人、廚子……還有我娘！他們就在這扇門後！一定有辦法可以見到娘！

我沿著外牆走，拉大角度好讓自己轉彎。可是沒有用，陳家就只有那個出入口，再也沒別的門了。娘在盛蓮閣嗎？她是不是正在想我？我抬起頭看著天空，想看到望鄉亭。不知道祖母是不是正在那裡看我？是不是正在搖頭罵我笨，罵我這麼一個小小的問題都不知道該怎麼解決？

鬼其實跟人差不多，都不願意接受事實。為了面子，我們可以欺騙自己，可以維持表面的樂觀。就像我，一直不肯面對自己是個餓鬼的事實，不願接受自己是個餓到不顧顏面，就到連發霉的東西也肯吃的鬼。

我嘆了口氣，還是止不住飢餓。我一定得在今天多吃點東西，好撐過一年不可。

我想到我在望鄉亭的時候，曾看到我剛死不久的那個過年，爹去了古蕩那裡的佃戶錢家村。決定方向後，我開始朝那裡走。為了飽餐，必要時我跟同類搶食；為了轉彎，必要時我拉大角度，結果在偌大的農田間，我迷路了好幾次。

夜幕低垂。這時應該有更多的孤魂野鬼出來覓食，可是我碰到的鬼魂卻不多。鄉下地方的鬼魂多是因地震、水災、飢荒或者各種瘟疫喪生。他們死的地方不是在家裡，就是在離家不遠的地方，屍體也都得到掩埋，並沒有曝屍荒野。在這樣的地方，很少發生屍體不全，或是屍體失蹤的情況，頂多就是發生火災，全家被燒死，要不就是洪水將橋樑沖斷後，人被大水沖走，因此孤魂野鬼並不多。

不過我倒是遇到了幾個死不安寧的鬼。有個女鬼被葬在地勢不佳的地方，以致於屍骨被墳墓周遭的樹根刺穿，害她痛苦異常；有個男鬼的棺木被洪水沖壞；還有個少婦，由於棺木下葬時方向不正，所以頭骨扭曲得很厲害，讓她無法轉世投胎。這些鬼都是因為不舒坦，希望尋求幫助，所以發出哭叫的聲音，但是睏得只想上床睡覺的莊稼漢，或是正在哺乳的媽媽，又或者是正想要親熱的小夫妻們，卻沒人喜歡聽見鬼的嚎叫。

除了那幾個鬼外，我的古蕩行很平順、很孤單。

終於到了錢家。

錢家雖然窮，但他們的心腸很好，即使祭拜品粗劣，卻已是我今天吃過最好、最新鮮的食物了。吃飽後，我往門口靠近，在回城裡前先略事休息一下，同時也想跟這家佃戶親近一下。可是由於現在是鬼月，所以錢家的門窗緊閉，只有昏黃的燈光透出，以及陣陣飯菜香味飄過。我聽見屋裡傳來低沈的說話聲跟吟誦聲。凝神傾聽，那是錢夫人的聲音，她正在吟誦一首詩：

「一辭拾翠碧江湄，貧守蓬茅但賦詩……」【譯註一】

這首詩我很熟，它立刻引發我的思鄉之情，並讓我難過異常。但是思鄉又如何？我能作些什麼？我什麼都沒有了，被家人忘棄，沒有同伴，沒有朋友，我以前那樣熱愛詩詞，而今，生活裡連詩都沒有了。

悲從中來的我，不禁掩面痛哭起來。

屋子裡響起椅子挪動以及害怕的人聲。善良的錢家人撫慰我，給我飯吃，我卻嚇著了他們。

鬼月過後，我回到吳家，回到吳人跟談則的臥室。現在的我能力強大，意志堅強，精神專注。這是我自死後以來感到飽足，但同時又有另一種嶄新的飢餓感產生——那是想要完成我在世時遺願的渴望。要是我能多增加一些眉批，讓它們成為我的剪影，讓吳人認出我呢？麗娘用畫像成為她靈魂的寄身，我也可以用我的筆墨成為我的寄身，不是嗎？

突然之間，我變得跟談則一樣自私。之前我只是讓她時時捧著《牡丹亭》研讀，然後鑽入她的思維，讓她寫下一張又一張的小紙條。

如今，我變本加厲將談則留在房裡，不讓她去跟婆婆、吳人一起用早膳或午膳。再者因為我不喜歡光，所以我要她緊閉門窗。夏天的時候，屋內十分清涼，我喜歡那樣的溫度；到了秋天，他們添加了棉被；入冬後，談則會穿上棉襖。一年過去，春天很快到來。到了四月天，繁花似錦處處開放，不過，我們還是留在屋裡，享受著彼此的陪伴。

我讓談則一再閱讀我寫的眉批，我讓她提起筆在我作了眉批的地方寫下我的想法。既然我都能教她滿足我們丈夫的慾望了，要她提起筆寫幾個字又有何難？

不過，我還是不滿意。我要下冊。第二卷的劇情，是從麗娘跟柳夢梅的冥誓開始，接著他為麗娘點主、掘棺，讓她得以復活。如果我能讓談則寫出我的想法，讓她把所寫的文字拿給吳人看，他會解讀得出來，並且跟柳夢梅一樣，採取同樣的行動嗎？會嗎？

到了夜裡，在談則的夢裡，在她最喜歡的池塘邊，我像隻鸚鵡般，在她的身邊耳提面命，「妳需要《牡丹亭》下冊。妳得去要。」

為人妻者想要東西，只能靠她的魅力，靠丈夫對她的愛，因為女人是不能出去的，就算我在世，也是大門不出二門不邁，唯有靠丈夫的寵溺，去替我搜尋。我當然會幫著談則去要，不過談則也有她自己的一套。

她在替吳人斟茶時對他說：「我好想看《牡丹亭》下冊。我很久以前看過那齣戲，我現在好想看看這個偉大作家所寫的完整版，好想在研讀後跟你討論。」

而在吳人喝著熱茶的時候，她會看著他的眼睛，手指頭撫過他的袖子，「有時我不懂作家的隱喻和他的暗示。你這麼博學，詩又寫得這麼好，一定可以為我解惑。」

入夜後，當我們的丈夫躺在前後兩任妻子之間，而棉被高高蓋著三人的時候，她在他的耳畔輕聲細語說道，「我每天都想到同姊姊。少了下冊每每都讓我想到同姊姊，想到她的青春早逝。你一定也很想念她吧。要是我們能使她復活就好了。」她的舌尖輕吐，像靈蛇般戲弄他的耳垂。接著別的事情隨之發生。

到了夏天，我變得愈來愈大膽，開始扶搭著談則的肩膀出房門。靠著她，轉彎再也不成問題。這天晚上，當我們來到飯廳用晚膳時，我們的婆婆放下她手中的扇子，要僕人關上門，阻擋向房內吹入的寒氣，還要僕人燃起火盆。

桌上，婆婆對談則：「妳的唇又變薄了。」

這是一個當婆婆的人經常性的嘮叨，因為幾乎大家都知道，嘴唇薄代表子宮薄。所以，這句話真正的意思是：我的孫子呢，媳婦？妳什麼時候要生孩子給我抱呀？

吳人握住談則桌底下的手，擔憂地看著她。「妳的手好冰，現在可是夏天。明天妳跟我到外面曬曬太陽好了。我們就坐在池塘邊，看看花，看看蝴蝶，曬曬太陽，暖和暖和一下身體。」

「我命裡看不得花。」談則低語。「最近，蝴蝶讓我想到死者的魂魄。而水，只讓我想到溺水。」

「我看，曬太陽也沒有用。」婆婆小心地審視，「她去到哪裡都帶著寒氣。我想我們最好別指望曬曬太陽就能使她暖和起來。」

淚水在談則的眼眶裡打轉。「我該回房了。我想看看書。」

婆婆拉緊肩上的披巾。「這樣也好。我明天會請個大夫來替妳把脈。」

談則夾緊大腿。「不用。」

「如果不看……怎麼生兒子？」

兒子？談則的價值可比生兒子高多了。她是在幫我。我們不需要兒子。

不過，出診的趙大夫可不是這樣看。

這是自我死後，第一次看到趙大夫，不過看到他我可一點也不開心。

把完脈，看了看談則的舌苔後，他將夫君拉出房間，然後對他說：「這種病我見過太多。尊夫人已經開始不太進食，並獨自一個人，待在角落暗自神傷。我說吳公子，這只有一個可能——尊夫人患了『心病』。」

「那怎辦？」夫君緊張地問。

趙大夫跟夫君在花園的一張長凳上坐了下來。

「通常要是作妻子的人患了心病，只需跟丈夫一夜恩愛即可痊癒。你們已經成婚一年多了，是她不願雲雨？所以才一直未受孕？」

我氣壞了，他居然那樣說。我真希望我擁有復仇鬼的能力，就可以好好教訓一下這個大夫。

「內人在這方面無可抱怨之處。」

「那麼你，」趙大夫猶豫了一下，然後說，「可有將你的陽氣過度給她？女人得到這東西可以延年益壽。你不可以將它浪費在尊夫人的兩腿之間。」

在趙大夫持續的盤問下，吳人告知他閨房內的敦倫之事。而在得知了所有細節後，趙大夫對兩造任一方都無法借冷感、對房事無知，或是在次數上做文章。

「那麼，有可能是別的因素造成了尊夫人的心病。她有沒有特別想要什麼東西，卻一直沒能得到的？」

隔天，夫君離開家。我沒有跟去，因為我在忙著幫談則。我們的婆婆在趙大夫的指示下，進了夫君的臥室，打開了門，取走了用來遮蔽窗子的厚厚簾布。杭州的夏季是悶熱的，一除去了簾布，打開了門窗，暑氣立刻湧進房內。那很可怕。可是我們盡力做著媳婦應該做的職責：將我們個人的感覺跟不適擺到一邊。我盡量跟在談則的身邊，給予她支持跟安慰。婆婆的吩咐就是旨意，我們作媳婦的，在人前一定要表現出聽從的樣子。至於人後，那是就另一回事了。

三天後的上午，夫君回來了。「我走遍了各個村鎮，一直到了吳興才有斬獲。」他將一直放在背後的手伸了出來，亮出手中上下兩冊合訂本的《牡丹亭》。「我很抱歉沒有早點去搜尋。送妳。」他猶豫了一下。我知道他想到了我。「這回是一整套了。」

我跟談則高興得投入他懷中。他接下來的話讓我知道，在他的心目中，我還是佔了很重要的地位。

「我不要妳生病。從現在起，妳會沒事的。」

是的，是的，我會沒事。謝謝你，夫君，謝謝你。

「是的，是的。」談則嘆息地說。

我們得好好慶祝一下。

「我們來慶祝一下。」談則說。

雖然是上午，但在吩咐下，僕人還是端來了酒跟玉杯。談則不習慣飲酒，而我則是從來不曾喝過，不過，我們喝得很樂。夫君還沒端起杯，談則已經喝下她的第一杯酒。每次她一放下杯子，我就摸摸杯緣，而她就會再添上酒。

窗子都打開著，所以室內很是明亮，而且很熱。不過，令室內真正又亮又熱的，是另一股力量。一杯，一杯，又一杯。談則喝下了九杯酒，酒氣染紅了她的面頰。夫君則是淺嚐即止。不過由於他的禮物為他的妻子帶來快樂，所以談則回饋給他的謝禮是雙倍的，連我那一份也一併代為傳達了。

隔天，夫君如平常時間起床到書房去寫他的文章，我則讓談則繼續休息，好養足精神。

【譯注一】語出唐五代黃崇嘏的《辭蜀相妻女》詩，全詩為：「一辭拾翠碧江湄，貧守蓬茅但賦詩。自服藍衫居郡掾，永拋鸞鏡畫蛾眉。立身卓爾青松操，挺志鏗然白璧姿。幕府若容為坦腹，願天速變作男兒。」

心的夢想

當陽光照到床幔的掛勾，我喚醒談則，讓她拿齊這幾個月來寫的那些小紙條去，到夫君的書房。她向夫君恭敬地欠身，然後把那些字條拿給他看。

「我可不可以把我的評注跟同姊姊的眉批，謄到新購的那冊《牡丹亭》合訂本上？」

「可以。」夫君頭也不抬地說。

我實在很幸運，我託付終身的人，並沒有因為婚姻就關起了他宏觀的心。我對他的愛意又深了一層。

當然，這整件事都是我的主意，是我要談則把我的眉批謄寫到那冊合訂本上；也是我要她將自己的評注加上去；是我要她繼承我的遺志，完成《牡丹亭》第二卷的書評。就是因為如此，才會需要夫君為我們購買新書。

談則花了半個月的時間，將我寫在上冊的評注謄到新書上，又花了半個月的時間匯整那些字條，並將它們抄寫到新書的下冊上。之後，我們又針對整本戲曲，再作了一番評論。

道有云，當人敞開心胸跟人接觸、著作論述時，要寫自己經歷過後而得知的事物，才能言之有物，不致流於虛妄。另外，我也覺得葉紹袁替他女兒的遺稿寫的序文中，有

一句話說得很有道理。他說：「筆墨精靈，庶幾不朽，亦死後之生也。」【譯註一】

所以當我要談則在那本新書上，寫下她對這部戲、對劇中情節的評語時，我的見解已經與當年不同，而是有了更深的體認。我希望透過談則的筆，讓夫君認出我，知道他還是可以擁有我。

三個月過去。時序進入日照短、溫度低的季節。我們緊閉門窗，低垂簾幔，阻絕外面的寒氣。季節的輪轉對我是好事，因為我的腦子愈顯清明。我鞭策談則，幾乎沒讓她出房門。一天晚上，夫君坐在床沿，手臂環著她，在他的懷中，談則顯得嬌小柔弱。

「妳又瘦了。而且臉色好蒼白。」

「看來，婆婆又在抱怨了。」談則澀聲說道。

「不干妳婆婆的事，是你的夫君，是我在說話。」他碰碰她的黑眼圈。「妳我新婚的時候，妳並沒有黑眼圈。看到它們，我很心痛。嫁給我，妳不開心嗎？妳是不是想念妳的爹娘？妳要不要回娘家去看看岳父、岳母大人？」

我協助談則給予一個合宜的回答。

「嫁出去的女兒，是潑出去的水。現在，我的家在這裡，回去，我只是個客人而已。」談則輕輕地說。

「那妳想不想出門，到外面走走逛逛？」他又問。

「跟你在一起，我很滿足。」她輕輕嘆了口氣。「明天我會多花點心思妝扮，會盡我所能討你歡心——」

他厲聲打斷她。「這跟討我歡心無關。」看見她瑟然一抖，然後放輕了聲音。「我希望妳開心。可是看到妳早膳上都不大吃東西，也不大說話，現在白天也不太看見妳到書房去找我──妳以前都會端茶去給我，我們還常常聊天。妳記得嗎？」

「我明天端茶過去伺候你。」她立刻承諾。

他搖了搖頭。「不是伺候。妳不是僕人，妳是我的妻子。我實在很擔心妳。僕人端給妳的晚膳，妳也沒吃。我看我們明天還是請大夫再來替妳把把脈吧。」

我受不了看他憂慮，便從椽檩上躍下，來到談則身後，用手指輕輕點了下她的後腦杓。我跟她已經非常熟絡，非常親密，親密到她不會違逆我的任何指示。

她轉過臉吻上他的唇。

通常這一招都很有效，可以轉移他的心思，可是今晚居然失去了效用。

他別開頭。「我是認真的。我原以為買了那本戲曲回來，妳的病就會好，可是似乎只使妳更嚴重。這絕對不是我樂見的……」他又想起我了。「明天我會去請大夫。請妳準備好，讓他把脈。」

躺上床，他將她擁入懷中，充滿呵護之意地摟著她。

「明天開始就會不一樣了。我會在爐火邊念書給妳聽；我會叫僕人把我們的三餐端進來，兩個人單獨用膳。我愛妳，我會讓妳好起來的。」

男人總是認為，只要這樣說，事情就會照他們期望的方向發展。有時的確如此沒錯，但並非事事皆然。不過，我愛吳人，不就是因為他的善良與毅力？我也愛他對談則的憐愛。看到他用自己的身體帶給談則溫暖，我不由得好奇柳夢梅是如何撫觸麗娘冰冷的屍身，讓她還魂復活？

夫君的呼吸均勻而徐緩，談則的呼吸也是。好不容易等到他終於睡著，我立刻拉談則起床，要她點亮燭臺，磨墨，攤開書本。我興奮極了，精神好得不得了。

不過我沒有勉強談則，只要她留下隻字片語就好：

此記奇不在麗娘，反在柳生。天下情痴女子如麗娘之夢而死者不乏，但不復活耳。若柳生者臥麗娘于紙上，而玩之、叫之、拜之，既與情鬼魂交，以為有精有血而不疑，又謀諸石姑開棺負尸而不駭，及走淮揚道上苦認婦翁，喫盡痛捧而不悔，斯洵奇也。

寫完後，我一笑。之後，我讓談則回到夫君溫暖的懷抱，我則飄回椽檁上。

我必須讓夫君繼續對談則保持滿意，如果他不滿意她，我就無法再利用她寫作了。如果我不能再利用她，夫君就感應不到我了。整晚我看著他們，枯腦竭腸地想著在世時娘跟幾位嬸嬸都教誨了為人妻該做什麼。

「每天早上要比妳的夫君早起半個時辰。」我記起娘曾如此說。

於是第二天我要談則比夫君早起。

「早起半個時辰，對妳的健康跟容貌不會有負面影響的。」談則坐在鏡子前，我對她說，「妳以為妳的夫君會喜歡看見妳睡死的樣子？當然不會了。所以，還是早點起床洗臉、梳妝、打扮比較好。」我幫忙她抹粉、塗胭脂、梳理頭髮、插上髮釵，要她穿上粉紅色的衣服。「剩下來的時間準備夫君的衣服。摺好後，放在他的枕頭旁。要在他醒來的時候準備好洗臉水、布巾，還有梳子。」

夫君離開臥室後，我繼續說道。

「要持續修持女德。不可以把妳當小姐時的驕縱、任性、小心眼帶進門。要多看點書，多看書可以增進妳的學養，可以讓妳不會言語乏味；要學會怎麼烹茶，那樣才能溫暖他；彈琴跟插花可以怡情，可以悅性，可以讓他賞心悅目。」我對她耳提面命地說，而後，我想起那天娘要我幫她一起替蘭兒纏腳，「夫君是天。我們當一切以他唯命是從。」

接著，我囑咐她去廚房。那是她有史以來第一次踏入廚房。當她不悅地瞇起眼盯著一個僕人看時，我連忙拉拉她的睫毛，要她睜大雙眼，做出輕鬆愉快的樣子。她以前或許是個被寵壞的千金大小姐，現在或許仍是個粗枝大葉漫不經心的妻子，但她娘肯定教了她一些本事。

僕人們緊張兮兮，張大眼睛看著，她將一個裝了水的鍋子放到火爐上，接著放進一把米，慢慢攪拌直到變成粥汁。之後，她翻找櫥櫃，找到了一些新鮮的蔬菜跟花生。她將它們切切剁剁，放進已放了佐料的碗中。然後她將稀飯倒入大碗，再將小菜、稀飯、勺子、碗一一放到托盤中。然後端入飯廳。

婆婆跟夫君只能呆呆地看著她為他們添稀飯。談則雙目低垂，臉頰被蒸氣以及她身上的紅衣渲染得更加耀眼。

餐後，談則跟著婆婆到後堂，一面刺繡一面閒聊。我沒給這兩個女人機會進行入何不適當的對話。至於夫君，他已經不覺得有延請大夫的需要了。

我要談則依照這樣的方式伺候婆婆跟夫君，好平息他們的擔憂，同時取得婆婆的肯定。談則親手烹調的食物，色香味俱全——這天晚上她用了西湖的魚作料理，並留意是否合他們的口味；她還會在婆婆跟夫君的茶杯快見底時，替他們斟上。在完成義務跟責任之後，她回到房裡，我就會要求談則進行我們的計畫。

經過這段時日，我已經了解婚姻生活的樣貌，也知道了夫妻之間的相處之道。它和《牡丹亭》中石道姑或是花神所戲謔的截然不同。我現在已經知道精神上的愛戀，得透過肉體的接觸才算完滿，所以我讓談則寫下：

麗娘提及：「……前夕鬼也，今日人也。鬼可虛情，人須實禮。」【譯注二】寫得麗娘高迴，恰是千金身份，「海天」句與「寫真」折，孤秋片月，離雲嶠暗相照會，此時畫裏精魂都在柳生身上矣；臨畫更癡，愈癡愈見情至。麗娘又道：「秀才，俺則怕聘則為妻奔則外家……」【譯注三】必定為妻，方見鐘情之深，若此際草草，便屬露水相看矣。

不過，「情」並不侷限於夫妻之間始為情。母愛也是情的一種。我想念我娘，好想她。我想她也一定很想念我。我讓談則翻到《遇母》一折，麗娘復活後，在杭州的一間客店裡，與母親意外重逢。我以前認為這幕戲不過是用來緩衝戰爭、武打和政治意味的情節。可是現在，當我重新閱讀，我有了新的看法，進而感受到女性纖細、濃厚、澎湃的情感。

當麗娘從暗處走出來，杜夫人和春香非常害怕，以為看到鬼。是出去借燈的石道姑提了燈回來，看到這一幕，方才反應過來。她將燈舉高，好讓杜夫人看清楚麗娘的臉，並說：「休疑憚，移燈就月端詳遍，可是當年人面？」杜夫人必須克服喪女的悲痛，還必須接受心中的恐懼，才可能定得下神去細看。而這就是母愛。不過，這幕戲除了顯示母愛外，還有別的。

我握住談則的手，寫下：

聚後訴說離情，眼淚都從歡喜中流出。

對我來說，這給了母愛最單純的定義。儘管每一代都有她們的爭執、痛苦、難過，可是當母親認定了她的孩子，也就等於給了女兒在陽間的身分地位。給了她為人女、為人妻，日後為人母、為人婆婆、阿姨、嬸嬸……等等身份跟地位。

我和談則致力寫作。經過了六個月的勞心勞力，大功終於告成了。

我看了看談則。她白天要服侍婆婆、夫君，夜裡要偷偷寫作，長期下來，她疲態畢露。她的雙眼浮腫，頭髮凌亂，皮膚非常蒼白。我由衷感謝她的幫助，讓我完成心願。我對著她輕吹了口氣。她一顫，接著很自動地拿起筆。

在那冊合訂本的《牡丹亭》最前面有兩頁空白頁，我讓談則寫了篇序文，說明為什麼會有那些批注。

我讓她寫下：曾經有個少女愛這本《牡丹亭》成痴，她在戲曲上的空白處，寫下她的閱讀心得。這個少女名叫陳同，她被許配給一位名叫吳人的文人。她死後，吳人另娶。這位夫人發現了姐姐的遺墨後，很想替姊姊完成未完成的眉批，可是她並沒有這部戲曲的下半冊。一天，她的夫君送給她一本上下兩冊的合訂版，她高興得喝醉酒。自那以後，每每當她的夫君跟她一起賞花的時候，就會戲謔地取笑她，曾經酩酊大醉了兩天一夜。這位夫人天性聰慧又善良，當她完成批注後，決定分享給凡是擁抱真情至愛的人。

這篇序文簡單明瞭，而且大部分都是事實。現在，就等夫君的展讀了。

我已經太習慣談則對我的順從，所以當我們的夫君出門去拜訪朋友時，我並沒有太注意談則都在做什麼，等我發現時已經來不及。

我看到她將我那本寫了評註《牡丹亭》上冊，揣入懷中，走出房門，當時沒有多想，我以為她只是想找個地方，好好研讀我寫的眉批而已。看著她穿過曲橋，走向蓮花池中間的水榭，我還是沒有多想——我料想不到曲橋的曲度我是無法克服的。我坐在池塘邊那棵終年不長葉、不開花、不結果的梅樹下的花架上，享受著春末明媚的景緻。那是康熙十一年的五月天，而我一心正想著，跟美麗但略嫌纖瘦的談則，一起欣賞這滿池盛開的蓮花，真是人生一大享受……

下個瞬間，我看到她從袖子裡拿出一根蠟燭點上。大白天點蠟燭?!我跳了起來，焦慮不安地來回踱步，不安的氣息讓周圍的空氣跟著動盪起來。我驚恐地看著她，緩緩從那本《牡丹亭》上撕下一頁，然後拿近火舌，含笑看著紙張捲曲、焦黑，直到再也拿不住。她將那著火的剩餘部份扔過欄杆，落入水中之前，整張紙已經化成灰燼。

接著，她又撕下三頁，湊近火舌點燃，然後在快燒到手指的時候往水裡扔。我先是癱倒在地，接著奮力爬起，衝上曲橋。到了第一個轉折處，我只能僵立在那裡，沒法轉過那樣曲折的角度。曲橋那種設計，根本不是我這樣的鬼能克服的。

「不要啊！」我大叫。

有那麼一瞬間，整個世界都在抖動。水裡的鯉魚停止游動，天上的鳥兒停止啁啾，花兒失去了它們的顏色。

可是談則的頭連抬也沒有抬，逕自撕著書頁，後然燒了它們。

我向前跑、摔倒、再爬起，吃力地跑回陸地，隔著池塘對談則大叫。池塘掀起浪花，拍打著曲橋、水榭，拍打著空氣，希望能將燭火熄滅。可是談則很狡猾。她遠離欄杆邊，走到水榭的深處，蹲下身，用身體擋住風。接著，她又想到另一個惡毒的主意。她將整本書的紙頁全部撕下，揉成一團，然後打斜蠟燭，讓蠟油滴在紙張上面，同時看了看岸邊，四下確認沒有人在附近，然後點燃那堆紙團。

我們經常聽見《焚餘草》這類的書名，可是，這回不是因為作者沒信心，所以縱火燒毀不滿意的詩稿，也不是因為意外引起的失火——這是一個我將她視為作妹妹的女人刻意、惡意的損毀。我慘叫連連，彷彿被火焚燒的是我的身軀，可是她置若罔聞，完全無動於衷。我揮舞雙手，旋轉身體，直到周圍的樹葉紛紛像下雪般飄落，可是我興起的陣風非但沒把火熄滅，反而助長火勢。要是我能在水榭裡，我可以吸盡所有的濃煙，吸走我所有的文字，然而我不在水榭裡面。我身在岸邊，雙膝跪在地上，傷心欲絕，只因那沾著我的淚，寫有我的心血的文字已化為灰燼，化作烏有。

談則等到紙灰冷了以後，將它們掃進池水中。然後她往回走，心中毫無憂慮，毫無後悔，腳步輕快，直往房間走。我一驚，連忙追了過去。

她打開那本《牡丹亭》合訂本，每翻一頁，我的魂魄就驚跳一回。這本她也要毀掉？

她翻回寫著著作緣起的序文，然後一個動作，殘忍地將那兩頁撕了下來。

她的這種行為，比我娘焚燒我的那些書本還要殘酷。只要她將這本書也燒掉，這世上除了那個未被點主的神主牌外，再沒有其他我曾存在過的痕跡，我再也沒有辦法，透過任何方法或是形式，將訊息傳達給夫君，到時候我將會被人永遠地遺忘。

接著，談則打開另一本書，將撕下的那兩頁夾入那冊書的書頁間。

「就放在這兒好了。」她自言自語地說。

老天饒我一命了。那就是我的感覺──老天饒我一命了。

然而，我受傷甚重。談則的惡劣行為，差點害我魂飛魄散。我勉強自己爬出房間，沿著有頂蓋的迴廊一路向前爬，爬到我再也沒有力氣前進。我滾到迴廊外，將自己縮到很小很小，然後躲進縫隙裡。

兩個月後的鬼月，我離開藏身的地方去覓食。我無力飛走，無法回到我的原生家庭，更無法去到佃戶錢家那裡，去享用他們的供品。我休養生息的力氣，只夠離開藏身的角落，只夠我到池塘邊撈取園丁餵食鯉魚的飯糰，吃完後再回到陰暗處。

我不懂，我的命運為什麼會悲慘至此？我明明含著金湯匙出生，過著錦衣玉食的優渥生活，而且生得美麗聰慧，為什麼這麼多不幸會發生在我身上？難道是我上輩子造了什麼孽？還是我這輩子原本活該做個苦命的女子？

我百思不解，始終想不出解答。不過隨著時間過去，我的元氣開始恢復，面前眼前困境也得到了一個突破眼前困境的結論，那就是——跟所有婦女一樣，我需要有人聽見我的聲音。

【譯注一】語出《返生香》。此詩集為葉紹袁在女兒葉小鸞夭折後，彙整其遺作，並將親朋好友的悼亡詩文，合輯成冊，取名為《返生香》。葉紹袁在序言中說：「《十洲記》曰，西海中洲有大樹，芳華香數百里，名為返魂，亦名返生香。筆墨精靈，庶幾不朽，亦死後之生也，故取以名集。」葉小鸞為明末才女，在出嫁前五天病逝，卒年十七。

【譯注二】此段情節敘述杜麗娘回魂後婉轉表達需有媒有聘，需稟告雙方父母，以全禮節。如今，她已是人不能在沒有名份的情況下，跟柳生再有肌膚之親。

【譯注三】故事的情節敘述杜麗娘的陰數已盡，所以她必須在告訴柳夢梅她是個鬼前，先取探得他的真心跟承諾。

賢　妻

五個月過去。

這天，我聽到頭頂上的迴廊傳來吵雜的人聲。人來人往，呼來喚去，有人迎接客人，有人張羅待客的事宜，有人在準備供品。是新年到了。鐃鈸跟鞭炮聲吵得我不得不離開藏身的暗處，我的眼睛被明亮的陽光刺得睜不開；我的身軀因為蜷曲太久，僵硬得很厲害；而我的衣服呢？已經破爛到不能稱之為衣服了。

吳人的大哥，帶著妻小從山西回來過年。當年送我上、下冊湯顯祖手抄本《牡丹亭》的，不是別人，就是這位嫂嫂。在世時我沒有機會認識她，如今，我終於見著。她身形嬌小，姿態優雅。她的女兒阿仙也同行在側。阿仙才十六歲，但已經成婚，夫婿是一位杭州的地主。她們母女身上所穿的衣服繡工非常精巧細緻，樣式古典，同時顯露個人風格。兩人說話輕聲細語，內容言之有物，在在展現出她們的教養以及對文學的喜愛。她們跟婆婆坐在一起，說著假日都去了哪些地方遊玩——除了去山裡的廟寺，還去龍井看了茶農採茶、曬茶。她們的話語令我渴望，渴望活著的滋味。

接著，談則進來了。過去七個月我都窩在迴廊下面，不常聽到她的聲音。在我的想像裡，她一定又變回以前的那個她——那個嘴唇緊抿，下巴尖刻，眼神嚴苛的女子。我要她是那個樣子，而她也的確如此。不過當她一開口，卻是舌燦蓮花。

「阿仙呀，」她對吳人的姪女說，「妳的夫君一定很高興娶到妳這樣一位才女。女人一定得展現她的高雅和教養。我聽說妳是個備受讚譽的女主人，那些文人學士到了妳家都很悠遊自在吧。」

「我們家的確有不少文人學士來訪。嬸嬸、叔叔也找一天過來玩嘛。」

「小的時候，我娘也帶我出門過。可是我現在已經成婚，只想待在家裡伺候婆婆跟夫君。」

「嬸嬸說的是，不過——」

「為人妻者得謹言慎行。妳想想，要是我在大地吹起第一陣冬風的時候，到湖邊散步，會發生什麼事？外面的人立刻會議論紛紛。我不想被人說閒話，更不想讓夫君惹人非議。所以，唯有大門不出二門不邁才是安全的作法。」

阿仙迴避談則的話語，「去家裡找外子的文人，都是才華橫溢、聲名遠播的人，我很想叔叔跟他們見面，認識認識他們。」

「我沒反對出門增長見識。」婆婆開口了。「多認識人，多結交些朋友是好的。」媳婦進門兩年多了，這個作婆婆的人還是一樣，不曾在人前批評過這個媳婦半句，不過，她的一舉手一投足，卻都透露著對媳婦的不認同。

談則嘆了口氣。「娘贊同，我們當然就可以去了。只要是娘跟夫君都喜歡的事，我都會盡力去做的。」

這是怎麼回事？難道我之前的那些耳提面命，的確對她有所影響？

在吳人的大哥回來省親的期間，她們四個女人經常聚集在後堂，而在大媳婦跟外孫女的影響下，婆婆開始邀請親戚中的女眷及朋友歡聚。吳人的表妹李淑，跟與吳家是世交的林以寧相偕來到，她們兩位都是文學素養很高的才女。林以寧更是蕉園詩社的五子之一。這個詩社的創始人是顧若璞。蕉園詩社的人有個共識，她們都不認為寫詩作詞、拿筆揮毫跟刺繡有相衝突的地方，而且她們對於四德有其獨特的見解，認為所謂「婦言」的最佳典範就是寫作，所以當這些賓客來訪的時候，室內焚香，大開窗戶，相較書法，談則彈琴以娛嘉賓。吳人毫不避諱，在眾人面前展現他對妻子的疼愛。這麼多的人，卻沒有一個想到我。我只能在一旁看著，忍受著。

而後，我的運氣來了。我稱呼它為運氣，但或許那是命定。吳人的姪女阿仙拿起那冊合訂本的《牡丹亭》，翻閱那些談則謄上去的字句。看著看著，她想起自己曾有過的夢想跟渴望，想像年老時回顧起年少輕狂的日子，會有的悵然、哀傷跟後悔……。

「嬸嬸，這本書可以借我嗎？」阿仙一臉無邪地問。

談則自然無法說不，所以那本《牡丹亭》離開了吳家，到了杭州的另一頭。我沒有跟過去，但我相信書在她手裡，比起在談則手裡要安全多了。

一張請柬捎來，具名邀請的是阿仙跟她的夫婿，除了邀請夫君跟談則外，還邀請了李淑跟林以寧。當對方派來的轎子抵達時，我搭著談則的肩膀，隨著她穿過中庭。我在她鑽入轎子時飄上了轎頂。轎子經過寺廟，下了吳山，繞著西湖來到了阿仙的家。終於，我實現夫君在我生前承諾過的願望——要是結婚，他會帶我出門遊山玩水。

這是我有始以來，第一次跨入別人家的門檻。阿仙在一個亭子接待我們，那裡爬滿了紫藤花。據說那株紫藤高壽兩百餘歲，一串串偌大的紫色花串垂盪在空中，清新的香氣撲鼻而來。阿仙除了邀請他們四人外，還邀了其他的文人、才子、才女。其中有她的閨塾師，那人留著一把白鬍鬚，阿仙安排他坐貴賓席；另外還有洪昇跟他懷了身孕的夫人，他們帶了好酒和瓜果作為禮物。好些人紛紛向李淑道喜，祝賀她剛出版了一本新的戲曲。讓我最最驚訝的是，阿仙還請來了《春波影》的作者徐士俊。大家都知道他很支持女子寫作出書。今天他是應邀前來暢談佛經的。婆婆說的沒錯，多出來結交朋友是好的。夫君跟談則並肩而坐，兩人看起來就像珠聯壁合的一對。

《禮記》上說男女有別，不能共用一條巾子，不能共用一把髮梳，不能共用一個衣架，更別說是坐在一起。可是這裡的男女卻同處一室，將教條丟到一邊。

他們品茗，吃點心，坐在欄杆上的我，則沈醉在紫藤花香，以及文人此起彼落的談話聲中。然後，阿仙的老師清清喉嚨，現場安靜了下來。

「我們可以吟詩作對一下午，不過我比較想知道的是，阿仙前些日子拿給我們看的東西。」在場有多人點了點頭。「告訴我，」阿仙的老師轉向吳人，「你在《牡丹亭》上的眉批。」

我驚訝地飄下欄杆，一陣風隨即吹過亭子，亭內的女人紛紛拉了拉她們的裙子，男人則縮了縮肩膀。關於對環境的影響力，我實在沒有能力控制。唯一能做的，就是盡量保持不動。

陣風靜止後。阿仙含笑望著吳人。「你怎麼會寫下那些眉批的？」

「我沒寫什麼眉批呀，小弟才疏學淺，怎敢妄自批評這本巨著？」

「你太謙虛了，吳兄。我們大家都知道你在戲曲評論方面獨到及精闢的見解。你寫了很多有關戲曲方面的——」

「但不包括《牡丹亭》。」夫君說。

「怎麼可能?那本《牡丹亭》是阿仙從你家帶回來的。你說那些眉批不是你寫的，那是誰寫的？」阿仙的老師說。

「我沒有寫。」吳人疑惑地望向談則，但她默不作聲。

「阿仙看完後，就拿給我看。」洪昇的妻子輕柔地說，「我不認為男人的心思會那麼細膩。那是出自女人的手，而且是個像我這樣的年輕女子。」她靦腆地補充。

阿仙的老師擺擺手，否決洪昇妻子的意見。「那不可能出自一個少女，或是少婦之手，絕對是出自男人。阿仙允許我把它拿給在座的人看，」他比比亭內的人，「無論男女，大家都被那些眉批深深感動。我們都在想，是誰對愛、對情、對溫柔、對奉獻有這麼深入且具內涵的見解?今天阿仙特地邀你過府，替我們大家解惑。」

夫君碰碰談則的手。「是妳那本的《牡丹亭》嗎?就是妳每晚寫到很晚，花了很長一段時間琢磨的那本?那本不知從何處開始寫起的……?」

談則看著前方，彷彿夫君詢問的人不是她，是別人。

「那些美麗的文句，是誰寫的?」洪昇問。

連他也看過了?我費盡全力才壓抑住大叫的衝動。洪昇可是當代的大才子。吳人的姪女作了一件大事，令我欣喜欲狂。她不僅僅將那本書帶回家與她的老師分享而已，她還拿給國內最有名的劇作家看。

談則一臉迷惑，就好像她完全不記得那上面的字是她寫的一般。

「是尊夫嗎？」老師問。

「我夫君？」談則半低著頭喃語。「我夫君？」在停頓半晌後，她甜甜地說，「是啊，是我夫君。」

這女人就不能停止折磨我嗎？以前，她很容易控制，如今她被我調教得太好了，一舉一動莫不合乎賢妻的典範。

「可是，我沒有寫啊。」吳人看向眾人。「我知道眉批的事，可是不是我寫的。」他看向阿仙。「可以拿給我看看嗎？」

阿仙對一個僕人點頭示意。

由於讓人家小夫妻意見相左，亭內的氣氛陷入不自在的靜默。至於我，內心則是一陣波濤洶湧，既擔心又害怕，同時滿懷希望。另一方面，我必須盡力保持身軀不動，以免引發異狀。

僕人將那本書拿回來，交給吳人。在座的人，全都靜靜看著他翻閱。

我好想奔到他身邊，跪在他面前，望進他的眼。好想問他：你讀出我的心聲了嗎？可是我只能僵立在那裡，強迫自己紋風不動，不能介入甚至干預正在發生的事情，否則一切將會前功盡棄。他翻著，偶爾停下來細看。當他終於抬起頭，臉上掛著一抹混合了好奇、渴望跟悵然的表情。

「這不是我寫的。這上面的眉批，是在世時跟我有婚約的一名女子寫的。」吳人轉向林以寧跟李淑，這兩人都是他的親戚。「妳們應該記得，當年我都已經要迎娶陳同了。是她開始寫的眉批。內子看了她寫的眉批之後，就接手繼續，將她的觀感寫在下冊。妳們都知道我的為人，我是從不說假話的。」

「如果你說的是真話，」那位老師搶在兩個女人能開口前，說，「那麼，為什麼尊夫人跟陳小姐的字跡如此相似，像到難以分別？」

「只有兩名女子都認識，也認識極深的男子——譬如說，是她們的丈夫才有可能對她們的心思，了解得如此通透吧。」

「只有已有親密關係的男女，他們之間的愛情才會更進一步。」洪昇認同地說，「看看咱們的西湖，在明月如鏡的夜晚，已婚的男人，房裡絕對不會只有他一個人。而當玉釵落在枕頭上時，床上也不會只有伊人獨寢。只是，一個未出閣的名門閨秀，怎麼可能對於愛情了解這麼多？如果你們沒有拜堂成親，你又怎麼會知道她的心聲？」

「我倒認為吳爺說的是實話。」一名少婦羞怯地說，免除了吳人回答這個尷尬的問題時的尷尬。「我覺得陳小姐的思維頗為清新、浪漫。而吳夫人對於情之一字的補綴，也闡述得很好。」

數名少婦紛紛點頭表示贊同。談則依然保持呆滯的神情。

「就算沒有這部戲曲，光只有那些批注，我也讀得很開心。」阿仙讚美道。

太好了！我想聽的正是這句。

徐士俊冷哼。「有哪個為人妻者，會要自己的名字在外面傳揚？沽名釣譽也不該拿閨中琴瑟韻事出來張揚。」

這就是那個個提倡女子當受教育而受人景仰、極力鼓吹女子文采不當被抹殺，也該出版刊行的學者說的話？這就是那個對小青的遭遇十分同情，並著書謳歌的大學者說的話？

「從來婦人的私密話都是不出閨閣的。如果有什麼話，也僅在閨房內說說而已。當年就是女人太亂來，而男人太放縱她們塗鴉，才會發生揚州大屠殺事件。所幸現今有些女人家已經恢復固有傳統。」其中一名男子說。

為何有人如此顛倒是非黑白？李淑呢？林以寧呢？這兩位才女怎麼沒出聲？沒提出辯白，糾正他可笑又可鄙的話語？

「婦人需要會讀會寫。」阿仙的老師說。有片刻，我的心舒坦了些。「她們需要知道最高的原則是什麼，這樣她們才能教導自己的兒子。但是很可惜，事情往往不是那個樣子。」他一臉失望地搖了搖頭。「我們讓婦人讀書識字，結果呢？她們可有激發出高貴的思想情操？沒有。她們看的書是傳奇，是小說，是戲曲，是鴛鴦蝴蝶派的情詩。她們讀書是讀來消遣的，而讀那些東西卻是百害而無一利。」

這樣偏頗的言論教我錯愕得呆若木雞。我才死了九年而已，變化竟如此之巨？我爹或許不許我出大門一步，我娘或許不喜歡我看《牡丹亭》，可是現在這些人的說法，卻比我在世的時候還要嚴苛。

「謎題解開了。」阿仙的老師說，「吳人的評論真是見解獨到。他替我們開啟了一扇窗，讓我們一窺愛情的意義與真諦。他真是個名符其實的才子。」

「而且非常敏銳。」一男子說。

「簡直是『太』敏銳了。」林以寧說，聲音裡略帶嘲諷。

談則從頭到尾沒有說一句話。她低垂著頭，顯示出她的溫順。沒人能說她不是個舉止合宜的賢妻。

徐士俊帶走那冊寫著眉批的《牡丹亭》，委託人印行。在付梓之前，他寫了篇序文介紹夫君，對夫君讚譽有加，讚美他對愛、對婚姻、對渴望的深入剖析，並周遊宇內大肆推崇夫君的眉批。這麼一來，不僅杭州的文人圈，連整個國內都在談我寫的眉批，談論我的思想，我的投入。

夫君拒絕所有的讚譽。他還是那一句：「不是我寫的。是內人跟原本要跟我成親的那位小姐寫的。」

而他所得到的回應總是：「你太謙讓了，吳兄。」

儘管他否認——或許正因為他的否認——他的名氣卻愈來愈大。出版商紛紛找上門來，要求出版他的詩。詩社也競相邀請他參加聚會。於是他出門的時間跟次數都多了。而隨著出門次數的增多，收入也增加了。收入的增加讓吳老夫人跟談則很開心。而他，在一連串的否認之後，也學會接受人們的讚美。當人們對他說：「女人寫不出那樣精闢的見解。」時，他總是沉默抱拳以對。至於那天參加阿仙家聚會的女子，誰也沒有站出來替我說話。顯然值此潮流有變的時期，明哲保身是必要的。

其實我該為夫君的功成名就感到欣慰。要是我在世，說不定也會跟談則一樣，把所有的榮耀都歸給丈夫。可是，我不在世上，感覺到的只有憤怒、不平和失望。我費了那麼多的心血，用盡了那麼多的心機，到頭來夫君還是聽不見我。我完全崩潰了。

療妒羹

從阿仙家回來之後，談則就把自己關在房裡，也不點燈，也不說話。即使把飯菜端進她房裡，她也沒吃。她沒再換衣服，也不再梳妝打扮，任自己變得邋遢。在她那樣對待我後，我根本不想幫她。等夫君終於外出歸來，她還是賴在床上沒有起來。儘管他們仍有行周公之禮，不過情況卻彷彿回到他們剛成婚的時候，她完全像個木頭人般毫無反應。

每每夫君勸她走出房門，一起到花園走走，或是一起到朋友家用餐，談則的反應是兩手抱住自己，拚命搖頭，甚至逼問著，「我是你的娘子，還是你的小妾？」

他瞠目結舌地瞪著躺在床上的她。她的臉色蒼白，皮膚暗沉，鎖骨和手肘顯示出她瘦得有多厲害。

「妳是我的妻子，我當然是愛妳的呀。」

談則的反應是掩面大哭。見到此狀的夫君，做了男人會做的唯一舉動——找來大夫。

趙大夫看診後，下了結論。「夫人因愛鬱結成疾的心病又復發了。」

談則不可能是患了相思病。沒錯，她是沒有吃飯，可是她不是少女，更不是處女。她是個已經十八歲的已婚少婦了。

「我不是病相思。我的身上沒有愛！」談則大叫。

兩個男人對望了一眼，齊齊看向床上的女人。

「你離我遠點，夫君。我現在被惡鬼附身，我是個吸血鬼，是個夢魘。要是你跟我睡，我會拿尖錐刺你的腳，我會吸你的血，來填飽我內在的空虛。」

好個躲避夫妻親暱的方法。但我已經一點都不想介入了。

「有可能夫人是在擔心她的地位。」趙大夫推敲著。「你是否曾對她動怒？」

「說話小心點，否則下次睡著時，我會用長巾絞你的脖子。」談則瞪著趙大夫。

夫君向趙大夫保證沒有那回事。於是趙大夫開了一個豬腳食療的補氣方子。

談則說她才不要吃那麼低等的東西。

於是，趙大夫要廚子煮豬肝湯替談則補肝。事實上，他用盡了豬的內臟替談則進補，但是統統不奏效。

私底下，趙大夫對吳人說，「你本來該娶的是另外一個人，有可能她來討回應該屬於她的位置了。」

「我不相信鬼魂之說。」吳人一言否定。

趙大夫嘛嘛下巴，回去替談則把脈。他問起談則都作些什麼夢，她回答自己的夢境盡是些可怕、不祥的畫面。

「我看到一個瘦得皮包骨的女鬼，她扼住我的脖子，想奪走我的呼吸。」

「我先前診得不夠仔細。」趙大夫對夫君說，「少夫人得的，應該是另一種相思病才對。那是絕大多數女人都很容易得的病——吃醋吃太多了。」

換句話說，就是嫉妒。

「可是她沒有理由嫉妒啊。」

一聽到這句話，談則用食指指著他，「你不愛我。」

「你的元配呢？」趙大夫問。

「我娘子就是我的元配。」吳人回答。

好痛！吳人果真把我忘得一乾二淨？

「或許你忘了，陳家小姐香消玉殞前也是我替她看的病。無論是從習俗還是從情理，她都是你的元配妻子。你跟她是八字不合？還是你沒有完聘？」

「你太迷信，太食古不化了。」吳人駁斥。「世上沒有鬼。他們只是為人父母者，拿來嚇唬小孩子，要小孩子聽話的玩意兒，也是為人父母者拿來規勸他們的孩子，要孩子別對女性做出不當行為的藉口；又或者告誡他們的女兒，別心存妄念妄想罷了。」

他怎麼能這樣說？他難道忘了我們曾如何談論《牡丹亭》？難道忘了杜麗娘就是個鬼？如果他不信世上有鬼，那麼他如何能聽得見我？吳人的話語是如此冷酷無情，令我不得不自我安慰他之所以會那麼說，是因為談則在場。他必須那樣說，他必須讓談則安心。

「很多為人妻者的鬱結，是由於肝火跟嫉妒的關係。她們透過絕食，發洩心中的憤怒，進而激起別人的內疚。」

趙大夫開了一碗用黃鸝肉調製的療妒羹處方。小青去世後，出現了不少以小青為本的小說戲曲，《療妒羹》即為其中之一。在《療妒羹》中，嫉妒的大老婆處處虐待小青，甚至在小青生病的時候，還想用毒藥毒死她。小青死後，在朋友楊夫人的竭力搶救下復活。由於無子，楊夫人本來就在替丈夫物色妾室，她便替自己的丈夫收了小青為妾。故事的結局，是小青替楊員外生了個兒子，不僅是她，連楊夫人也生了——於是三人快快樂樂地生活在一起。

療妒羹這劑藥，是專門給愛吃醋的妻子服用的。據說這種藥劑可以消去妒妻一半的妒忌，可是她的臉上卻會留下斑點。

「你要害我？」談則推開那碗藥。「想要我變成麻子臉？」

趙大夫一手按在吳人的手臂上，用談則恰恰能聽到的音量說：「你記得吧，嫉妒是休妻『七出』裡的一項。」

要是早知如此，我會做點什麼。不過話又說回來，要是早知道我會淪落到今天這步田地，我也就不會死了。所以我坐在椽榱上隔岸觀火，看著那個大夫開了藥性沒那麼強烈的藥劑，要談則喝下，以消除她腹中的火，再用一些補藥為她滋補身體。談則吐了又吐，直到將胃中的食物清空，但她的體力並沒有恢復。

送走了大夫，接著請來道士。那個道士拿著沾了血的劍，在談則的床前揮來舞去，嘴裡不時大聲呼喝。每次他一呼喝，我都得捂上耳朵。由於並沒有惡鬼附在談則身上，所以，他也是徒勞無功枉費力氣。

一個半月過去，談則完全沒有起色。一天早上當她醒來，她吐了。才一轉動頭部，又吐。婆婆端了碗湯來看她，她轉開臉去嘔吐。婆婆招來趙大夫還有那個道士。

「為了我媳婦兒，兩位花了很多心力。不過，」婆婆語帶嘲諷。「說不定一切純屬自然。請兩位再仔細看診一次，這一次請從我媳婦是個已婚的婦人，而她的丈夫是小犬這一點上，多作考量。」

趙大夫看了看談則的舌頭，接著看了看她的眼睛，然後仔細把脈。道士將一枝蘭花從一張桌子移到另一張桌子，問明了談則跟吳人的生辰八字後，在紙上寫下一個問題，然後放到香爐裡燃燒。之後他端詳燒化後的灰，研究著神明的指示。兩個男人一陣交頭接耳，交換各自的診斷結果。

最後，趙大夫開口，「還是夫人英明。女人對於這種事，總是第一個看出它的徵兆。少夫人得的病，是最好的一種。她是害喜了。」

這麼多日子的折騰，然後才給了這樣的說法，我實在無法相信，不過，我不禁好奇，會是這樣的嗎？我飄落到床前，坐在床沿邊，望進她的肚子。是的，我看見了，那裡面有個小小的生命，是個男孩，正在等著出生。我實在該早點看出的。可是我沒有這方面的經驗，從未朝這個方向思考。

「這不是我的！把他弄走！」談則大叫。

趙大夫跟道士大笑。

「這句話我們經常聽到。通常年輕的少婦在懷胎的時候，都是這種反應。」趙大夫笑道，「夫人，請拿秘戲的書給少夫人看，並告訴她發生了什麼事。少夫人，請務必多休息，另外，這段期間還要盡量避免聽閒言惡語。三餐要仔細，忌食荸薺、麝香鹿肉、羊肉跟兔肉。」

「腰架要記得別上金針花。」道士說，「它可以幫妳紓解生產時的疼痛，還可以讓妳生個健康的男嬰。」

吳家上上下下莫不歡欣鼓舞。

「生男，當然最好。不過生女兒的話，我也一樣開心。」吳人說。他就是這樣的一個男人。這也是為什麼直到今天我還是愛著他的原因。

只是談則一點也不開心，她的情況也沒有改善。她完全沒有機會吃到鹿肉、羊肉、兔肉，因為廚子早把它們全都藏起來或者丟掉，可是入了夜後，談則會偷偷溜進廚房去偷嚼荸薺；她拔下腰上的金針花，丟在地上；她不肯讓肚子裡的孩子攝取養分，不肯好好睡，每每熬夜寫字，寫下「肚子裡的孩子不是我的。」一類的字眼。只要看到夫君，她都會哭喊著「你不愛我！」。當她沒哭沒叫，沒咒罵人，沒推開食物的時候，就是止不住地嘔吐。

沒多久，大家都看見僕人從她房裡端出來的水盆，裡面的巾子染上鮮紅的色塊。所有人都知道事態的嚴重性——懷孕時死亡或是難產而死的婦女，死後下場很淒慘，因為她們會被趕到血湖地獄去。

中秋節到了。然後過了。談則連水都不喝了。屋裡掛滿了鏡子及竹篩，幸好沒有一個朝向我隱身的地方。

這天談則的父親來了。「她根本沒病，只是不想有孩子，不想生。這丫頭目空一切，唯我獨尊。」

「她是您的女兒。」吳人委婉地說，「同時也是我的妻子。」

談則的父親不為所動，「阿則的眼睛只看見她自己，她看不到自己以外的人。孩子一落地後，趕快抱離她，離得愈遠愈安全。」說完那句似忠告般的話後，他立即離去。

談則在白天時似乎都很害怕，不住地打哆嗦、叫嚷，眼睛很怕見光。到了晚上，她也不安寧，睡得很不安穩，一直輾轉反側，猛然醒來時總是一身冷汗。

道士擺了香案，畫了一道符咒，予以燒化，然後用泉水混和符咒的灰燼。他右手拿劍，左手端符水杯，嘴裡祝禱：「所有邪魔惡鬼全部滾離，急急如律令。」他用柳枝沾水灑遍四面八方，然後用口含水噴灑床的上方。「清靜此女被鬼怪糾纏的腦子。」

可是談則並沒有因為道士的作法就變得容易入眠，事實上，她的情況變得更糟糕了。對於夢，我已經很了解，所以我進到談則的夢裡查看。可是非常奇怪，裡面並沒有異狀，既沒有恐怖的景象，也沒有什麼東西在追她，或是想要傷害她。

初雪飄下的時候，趙大夫又來回診了一次。「少夫人懷的這一胎，不是個好胎。他一直折磨著她，不肯放過她。要是你不反對，我可以用藥打掉他。」

看起來這是最合理的解釋，也是個一般人會採取的處理方式，然而我可以看見那個胎兒，我可以看見不是他在作怪。事實上，他只是很努力地想要生存，想要出世。

「如果是個男嬰呢？」吳人問。

趙大夫屏息。他看了看一屋子談則寫下的紙條，嘆息地說道，「老實說，我也六神無主了。文學從來都是女人的墓塚。我實在看多了年紀輕輕活潑可人的小姑娘，只因為不肯放棄筆墨紙硯，就香消玉殞。我怕，」他握了握吳人的臂膀，「終究我們也要歸咎是寫作害死了尊夫人。是那些不入流的書，給了尊夫人負面的影響，讓她對愛產生了莫須有的遐想，終而鬱結叢生，相思成疾。」

趙大夫實在一點都不懂女人，也不懂愛。這不是我第一次這麼想。

在吳家陷入愁雲慘霧之際，我爹的那個養子來了。阿寶的出現，令大家非常意外。尤其當大家正在為一個日漸消瘦，消瘦到死期將近的人擔憂時，一個大胖子卻突然出現在眼前。他豐腴的手指間，拿的是我藏在我爹書房一本書裡的遺稿。

他是怎麼發現的？看了看他肥胖的手，怎麼都不像會去整理書籍的模樣；而他那雙小眼睛，也不像是會因為看到佳文妙句迸出光輝的眼眸，更遑論因此流露出喜悅的光采。一定是有什麼原因，驅使他去翻書房裡的書，才發現了我的遺稿。

當他開口向吳家要錢時，我了解到他的拜訪目的並非專程送來我的遺稿。看來陳府出了狀況了，不再優渥了。阿寶肯定是想搜尋些什麼值錢的東西，沒想到找到的卻是我的遺稿，他才會把腦筋動到吳家來。

爹呢？就算家裡出了事，需要錢，爹也會先賣小妾，絕不會動到書。難不成爹生病了？還是去世了？但是如果是他出事了，我應該會知道，會有感應，不是嗎？我要不要回家一趟？

可是這就是我的家呀。吳人是我的丈夫，而談則是我的妹妹，我們兩個共事一夫。她現在病了，而且病得這麼嚴重，怎麼說我都該在旁邊看護。是的，沒錯，我是很氣她，很討厭她，很怨她，可是她人都快死了，怎麼說，我都該陪在她的身邊，要是她好不了，我也好在她靈魂出竅的時候，對她表示謝意，謝謝她在世時照顧我們的夫君吳人才是。

夫君拿錢給我那個沒血緣的哥哥。談則的情況很危急，吳人根本連虛應阿寶的心思都沒有。他隨手拿起一本書，將阿寶送來的那幾張對折的紙，放進書頁間，然後隨手放回書架，便回到房間守在談則的身邊。

婆婆端了茶跟點心來給吳人，可是吳人沒有吃半口。

談大人跟談夫人也來了。他們看到女兒的樣子，臉上的嚴厲終於退去——他們這才明白，她們的女兒是真的要死了。

「說話，女兒。告訴我們。」談夫人乞求著。

聽見了她娘的聲音，談則的身軀柔軟下來，臉色也紅潤了許多。

看見女兒的臉色好轉，談夫人為之一振。「想回家嗎？爹娘可以帶妳回去，睡在自己家裡，自己的床上。」

聽見了這些話，談則的身體一僵，嘴巴緊抿，眼睛看向別處。

看見她這個樣子，談夫人的眼淚奪眶而出。

談大人瞪著談則。「妳從來都是個任性、想怎樣就怎樣的孩子，但我永遠都不會忘記那一晚觀賞《牡丹亭》後，妳的心就變得跟石頭一樣硬，再也聽不進我的話。我講的任何話，妳都不聽。現在，妳可付出代價了吧。以後，我們在過年過節拜祭的時候，會思念著妳的。」

婆婆送談大人跟談夫人出去的時候，談則終於開口說話，說出了不肯告訴她父母的病痛。「我的身體愈來愈沒有知覺。我想移動我的身體，我的手，還有腳，可是它們完全不聽使喚。我的眼睛好乾，哭不出來。我好冷，好冷，冷得連魂魄都僵掉了。」

每隔片刻，她會張開眼睛，看了看天花板，顫抖一下後，再閉上眼。

自始至終，吳人都陪在她身邊，握著她的手，輕聲細語地對她說話。

那晚稍後，在吳府歸於平靜後，我飄到地面，吹了吹窗簾，讓明亮的月光照射進來。

吳人睡在一張椅子上。我碰碰他的臉，他打了個哆嗦。我走到床邊，在床沿坐了下來。我可以感覺到冷意透進談則的骨髓。整個吳府的人都在沈睡中，只剩我守護她。我伸手碰她的心臟，感覺到她緩慢的心跳，先是漏跳了數下，而後快速跳動，接著又慢了下去。

天色即將破曉的時候，房內的氣流起了變化。談則的骨頭一垮，靈魂出竅後，離開軀殼。

血湖

談則的靈魂分裂成三條，一條前往黃泉去報到，一條等著入殮，一條則四處飄蕩等著入神主牌。她的肉體溫馴地任人們擺佈。趙大夫將胎兒自談則肚子中取出，好讓他有機會投胎轉世，免得跟著母親一起到血湖受罰，不能超生。之後吳家的人替談則洗淨身體，幫她穿上衣服。

吳人從頭至尾都站在談則的身邊，目光不曾須臾離開她蒼白的臉，以及仍然粉嫩的唇，彷彿在等待她的甦醒。

我也在屋裡等著，等著談則飄離的遊魂回到房內。我以為看到認識的人她會高興。可是我大錯特錯。她一看到我，就對我齜牙咧嘴。

「妳！我就知道妳一定會在這裡等我！」

「沒事了。放心，我會幫妳——」

「幫我？哈，是妳害死我的！」

「妳搞混了。」我心平氣和地說。我剛死的時候也是迷迷糊糊，什麼都搞不清楚。她就好了，有我在，可以幫她、引導她，免除她的擔心害怕。

「早在嫁入吳家之前，我就知道妳一定會想盡辦法加害我。」她氣呼呼地說，「我跟吳人成親的那天，妳在場，對不對？」

我點點頭。

「我真該拿黑狗血潑妳的墓碑。」

這是生人對付亡魂的方法中，最惡毒的一個。黑狗血就跟女人的月事一樣毒，要是她拿黑狗血潑在我的墓碑上，我會回去將我在世的家人一個個殺死。我不懂她為什麼對我會有這麼深的恨意。

「妳打一開始就糾纏我。我在風雨夜都可以聽到妳的哭號。」

「我都在幫妳，要妳幸福——」

「睜眼說瞎話！妳逼我看那部戲曲，接著妳逼我寫讀後感，妳逼我模仿妳，直到我再也不是我。妳是因《牡丹亭》而死，妳逼我跟妳一樣，仿傚杜麗娘的舉動。」

「妳看不出來嗎？我只是想要他多寵愛妳一些——」

聽到我這麼說，她冷靜了不少。之後，她看著自己的指甲。她的指甲變成黑色的了。意識到自己已死的事實，抹滅擊潰了她剩餘的怒氣。

「我千防萬防，千算萬算，可是無論如何我都鬥不過妳，不是嗎？」她可憐兮兮地說。

「想跟我鬥，門兒都沒有。」這句話我自己也說過無數次。她是鬥不過我的。

「我本來想要讓他認為，那些眉批都是出自我的文采，這樣他就會只愛我一個。我不要看到他對妳念念不忘，我不要他認為我繼妳之後寫的眉批，是要完成妳未竟的心願，是在表達對元配的敬佩跟景仰。妳聽到我夫君怎麼說了吧？他可沒娶妳，妳可沒進吳家門，『我』才是元配，妳不是。他不認為妳是吳家人。妳在他心裡一點份量都沒有。」

她死後還是這麼的尖酸刻薄。

「我跟他的姻緣是上天註定的。」到今天我還是這麼認為。「不過，他也是愛妳的。」

「妳真的很狡猾——時時刻刻糾纏著我，把我囚在暗室，連我睡覺時也不放過，一路追到夢裡。妳害我吃不下，害我沒胃口，害我沒法正常地休息，妳唯一到不了的地方，只有池塘的那個涼亭。」

「那裡有曲橋。」

「對！我在那裡燒掉妳那本《牡丹亭》，我要妳再也不能打擾我。我一度以為自己成功了，終於把妳趕走……可是並沒有。妳還是陰魂不散。」

「正因為妳那樣對我，加上之後的所作所為，我無法離開。妳讓人們認為那些眉批，出自於我們夫君的筆下。」

「但是還有什麼比那樣更能表現出我的奉獻？還有什麼比那樣更能顯示出，我是個多賢德的好妻子？」

這倒是實在話。

「那我呢？妳想使我魂飛魄散，永世不能超生。妳我是共事一夫的姐妹，妳怎能這樣對我？」

談則大笑。笑我愚蠢的提問。「男人是純陽，但鬼魂、病魔屬陰，我不想被妳壓制，可是妳硬是干預，硬是要干擾我的生活，直到把我害死。妳離我遠點。我不需要，也不想要妳的虛偽善意。妳不是我的朋友，更不是我的姐妹。人們會記得我、紀念我、祭拜我，而妳，妳會被忘得一乾二淨。我確保了這一點。」

「所以妳把那兩頁寫著誰是真正作者的序文藏起來——」

「那是妳要我寫的，全是謊言。」

「我將光環歸妳呀。全篇寫的絕大多數都是關於妳——」

「我會寫那些眉批，但不是為了繼承妳的遺志、完成妳的遺願，那不是我真心想要的，也不是出於自願的。是妳，是妳把妳的心魔變成我的心魔。妳已經死了，是個陰靈，妳所做的一切都是為了妳自己，只是妳不願意承認，所以我只好撕下那兩頁。夫君他永遠都不會找到那兩頁的。」

「我是為了妳，我想要妳幸福——」

「妳操縱我的身體。」

「妳懷孕時，我好高興。」

「那孩子不是我的！」

「他當然是妳的。」

「他不是！妳不顧我的意願，夜夜都要夫君找我。妳讓我做出種種……」她滿臉的厭惡，氣得渾身發抖，「然後，又把小孩放進我肚子裡。」

「妳誤會了。不是我，我沒那樣做。我只是看護他，讓他平平安安的——」

「哈！妳害死我，也害死了那嬰兒。」

「我沒有……」

她說的絕大多數都是事實，我去跟她爭辯這一點又有什麼用？，先是為了夫君，之後是為了著述，我的確操縱她的身體，使她徹夜無法安眠。是我的存在，使她的房間終年寒冷；為了我敏感的眼睛，我要她遮蔽房內的光線，使她的房間總是不見天日；我總是跟隨在她身邊，所以她所到之處溫度都很低；廢寢忘食地伏案寫作，也是因為我的關係，是我要她那樣做的。而當她燒了我的原稿，將複本的殊榮讓給吳人時，我並沒有插手讓她恢復食慾，只因為我自己仍處在沮喪中。儘管我嘴裡一再否認自己的所作所為，可是我的心已經意識到自己都做了些什麼。我開始厭惡自己。

她抿緊嘴。我轉開眼。

「妳要了我的命。妳一直躲在椽榱上，以為沒人看得到妳，可是我看得到。」

「怎麼會？」我先前滿腹的自信，此刻只剩囁嚅。

「因為我要死了啊！所以就看得到了。我閉上眼不想看妳，可是每次一睜開眼，就看見妳窩在那裡，雙眼睜大了瞪著我看。後來，妳飄了下來，把妳的手放在我的胸口上。」

她的死真的是我害的？我真的被自己的心魔所害，先是害死了自己，如今又害死了共事一夫的姐妹？

看到我臉上的錯愕，她笑了，笑得十分得意。「妳雖然要了我的命，可是贏的人是我。妳似乎忘了《牡丹亭》這個故事最深層的旨意，是在敘述『情』，情的極至乃是以死展現，而那就是我做的。夫君會一輩子記得我，會懷念我的好，懷念我為他做的一切，而妳，一個傷春悲秋到把自己的命都搞丟的愚蠢女人，他對妳沒什麼好懷念的。他會把妳忘得一乾二淨。妳白費心機了。沒有人會記得妳，沒有人，一個都不會有。」說完後，她轉身飄出房間。

四十九天後，談大人來替談則點主。點了主的神主牌被送到吳家的祠堂供奉。由於談則嫁入了吳家，所以她被封在棺材裡的魂魄，會在那裡一直等待，等到吳人去世之後，吳家的家屬會依照習俗將他們重新合葬。至於那條到陰間報到的亡魂，則會被引到血湖。據說血湖很大，大到需要八十四萬天，也就是將近兩千三百多年，才能從這一岸走到彼岸。談則在那裡會受到一百二十種酷刑的考驗，鬼卒會每天用銅錘槌敲她的身體，再逼她吞飲污血。她會被困在那裡，永世不得超生，直到她的家人幫她超度，屆時，就會有一條船，載她到岸邊脫離苦海，等候轉世投胎的時機。

至於我，如果我的所作所為真的害死談則跟她未出世的孩子，無論是有心還是無意，都表示我已經不再擁有人的同情心、善心跟是非心。

我自以為是，自以為聰明——以為是在幫夫君，是在幫談則，但實際上我已經變成了最壞的一種鬼，只是自己不知道而已。

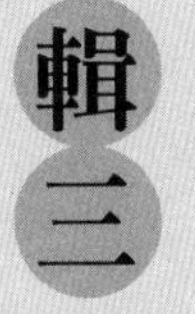

梅樹下

流浪

娘以前經常說，鬼怪不是天生就會為非作歹的，要是他們找得到去處，有所屬的地方，自然不會危害世人。但是往往因為死不瞑目，所以即使渺小如蟬，也會因為想要報仇而回到陽間。

我雖然沒有想要傷害談則的心，但要是談則說的是真的，真是我把她害死的，那麼為了避免再次犯下無心之過，甚至害死夫君，我寧願自我放逐。在冥誕二十五歲這一年，我離開了吳家。

流浪……

該何去何從？我不知道。沿著西湖岸，我回到了陳家。出乎我的意料，陳家比以前更加富麗堂皇。每個房間都增加了家具、陶瓷、玉雕，以及華麗的帳幔。即使如此，整座宅子卻顯得比以前冷清和安靜。人口也比以前少了很多。我爹還是在京城。這段期間他的兩個弟弟相繼過世，祖父的兩個小妾也離開人間。掃把、蓮兒還有其他幾個堂妹都已經出嫁。由於家裡的人口少了，僕人也跟著被裁減。整棟宅子華麗、氣派、宏大，可是卻沒有小孩的笑聲，因而顯得暮氣沉沉。

在這詭異的沉寂裡，倏忽一縷清亮的琴音響起。我循聲來到了盛蓮閣，看見現今十四歲的蘭兒，正在彈古箏給我娘跟幾個嬸嬸聽。蘭兒已經長成一個漂亮的少女了，而她的纖纖小腳讓我與有榮焉。我娘就坐在她旁邊。才九年，我娘滿頭的烏絲已變成了白髮，眼中盡是憂傷。我親了親她的面頰，她一顫，身上的鎖鑰跟著作響。

阿寶的妻子臉頰十分消瘦。她沒有被阿寶賣人，不過卻多了兩個共事一夫的姐妹。那兩個小妾也沒有生下子嗣，她們也一樣的憂鬱消瘦。三個女人坐在一起，彼此間沒有明爭暗鬥，只有無盡的悵然，為她們無法開枝散葉而自憐。

我沒看到阿寶。或許是我錯怪他了。對於膝下無子的女人，阿寶大可將她們賣掉，可是他沒有。此外，這些年來，我一直認為——甚至一開始就認定、希望——這個突然冒出來的陌生人會抽鴉片，會敗壞我們陳家，會賭光我們的家產。我可以想像他賣掉我爹的書、玉石收藏、古董、名貴的香團、上等的茶葉。可是他沒有。相反的，他擴建宅院，把府宅整修得更豪華、氣派。他甚至還把被我娘燒掉的藏書都補了回來。我很想揮去這個念頭，但或許阿寶之所以發現我的手稿，是他到書房裡找書閱讀時，無意中看到的。

只是，他為什麼要賣掉？顯而易見的，家裡又不缺錢用。

我走到祠堂。祖父跟祖母的畫像仍高掛在那裡。如今我已是鬼，但我還是依照晚輩的禮儀向他們行禮致敬。之後，我來到放有我神主牌的儲藏室。我無法進去，因為那間儲藏室位於轉角，而且角度很大，不過我可以看到我的神主牌就放在架子上，上面全是灰塵，而且架子上佈滿老鼠屎。儘管我娘還在傷痛，可是這個家裡其他的人都把我忘了。我希望家裡的人都無病無痛，除此而外，我再也不能為他們做什麼了，而這個家也沒有我容身的位置。

流浪……

我總得找個地方去——於是想到了古蕩的錢家村，那是我在鬼月時曾經去過的地方。錢家餵飽了我兩年，或許我可以跟他們在一起。

夜幕低垂，我踏上行程。在沒有飢餓催促，只有孤獨、悔恨相陪的情況下，那是段漫長的路程。我走得腳痛腿疼，而當黎明到來時，我的眼睛因陽光照射疼痛不已。我在日正當中時抵達錢家。院子裡，兩個年紀較長的女孩正在將剛採下的桑葉，撒到棚下的蠶架上，好餵食蠶寶寶。老三、老四跟其他十來個小女孩，在另一頭用熱水沖洗蠶繭、剝繭、抽絲、紡絲線。

錢夫人在屋裡準備午膳。那個我第一次看到時，還在繈褓中的小女嬰錢宜，如今已經三歲大，坐在一塊小小的矮木台上。她長得很瘦小、很蒼白。我在她的身邊坐了下來。她扭動著身軀，我碰碰她的腳踝，便咯咯笑起來。這孩子實在太瘦弱了，只怕活不過七歲。

錢大爺——儘管大家都是這麼稱呼他，不過我很難把他跟大爺這個稱謂聯想在一塊兒——從田裡回來，大家坐下來吃飯。大家都在吃，但是沒人拿東西餵小錢宜。

一吃完午飯，錢大爺立刻指揮起一家大小，「餓蠶可吐不出絲來。」那四個女孩立刻趕忙起身，邁著她們天生的大腳出去做事。

錢夫人倒茶給她的丈夫喝，清理桌面，將小錢宜抱回那個小平台。然後，她拿出一個竹籃，從裡面拿出一塊布，跟一根穿著線的針。

「她不需要學針線活兒。」作父親的喝斥道。「她需要的是活得健康，那才能幫得了我。」

「只怕她幫不了你。她就跟她娘一樣。」

「買妳的時候，妳很便宜，可是妳卻讓我賠錢，只會生女兒——」

「而且連小小的養蠶工作都沒法做。」她替他說完。

錢大爺那強烈的嫌惡表情跟語氣教我為之打了個哆嗦。一個教養這麼好的女子，卻淪落到這樣的田地，她的每一天肯定都過得很艱苦。

「阿宜長成這副樣子，將來想把她嫁出去，只怕是棉花店失火——免談。」錢大爺抱怨地說，「有誰會願意娶一個肩不能挑、手不能提，什麼事都做不來的女孩子當老婆？我們該在她出生時就把她勒死。」他嘖嘖有聲地將茶一口喝完，然後走了出去。

錢夫人這才將所有的注意力，放在錢宜的身上，教小女孩蝙蝠該怎麼繡。由於蝙蝠的「蝠」字跟福祿的「福」字同音，所以它象徵福氣的意思。

錢夫人一面刺繡，一面對小女孩說，「以前啊，我爹娘可是大富人家，不過我們家在揚州大屠殺裡失去了一切，之後只能淪為乞丐，到處乞食。十三歲時，我們為了乞食來到這個村子，妳祖父祖母看我們一家子可憐，就買下了我。他們自己也沒什麼錢，但是妳知道嗎？這世上，誰活的比較久，就表示那人是個強者。所以，妳知道娘有多堅強了吧。其實呀，娘是不得不堅強呀。」

我愈聽愈心酸。難道女子生下來就是要來受苦的嗎？

「我的小腳，讓我沒法下田跟妳爹一起工作，不過，我用別的方法補貼家用。我做床褥、繡花鞋、衣服，因為手工精巧，拿到杭州去可以賣得不錯的價錢。妳的四個姐姐這輩子能做的，就是粗活。我能感受到她們內心的難過、痛楚，可是我這個當娘的，卻無能為力。」說著說著，她的頭低了下去，淚珠一滴滴墜落，落在她的粗布衣裙上。

我的心再也忍受不了那份痛楚，唯有快點離開，走得遠遠的，絲毫不敢耽擱。她們已經如此貧窮，我害怕自己要是跟她們在一起，無意間又傷著她們，即便是一絲一毫，我都會承受不住的。

流浪……

我在路邊坐了下來。

我到底能去那裡？

長久以來第一次，我想起了我的侍女柳兒。可是我不知道她在那裡。就算我能找得到她，她又能為我做些什麼呢？在世時，我拿她當朋友看待，可是我們最後一次的談話，卻讓我得知那只是我一廂情願的想法。在世時，我沒有半個朋友，到了陰間，我很想跟那些因病相思而死的少女結交，很想為她們所接受，成為她們的朋友。我也很想跟她們談則成為好姐妹，可是都沒有成功。來到這裡，也是個錯誤。我不是錢家的一份子，她們也不是我的什麼人。也許，我的命運註定沒有歸屬、浪跡天涯。無論生死都只能孤獨一人。

不過，我還是得去找，找一個不會傷害到任何人的地方落腳。回到杭州後，連續好幾天我都在湖邊尋找，可是已經有太多鬼定居在那裡，根本是鬼滿為患了。石縫、樹根、洞穴裡，都有鬼魂棲身其中。於是，我只好再次四處遊蕩。

當我越過西泠橋，便來到了孤山。孤山，正是小青當年被那個妒忌成性的大老婆驅逐後，定居的所在。我發現那是一個非常幽靜的地方，正適合我棲息。我找了找，找到了小青的墳塚，便蜷曲在墓塚的入口處，聽著樹上的黃鸝吟唱，譴責自己對一個無辜的女人所做的錯事。

只是接下來的兩年，我很少單獨一人。幾乎每天都有姑娘家或是婦人帶著酒菜、瓜果、自己作的詩詞，來到小青的墓前，傾吐她們的心事，將她們的哀與愁、悲與憂、希冀與遺憾告訴小青。我這才知道為情傷心、為愛傷懷的人實在太多，而我只是滄海一粟而已。但她們的程度自然不像我，或者像小青那樣執著，執著到為憧憬而斷魂。不過她們想要——個個都想要有個能愛她們，而她們也深愛著的夫君。

而後有一天，蕉園詩社的蕉園五子來祭拜小青。這五人在杭州很有名氣，她們經常連造訪古剎，搭舫遊湖，吟詩作文。她們所著的文章，從不需要依靠家人的協助發行，而是書商主動邀稿印行，銷售全國。她們從來不曾燒掉自己的文稿。

兩年來的第一次，由於好奇，我走出了小青的墓塚。我跟著她們離開小青的墓，沿著孤山參天的古樹一路漫遊，她們偶爾會停下來在亭子飲茶、嗑瓜子、吃點心，後來更登上畫舫，一面遊湖一面吟詩作對，相互比較文采。聚會結束，她們下船回各自家，我則留在船上，等著她們下一次的到訪，好隨她們四處遨遊。

在世的時候，我嚮往四處遊歷。而當我死後，則是迷迷糊糊，盲目地漫遊。現在的我，白天就坐在船欄上，耳朵聽著她們談古說今、吟詩作對，眼睛則看著西湖湖畔亭台樓閣的美景。船舫劃過西湖水，經過一間間酒樓飯館，一座座舞榭歌台。我聽到了好多種方言，看到形形色色的人，有一擲千金面不改色的巨賈富商，有耳熟能詳的名畫家、名書法家、名詩人、名文人，有賣魚的漁夫、賣肉的肉販、賣菜的莊稼漢、柳巷花街的流鶯，也有擅字畫的女文人，正向喜愛書畫的人兜售她們的作品，善烹飪的女廚子招攬著客人上門，而商店的夥計，則扯著喉嚨向前來西湖遊玩的貴婦、姑娘兜售我們杭州著名的土產。

西湖的傳奇，西湖的故事，西湖的名聲，吸引男女慕名而來，也使這個地方鮮活起來。

風和日麗的時候，整個西湖上總是熱鬧非凡。舟船畫舫穿梭湖面，那些穿金戴銀、濃妝艷抹的女子，看向我們這條船時都會瞪大了眼睛。因為我們這條船上的人，可不是暴發戶的家屬，也不是滿身銅臭的商人小妾。我們這一船的人，個個都是書香門第的大家閨秀，同時還是才學出眾、外貌過人的才女。

前賢告誡我們要遠離俗世紅塵。過去的錯，我無能補救，只能唏噓悔恨，可是自從跟著蕉園五子以來，我學會了放下，學會了往者已矣，然而，在我學會釋懷的同時，蕉園詩社也遇到了她們的難題。清廷正在著手對付文人，他們大舉解散了許多男子的詩社。

「我們一定要繼續我們的集會。」詩社創始人顧若璞的姪女顧玉蕊，一面替其他人斟茶，一面怔忡不安地說。【譯注一】

「我們雖然是效忠明室的遺民，不過我們是女子，滿清韃子不會把我們放在眼裡的。他們認為我們是弱女子，對他們的政權不足以構成威脅。」林以寧淡淡地說。

「可是妹子，我們總是他們的隱憂。我姑姑經常說，文人的身軀可以被禁錮，可是禁錮不了她的思想跟她的筆。」

「不錯。而她啟發了我們。」林以寧說。

這裡的女人跟我們陳家的女人截然不同，也跟那些執著於情以致早凋的少女不一樣。這幾個女人，都有她們自己的思想，一點也不盲從，不人云亦云。她們寫的詩詞，不是鴛鴦蝴蝶之類的內容，她們談論的是文學，是藝術，是她們的所見所聞，是政局時勢；她們運用自己的思想、著作、言論支持她們的丈夫，教育她們的子女如何面對這個外來的政權，鼓勵大家要堅毅，要不屈不撓；她們藉著描繪湖上的孤舟漁翁、在街上討食過日的孤女的悲哀，以及被活活拆散的母女故事，來抒發心中的哀憐，並砥礪人心；她們藉著團結的力量，加上筆的力量，將她們的智慧、思想交棒給所有閱讀她們著作的人。更將那份支持和覺醒傳遞給那些仍然被關在門裡，或是被逼縮回門內的無知的一群。

「憑什麼認為我們女人就只有生孩子、操持家務的能力，說我們女人不懂國家大事，不能為國家出力？」林以寧又說，「結婚、生孩子又不是女人擁有尊嚴的唯一方法。」

「你會這麼說，是因為你想當男人。」顧玉蕊促狹地說。

「我師承我娘，怎麼可能想當男人？」林以寧理直氣壯地說，她的手指畫過湖水，帶起一圈圈的漣漪。「我現在已為人妻，也為人母了。我要是男人，我的成就絕對不僅只於此。」

「要是我們是男人，滿清韃子肯定不會讓我們為文，更遑論讓我們的文集出版。」另一人說。

「我要說的是，我的著作也是種孕育生產。」林以寧說。

我一愣。可不是？我那麼費心盡力地，想把我的那些眉批呈給吳人看，不是就跟想生個孩子，好讓夫君看到他便想起我一樣？我一震。原來我對他的愛並沒有消失，只是轉變了，變得更深沈，更醇。

我沒有讓這個全新的認知折磨我，我決定好好地予以運用。譬如說，林以寧出的上聯，有人對不出下聯，我便會幫那人一把；每每當她們之中有人陷入憂思，我就會想到揚州大屠殺期間，一些絕望的女人留在牆壁上的詩句。

一天，顧玉蕊像是感應到我的想法般，吟出：「**心如槁灰，生若輕鴻，泣下千行淚滴滴重。**」的詩句。

即使這些個思想豁達的才女，自嘲生為女子無足輕重，可是她們顯然對傳統倫理枷鎖感到擔憂，不知道它什麼時候會把女人又統統從西湖上，驅趕回門戶之內，只能做個沒有聲音的啞巴。

【譯注一】康熙年間，顧若璞的姪女顧玉蕊以文會友，邀杭州能詩善文的才女成立了蕉園詩社。蕉園詩社分兩階段，初時成員有：徐燦、林以寧、柴靜儀、錢鳳綸等。後期林以寧回到杭州重新號召，人員增加到七人，前期稱蕉園五子，後期稱蕉園七子社。她們的詩的風格大都細膩清秀，蜚聲杭州，傳為藝林美談。其中，顧玉蕊被譽為繼李清照以來最出色的女詩人。林以寧著有墨莊詩文集及鳳簫樓集，還著有芙蓉峽傳奇傳於世。

母愛

整整的三年，我害怕見到吳人。但這年的七夕，我發現我一直想著牛郎織女，想著喜鵲為這對情深意重的夫妻搭起鵲橋，讓他們得以相會。而我跟吳人呢？是否也能有個一夜的相聚？

我現在已經非常有把握，不會傷到他，所以在七月五日這天，也就是我跟他邂逅的十二週年紀念日這天，我離開了孤山，往吳山走，來到了他家。

我在吳家門外等待，一直等到他出來。吳人俊美依舊，我好喜歡他的氣息，他的聲音，他的風采。我趨向前去，將手搭在他的肩膀上，好在他轉彎的時候，隨之移動。他先是去了趟書舖，然後跟一群男人說了些話，之後就漫無目標地隨處走。那天晚上，他不是喝酒，就是跟人賭博，之後我跟著他一起回家。

他房內的擺設，跟談則在世時一模一樣，沒有任何變動。她的古箏仍舊放在屋角，妝台上仍擺著梳子、胭脂水粉、頭釵髮飾，只是上面堆積著灰塵還有蜘蛛絲。回到房內的他並沒馬上就寢，而是從書架上取下她的書，一本一本地看。

他是在想她，還是在想我？還是兩者都有？

第二天，他睡到日上三竿，直到近午才起床。他的作息跟昨天並無二致。在我冥誕二十八歲這天，整個下午他都跟他娘在一起，陪伴著她——她唸詩給他聽，跟他一起品茗飲茶，拍拍兒子憂鬱的臉。於是我知道了，我知道他是在悼念我。

他娘就寢後，吳人又回房找出談則的書看。而我則回到老位置——椽榱上，追悔前塵往事。我做錯了好多事，若不是我，他今天不會這麼落寞，這麼鬱鬱寡歡。我閉上眼睛，抗拒著那股濃濃的痛楚；捂上耳朵，但還是聽得見書頁翻動的聲音，每一聲都在敘述著，我跟他失去了什麼。

當他發出呻吟，那聲音刺穿了我的身軀。我連忙張開眼望過去，只見他坐在床沿，一手拿著書，另一手抓著兩張紙。我立刻飄了下去，站在他的身旁。是那兩頁。是被談則撕下的那兩頁序文，上面記載著，那本《牡丹亭》上的眉批是我跟談則共同的創作。我好高興。我欣喜欲狂。可是他的表情既不是快樂，也沒有一掃陰霾。

他將那兩頁揣入懷中，便往外走。

我搭著他的肩膀，跟他一起出門，他穿過街上的人潮，來到一戶我從未拜訪過的人家，吳人敲打著大門。看門的僕人上前迎接，並將他引到一間裡面都是男人的房間。那些男人正在等待他們的女眷祭拜完畢，準備一起用餐。那間房間裡面充滿了煙霧跟薰香味，起初吳人誰也認不出來，倒是那個我在吳人的姪女家見過的洪昇，注意到他的出現。洪昇看出吳人不是特地來跟大家歡聚一堂的，他一手提燈，另一手拎了兩個杯子和一瓶酒，兩個男人一起走到室外的一座涼亭。

「吃過了嗎？」洪昇問。

吳人婉拒洪昇的邀請。「我是來——」

「爹！」

一名年幼得還沒纏足的小女孩，興沖沖奔了過來，一把抓上洪昇的膝蓋。我記起初見那時洪昇的夫人懷著身孕。

「妳不是該跟娘，還有其他人在一起的嗎？」洪昇問女兒。

小女孩對那些遊戲不感興趣，她伸出雙手攀住洪昇的脖子，將臉埋在父親的肩頭上。

「好吧，妳可以待在我這裡，但是妳得乖乖的喔，不可以吵鬧。等一下娘來找妳的時候，妳得跟她走，不許哭哭泣泣。」

我以前也是這樣，拿爹當避風港。可是這個小女孩會不會也跟我一樣，錯看了她的親爹呢？

「你記不記得幾年前，有一次我姪女約大家在她家碰面？我姪女，還有一些人看了那本《牡丹亭》上的眉批。」

「我也看到了。你的評論實在令我折服，我到現在還是佩服得五體投地。」

「那天我告訴大家那不是我寫的。」

「你到今天還是這麼謙虛。不過謙虛是種美德。」

吳人掏出那兩張紙，遞給這位名聞遐邇的才子。洪昇將紙張湊近油燈閱讀。

「是真的嗎？」看完，洪昇抬起頭問。

「它一直是實情，只是沒人肯聽我說。現在可有了證據了，我要告訴大家。」

「大家已經認定這麼久了，現在再去澄清，有什麼意義呢？」洪昇問。「人們不會相信的，只會笑你是個書呆子，會譏笑你替她們捉刀，想替自己的女人爭取名氣。何必呢？」

洪昇說的對。我原本也以為找到這兩頁是件好事，但再一細想，這的確只會讓吳人陷入更深的無奈跟傷痛。吳人拿起酒，為自己斟上一杯，仰頭一口飲盡。匆匆喝完後，又再伸手去拿酒瓶。洪昇搶過酒瓶。

「吳兄，你得把心思放回你的寫作上，該忘了那位小姐跟嫂夫人的不幸。」

如果吳人真把我給忘記，我會變成怎樣？

可是就因為把我們銘刻在他心頭上，所以他的生活才會過得那樣淒慘。這叫我於心何忍？對，他一定得克服傷痛，一定得忘掉我們才行。我轉身走出亭子，心裡想著這一別，只怕再也沒有相見之日了。

天上掛著皎潔的月牙，空氣潮濕溫暖。我一步接著一步地走，每一步都是在自我放逐。抬起頭仰望天空，我看了又看，就是看不到牛郎跟織女相聚。

我不知道，吳人會怎麼處理那兩頁序文。

七天後，是中元節。

現在的我已經經驗豐富，知道該怎麼做、到哪裡去才有得吃。我盡力向前推，用手肘推開障礙，只要手抓到什麼，我就立刻往嘴裡送，以便爭取時間再多拿一次。我逐戶搶食，挨家爭奪。而後，跟以前一樣，我回又到陳府前。當我正將自己的臉埋進一個放著成熟西瓜的盤子裡時，忽然聽見有人叫我。我抬起頭，轉過身，發現我娘正跟我面對面。

她臉上塗著厚厚的白粉，身上穿了層層上好的綢緞衫裙。當她確認眼前的是我，嚇得連連倒退，將手裡的冥錢向我擲來，接著因為被裙襬絆到而失去平衡。

「娘！」我迅速奔到她身邊，攙扶著她。她怎會看得見我？難道奇蹟終於出現？

「走開！走開！不要過來！」她又朝我丟冥錢。那些錢全被周圍的鬼搶走。

「娘，娘——」

她一步步後退，我跟了過去。直到娘的背貼上對街屋舍的牆壁，她倉皇地左顧右盼逃離現場，卻又被伸手要錢的孤魂野鬼團團圍住。

「給他們。」我說。

「我沒有了。」

「那就讓他們看妳沒有了。」

娘舉高空空如也的雙手，鬼魂們展示，她除了兩個魚形的鎖鑰外，身上再也沒有別的東西。那些飢餓的孤魂野鬼這才悻悻然去別處覓食。

「娘，您怎麼跑出來了？」

她睜圓了眼，呆呆地看著我。

「跟我來，娘。」

我輕托著她的手肘，帶著她走向屋角。看了看地上，我們兩個都沒有影子，不過我拒絕接受這個事實。接著我拉大角度，往湖濱走，軟泥上都沒有印下我們的足跡，我們的裙襬也沒有沾上泥濘，此時我仍然拒絕接受。直到娘走不到十步就開始搖晃，我才接受——娘死了，這是她的亡魂，只是她本人不知道。

我帶她往望月亭走。到了望月亭，我攙著她越過欄杆，進到望月亭內。

「這個地方我記得，我跟妳爹以前經常來這裡。不過妳不應該來這裡，而我也該回去了。我得回去準備過年的祭品……」娘的臉上出現了迷惑的表情。「可是那些是為祖先準備的，而妳——」

「我已經死了，是個鬼，我知道。娘……現在不是過年。」娘一定才剛死不久，所以懵懵懂懂。

「怎麼會這樣？妳有神主牌的呀。雖然有違習俗傳統，但妳爹有替妳立啊。」

神主牌，我的神主牌……

祖母說過，我不能插手使人點主，可是我可以請娘幫我。

「娘，妳認得最後一次看到它是在什麼時候？」我盡量若無其事地問。

「妳爹上京的時候，把妳的神主牌一起帶去了。他太愛妳，不忍跟妳分離。」

我張嘴想告訴娘實情，可是無論我怎麼努力，嘴巴就是張不開，聲音就是出不來，我挫敗極了。

「妳看起來跟以前一樣，一點也沒變。」娘端詳了片刻，「不過妳的眼神變了。妳長大了，成熟了，不一樣了。」

我也在她的眼中看到了許多，有萬念俱灰的漠然，有認命的放棄，還有歉疚。

我們在望月亭裡待了三天。娘沒有再多說什麼，我也沒有。她的心需要沉澱，才能接受自己已經往生的事實。隨著記憶的恢復，她想起自己是在準備祭祀好兄弟的祭品時，暈眩倒在廚房的地上。慢慢地，她意識到她的另兩條魂魄，一條等著跟軀體一起被埋葬，一條正在往陰間報到的路上。跟我在一起的這一條，是可以四處漫遊的，只是娘一直猶豫著，不想離開望月亭。

「我不出門的。」第三天晚上，花影在我們身上隨風搖曳。「妳也不該在外面亂跑。妳應該在家裡待著，家裡才安全。」

「娘，我已經在外頭漫遊很久了，也沒什麼壞事發生在我身上過。」我小心地措辭。

她瞪著我。娘還是很美，身形纖瘦、優雅雍容，但那股隱隱的哀愁使她看起來好莊嚴。我怎麼以前沒有察覺呢？

「我到過古蕩，去看我們的桑田，還去過不少地方。我甚至參加了一個詩社的聚會。娘，妳有沒有聽說過蕉園五子這個詩社？我跟她們一起遊湖呢。她們寫作，我則在一旁幫助她們。」

我本想告訴娘，有關我怎樣寫眉批的事，以及如何陰錯陽差讓我夫君的名氣更大。可是又想到在世時，娘並不清楚有關眉批的種種，而在我變成鬼後，因為執著竟把談則害死，娘若是知道一定會既傷心又羞愧，會自責沒把我教好，並覺得我讓她蒙羞。

然而，她彷彿沒有聽到我說話似的，自顧自地說下去，「我從來就不想讓妳出門。我費盡全力地保護妳，守護妳。有很多事，我不想讓妳知道。我跟妳爹都不希望有人知道。」

她將手伸進衣服裡摸她的鎖鑰。嬸嬸們在替她穿壽衣時，一定也把鎖鑰替她配戴上去了，要不就是放進了棺材裡。

「妳還沒出世的時候，我已經夢見過妳，想到過妳，想妳會是什麼樣子。妳七歲的時候已經會寫詩了，妳的第一首詩寫得很好，意境優美極了。我好希望妳的才華就跟隻鳥一樣，可以自由伸展翺翔，可是當妳真的是那樣，我又害怕了。所謂天妒紅顏、天忌英才，我擔心不好的事情會降臨在妳身上，因為妳感情豐沛並且敏感，我怕妳將來會苦多於樂。牛郎跟織女之所以會天隔一方，就是因為織女太聰慧、太善解人意，也在於她染織方面的才藝過人。要是她織的布不是那麼受到神界的喜愛，她就可以跟牛郎長相廝守了。」

「我還以為，妳之所以說那個故事，是因為那個故事淒美動人。我沒領悟過來。」長長的沉默籠罩下來。娘對這個傳說故事的解讀是負面而幽暗的。看來我真的是不太了解娘，她有太多事是我不知道的。

「娘，說吧，告訴我，您怎麼了？」

她別開眼，看向遠處。

「我們現在很安全。」我指了指望月亭寧靜的四周。蟋蟀正在鳴唱著，西湖水則平靜地展延開來，「這裡能有什麼不好的事，降臨在我們身上呢？」

她聽了，微微一笑，而後她開始慢慢地述說。她追憶剛嫁入陳家的日子，追憶跟婆婆出遊的日子，追憶悠遊在浩瀚書海跟寫作的日子，追憶她如何沉浸在蒐集那些被時光、世人遺忘的女詩人及女詞人的著作，而它們的數量龐大得驚人——因為歷史有多長，她們的創作的歷史就有多長。當她述說這些的時候，我可以看到，甚至可以感受到她的快樂跟滿足。

「他們都說女人寫的東西不值一哂，難登大雅之堂，所以難以傳世。錯了。女人寫的東西可多了，而且都非常優秀。我們可以回溯到兩千多年前的《詩經》，那裡面的詩歌有很多就是出自婦女的手筆。難道那些詩詞恰巧出於一群腦袋空空卻又出口成章的女子之手？當然不是。男人呀，他們無時無刻都在追逐聲名，他們寫作是為了名聲，紀錄歷史是為了讓後世知道他們的名聲，他們教人要怎麼做人才算忠義，才算人上人，全是為了名聲。可是我們女人呀，才不管有名與否，我們寫的都是自己對周遭的觀察跟感想。我們擁抱所有的情感。在我們的一生中，當我們過著看似沒有意義的生活時，是我們在拾輟生命中的事物，是我們在紀錄家人的經歷。牡丹，妳說，到底是誰比較活得精采，活得有價值？是我們女人，還是那些為求追逐功名利祿，為皇帝寫八股文的男人？」

娘並沒有等我回答——我想她不需要別人的附和。

她繼續追憶，說著說著，說到了她去了揚州，以及揚州大屠殺的事件。她說的，跟祖母告訴我的一模一樣。當娘說到她們逃抵那座樓台，並要其他人將身上的金銀珠寶交給她時，她停了下來。

「我們很喜歡出門的日子，只是在當時我們完全沒有思考一件事，那就是出於自己意志地離開家，跟被迫離開家有多大的差別。禮教規範了我們許許多多的事，規定我們能做什麼，不能做什麼，應該做什麼，不應該做什麼。說女人的本分是生兒子，說必要時我們必須為自己的丈夫、兒子有所犧牲，說我們當寧死也不能讓家門蒙羞。這些我全認為是對的。現在仍是。」

她似乎敞開心胸，準備跟我談這件事，只是，她還是沒有說出我想知道的細節。

「妳離開了那座樓台後，發生了什麼事？」我輕柔地問。我拉起她的手，「我愛您，娘，無論您說什麼，或是那之後您做了什麼，您都是我親愛的娘親。」

她望著湖的遠處，那裡是迷濛幽暗的一片。

「妳還沒嫁人，不知道雲雨是怎麼回事。我跟妳爹的很美，那種風吹雲動後飄雨，靈魂合而為一的感覺，好美。」

娘不曉得的是，我知道的才多呢。

「那些士兵對我做的，不是雲雨。那是粗暴，是獸性，完全沒有意義。妳知不知道我那時已經有孕在身？妳當然不知道。除了妳爹之外，沒人知道。我那時已經懷了五個月的身孕，但在厚重的衫裙下完全看不出。我跟妳爹原本打算那趟揚州行後就不再出門，要在家裡待產。我們在揚州的最後一晚正打算向你祖父、祖母稟告。可是沒能稟報成。」

「因為滿清韃子攻城。」

「他們想毀了所有我視之如命的東西。而當他們抓走了妳爹跟妳祖父時候，我就知道我的責任是什麼了。」

「責任？」我想起祖母的苦澀。「妳又沒欠他們什麼。」

娘臉露詫異看著我。「我愛他們呀。」

我稍稍凝聚心神探觸她。她不自覺地抬了抬下巴。

「那幾個士兵不但要錢財，也要我。他們輪暴我，可是那還不夠。他們用刀子的側面打我，打到我皮開肉綻，不過他們小心地避開了我的臉。他們還踢我的肚子。」

湖面遠處的霧氣愈來愈重，最後飄起了雨。想來祖母在望鄉台上，把字字句句都聽進去了。

「我好想死，好想。可是我強忍悲哀，忍住淚。當我開始流血，開始落紅時，他們退到一旁，看著我艱難地爬向草叢。他們沒有跟過來。那種撕裂的痛楚，痛到淹沒了我胸中的恨意跟害怕。當兒子從我體內流出去後，三個輪暴我的人走了過來。一個割斷臍帶，拿走我的孩子。一個托高我的身體，讓我的身體排出胎盤。一個握住我的手，用他們的蠻子話一直叨叨絮絮。我不懂，我不懂他們為什麼不殺我？他們已經殺了很多人了，又不差多殺我一個？」

那就是大屠殺的最後一夜，那些人終於記起他們是人，記起他們該有的人性。他們取來一些棉花跟人骨一起燒成灰，塗抹在我娘的傷口上，替我娘療傷。他們又找來一件乾淨的絲質衣裳給我娘穿，找來了布讓我娘墊在私處。只是他們的好心，是別有所圖的。

「我以為他們終於記起自己也是有母親、有姐妹、有妻有女的人，可是不是，他們視我為戰利品。」娘身上的鎖鑰叮叮噹噹地響著，那顯露出她內心的激動。「他們吵了起來，在爭執我的所有權。一個說我是他的，說他要把我賣進妓院，好賺上一筆；一個說我才是他的，他要把我帶回家做他的奴隸；最後一個則想把我帶回家作妾。

「『她長得還不難看。這樣吧，如果你們讓給我，我給你們二十兩銀子好了。』那個想把我賣掉的男子說。

「『她起碼值三十兩。』那個想要我當他的奴隸的男子說。

「『看看她的樣子，一看就知道她是那種經過歌舞詩詞訓練的女人，不是那種採桑養蠶幹粗活的女人。』頭一個人說。

「同樣是賣給男人，為什麼賣給一個男人當妻子，當小妾，或是當僕人，跟賣給千百人當個夜夜新娘是如此的不同？這樣的討價還價跟買賣鹽有什麼兩樣？是的，本來就沒有不同。在亂世，女人的價值只怕比鹽還不如。」

隔天早上，一個身穿紅袍，腰間配了把劍的高階將領，跟一名有雙大腳，頭髮全部往後梳在腦後，盤成髮髻，頭上豎了塊牌子，牌子的正中央有朵大花的滿州女人連袂而來。那對男女是一位滿州親王的親信。他們將娘從那幾名士兵的手中帶走，將她帶回先前所有女性俘虜被關禁的地方。

「四天四夜的殺戮，老天也下了四天四夜的雨，那天早上終於放晴。地面上屍橫遍野，臭氣沖天，可是我們頭頂上的青天卻是萬里無雲。我靜靜地等，等著輪到我被檢查。我周圍的女人，每個都在哭。為什麼我們沒自殺？不是不想，而是沒繩子，沒銳器，也沒有懸崖。輪到我被帶到那個滿州女人的面前，她檢查我的頭髮，我的手臂，我的手心，我的手指頭。她用手摸我的胸部，戳戳我仍然突起的肚子，然後掀起我的裙子看我的小腳。『原來妳的價值在這裡。』她輕蔑地說。『好，妳可以。』」

「我不懂。為什麼同樣都是女人，她會這樣對待另一個女人？在那之後，我被帶到一個房間。」

娘認為她自殺的機會終於到來，可是卻遍尋不到任何能夠用來割刺喉嚨的銳器；她位在一樓，所以沒法採取跳樓的方式，結束生命；那個房間裡，也找不出繩子之類的東西，不過她可以利用身上的衣服做一條。她坐了下來，撕下衣服的下襬，撕了好幾條，再將它們絞成一條粗繩。

「準備好了之後，我只剩下一件事還需要做。我在一個火盆旁邊找到了一根炭條，我在牆壁上試了試，確定可以寫之後，開始在牆壁上留言。」

我娘一開口唸出她寫了什麼，我整個人呆若木雞。

瑟瑟枯樹佇立，迢迢悲雁鳴空，忍把血淚染梅紅，

未竟春日，心如槁灰，生若輕鴻，泣下千行淚滴滴重。

祖母告訴過我，娘是個天賦過人的才女，可是我怎麼都沒想到，那首聞名天下的佚名詩作者，不是別人，居然就是娘。我一臉敬佩地望著娘發呆。難怪爹會讓娘替我點主。能讓娘這樣出類拔萃的卓越女性替我點主，是我的福氣跟榮幸啊。

「我寫的時候，並不知道自己會活下來，也不知道有人會看到那首詞。是許多人，大多數是男人，他們抄錄下來，甚至予以出版，到處傳佈。我從來就不想被認出來自己是那首詩的作者——我從來就不想出名，不想被烙上名人的標籤。牡丹，那天當妳在盛蓮閣當眾吟詠這首詞時，我簡直無法呼吸。妳是我的命根子，是我唯一的女兒，我以為妳知道實情，以為妳以我為恥。」

「要是我知道這其間的曲折，我絕對不會吟詠這首詞。我絕對不會這樣傷妳的心。」

「可是我好怕，所以我把妳關進閨房裡。從那天起，我就一直生活在自怨自艾中。」

該受譴責的人是爹，是祖父。他們是男人，該起身保護家人的是他們，而不是反過來，接受弱女子的保護。

「妳怎麼能在祖父利用祖母以保全自己跟爹之後，還回到爹的身邊？」

娘皺起眉。「我沒有回去找妳爹，是他來找我。若不是他，我不會改變赴死的決心，若不是他，也不會有妳。寫完那首詞後，我將那條自己做的繩子拋過屋樑，也已經在脖子上打了結，可是就在此時，那個滿州女人來了。看到我企圖懸樑自盡，她很生氣，狠狠甩了我一巴掌，但是那並沒有改變我的意志。當時自盡不成，我只會另尋機會，如此而已。如果他們打算把我獻給那個滿州親王，就得給我換衣服，給我房子住，給我東西吃，我總會有機會拿到刀子，總會有機會可以上吊。」

老鴇將我娘帶到大廳。那個將軍坐在案前，我爹跪在廳中，額頭貼著地面。

「一開始我以為妳爹又被他們抓到了，正準備要把他砍頭，以為我所做的努力跟犧牲全成了泡影。可是不是那樣的，他在那裡是因為他想來救我，想帶我回去。而經過了幾天的殺戮，滿州人正想顯示他們其實是個有文化、有人性的民族，他們想將脫序的狀態拉回正軌。一開始我被痛苦麻木了身心，只能聽著他們一來一往的對話，當我終於找到聲音，我開口對妳爹說：『夫君，你不能帶我回去。我已經失去清白了。』

「他明白我的意思，可是他沒有改變主意，仍竭力爭取，想要用金銀珠寶將我贖回。

「『還有，我失去了我們的兒子。』我又說。淚水頓時滾出妳爹的眼眶。

「『我不在乎那個。我只在乎妳，我不要妳死，我不要失去妳。』

「所以，牡丹，妳爹是個有情有義的男人。在發生那樣的事情後，他大可以離棄我，大可任我自生自滅，也大可以像那些輪暴我的人一樣，將我賣掉。」

不知道祖母有沒有聽到這一段。祖母不肯讓陳家擁有男嗣，就是在懲罰爹的不孝和祖父的薄倖狠心。不知道她是否自覺懲罰過重了？也錯了？

像是捕捉到我在想什麼，娘又開口。

「既是出於我們自己的選擇，又怎能責怪男人呢？若不是妳爹拼死回來找我，對我不離不棄，我的命運會是以自盡了結殘生的。」

「可是爹變了節，跑去為滿清效力。他怎能那樣？他難道忘了殺母之仇，忘了他們曾對妳做了什麼？」

「他怎麼忘得了？」娘一笑，溫柔地看著我。「他永遠都不會忘記的。他剃頭，留髮結辮，穿上滿清的服飾，那些都是表面，只是一種偽裝。他是個什麼樣的人，我再清楚不過──他是個以家為重的人──為了陳家，他可以忍辱負重、委屈求全。」

「可是我一死，他就去了京城。他把妳一個人丟在家裡。他──」我接下來想說的話一定跟神主牌有關，因為我發現自己無法把話說出口。

「那是早就計畫好的事。妳是他的掌上明珠，是他的心頭肉，他很捨不得妳出嫁，所以決定接受他們的任命。妳一死，他就更想離開處處有妳影子的傷心地了。」

這些年來我一直認為爹其實是個言行不一的偽君子，到今天我才知道自己錯了。不過，我做錯的事情，又何止這一樁？

娘嘆了口氣，改變話題。「我真不知道，要是阿寶再不趕快生出個兒子，我們陳家會變成什麼樣。」

「祖母不允許。」

娘點點頭。「我敬愛妳祖母，不過她有時候非常的牙齜必報。而在這件事上，她的確是錯了。她去世在先，不知道我發生了什麼事。而妳在世的時候，她又不在人間，目睹妳爹如何愛妳，怎樣培育妳長大成人。妳雖然是他的掌上明珠，可是他還是需要兒子來傳宗接代，延續陳家的香火呀。妳祖母有沒有想過，要是咱們陳家沒有子孫延續香火，那陳家的列祖列宗怎麼辦？只有兒子才能傳承，這是她知道的呀。」

「爹不是收了阿寶當養子了嗎？」我沒掩飾自己對爹的失望。

「阿寶花了不少時間學習跟融入。他對我們很好。看看他怎麼處理我的後事，妳看，他給我穿的壽衣，給我的供品，還有這麼多的冥錢——」

我打斷娘。「他發現了我的詩稿，拿去賣給了吳家。」

「聽聽妳的口氣，就像個吃醋愛告狀的姐姐。別那樣想。」娘碰碰我的面頰。「已經很久很久沒人這樣觸碰我了。「發現妳的詩稿的人是我。我在整理妳爹的書齋時發現的。我看完後，要阿寶拿去給吳人。我叫他一定要向妳夫君收錢。我要妳夫君記起妳的珍貴。」

娘摟了摟我。

「滿人入侵，是覬覦我們的富庶，而揚州、蘇杭一帶更是我大明富庶之最。既是富庶之地自有許多弱點，很容易一舉拿下。他們想拿我們開刀起殺雞儆猴的效果，他們認為富庶的地方資源豐富，復原自當也很快速。就許多方面來說，他們是對的，但心靈的創傷，失去親人的創痛如何能平復？回到杭州的我，不再出家門半步。現在，看看妳，就算我竭盡所能地保護妳，打從妳出生就沒讓妳出家門一步，可是我還是保護不了妳，讓妳年紀輕輕就早逝。不過，從另一方面看，妳現在不但乘坐過了畫舫，還旅遊了不少——」

「我還害死人。」娘都把那麼私密的事告訴我了，我也該對娘坦承以待。「我害死了談則。」

「我聽到的可不是這樣。聽她娘說，談則不盡為人妻、為人媳的義務。她是那種令丈夫很頭疼的人物吧？」

我點點頭。

「談則餓死自己的事跟妳無關。這種把戲打從有女人的時候就有了。再沒有比要丈夫眼睜睜看著她死更惡毒、更殘酷的伎倆了。」娘用雙手捧著我的臉，望進我的眼。「妳的本質十分善良，無論妳認為自己做了什麼傷天害理的事，那都絕對不是事實。我知道妳，因為妳是我親手帶大的。」

可是娘不知道我到底做了什麼。

「何況，妳有什麼選擇？妳爹跟妳娘都讓妳失望。我尤其應該負絕大多數的責任。

是我要妳學刺繡，學繪畫，學彈古箏的。是我要妳謹言慎行，有什麼話只能放在肚子裡，只能永遠面帶微笑，凡事順從的。結果呢，結果妳飛出了陳家。妳在這裡——」娘指指我的胸口。「找到了自由。」

娘說的沒錯，確實如此。娘督促我，教導我琴棋書畫，替我奠基扎根，期望我將來做個賢妻良母，可是在教導的途中我卻由於她的啟發，變成了一個有自己思想的女孩子。

「妳有顆非常善良寬容的心，別對自己過分嚴苛。想想妳的渴望，妳的知識，還有妳的心。孟子就很明白地說過了，他說：『無惻隱之心，非人也；無羞惡之心，非人也；無辭讓之心，非人也；無是非之心，非人也。』」

「可是我不是人，我是餓鬼。」

好了，我說出來了。可是她並沒有問我怎麼會變成孤魂餓鬼的。也許是因為她才剛死不久，對這些鬼魂的界定並不清楚。

「可是這些妳都有感覺，不是嗎？妳有同情心，有羞恥心，有謙卑心、有是非心，對發生在談則身上的事，妳感到難過、同情，甚而自我反省，自我檢討，不是嗎？」

當然是的。所以我才會自我放逐，浪跡天涯啊。

「人跟非人是怎麼界定的？用有沒有影子，走路有沒有腳印來界定嗎？湯顯祖在妳最愛的那本戲曲已經提供了解答，他說只要是人，就一定有七情六慾。所以，從《禮記》，從《牡丹亭》，從我這裡，妳有這些屬於人的情感。而且直到今天，妳依然擁有它們。」

「可是做錯了的事情該怎麼補救？」

「我不認為妳做錯了什麼事。但如果妳有，就必須凝聚妳所有的能力，將它們用在善的方面。妳可以去找一個值得拯救她命運的女孩子，然後幫助她。」

一個女娃的影像立刻竄入我腦海，不過我需要娘的幫助。

「妳願意跟我一起去嗎？那地方相當遠……」

娘粲然一笑，就連湖的對岸都被光芒照亮。「好啊。現在的我，本來就是該四處飄盪的呀。」她環顧了一下望月亭做最後的回顧。

我攙扶娘跨過欄杆，下到湖岸。娘伸手探入衣內，取下那幾個魚形的鎖鑰，將它們一個個扔進湖裡，每一個都濺起無聲的水花，然後沉入水裡。

我們啟程往目的地走。黎明時，我們已經來到郊外，一望無際的田野像精緻的織錦，放眼望去，盡是一棵棵枝葉濃密的桑樹。穿著洗得褪色的藍色粗布衣裳的大腳婦女，頭戴草帽爬到樹上去採桑葉，而樹下那些被太陽晒得黝黑的健壯婦女，則負責運走一籃籃的桑葉。

娘的臉上交替著平和、愉快的表情。她想到了許久許久以前，那段她跟爹一起出遊的日子，記起了熟悉的景物。

一直以來，我都渴望有個姐妹，可以談心事。在世時，我在那群堂妹中找不到，到了陰間，我在那群年輕早逝的少女間，也找不到有共鳴的知音。我在蕉園詩社的那些女子間找不到，則是因為她們並不知道我的存在。在我娘跟祖母身上，我終於找到心靈相應的感覺，就在那段往古蕩的路上，我領悟到自己並不孤單，我是有同伴的。

窮家女的命運

隔天一早，我們抵達了古蕩村。我已經很習慣走這麼長途的路，所以雙腳不再感到疼痛。但是娘不一樣，她必須不時停下來，歇歇腿，揉揉腳。

到了村長家，我們看到一個打赤腳的瘦小女童，從屋裡跑了出來。那是錢宜。她的小臉十分蒼白，應該給人病懨懨的印象，但因為頭髮被綁成一束束小沖天炮，反倒給人活力十足、精力充沛的感覺。

「就是她？」娘狐疑地問。

「我們進去。我要妳見見她娘。」

錢夫人坐在一個角落刺繡。

娘看了看她的繡品，滿臉驚訝地看著我。「她是我們這個階層的人。看看她的手。即使在這樣的環境，妳看她的手，還是那麼的細嫩雪白。還有她的女紅，針法是如此的精細。她怎會淪落到這個田地？」

「揚州大屠殺。」

娘臉上的困惑轉為憂忡。她的手不自覺往衣內掛著鎖鑰的地方探去，摸不著後，便將雙手手指交纏在身前。

「娘，看看那個小女孩，難道她也該受這種苦？」

「說不定她前世積了什麼業障，這輩子該來償還。這是她這輩子的命。」

我皺眉。「如果我們兩個是她命中的貴人，註定來幫她消災解厄呢？」

娘疑惑。「我們能做什麼？」

「您記不記得以前告訴我咱們纏足，其實是反抗滿清的一種宣示？」

「是的。現在仍是。」

「可是在這裡不是。這裡的人女孩子是不纏足的，因為他們需要大腳女兒工作。可是這個孩子做不來那樣的工作。」

娘點點頭。「她能活到現在，我已經很訝異了。妳想怎麼幫她？」

「我想幫她纏足。」

錢夫人呼喊她女兒的名字。錢宜乖巧地奔回屋裡，跑到她娘親的身邊。

「光纏足是改變不了她的命運的。」娘說。

「如果我想將功贖罪，我就不能挑容易的事情做。」

「話是不錯啦，但是——」

「當娘的因為揚州大屠殺，家道中落，往南遷徙。既然作娘的可以南下，作女兒的也可以北上，不是嗎？」

「北上去哪裡？」

「我也不知道。不過，就算她的命運是當瘦馬，也好過待在這裡吧？如果她真是當瘦馬的命，那麼纏足也可以讓她進入較上層的家庭。」

娘看了看寒酸的屋內，再看了看那對母女。「現在不是纏足的季節。太熱了。」

我知道我贏了。

將纏足的念頭放進錢夫人的腦子裡並不難，但要她的丈夫同意，可就得花上一些功夫。他列了一大堆的理由：說這無法讓錢宜幫他養蠶（這是事實）；說村子裡沒有一個男人，會娶一個只能供著，卻什麼勞務也不能做的小腳老婆（這話連帶著也侮辱到了他自己的老婆）。

錢夫人耐心地聽，等著開口的機會。機會終於來了，「孩子的爹，你似乎忘了，同樣是收聘禮，有的女兒可以收取不少的聘金。」

隔天，即使娘再次提醒我季節不對，錢夫人還是備齊了用具：明礬、纏布條、剪刀、指甲剪、針、線、止血藥劑。我把自己冰冷的手覆在錢夫人的雙手上，娘則蹲踞在我身邊。錢夫人先清洗錢宜的雙腳，再將它們放進浸著藥草的水裡；之後她拿起指甲剪，修剪掉錢宜拇指的指甲，把拇指向下彎曲，再纏裹上布條。纏好後，用針線縫起來，這樣小錢宜就掙脫不開。整段過程，娘一直在我耳邊輕柔地指導著、鼓勵著、讚美著。我把娘傳遞給我的母愛，透過雙手傳遞給錢夫人，再由錢夫人傳給小錢宜。

小女孩很勇敢，沒掉下半滴眼淚。直到半夜，她的雙腳因為長時間的緊繃壓縮，血液循環被阻絕，灼痛到再也受不了，才開始哭啼。接下來的日子，我們每四天拆換一次，並強迫錢宜來回走動，增加壓力，好使該斷的骨頭被折斷。這樣的纏裹程序，將會持續上兩年。

夜裡是最難熬的時段，因為錢宜會痛到頻頻抽泣。這個小女孩讓我既心疼又佩服——她非常勇敢，充滿毅力而且堅強。纏了足的小錢宜踏出了自我提升的第一步，她將她自己跟這個家做了切割，把自己提升到另一個層次。她再也不能追著她的幾個姊姊，或是村裡其他女孩子跑，跑出去跟她們嬉戲，跟著她們打轉，她只能待在家裡跟她娘在一起。這一點錢夫人也明白。

小屋不怎麼通風透氣，相當悶熱，可是有我在的地方就會陰涼。但有時天氣實在太燠熱了，連我都沒法緩和，這種時候小錢宜就很辛苦了。幸好她喜歡聽她娘唸千百年前一些婦女作的詩歌，在聽著她娘唸《詩經》裡的詩文時，那份白熱化的灼痛便能稍減，但也不是一直有效。她還是會有疼到難耐的時候。每到這種時候，錢夫人就會不得安眠。

這天錢夫人起床後走到窗前，瞪視窗外良久。她咬著唇，兩手抓著窗櫺，手指頭一陣泛白。

她是不是跟我一樣，懷疑自己是否做錯了事？畢竟疼在兒身痛在娘心啊。

「全天下的母親都一樣，這時候都會自我懷疑。」娘來到我身後，「可是這是一個作娘的人，為了讓女兒有個較好的未來，唯一能做的事。」

錢夫人鬆開窗櫺上的手指，眨了眨淚眼，深吸了口氣，回到床邊，再次拿起那本詩經。

「妳現在纏足了，跟妳的其他姐妹不一樣了。不過，娘還有一件東西可以給妳，我的小女兒，娘今天要教妳識字。」

錢夫人指著書上的字，告訴孩子那個字的讀音，解釋它的意義，隨著她一個字一個字地教授，小錢宜忘了雙腳的疼痛，整個身體放鬆了下來。錢宜現年六歲，這個年紀才開始識字讀書，其實已經有點晚了。不過，有我在，讀寫是我的專長，她可以很快趕上進度的。

過了幾天，在娘看到孩子的求知慾跟資質後，「這孩子會需要一筆嫁妝。這部份等我安定好後，我會幫她。」

由於我太專注在錢宜身上，都忘了時間。娘的七七快到了。「我真希望我們有更多的時間可以相處，我真希望我們永遠這樣，再也不用分——」

「不用追悔，牡丹。答應我，往前看。」娘擁抱我，然後稍稍拉開距離，看著我的臉。「妳很快也會回家的。」

「回陳家嗎？」我困惑了。「還是回望鄉台？」

「回妳的夫家。那才是妳的家。」

「不行的。」

「完成妳在這裡的任務，然後就回去。」娘開始遠去，去跟她的神主牌會合。「時間到時，妳自然會知道。」娘大聲叫道。

接下來的十一年，我都留在古蕩跟錢家在一起。

我對自己餓鬼的特質，已練就收放自如的本事，而且能隨心所欲地控制溫度。悶熱的夏天，我會在屋內行走，為他們消暑降溫；微涼的秋天，我會吹氣讓火盆裡的炭火燃燒得更旺，卻不會燒到我的衣服，或是燒傷我的皮膚。

俗語說瑞雪兆豐年，事實也的確如此。我在古蕩的頭一年，就降下瑞雪，將錢家跟它的四周籠罩在銀白世界裡。過年時，阿寶來視察爹的佃戶跟收租，同時對所有承租戶宣告：他的妻子有身孕了，今年不增加歲租。

隔年，天空降下更皎潔的白雪。這一次，阿寶向眾人宣佈陳家有後了——我想娘在陰間，肯定花了很多工夫。阿寶沒有依照習俗帶來紅蛋，他送的是更有價值的禮物——田地。每個佃村的村長都獲贈一畝田地。第三年，阿寶的妻妾再度有人懷孕，第四年，陳家另一個男丁呱呱落地。於是所有佃村村長的土地又多了一畝。

如此一來，錢家已經小有資產，錢大爺也有錢可以在女兒出嫁時，給她們一些像樣的嫁妝。一旦準備嫁粧，自然少不了聘金，於是錢大爺的錢財，也隨之增加不少。

錢宜一年年地長大，金蓮外形十分完美。雖然我細心保護著她，不讓病魔纏身，可是她依然瘦弱。在她的幾個姊姊陸續出嫁後，小錢宜總算可以吃到較多的東西，並且能夠攝取有助於補氣的食品。我跟錢夫人聯手，將一塊璞玉雕刻出姣好的雛形。我們教導她如何用三寸金蓮跳舞，讓她的舞姿就像在浮雲上漫步般曼妙；我們教導她彈箏，讓她彈奏出優美清麗的弦音；我們教導她棋藝，而她的棋藝已經高超得有如將帥一般，攻城掠地，如同入無人之地。她還學會了唱歌、刺繡以及繪畫。

然而我們缺少書本，這是唯一美中不足之處，因為錢大爺對書的功能嗤之以鼻。

「我們這樣教導阿宜，也是種長期投資呀。」錢夫人游說她的丈夫。「你想想我們養的蠶寶寶，要牠們吐絲結繭不都需要細心地飼養嗎？照顧牠們的時候，我們絕對不能掉以輕心。要是我們對女兒投資多一點，將來的收穫也會大些。」

可是錢大爺根本聽不進去，所以我們只能拿詩經的詩文作教材。阿宜已能把所有的詩文倒背如流，可是她並不完全了解它們的意思。

一眨眼功夫，阿宜已到可以出嫁的年齡。十七歲的她，嬌小、纖細、美麗。她的五官極為精緻──雪白的肌膚，烏黑的秀髮，明亮的眼眸，挺直的鼻樑，笑起來的時候臉上帶著兩個酒窩，顧盼之間，眼波的流轉總會顯現出她好奇心有多旺盛，以及過人的聰慧和機敏。

雖然已屆婚齡，但她在鄉野這一帶，很難嫁得出去的。一則因為她肩不能挑，手不能提，腳不能走多少路，再則她依然體弱多病。況且講話時會結巴，雖然受了教育，但談吐間還是聽得出她是個鄉下女孩。此外，即使是富豪人家，也不大願意娶二女、三女、四女，更何況是排行老五的么女，唯恐她們只生女兒，很難生出兒子。因此當地的媒婆認為阿宜根本嫁不出去，我則不以為然。

十一年來第一次，我離開古蕩，回到杭州的吳家。

吳人現年四十一歲。在許多方面，他還是老樣子，一點都沒變。他的頭髮仍然漆黑如子夜，身形還是那麼頎長，舉止優雅斯文如昔，雙手依舊令我著迷。

我離開的這段期間，他已經不再喝酒，也不再上酒樓。他出版了自己寫的批注，寫的是《長生殿》那部戲曲的評論。《長生殿》的作者，是他的好友洪昇。這部戲曲一出，廣受四方讚賞。吳人的詩文也被匯集成冊，並被譽為當代最有才氣的詩人之一，他的評論也被視為舉足輕重的一方代表。換句話說，他找到了平靜，不再為我、為談則所苦，也不去找別的女人。如果我依然在世，也跟他順利成婚的話，這時候我會是個三十九歲的吳家主母，跟他已結褵二十三年。而這時候，我該會開始替他找個小妾。現在的我，我也的確在替他找尋幸福，只不過不是小妾，而是個正室。

我去找婆婆，我跟她一樣，我們都愛吳人。她總能感應到我，所以我只需在她耳邊低語數句，「兒子最重要的責任之一就是傳宗接代。妳的大兒子沒能生出個兒子，沒有孫子，妳死後誰來祭拜妳，吳家的祖先誰來上香？現在只剩二兒子能幫妳了。」

接下來的幾天，婆婆很留意吳人的一舉一動一言一行，留意著他的獨來獨往，形單影隻，並試探地說，這個家已經很久沒有孩子的聲音了。

這天婆婆睡午覺的時候，我繼續搧風點火。「別去管門戶相不相當。妳想想，當年妳兒子跟陳府的千金，還有跟談大人的千金締結婚約的時候，門戶也不是很相當呀，人家的家世、地位都高過我們吳家，結果兩次的姻緣都沒有好結果。這件事得速速進行，免得日久生變。」

到了晚上，婆婆提起娶新婦的事，吳人沒有反對。隔天，婆婆立刻找來全杭州城最好的媒婆。媒婆則列舉了好幾個人選。

「杭州城裡的女孩子個個都很精，都被家裡寵壞了。這樣的媳婦妳不是沒遇過，娶進門，只會讓家裡不得安寧。」我在婆婆的耳邊低語，挑剔那些姑娘的毛病。

「到遠一點的地方去找。」婆婆對媒婆說，「找那種家世單純，人乖巧，能陪伴我的女孩兒家。我已經沒有多少年好活了。」

於是媒婆坐上了她的轎子出城。一路上不是遇上落石，就是出了其他狀況，讓轎夫按照我要他們行進的方向，來到了古蕩。她沿路攀談詢問打聽，打聽到錢家村的村長家有兩個裹小腳、會讀書寫字的女人。

對媒婆上門所提的問題，錢夫人鎮靜地一一回答。她還拿出一張記載有阿宜父系三代的祖先名諱，以及母系三代祖先資料的文件。

「妳家女兒都會些什麼？」媒婆問。

錢夫人一一列舉，並強調：「我教她男人是太陽，女人是月亮。太陽永遠是圓的、亮的，月亮就有圓有缺了。男人家做事講究的是理義，女人家做事就感情用事多了。男人家主開創，女人家主守成，這也就是為什麼男主外女主內的原因。」

媒婆若有所思地點點頭，然後要求見阿宜。看過了阿宜後，雙方談到了嫁妝，談到了聘禮。錢大爺說他會拿五年絲綢收入的半成，以及一畝田地給阿宜當嫁妝，另外，阿宜出嫁的時候，會有全套的絲綢寢被、帳幔、衣服、鞋襪，還有一些繡品，都會一起帶過去。那些都是阿宜自己繡的。

媒婆聽了很驚訝。她心想：「一般來說，娶妻的時候，女方的家世背景若比男方稍微差一點，會比較好。女方出自勤儉家庭，到了夫家後更能適應新生活，也更能做個好媳婦。」

媒婆一回到杭州，立刻到吳家覆命，「老夫人，我替您家少爺，找到了一個好人家的女孩呢。」

在合過八字後，婆婆跟媒婆談到了聘禮。接著，媒婆便帶著金銀珠寶、四甕的好酒、兩匹的布料、茶葉、羊腿去下聘。

吳人跟錢宜於康熙二十六年成婚。錢宜的父親對於這個他認定為米蟲、賠錢貨的女兒能夠出嫁，終於鬆了一口氣，錢宜的母親則竊喜女兒能嫁個好人家。我有很多話想在阿宜出嫁前對她說，不過，我想了想，還是由她娘開口比較恰當。

「進了人家的門，要豎起耳朵閉上嘴巴，對長輩要恭敬，對夫婿要體貼，做事要勤快；每天要早起晚睡，就跟妳在家裡的時候一樣。記得早晚向婆婆跟夫君問安、奉茶；如果他們家有養家禽、家畜的話，妳要負起飼養的工作；要注意自己的服裝儀容，仔細打理自己的小腳；不可以任性發脾氣，不可以提高音量罵人，凡事要笑臉迎人。要是這些妳都做到了，就是個好媳婦了，人家會很疼愛妳的。」

她將錢宜擁入懷中。

「還有啊，」她很輕很輕地說，「這一切發生得太快了，也不知道那個媒人婆有沒有隱瞞些什麼。要是嫁過去之後，發現夫家其實是個窮人家，可別埋怨他；要是發現他是個瘸子，或是腦子不太靈光，也不要怨天怨命，不要因而做出有違婦道的事情。女孩子家嫁雞隨雞，出了家門，就是潑出去的水了。無論好壞，妳以後就只能靠他了。要知福惜福，才能積福。」淚珠串串滴落。「妳是個很貼心、很乖巧的好女兒，但是嫁了人後，就是人家的人了，妳要以夫家為重，不要再掛念娘家。」而後，她替女兒覆上紅巾，領著她上花轎。

一小隊的鼓吹樂隊敲著鑼打著鼓，一個當地的風水師沿路丟撒五穀、豆子、水果、銅錢給孤魂野鬼買路。不過，什麼鬼都沒有，倒是樂了那些村裡的小孩紛紛搶拾。唯一的鬼魂是我，而我可是個開心的護送者。小錢宜還不懂得男女之愛，對愛情也沒多少憧憬，她坐進花轎憑藉著是她娘給她的無畏勇氣跟堅毅。

吳人的娘在大門前迎親。她看不見新娘子的臉，但卻看得見新娘子有雙絕頂美麗的小腳。這兩個女人一起穿過庭院來到喜房，然後婆婆將秘戲書放到阿宜的手中。

「這個給妳看。今天晚上妳需要做什麼，看了這本冊子，妳就知道了。我期待九個月後，有個孫子可以抱。」

數小時後，吳人來到喜房。我看著他揭起紅巾，含笑地望著那張美麗的年輕容顏。看得出他很滿意。我送上三個祝福──財富、長壽、多子多孫，然後便離開喜房。

我不會犯同樣的錯誤。我不會再以夫君跟阿宜的房間，作為休息的地方，以免又像過去一樣，忍不住出手干涉他倆之間的事。

我記起杜麗娘曾描述她園中的那株梅樹，她說：「**這梅樹依依可人，若死后，得葬于此，幸矣。**」她死後，她的父母成全了她的願望，將她葬在梅樹下。之後，石道姑剪了一枝梅枝插在花瓶，放在供奉麗娘牌位的案桌前。麗娘為了答謝石道姑，撒下一片梅花雨。

我來到吳家那棵自我死後就再也不曾開花結果的梅樹下。我在環繞於樹木旁、長著青苔的石頭間，找了個窩住下來。在那裡，我就不會干擾到他們了。

阿宜很快融入妻子這個角色。她現在是個富家太太了。從來沒見識過富有人家的她，如今當了當家主母，卻一點也沒有傲氣凌人的樣子──她從小就是個追求內在修為的孩子，從不追逐外在的美麗搶眼。現在，當了富家太太，對她來說，不過是穿著上變得考究些而已。她的膚白如雪，走動時步步生蓮，姿態則猶如行雲流水般，煞是好看。

她從不抱怨，即使在思母欲狂的時候也不曾。在她孤單、難過的時候，不會遷怒僕人，不會扔東西、罵人，也不會哭，她只會一個人靜靜坐在北窗，點上一根清香為伴。當然，還有我陪伴她。

她學會敬愛吳人跟婆婆。婆媳之間沒有齟齬，因為阿宜一心一意，只想把婆婆伺候得稱心如意。對於排在她前面的兩個女人，阿宜不曾說過任何閒話，既沒批評她們的早逝，也沒說半句詆毀的指責。她的心神都放在孝敬婆婆、逗吳人開心上，她會唱歌、跳舞、彈琴取悅他們。而他們也喜愛阿宜的單純、善良、活潑跟體貼。

她的心胸寬大。她待僕人很好，拿他們當親人看，總是不吝惜讚美。對於這一點，很得婆婆跟吳人的欣賞。

如今她有了錦衣可穿，玉食可吃，大屋可住，可是就教育知識層面，她的程度還有待加強。況且有了吳人的書齋，我不愁沒有書可以教導阿宜。不過，教她的人，不只我一個。

我想到以前爹教我念書的情形，於是有一天，我把阿宜推進吳人的懷中。看到阿宜羞怯靦腆，想問又不敢開口的樣子，吳人笑吟吟地詢問她在看什麼書，又問了許多問題。藉著他的提問，阿宜開始從另一個角度，去探索浩瀚書海的深度跟廣度。阿宜成了我跟吳人間的媒介，透過教育阿宜，我跟他成為一體。阿宜閱讀層面寬廣，領悟力又高，進步神速，現在的她，在古文、文學，以及數學方面都有了專業的水準。

不過，有些課程對她仍有困難。阿宜握不好毛筆，筆握不好，寫出來的字也就歪斜難看。這件事婆婆插手了。透過婆婆，我教導阿宜當年五嬸教我的法子，臨摹《筆陣圖》練字。而阿宜就跟我當年一樣，觸類旁通。

之後，阿宜開始學作詩，眼見她缺乏思想與情感的模仿，我知道我的教導工作尚有未盡之處。我憶起了吳人的表妹李淑，並想辦法把她找來，於是李淑成了阿宜的閨塾師。現在，阿宜寫作時，作品更能感動人心，令人產生共鳴。整個吳家上下也更加喜歡她了。

看到阿宜這麼受愛戴，我沒有嫉妒，一點都沒有。我從沒想過對她下毒手，更沒想要透過她，讓大家記起我，或是進入她的夢境窺探她的想法。

現在的我能力十分高強，吳人出門時，我能清除沿路的障礙，消除災厄，讓他平平安安地回家；燠熱的夏天，我會要僕人把西瓜拿到地窖，然後進到地窖，讓西瓜能夠冰涼通透，方便吳家人享用；我喜歡看夫君跟阿宜餐後吃西瓜的樣子，並且為我這個妹妹跟夫君如此契合感到高興。在他過了這麼多年的孤單日子後，總算重溫幸福的滋味。

當我看到阿宜坐在夫君的懷中，聽著他解說蕉園詩社的某首詩作隱喻，我只想謝謝他們，讓我感受到幸福跟喜樂。我愈是感受到快樂，就想付出愈多。他們還缺什麼呢？還少什麼呢？兒子。這一點，我就無能為力了。因為我不是吳家的祖先，我給不了。

可是當春天來臨的時候，奇蹟出現了。庭中那株梅樹開花了。我猜，那棵梅樹之所以不開花不結果，是因為我的關係。那麼，這會兒它的開花一定代表了某種意涵。所以當梅花落地，開始結果的時候，我知道我可以讓阿宜懷孕了。

心中珍珠

我謹遵自己立下的規矩，在他們雲雨的時候，絕對不進房打擾，不過，我仍然插手干預了一些事，在某些不適合行房的日子裡，像是颳風、陰天、雨天、起霧、太熱、太冷等，我都會打發夫君去找詩友聚會，或者出門演講。至於打雷閃電、月蝕、日蝕、地震等時候，我就讓阿宜鬧頭痛。

不過，那樣的日子畢竟不多，所以每每等到屋裡靜了下來，我就會從窗子的縫隙進到房裡。

進屋後，我會把自己的形體縮小，以便進到阿宜的體內，尋找正確的精子，將他帶去卵子處會合。孕育個孩子不光只是雲雨那麼簡單，那還關係到男女結合時，另一條來自陰間的魂魄前來投胎。

我找了又找，幾個月後，我終於找到了一個適當的人選。我將他引領到阿宜的體內，引導他進入卵子。接著我把自己縮得更小些，陪著這個小生命安安穩穩地抵達子宮壁著床。好，現在這個孩子已經安抵他暫時的家了，我可以去忙別的了。

阿宜的月信一停，整個吳家上上下下無不歡欣鼓舞。不過，喜悅的底下卻有股暗潮洶湧——前一個女主人因為懷孕去世，而種種跡象顯示她是被惡鬼纏身。以阿宜的身子骨，大家都認為她的體質會招惹惡鬼再次上門。

「永遠不能對之前去世的妻子，掉以輕心。」在一次跟道士的會診中，趙大夫說。我同意，不過我知道談則的亡魂在血湖，所以那沒什麼好擔心的。

然而接下來道士說的話，倒是令我背脊發寒。

「我倒是認為，沒有正式迎娶的那一位，才需要特別小心。」道士低聲說，但他的聲音大家都可以聽到。

我呆住了。我愛阿宜啊！我說什麼都不會作出傷害到她的事情呀！

「我贊同。」婆婆說。「我也在擔心那一個。她把怨氣出在阿則跟阿則懷的孩子上。就某方面來說，也許不能怪她，可是這對我兒子來說，實在太殘忍了。告訴我們該怎麼做。」

我羞愧到無地自容。我不知道婆婆這些年來，都認為談則的死是因為我回來找她算帳的緣故。我得贏回她的認可，而最直接的方法莫過於保護阿宜，不讓她出任何差錯。只是趙大夫跟那位道士臨走之前，留下一大堆的指示，增加了我的困難度。而阿宜更是個不合作的病人——儘管她體質不佳，但個性卻十分頑強。

僕人紛紛獻上他們做的特殊符咒或偏方，但是阿宜在謝過人家的好意後，卻不採用。婆婆要阿宜多休息，阿宜卻認為當媳婦的人就要有媳婦樣子，依舊照常問安、奉茶、伺候婆婆的起居，照顧夫君，清洗修補她的衣服、監督僕人、準備自己的洗澡水……。吳人不希望她那麼累，他會拿起筷子餵她吃飯，為她按摩頸背紓解壓力，拍鬆枕頭讓她好睡些。可是，阿宜從不好好坐著讓他做這些事。

然後，春末一個寒流突然來襲，當天下午我很生氣。那個道士先是把阿宜趕出房間，讓人挪動房裡面的家具，彷彿擺開陣仗。如果光是這樣也就算了，他還焚燒大量薰香想把我趕出去，可是那些舉動只是把屋子弄得烏煙瘴氣，還害得阿宜嗆到，胃也很不舒服。更離譜的是，道士不停地戳弄阿宜的頭，說這可以加強阿宜的防禦力，而且不懂得控制力道，讓阿宜很不舒服。

「哎呀！你為什麼不乾脆叫他們辦個冥婚，別再這樣弄得她不得安寧！」我忍不住大叫。

阿宜震動了一下，眼睛連眨了好幾次，並看了看房內四周。而那個從來沒有感應到我存在的道士，則匆匆收拾他的背袋，行了個禮，隨即離去。我早已打定主意，要日夜守著這兩個我最愛的人，誰也別想叫我退縮。

那天下午接下來的時間，躺在床上的阿宜一直若有所思，手指頭一直捏著被子。到了僕人送來晚餐的時候，她似乎已經有所決定。

當等到夫君終於回來，阿宜對他說：「如果大家都這麼擔心同姊姊會害我，那你們就辦個冥婚，這樣她就可以正名，成為你的元配妻子了。」

我震驚到一開始無法理解她的話。我當時會脫口而出，是惱怒極了，根本沒有想到她會聽見，或把我一時的氣話當真。

「冥婚？」夫君搖了搖頭。「我並不怕鬼。」

我用力地瞪著他，可是我還是無法看出他在想什麼。十四年前，談則臨死前不久，他也曾說自己不信鬼魂之說——那時我認為他是為了安談則的心。

他是真的不怕，還是不信鬼的存在？我到他夢裡跟他相見的事，他是怎麼想的？談則由原來的木頭人變成了最佳的床伴，由惡婦變成了柔順的賢妻，全是偶然？他有個如花美眷，為十多年的孤寂畫上了句點，只是老天爺可憐他的天賜機緣？

我對夫君起了懷疑，但是阿宜沒有。她嫣然一笑。

「你說你不怕鬼，可是我卻覺得你怕。這屋子到處都充滿了恐懼。」

夫君起身走到窗前。

「這樣的戒慎恐懼對我們的兒子不太好。」阿宜繼續說。「去安排冥婚吧。這樣大家就會安心些。如果他們平靜了下來，我也就能好好地懷這個孩子。」

阿宜的這席話平復了我受傷的心靈。阿宜，我可愛、善良、聰慧的妹妹呀，妳會提出冥婚，不是為妳自己的安全著想，而是想讓吳家恢復安寧？放心，妳不會有事，妳的孩子也會平平安安地誕生。但是冥婚？難道我的願望終於可以實現了？

夫君握緊擱在窗台上的手，看起來若有所思。事實上，他甚至是充滿期待的模樣。難道，他終於感應到我的存在了？他知不知道我仍愛著他，而且愛得很深很深？

「妳說的對，牡丹本來就是我的元配。」他終於開口，而我呆住了。二十三年來，這是他第一次呼喚我的真名。「她死的時候，就該舉行了。可是……有些問題存在，所以一直沒有舉行。牡丹她……，」他轉身面對阿宜。「她絕對不會傷害妳。我知道她不會，妳可以相信這一點。不過，妳說的對，是該舉行冥婚的儀式，以安其他人的心，免得他們一直來干擾妳。」

我掩面無聲地哭泣。等待這麼久，彷彿是從死後那一刻起，就等著冥婚的舉行。只要舉行冥婚，他們就會去把我的神主牌找出來，就會有人發現上面還沒有點主，就會知道他們疏忽了哪些環節。一旦做了補救，我將不再是餓鬼，就可以完成接下來的陰間程序，可以位登吳家元配的祖先之列了。而冥婚這個主意，由我懷有身孕的妹妹提出，意義更是重大。再加上得到吳人——我的夫君，我的摯愛，我的詩人，我的命——的贊同，那就像一斛的珍珠倒進了我的心那樣的珍貴。

我搭著媒婆的肩膀，跟著她到陳府參與提親。爹已經告老還鄉，過起含飴弄孫的生活。他看起來還是很硬朗，一臉正氣凜然，不過，我隱約可以感覺到，他還在為我的去世傷慟。

雖然他看不見我，但我還是對他跪了下來行磕頭之禮，我為曾經懷疑他、責怪他向他致歉，並且希望他能原諒我。行完禮後，我退到一旁，聆聽他們商議聘禮。一開始，我很不解，因為爹提出的要求比我活著的時候還要高。

「令嫒的八字跟吳家的二子合過，兩人是天作之合。老爺不該再多做要求的。」媒婆說。

「我開出的聘禮就是這些。」

「可是令千金已經亡故了。」

「都這麼多年了才來提親，也該加點利息。」

這場商議自然是破局。我很失望，婆婆也不太高興媒婆的回覆。

「叫人立刻備轎，我們馬上過府。」婆婆厲聲命令。

很快地，她們來到陳府，僕人們迅速將客人領到偏廳，奉上茶水跟冰鎮過的手巾讓她們擦手拭臉。之後，僕人領著她們穿過一座座院落，帶往爹的書齋。爹側躺在羅漢床上，他最小的兩個孫子，還有幾個姪孫正在他身上爬來爬去嬉戲著。看到訪客來到，他叫僕人將孩子們帶走，自己則走到書桌後坐下。

婆婆在書桌前的椅子坐下——只要我去書齋找爹，總是坐在那張椅子上。

「嫂子，許久不見。」

「我早已不再出門，更況且現在規矩也變了。即使之前我曾經出門，你也知道我根本不贊同男女同室相見。」

「以前聚會時，您對我們這幫朋友總是照顧有加。」

「我今天會登門造訪，也是因為當年的情誼。倒是你似乎忘了對先夫的承諾，承諾要結為兒女親家。」

「我怎敢忘懷？可是我又該如何信守承諾？小女過世了。」

「我豈會不知？過去的二十年來，我日日看著我兒子為情所苦。」婆婆向前傾，手指敲了敲桌子。「我誠心誠意派了使者前來，你卻漫天開價把她打發回去。」

爹漫不在乎地往椅背一靠。

「你明明知道這件事情該怎麼辦。為了這件事，我之前已經過府許多次。」婆婆又說。

她來了很多次？我怎麼都不知道？

「我女兒可比妳提的那些要有價值得多。如果妳要她進你們吳家，當你們吳家的媳婦，妳就得更有誠意些。」

我了解地嘆了口氣。原來爹還是很看重我的。

「很好。」婆婆抿了抿嘴，眼睛瞇成一條線。

我看過她對談則動氣的樣子。不過，女人不能對男人生氣。「我要你知道，今天若是不能談出個所以然來，我是不會離開的。」她深吸口氣，「如果你一定要我多給聘禮，那麼相對的，你也得多給一些嫁妝。」

而這一切似乎恰好是爹要的。他們相互出價，然後討價還價。爹提出一項聘禮的要求，婆婆就跟著提高嫁妝的要求。雙方你來我往，看來駕輕就熟。這令我非常驚訝，因為這表示他們已經過招多次，方才有可能如此見招拆招。我真是既驚又喜。

正當大局看似底定，我爹突然又丟出一句話：「十天內送來二十隻的活鵝，否則我不會答應這樁婚事。」

這根本不是什麼大難題，但婆婆也予以回應了。「我記得當年令千金的貼身丫頭，好像要跟她一起嫁過來伺候她。雖然她已經過世，但過門的時候，還是得有人照料她的神主牌。」

爹微微一笑。「我正等著嫂子提起呢。」

爹向站在門邊的僕人示意。僕人走出去後不久，領了一個女人回來。那個女人進門後，在婆婆面前跪下，向她行磕頭禮。當她抬起頭，我看到一張經歷風霜的臉。那是柳兒。

「她是最近才回來。當年我犯了一個錯，不該將她賣掉。如今，事情很明顯，她的命運就是照顧我女兒。」

「她的年紀不小了。我要她做什麼?」

「她才三十九。她有三個兒子。那三個孩子都留在她的前任主人那裡，因為女主人只要孩子，不要娘。柳兒長得或許不怎麼樣，不過，如果需要還是可以收起來當小妾。她還能生，我保證她肯定能早早生下孫子給妳抱。」

「得花二十隻的鵝?」

我爹點點頭。

媒婆笑得合不攏嘴——這筆生意可真是利潤豐厚。

柳兒跪著向前到婆婆跟前磕頭。

「我有個條件，你得回答我一個問題。為什麼你之前不肯答應，讓你的女兒跟我的兒子舉行冥婚?就因為你不肯答應，有個女孩子年紀輕輕就死了，如今又有一個懷著吳家骨肉的女孩子，生命正受到威脅。事情很好解決，就是辦個冥婚。冥婚又不費事——」

「但那對我有什麼好處?」爹終於說出心裡話，「牡丹是我的心肝寶貝。我捨不得她離開我。她的神主牌留在我們陳家，感覺上就像她還在我的身邊。」

可是我從沒在他身邊過。

爹的雙眼濕潤了起來。「這些年來，我一直希望她能託夢給我，希望她回來看我，讓我感覺到她，可是從來沒有。妳今天差媒婆來的時候，我決定該是讓女兒走的時候了，畢竟牡丹本來就許配給了你的兒子……奇怪的是，我今天終於感覺到她回來看我了。」

婆婆冷哼。「你早就該做你應該替她做的事了。二十三年是段很漫長的時間，陳大人，非常漫長的一段時間。」說完，她起身走出書齋。

我沒跟婆婆一起離開，我留了下來，好做出嫁的準備。

冥婚不像陽間的婚禮那麼多繁文縟節，曠日費時。雙方議定後，爹開始著手準備我的嫁妝，而婆婆也將議定的聘禮重新一一備妥。而我，我梳理好自己的頭髮，稍事整理破舊的衣服。我很想換上全新的裹腳布，可是打從我離開望鄉台後，就再也沒有新的可供替換。

現在，我已經盡可能裝扮好自己了。唯一的難題，是得把我的神主牌找出來——沒有它，我就沒辦法出嫁。問題是，我的神主牌已經不見很久，久到沒人記得當年究竟放到哪裡去。而唯一知情的人，是曾經擔任我的奶娘、同時也是陳府裡嬤嬤的蕭媽。現在的蕭媽，年齡已經老大到不能再當奶娘，也管不動任何僕役。現在的她牙齒都掉光了，頭髮也所剩無幾，記憶力更是消退了一大半。年紀這麼大的家奴賣不了幾個錢，對找回我的神主牌也幫不上半點忙。

前半個時辰，她說：「那東西，早扔了。」

後半個時辰，她說：「就擺在祠堂裡，在她娘的神主牌位旁。」

又半個時辰後，她說：「就跟《牡丹亭》演的那樣，我把她的神主牌放在梅樹下了。牡丹交代的。」

接下來的三天，陳府上上下下動員所有的人，每個人——連阿寶，連爹都跑去找蕭媽，好說歹說，要蕭媽說出神主牌到底在哪裡。蕭媽嚇得嚎啕大哭。

「我不知道那東西在哪裡呀。你們為什麼一直詢問那東西的下落？」要是她連擺放的地方都忘了，也就更不會記得是她害得我的神主牌沒有點主。我好不容易終於走到這一步，絕對不能只因為這個老婦人，忘記她把我的神主牌放在儲藏室架子上一罐泡菜的後面，就前功盡棄。

我去到蕭媽的房間。她在睡午覺。我站在她的床邊，瞪著她。我伸手想要搖醒她，可是手臂卻動不了。我試著用力，可是沒有用，就是沒法移動。

而後，我感覺到有隻手落在我的肩膀上。

「我們來。」一個聲音說。

我轉身，看見了娘跟祖母。

「妳們來了！可是妳們怎麼出得來？」我驚喜地歡呼。

「妳是我的心肝寶貝，妳要出嫁，要我在遙遠的地方看？我可受不了。」娘說。

「我們請求鬼差，於是他給了我們許可狀，通融我們來回人間一次。」祖母說。

更多的珍珠進到我心裡。

我們等著蕭媽醒來。她醒來後，娘跟祖母一人一邊押著她，穿過庭院來到儲藏室。她們一直將她押到架子前，才放開她的手肘，退到一旁。

蕭媽取下神主牌，拂去上面的灰塵跟蜘蛛絲。雖然她的眼力已經不太好，可是我相信她還是可以看到上面的主字少了一點。我十分有把握，她一定會馬上拿去給我爹，可是並沒有。我無助地望向娘跟祖母。

「幫幫我，讓她看見上面沒有點主。」

「我們沒辦法那樣做。我們能做的，就只有這麼多。」娘和我一樣無奈。

蕭媽拿著我的神主牌，往我生前的閨房走去。在房間的地上，平放著一個用稻草填充、肚子中空的假人，它的頭是用木頭做的，柳兒將一張畫了眼睛、眉毛、鼻子、嘴巴的紙，用漿糊黏貼在假人的臉上。

蕭媽才一進入屋內，很快來到假人的旁邊跪下，迅速將神主牌塞入中空的肚子內，並催促柳兒快將兩邊的布縫上。她的動作快得讓柳兒完全看不清楚神主牌上的字。柳兒縫好缺口後，起身走到一個櫃子前面，打開抽屜，從裡面取出我的嫁裳。我很意外，因為它們早該跟我其他的東西一樣被扔掉了呀。

「您保留了我的嫁衣？」我問娘。

「當然。我始終相信，有一天它們會派得上用場的。」

「我們還帶了禮物要給妳呢。」祖母說。

祖母伸手探入她的衣內，取出一雙新鞋，還有嶄新的裹腳布。娘打開一個包袱，從裡面拿出一條裙子跟一件衣衫。那套壽衣好美。在她們幫我穿衣打扮的時候，那些僕人也正在做相同的動作。僕人替假人穿上紅裙。那條紅裙上繡有精緻的花鳥雲彩圖案。接著她們套上紅衣，並扣上所有的盤釦。至於填充了稻草的腿部，她們用長布條纏捲，直到可以套進我那雙紅色喜鞋。之後，她們扶假人坐起，替假人裝上假髮以及上假髮髻，用髮釵、髮夾固定住。最後用紅巾蓋住假人的臉。要是我的神主牌點了主，我就可以鑽進假人裡面了。

僕人們離開後，我在假人旁邊蹲了下來。我用手碰了碰頭釵上的金葉片，碰了碰那襲紅衣。我應該感到快樂，可是我沒有。我是如此接近我修正過的命運，可是神主牌沒有點主，這場婚禮根本毫無意義可言。

「我現在什麼都知道了。」娘說。「我很抱歉。對不起，那時候我太傷心，沒法為妳點主；對不起，我讓蕭媽拿走了妳的神主牌；對不起，我沒有過問妳爹有沒有替妳的神主牌點主。我以為神主牌被他帶去京城——」

「他沒有——」

「他沒告訴我，而我也沒有問。我死的時候，妳也沒有告訴我。我是一直到了望鄉台後才知道。妳怎麼不告訴我呢？」

「我不知道該怎麼說。妳那時候還迷迷糊糊。再說，是蕭媽——」

「妳不能怪她。」娘揮了揮手，「是我跟妳爹，是我們太內疚，內疚到忘了該做的事。妳爹自責妳罹患相思病致死，是因為他造成的，他自責若不是他讓妳看《牡丹亭》，若他沒跟妳敘說湯顯祖、小青……等等的事蹟，如果他沒有引導妳去思考，去寫——」

「可是，我之所以是我，就是因為我能思考，能寫作呀。」

「沒錯。」祖母說。

「妳安靜。」娘毫不客氣地命令。「就是妳害她傷心欲絕，心痛欲死的。」

祖母抬起下巴，但是眼睛卻轉開，「這一點，我道歉。我那時候不知道——」

娘扯扯祖母的袖子，打斷她的話。

「牡丹，要是妳都按照娘的話去做，妳就不會成為今天的妳，而我這個娘，真心以今天的妳為榮。每個作娘的，都會替她的女兒擔心受怕，可是娘不是普通的恐懼，娘是怕到了極點，什麼事都想到最嚇人的狀況。可是有什麼最恐怖的狀況，會發生在妳身上呢？是曾經發生在我身上的揚州事件？不是的。我最最擔心害怕的，是失去妳。

「這些年來妳做了什麼，娘都看在眼裏。娘也看到妳對吳人的愛，如何讓妳綻放、成長。當年我寫那首詩的時候，寫的是我的悲痛跟絕望，說的是我的生無可戀。而那之後，我封閉了我自己，自絕於以往喜歡從事的所有事。娘跟妳祖母，以及許許多多的婦女，都想要說出我們的心聲，說出我們的想法跟感受，並希望被聽到。而我如願了，只是我真正被聽到的一次，卻是我對人世間的失望。

「但妳就不一樣了。妳死後反而成長了更多，長成一個令人激賞的女性。還有妳在世時的遺作——」

我立刻緊繃了起來。娘燒毀了我所有的書，她痛恨我喜愛的《牡丹亭》。

「牡丹，妳有好多事都沒告訴我。」娘幽幽長嘆。「我們白白糟蹋了好多的時間。」

是啊，而時光一去是不回頭的。我眨去憂傷的淚水。娘拉起我的手，輕輕地拍了拍。

「我在世的時候，風聞吳人寫了《牡丹亭》的批注，但是當我看到內容的時候，卻覺得那是妳的心聲。當時我自認為太思念妳，以致於產生那樣的錯覺。直到我到了望鄉台，妳祖母來找我，並告訴我一些事情，我才知道那不是錯覺，而是真的。」

「快告訴她，我們此行的真正目的。」祖母說。

娘深吸了口氣。「妳得完成妳在世時的心願。我、妳爹、妳祖母、陳家所有的人，以及陳家的列祖列宗都會以妳為榮的。」

我思索娘的話。想到祖母想說出自己的心聲，想得到祖父的一句謝謝，結果卻被錯置，被世人贈了一個節婦的頭銜；娘想說出她的心聲給世人聽，遭遇卻讓她迷失了自我；我也想說出我的心聲，不過不是給世人聽，而是只說給一個人聽——吳人在望月亭就是那麼要求我的，他說他想聽我的心聲，在全世界的人，即使連我的父母都希望我作個沒有聲音的乖女兒時，只有他想聽我。是他為我創造了無限的可能。

「可是在發生那麼多的事之後，我怎麼可以——」

「我創作那首詩時，是一點也不想苟活，而妳，妳的確是為寫那本戲曲的評論而死；我是經過了椎心刻骨的痛，才能創作出那樣的字句，而妳則是為了道出妳的情而嘔心瀝血。我本來想，也許這就是老天要我們付出的代價——誰想要寫，誰就得準備拿生命抵押。可是這幾年，當我看到妳跟阿宜相處的情形，我又想，寫作未必非得要有所犧牲，也許我們筆下寫出來的東西，根本是出於我們的天份。我寫出了悲憤、恐懼、絕望，妳則寫出了渴望、喜悅跟愛戀，我們都為自己說出了想法和心聲，為了創作付出莫大的代價。但它是值得的，對不對，女兒？」

我沒有機會回答。走廊傳來嬉笑聲，隨即，房門被推開，進來的是我那四位嬸嬸、掃把、蘭兒、蓮兒，以及她們的女兒。她們是被我爹特地叫回來幫忙的，他要這場婚禮跟真的一樣。進來後，她們拉整假人身上的衣服，多拿幾支髮夾把假髮固定得更牢些，又調整了一下髮釵。

「快！」鐃鈸跟鼓聲方才響起，祖母連忙說，「動作快一點。」

「可是我的神主牌——」

「現在沒時間去管那個了。把妳的心神放在婚禮上，好好地體驗，因為人的一生中就只有這麼一次，而這個跟妳在世時所想像的可不一樣。」祖母閉了閉眼睛，嘴角噙著自得的笑意。然後，眼睛一睜，雙手一拍，「好了，快。」

我記起該做的所有步驟，先向娘磕了三個頭，感謝她的撫育之恩，接著向祖母磕了三個頭。她們扶起我，帶著我走向假人。由於我的神主牌沒有點主，無法進到裡面，只能抱著它。

祖母說的沒錯，我必須盡可能地體驗我的婚禮，而那並不難。我的幾個嬸嬸，都在誇我打扮得很漂亮，過去會得到婆婆跟丈夫的疼愛。我的幾個堂妹則頻頻向我道歉，說她們以前不懂事，請我原諒她們過去的所作所為；她們的女兒則對我說，她們很遺憾沒能來得及認識我。而後二嬸跟四嬸把我——的假人——扶起，放到一張椅子上，再將椅子搬出房間。娘和祖母跟著陳家女眷送嫁的隊伍，沿著迴廊，穿過內院的亭台樓閣、池塘，來到祠堂。在供桌上，在祖父跟祖母的畫像旁，掛著娘的畫像。畫中的娘，皮膚通透，髮髻梳成新嫁娘的款式，嘴角含著盈盈淺笑。這一定是她剛嫁給爹時的樣子。

供桌上陳列的東西每樣都是單數，顯示這不是一般的婚禮。三個香爐，每個香爐插著七支香；爹向天地神明敬了九杯酒，向祖先敬三杯酒，接著敬奉五個桃子，十一顆香瓜。

然後，椅子被抬起，抬出了風火門。我期盼了那麼久，期盼著跨出這扇門到吳家去，而今這一天終於到來。

柳兒拿了一個竹篩遮在我的頭頂，其他人則把我放進一頂綠轎裡。轎夫扛起轎，沿著西湖的湖岸來到吳山。上了吳山，經過了那間寺廟，來到吳家的大門外。

轎門打開，我被放到另一張椅子上。婆婆站在門邊迎接我，娘跟祖母站在她的旁邊。接著，婆婆轉向我爹。一般說來，舉行冥婚時，女方父母只會因為送走不祥之物而高興，通常不會跟著隊伍來到夫家，頂多在自己家中偷偷慶祝。可是這會兒爹乘著轎子跟在我後面，繞杭州而行，讓眾人知道全杭州最富有、最有名望的陳家正在送女兒出閣。當我被搬過吳家的門檻，心中裝滿了滿滿的珍珠，滿得彷彿要溢出來一般，吳家的庭院充滿了我的喜悅。

一行人——還有鬼魂，穿過庭院，來到吳家的祠堂。祠堂的供桌上點著紅燭，吳人就等在那裡。一看到他，我好激動。他身上穿著我親手替他縫製的紅袍，顯得玉樹臨風。他唯一跟一般的新郎倌不一樣的地方，是他的手上戴了雙黑色的手套——那提醒眾人，這場婚禮有別於一般的婚禮，這是場冥婚。

典禮開始。僕人將椅子抬起，好讓我可以跟夫君向吳家的列祖列宗行禮，禮成之後我正式脫離了陳家，成為吳家的人。而後喜宴開席，豐盛的排場一點也沒有浪費，因為我的幾個嬸嬸、叔叔、堂妹、堂妹夫、姪子、姪孫……相繼來到，坐滿了一桌又一桌。阿寶——還是那麼胖，胖得眼睛瞇成了一直線——帶著他的妻子跟兒子到來。甚至連陳家的小妾也來了，不過她們另開一桌，而且位置很偏遠。她們頻頻左顧右看、交頭接耳，非常興奮終於能出這趟門。我坐在主桌，夫君坐在我的旁邊，爹坐在我的另一邊。

「以前總有人認為，我讓女兒彩鳳隨鴉了。」十三道菜上桌後，爹對吳人說，「是的，如果論財富，論家世，的確如此。可是我很景仰你的父親，而你是我看著長大的，我知道你跟我女兒會是天生的一對，她跟著你會很幸福。」

「我也會。」吳人舉杯啜了一口。「而從今以後，我們永遠在一起了。」

「好好照顧她。」

「我會的。我會的。」

喜宴過後，我跟夫君被帶進新房。假人被放在床上後，眾人紛紛離去。我不自在地走到床邊，在假人的旁邊躺了下來，一面緊張地看著夫君褪去衣服。

他望著假人的臉，看了很久，然後上床，在假人旁躺了下來。

「我從來沒有停止想念妳。從來沒有停止愛妳。我的心一直都是妳的，我的妻。」他喃喃低語，並將假人擁入懷中。

早上，柳兒來敲房門。

早已起身坐在窗邊的夫君出聲叫她進來。

柳兒推門進入，她的後面跟著娘以及祖母。柳兒放下托盤，托盤上放著茶壺、茶杯，跟一把小刀。她斟了茶，端給吳人，然後往床的方向走。幾近時她彎下身去，解開假人身上的衣服。

夫君跳了起來。「妳做什麼？」

「我是要取出小姐的神主牌。」柳兒溫馴地回答，她的頭垂得低低的。「我得把它放到吳家祠堂的桌上去。」

夫君走過去，奪過小刀，放進懷中。「我不許妳傷她。」他的目光看向假人。「我等了這麼久，好不容易兩人才終於在一起。我要她就保持這樣。去準備一個房間，我要她有個專屬房間。」

雖然感動，可是這麼一來，情況恐怕對我更加不利。我無助地望向娘和祖母。

「現在怎麼辦？我的神主牌……」

她們面面相覷，而後消失不見。

這就是我冥婚的經過。

正如阿宜所預料的，冥婚舉行過後，吳家大大小小的心就安了下來，人人都回到他們的工作崗位，讓阿宜清靜了不少。

夫君要人準備了一間可以看到花園、視野很不錯的房間，好放置那個假人新娘，並由柳兒負責打掃、照應。每天夫君都會上那個房間坐一、兩個時辰，看看書或者寫寫字，而阿宜則遵照傳統習俗，準備供品供奉我這個元配。照理來說，我應該感到欣慰，然而事實並如此。我愛吳家，而他們也成全了我的願望——冥婚，嫁入吳家。可是，沒有點主，我仍是一介孤魂餓鬼，只不過身上有了娘和祖母給我的新衣服，腳上有了新繡花鞋、新纏腳布，如此而已。

關於娘和祖母建議，我該完成遺願的事，我並沒有多想。我現在所有的心思，都放在看顧阿宜上，只期望她能平安順利地產下孩子。

順月了。人們都說妊娠的最後一個月，整整二十八天不可以洗頭，阿宜遵照辦理。我時時看著她，讓她盡量放鬆，絕對不去爬樓梯，並盡量吃得清淡。婆婆特地辦了一場特殊的法事，驅除喜歡騷擾孕婦，使她們難產而死的鬼怪。她準備了一桌子的菜餚、焚香、鮮花、燭、冥錢和兩隻活蟹。在唸完咒文、舉行完儀式後，婆婆要柳兒將那兩隻蟹丟到門外的大街上。大家都知道那兩隻蟹會把作怪的鬼怪一起帶出去。接著，婆婆把香灰用紙包起來，掛在阿宜的床上，那些香灰的法力，會從嬰兒誕生後一直保護阿宜，保護期可以長達三十天，不會讓鬼怪將阿宜拖往血湖。

只是，縱使如此，阿宜的生產還是不順利。

「一個邪惡的鬼魂阻止這嬰兒來到世上。」穩婆說。「這個鬼很不一樣，有可能是上輩子的冤親債主，人家今天來討了。」

我連忙走出房間，唯恐是因為我在房裡的關係。可是阿宜的尖叫聲，卻比我在的時候更淒厲，於是我連忙回去。我才一進房，阿宜就穩定許多。在穩婆替阿宜擦拭額上的汗水時，我看了看四周，沒發現任何異狀，也沒看到有什麼鬼怪，可是直覺告訴我，附近有東西出沒，只是它在我的視線外而已。

阿宜愈來愈虛弱，開始呼喚著她娘。夫君找來道士，道士看了看現場狀況——床上凌亂的床褥、阿宜大量出血、穩婆手足無措，他很快起壇，取出三張符咒，每一張都有兩寸寬三尺長。他將一張掛在門上，以阻止邪靈侵入，一張纏繞在阿宜的脖子上，另一張將之火化，把灰燼倒入水中，要阿宜喝下。之後他又是燒冥紙，又是搖頭晃腦，又是唸咒拍桌，持續了約一炷香的時間。

然而，孩子還是出不來，仍舊被看不見的陰靈阻撓。在一旁的我，是這麼用盡心力地想把這份禮物獻給我的夫君，但眼看辦法就快想盡了……，還有什麼是我沒想到的？

「胎兒被臍帶纏住了。那個陰靈想要尊夫人的命。」道士就站在阿宜的床邊說。

我知道我得採取行動了。我要道士再起壇施法；要婆婆用熱水熱敷阿宜的肚子；要柳兒扶阿宜坐起，然後坐在阿宜的背後，讓阿宜靠著她；我要穩婆替阿宜按摩，打開產道。然後我進到阿宜的體內，直到我跟夫君的兒子面對面。

臍帶圈住了胎兒的脖子，隨著每一次的子宮收縮，胎兒愈發喘不過氣來。我抓住臍帶的一端，想替胎兒解套，可是另一端卻突然抽緊，胎兒的身體也跟著抖動。更奇怪的是，子宮內是冷的，而不是溫暖舒適的。我鑽到下方，先鬆了鬆纏在胎兒脖子上的臍帶，然後用空出的那隻手拉住另一端，奮力跟抽緊的彼端對抗。我跟著胎兒慢慢往出口滑移，替胎兒擋去子宮的壓縮，盡量保護夫君的兒子，直到我們滑進穩婆等待的手掌裡。

即使嬰兒吸進他來到人世間的第一口氣，即使他已被清理完畢，被送到他娘的懷中，但仍然全身發青，而且了無生氣。我很擔心孩子存活不了。擔心的人不只我一個，婆婆請道士又做了四次法事，還將夫君的一條褲子掛在床尾避邪。又在嬰兒的兩手兩腳各繫上串了一枚銅錢的紅絲線——銅錢有避邪、讓孩子乖巧的功能。接著，柳兒拿下掛在阿宜脖子上的符，將它折成一頂帽子給嬰兒戴，好保護他。道士則取下掛在門上的那符咒，予以火化，將灰燼放入水中，讓嬰兒在三天後第一次洗澡時使用。

進展到這裡時，嬰兒的皮膚已經看得見血色，不再呈現青紫，不過他的呼吸仍然非常淺，他需要更多的祝福保佑。我要他們找來吉祥物，放進一個袋子裡，掛在房門外。裡面有青蔥，賜予他聰明和智慧；有橘子，保佑他一路平安，大吉大利；還有炭條，幫助他堅毅不拔。

他們母子平安順利地度過了第一個月。

為了慶祝小孩的彌月，吳家大開宴席，同時做了很多的紅蛋和甜粿。前來賀喜的男人，都拍拍夫君的背，跟他喝酒乾杯；女眷則笑瞇瞇地逗著嬰兒玩。宴席結束後，女眷回到後堂，她們一面跟小嬰兒玩，一面跟阿宜聊天，聊到了清帝的南巡。這是康熙皇帝第一次來到杭州。

「那個康熙皇帝，是想讓大家知道他肚子裡面是有東西的，是文武全才。可是他的南巡花了多少民脂民膏呀。」李淑說。「他縱馬奔馳在平野，箭箭都射中靶的，連馬兒站立起來時，還是一矢中的。那刺激了我夫君。當天晚上，我夫君的箭也都百發百中。」

李淑的話，讓席間的女子紛紛呼應自己的丈夫也有同樣的情況。

「我看哪，要是十個月後，有很多人一起舉行彌月宴，就不必太驚訝了。」有人說。更多人笑著點頭。

李淑抬起手要大家安靜。然後她降低聲音說道，「康熙帝說，這才只是國泰民安的開始。不過我很擔心。他很不喜歡《牡丹亭》，說《牡丹亭》太煽情，說這本書只會讓女子墮落而已。那些自詡衛道之士便抓住這一點，大聲嚷嚷起來。」

眾女人相互談笑勸慰，可是她們的心卻不很踏實。一本她們的丈夫原本相當推崇的作品，如今有可能因為清帝的喜好，被列為禁書。

「我說，沒人能夠限制我們可以看什麼書，不能看什麼書。我想看《牡丹亭》就能看。」李淑說得鏗鏘有聲。但是卻沒有人附和。

「能看多久？」阿宜問。「我甚至看都還沒看過那本書。」

「妳會看到的。」夫君從門外走了進來。他抱起阿宜懷中的嬰兒。「妳那麼用心，為了想要了解我喜歡什麼，就用心地去學、去讀。如今又替我生了個兒子。我怎能不把我非常重視的東西，拿出來與妳分享呢？」

雲 聽

夫君的話激勵了我想要完成遺願的意志，不過，我還沒有準備好，阿宜也是。我上次看那部書，已經是十五年前的事。那時，我以為自己已經能夠掌控對生人有害的那股能力，如今家裡有了嬰兒，我必須更加小心，非得有百分之百的把握，才能成事。況且，阿宜還需要多多閱讀《牡丹亭》才能深入地了解。我讓李淑、夫君，還有婆婆幫我一起教導阿宜，以充實她的學識。

經過了兩年的時間，我終於有了充份的把握，這才讓夫君將我跟談則共同創作的那本眉批拿給阿宜。

每天早上，阿宜在梳洗更衣後，會到花園摘朵牡丹，再到廚房去拿顆新鮮的桃子，以及一碗櫻桃或是一顆香瓜，順便向廚子交待應辦的工作。之後她會把這些水果拿到祠堂，先向吳家的祖先上香，然後把水果放在談則的神主牌前敬奉。拜完後，她會走進放著假人新娘的房間，將那朵牡丹插進花瓶裡。她會對著放在那個假人裡的神主牌，訴說她對兒子的希望，並為夫君跟婆婆長的命百歲及身體健康祈福。

接著，我跟阿宜會一起到望月亭。到了那裡，她會打開那冊《牡丹亭》，閱讀上面的眉批，一直看到下午。她看得很專注，專注到有時蹙眉，有時閉上眼睛，整個人靜坐在那裡，一動也不動地思考著。我記得那年看《牡丹亭》時，那個扮演杜麗娘的伶人也是這個樣子，那人透過這樣的動作，讓觀眾進到自己的內心深處，去探索自己的感受。夢想——我們人不就是因為夢想才能給帶來自己力量、希望跟渴望嗎？

有時候，我會將阿宜拉離書中的世界，要她起來走動。碰到夫君、婆婆，或是李淑時，我會要她向他們請教，接受他們的啟迪，開發她的眼界及見識。我要她問問他們，有關其他婦女寫的詩評和書評——當她聽到不少女性將自己的著作燒毀，或是任憑失傳，她感到難過。

「怎麼會這樣？怎麼會有這麼多女性的思想著述如隨風的落英，像逐流的落花，彷彿船過水無痕呢？」

她的話令我大為震撼，這表示她已經進步到什麼程度了。

阿宜對學問的追求，從沒影響到她為人妻、為人媳、為人母的職責，她從沒忘記，或是抱怨操持家務多令人疲累。她很愛那部戲曲，不過她從沒有對它過於沉迷。透過她，我看到了很多的層面，她讓我了解到，自己在少女時代對愛情的憧憬，以及後來對肉慾之愛的想法是如何的膚淺及錯誤。從阿宜身上，我體會到情愛的真諦。

我看到阿宜在夫君安撫她，對她說他不怕鬼時，臉上一抹深情、縱容的淺笑；我望到她看見夫君讓孩子坐在他腿上，兩人一起做風箏，並教導孩子如何做個孝順寡母的兒子時，她臉上的表情；我也看到夫君每作評論，無論那個說法有多微不足道，她都專心地傾聽，而且讚美有加。

現在的我，已經知道夫君其實並不像我少女時代所以為的才高八斗、才氣縱橫，但他也不是談則所批評的那麼「百無一用」。他只是一個男人，一個有優點、也有缺點的男人。從阿宜身上，我看到了所謂的真愛，就是不但擁抱對方的優點，連缺點也一併接受。因為人沒有完美的，只要是人，都有他的極限。

這天，阿宜來到庭院那棵我寄身的梅樹下，對著它敬了一杯酒。「梅樹呀梅樹，妳是杜麗娘的化身，這杯水酒聊表我的敬意。請幫助我，讓我能跟得上我的兩位姐姐——同姊姊跟則姊姊。讓我能與她們更加心靈相通。」

如果杜麗娘有知，一定會撒下一陣花瓣雨作為回應——可是我不敢，我不能這樣做。

阿宜的這番舉動，意味著她已經可以提筆寫作了。於是我引導她前往雲廳——那裡空間不大，但是佈置得很雅緻，它的四壁漆成天藍色，窗戶裝著藍色的琉璃，書桌上擺著一個青瓷花瓶，花瓶裡插著白色鳶尾花。

阿宜坐了下來，攤開那本《牡丹亭》，然後磨墨，潤筆。我站在她的肩後，看著她翻到《幽媾》一折，提筆寫下：

千金小姐踽踽涼涼，來尋幽會，其舉止羞澀乃爾……精魂專一，則寐中作念非同囈語也。

那不是我植入她腦海的。那是阿宜她自己寫的。不過，卻完全呼應我對麗娘所抱持的一貫想法。只不過她接下來所寫的，就與我過去的想法迥異。

書難遍讀，禮只略識，夫人終是嬌惜女兒。

阿宜筆鋒一轉：

麗娘三為處子以媚柳郎，牡丹亭夢也，梅花觀魂也，扁舟載去乃始人也，麗娘則恐夢中事有妨于真，故云未嫁柳郎，察之因想到牡丹亭上嬌羞之際。

這段話跟我想的不謀而合！少女時代的我，對愛情多所憧憬，可是在我死後，這一切的經歷才真讓我了解到，嫁做人婦後的實際生活是什麼樣子。

談則的眉批跟我如出一轍，畢竟我經年累月地影響著她，而那也是我過去打從心底的期待。我希望那看起來像是出自一個人的手筆，這樣就能讓夫君認出，那些全是我的論調。

但是現在我什麼都不奢望，只要阿宜寫出她自己的想法，並引以為榮。她接下來又寫了一些，然後落款。她簽上了她的名字！我從來沒這樣做過。談則也沒有。

之後的幾個月，阿宜天天都去雲廳撰寫眉批。逐漸的，某些事情在無聲中醞釀、成形、發生。我跟阿宜之間產生了一種奇妙的默契。有一次當我輕吟：

蟲鳥哀啼，風聲颯颯，滿紙鬼言鬼語。

我才吟完，阿宜就提起毛筆潤潤墨，接著寫下：

幽幽長夜，挑燈獨看，看得膽顫心驚。

有的時候，她會將自身的遭遇，融入書中：

今人選擇門第及聘財嫁妝不備，耽擱良緣者，不知凡幾，風移俗易，何時是桃火之化也。

對那種窮人家沒錢、沒地位、沒名望、沒有人際關係可以牽成良緣的滋味，再了解不過了。

有的時候，出自她筆下的，是朵朵香花：

柳因夢改名，杜因夢感病，皆以夢為真也，纔以為真，便果是真，如鄭人以蕉覆鹿，本夢也順塗歌之，國人以為真，果于蕉間得鹿矣。

看到阿宜這段文字，我忘了自己多年來對這部戲曲的執迷，滿心只為阿宜的深入見解感到驕傲。

阿宜對我寫的眉批一一回應，有時也對談則的眉批寫下心得。正因如此，我在某些書頁間，聽到了談則的心聲。經過了這些年，她對夫君的奉獻，其實遠比我當初認定的還要多。

我很欣賞阿宜的文筆跟思維，所以總是盡量幫忙。晚上，要是她看書看到很晚，我就會讓燭火燃得明亮些，這樣才不至於傷害眼力；當她的眼睛開始疲憊，我會提醒她該倒杯綠茶，利用餘溫熱敷，好消除紅腫及不適；當她的孩子跑到花園玩耍時，我會照顧他，不讓他被蚊蟲叮咬，或者跌倒撞傷，隨時提防他溜出大門，跑到外面去。我甚至警告水鬼，不可以將他引到水裡，取他的性命，同時警告樹精不可以用它們的根把他絆倒。

我一面保護起整座莊園。談則在世的時候，我成天都待在房裡，幾乎足不出戶。當年，我不太喜歡這座宅子，因為跟陳府的規模比起來，它顯得很小家子氣。可是在陳家富麗堂皇的表象底下，人際關係是疏離的、冷漠的——那裡的人太多，七嘴八舌，成天都在說別人的是非，永遠沒有個人獨處的時候，耳朵永遠不得閒，彼此勾心鬥角，為自身牟取利益。但這裡就不一樣了，這個家才是個真正的書香門第，一個很適合女作家居住的環境。就像阿宜，她已將雲廳佈置成一個她個人的天地，當她需要自己一個人靜一靜的時候，就會來這裡尋求片刻的安寧；當她靈思泉湧的時候，會到這裡振筆寫作；當她想要與人分享的時候，會邀夫君前來跟她共享時光。

這種時候，我會盡量幫忙，吹口氣將滿院的芳香送進去，或者朝窗子吹吹氣，讓他們覺得清涼些，並且用手輕彈花兒的花瓣，讓花影搖曳生姿。

我讓大自然向我敞開雙手。春天的時候，我讓燦爛的牡丹開遍整座花園，希望大家看到它的嬌美，聞到它的芳香，就想到我；冬天，我讓雪花掛在枝頭上，希望他們看到那份潔白，回憶起我是在這個雪花紛飛的季節去世的；綠柳成蔭的時候，我讓微風而輕輕吹動楊柳，夫君看到柳枝起伏的波浪，就會想到他是我永遠的柳夢梅；而當整家子看到那棵長年不開花、不結果的梅樹，現在結實累累，在感嘆奇蹟的同時，應該也會想起我吧。這些都是我給夫君，給阿宜，給他們的兒子的禮物。這是我對阿宜那杯酒的回饋。

一天，阿宜在書齋翻找夫君的書籍時，從其中一本的扉頁間，掉出了幾張宣紙。阿宜拾起後打開，唸出上面的字：「待嫁女兒心，習繡花與蝶……」

那是我寫的，那是我生前最後的遺墨。我本來將它們藏在我爹的書齋中，後來阿寶將它們拿來給夫君。

泛黃的老舊紙張，提醒我去世多久──只怕我的屍骨都已經腐朽了吧？阿宜看了又看，反覆地閱讀，眼淚止不住滑落。當晚，她把那些詩稿拿給夫君看。

「我想我現在更了解同姊姊了。夫君，在讀了她的詩稿後，雖然沒有見過她，但我覺得自己彷彿認識她很久了。」

當初阿寶將遺稿送來的時候，夫君正處於是心焦意亂的狀態，因此沒有細看，而是隨便塞在一本書中。現在他總算展開閱讀。那些是我少女時代不成熟的作品，可是，他卻看得眼眶泛紅。

「妳會喜歡她的。」他說。就差沒有直接承認他曾經見過我。

我好開心。

隔天，阿宜把我的詩稿抄謄到全新的紙上。有些字因為時隔甚久，已經褪色到難以辨認，遇到這種狀況，她會臆測那大概是什麼字，然後補上去。透過這種過程，我們合為一體，共同創作。

突然有冊書從書架上落下，嚇了我們一跳。看見攤開的書頁，有折起的紙張，阿宜起身拾起——這是那篇我要談則寫的序文，那篇談則後來撕掉、藏起來的序文。那兩頁序文看起來似乎很新，字跡非常清楚。阿宜趕忙將它們拿給夫君看。他悲傷得不能自已。

就在那一刻，我了解到自己必須將心願完成。女性的創作，是能感動人心的——無論是兩千年前的作品，現在仍深受讀者喜愛，我爹娘也收集了很多，或者是近期蕉園詩社那些女詩人的詩作，也都廣獲好評。我將我的想法告訴了阿宜，然後靜靜等待。

過了幾天，阿宜用一塊絲巾將她嫁妝中的珠寶首飾包起來，帶到書房找夫君，並且等著他抬起頭來。

夫君抬起頭，看到她一臉的嚴肅，立刻關切地問她有什麼事。

「我聽說，才女小青曾寫了一篇《牡丹亭》的評論，可是並沒有流傳下來。我們今天看到的，只有她那篇冷雨幽窗的淒絕詩句。而同姊姊本來為上下兩冊的《牡丹亭》都寫了眉批，只是佚失了一半，後半部是則姊姊補上的。則姊姊為了顧及夫君，隱匿她們二人之名，改稱眉批是你寫的。我知道你曾竭力否認，可是她們的名字不為人知，長此以往，她們將會消失在人們的記憶中。如果我們不把真相向人們公開，她們不免會心中有憾吧？」

「妳希望我做什麼？」他小心地問。

「請讓我將這本眉批付梓。」

夫君不像我想像中那樣鼎力支持。「這筆開銷不小。」

「所以我才想用自己的嫁妝。」阿宜打開絲巾，露出項鍊、耳環、戒指、手鐲等珠寶首飾。

「妳想要怎麼用？」夫君問。

「拿到當舖去典當。」

那種地方當然不適合她去，不過，我還是會陪她去，確保她一路平安。

夫君摳摳下巴，思索了片刻，「錢還是不夠的。」

「那，我就把人家送我的結婚禮品也拿去典當。」

看得出來夫君要打消她的念頭，可是阿宜完全不為所動。於是他扳起臉，厲聲正色喝斥。

「我不要妳，或是我的任何一任妻子被人說是爭名逐利之輩。女人的聰明才智在閨房之內發揮就可以了。」

這不像他會說的話。不過我跟阿宜都意志堅定。

「我不在乎人們會怎麼說我，我問心無愧。我會想這樣做，是為了兩位姐姐。難道她們的才華不該為人所知嗎？」

「她們追求的，從來不是出名！牡丹並沒有留下任何的遺言，或是隻字片語，說她想要將自己的詩稿出版。阿則更是沒有出名的念頭，她知道當妻子的本份。」

「說不定她們現在都後悔了。」

夫君跟阿宜一來一往。夫君說的話，阿宜都聽進去了，只是她的意向沒有被動搖。

她的柔韌跟堅決終於讓夫君卸下武裝，表達出真正的顧忌。

「那冊眉批，讓牡丹跟阿則都沒能假以天年。要是妳有什麼閃失——」

「你多慮了。你應該看得出我現在比以前健康得多，也強壯得多。」

「可是我無法不擔心。」

我能理解，而且我也關心阿宜。但那是我必須完成的心願。也是阿宜的。以我對阿宜的了解，她從未為自己爭取過什麼。

「請答應我吧，夫君。」

夫君執起阿宜的手，深深望進她的眼裡。「除非妳先答應我兩個條件。第一，妳必須吃多點，睡眠要充足。第二，妳只是稍有不舒服的感覺，就得馬上停止這件事。」

阿宜答應了。於是我們開始把寫在原版那冊合訂本《牡丹亭》上的眉批，謄到一本全新的《牡丹亭》上，謄好後，才能拿給印刷廠的人去刻版付梓。

初冬的一天傍晚，我們完成了這項的工作，阿宜邀請夫君來雲廳慶祝。雖然室內起了一盆火，可是依然冷氣逼人。窗外的竹子，竹葉被凍得豎直挺立，薄雪仍在輕悄悄地下著。

阿宜點上蠟燭，溫好酒，兩人將阿宜謄寫的冊子，跟原先的冊子比對參照。我屏息看著夫君，逐字逐頁地閱讀我的文句，並不時停下來。好幾次他的嘴角露出笑意。莫非他記起我們在望月亭的對話？但更多的時候，他的眼眶泛著淚光。難道他憶起當年我如何臥病在床，一個人苦苦渴望的情景？

他深吸了口氣，抬了抬下巴，擴了擴胸膛，然後手指落在了我以前寫的一行字上：「情不獨兒女也，惟兒女之情最難告人，故千古忘情人必于此處看破，而至于相負則又不及情矣。」輕輕撫摸著。

他對阿宜說：「我很高興妳完成了它。」

於是我知道，他終於聽見了我的心聲。這讓我開心雀躍，欣喜欲狂。我望向夫君跟阿宜。我可以感覺出他們也跟我一樣的欣慰。

幾個小時後，阿宜走向窗邊，「外面肯定下雪了。」

夫君順手拿起阿宜謄的那本新冊子，跟著走過去，站在打開的窗邊。窗外雪花紛飛，枝椏上厚厚的積雪，美得宛如皎潔的羊脂玉。夫君呼嘯一聲，拉著阿宜奔出去。他們在雪中舞著、笑著、鬧著，我也跟了出去，看見他們那麼開懷，我也跟著一起開心。

當我回過頭，看見屋裡的燭火迸出火花時，火花已落在了當年夫君買給談則的那本《牡丹亭》上。我迅速往屋裡奔回，但為時已晚，書頁已經著火，並散發陣陣黑煙。

阿宜和夫君也急忙奔回。情急的夫君，拎起那瓶酒往火上澆去，反而助張火勢，愈燒愈烈。我既驚訝又心痛。阿宜則拉來被褥，把火舌拍熄。

室內一片漆黑，兩人跌坐在地上，止不住喘息，餘悸猶存。阿宜不停地啜泣，夫君將她擁入懷中。我在他們的身邊坐了下來，依靠著夫君——我也需要安慰。我們就那樣相依相偎了好一會兒，夫君伸手四下摸索。摸到了蠟燭後，他點燃蠟燭。

書桌上一片狼藉。地上滿是酒瓶的碎片，屋裡充滿了酒味和焚燒過後的氣味。

「是不是兩位姐姐不想讓自己的眉批被拿去出版？」阿宜傷心欲絕地說，「所以用火燒了書？還是有什麼惡靈作怪，非要破壞這樣的美事？」

阿宜跟夫君沈默相對。自他們結婚以來，我第一次躍上椽榱，瑟縮在暗處發抖。過去我放任自己希望和期待，而今，我已心力交瘁。

夫君扶著阿宜走到一張椅子前坐下。「妳稍坐一會兒，我去去就回。」他走出房間。

不久後，他回到屋裡，手裡拿了一件東西。我飄下椽榱，想看清楚他拿的是什麼。是那本阿宜謄寫的新冊子！

「看見失火，我把它遺落在外面了。」夫君說。

阿宜快步走到夫君身邊，看著他拂去書冊上的雪花，兩人一起檢視有沒有什麼地方損毀。

我跟阿宜大大地鬆了口氣。沒事，它毫髮無傷。

「也許這次的失火事件，並不是有什麼壞鬼或是惡靈在作梗，而是件喜事。多年前，牡丹的那本眉批遭到火舌吞噬，如今這本我買給阿則的珍本也遭到祝融之災。妳想想，阿宜，現在妳們三人的心血可全都在這本上了。」夫君深吸了口氣。「現在沒有什麼能阻擋它出版了。我會看著它出版的。」

一名餓鬼感激得淚水直流，阿宜也為之動容。

第二天早上，阿宜吩咐僕人在梅樹下挖了一個洞。她將夫君買給談則的那冊合訂本的紙灰，用絲巾包了起來，放進小洞中，掩埋起來。

我覺得在將本書付梓之前，應該讓更多人過目才是。而我信得過的，就只有蕉園詩社的女詩人。於是我來到西湖，尋找她們的芳蹤。距離上次在畫舫中聽她們談古論今，十六年光陰如白駒過隙。現在她們的名氣比十六年前又大了許多。她們原本就很對其它女性的著作很感興趣，也常做介紹和評論，所以當我在她們耳邊，說吳山上有個少婦寫了很有意義的書，並且有心出版時，輕易就鼓動了她們的心。幾天之後，一張請柬送了來，邀請阿宜上蕉園詩社的畫舫一聚。

從來沒出過門，沒參加過杭州名媛聚會的阿宜，誠惶誠恐可想而知。

夫君倒是樂觀其成。

我則是緊張得要命，同時盡可能地協助阿宜保持平常心。

就在我搭著阿宜的肩膀越過庭院，準備登上轎子的時候，夫君開口說：「放心，別緊張，她們會喜歡妳的。」

而事實也是如此。

阿宜向她們陳述自己的信念，接著唸我的詩給眾人聽，又拿出她謄寫的那本眉批，供大家傳閱。

「陳同的評語，有種似曾相似的感覺。」顧玉蕊說。

「就好像我們以前曾聽她這麼說過似的。」林以寧說。

畫舫上眾家女子紛紛為當年的我——那個純情癡心，渾然不知死之將至的少女——同悲。

「不知諸位願不願意為這本冊子寫跋？」阿宜問。

「樂意之至。」顧玉蕊含笑回答。

「我也是。」林以寧說。

我好開心。

我跟阿宜又去拜訪了多次，好讓她們有充份時間閱讀我們三人的眉批。我沒有介入——我想讓她們自行評斷。

這一天她們終於展紙磨墨，準備下筆。

顧玉蕊先是凝視了湖邊盛開的蓮花片刻，然後才提筆寫下：

百餘年來誦此書者，如俞娘、小青，閨閣中多有解人，又有賦害殺婁東俞二娘者，惜其評論不傳於世。今得吳氏三夫人合評，使書中文情畢出，無纖毫遺憾，而伸之轉在行墨之外，豈非是書之大幸。即文章有神，其足以垂後者，自有後人與之神會，設或陳夫人評本殘闕，無談夫人續之，續矣而秘之；篋笥無錢夫人參評，又廢手飾以梓行之，則世之人能誦而不能解，雖再閱百餘年，此書猶在塵霧中也。今觀刻成而麗娘見形于夢我故，疑是作者化身矣。

我走到林以寧身後，她寫道：

吳氏三夫人本，讀之妙解入神，雖起玉茗主人于九泉，不能自寫至此。異人異書，使我驚絕。

對於那些批評麗娘不貞，說她帶給女子不良影響的人，林以寧回應：

蓋杜麗娘之事憑空結撰，非有所誣，而托于不字之貞，不礙承筐之實；又得三夫人合評表彰之，名教無傷，風雅斯在……。

對那些想把女人趕進閨房，不願她們多方接觸知識學問的人，林以寧毫不客氣地寫：

或尚有格而不能通者，是真夏虫不可與語冰，井蛙不可與語天，痴人前安可與人喃喃說夢也哉。

對於那些不贊同的人，她透過褒揚我們來貶抑他們：

自古才媛不出世，而三夫人以傑出之姿間鐘之英萃于一門，相繼成此不朽之大業，自今以往，宇宙雖遠，其為文人學士欲參會禪理、講求文訣者，竟無以易乎閨閣之三人，何其異哉！

看到這樣的評語，我心中的感觸絕非筆墨可以形容。

接下來的日子，阿宜和我將那本寫有我們三人眉批的《牡丹亭》，拿去給李淑與洪之則等人看，她們也決定提筆寫下各自看完後的感想。李淑敘述自己邊看邊落淚。洪之則是洪昇的女兒，她提到自己自小就稱呼吳人為四叔，並憶起年幼時四叔曾到她家，與自己父親談起有關《牡丹亭》眉批的事，堅持上面的眉批是他兩任妻子所寫。吳人說後來是為了不讓兩個妻子被人批評，才不再否認世人的話。洪之則最後補充提到，遺憾自己生得較晚，沒能見到那兩位嬸嬸。

在出了幾趟遠門後，我才知道這幾位名門之後的大家閨秀為我們作序寫跋有多勇敢。如今世道不一樣了。絕大多數的男人，不再以家中出有一個能文能寫還出版作品的女眷為榮了。他們認為女子無才便是德，認為寫作不是她們該作的行為。可是我跟阿宜偏偏違反世道，不但想將著作出版，還拉了其他的女人支持我們，為我們背書。

我們找到適合的木刻版畫師傅後，阿宜邀請夫君寫序，而他在序文中說明這本眉批的緣由與實情。看到他寫的一字一句，我了解到他仍是愛我的。

夫君完成序文後，阿宜將我的詩稿謄寫到序文旁的空白處：

> 情隨境生，無不自知者，覲忽忽花間起夢情之句，則知所起矣，陳姐以無明解之深徹，死生之故。

阿宜的心思實在太細膩了。她將我的詩跟夫君的文放在一起，這樣我們就像能永遠如影隨行。她的用心教我何以為報？

這時的夫君已經跟我們一樣投入，在我們出門尋找印刷匠、書商時，他會陪著我們一起去。三個人一起出門是一大樂事，不過，說實在的，我們其實不太需要他的幫忙。

「我要上好的字版。」阿宜對我們找的第五家書商說。

書商向我們展示一塊優質的刻版，但是價格不斐。我在阿宜的耳邊低語數句。

阿宜點點頭。「你有沒有已經用過的字版，可以給我看看嗎？」

書商敬佩地看著阿宜。他帶領我們往後走，來到一個房間。「這些木刻版幾乎是全新的。」

阿宜仔細看了看後，「好。這樣我們就不會因為想省點錢而降低品質了。」這句是我教她的，不過她自己又加了一句：「我們還得考慮它的耐用性，因為我要印一千本。」

「夫人，」這回店家絲毫沒有掩飾他的輕蔑。「搞不好您連半本都賣不出去。」

「我的書一問世，就會洛陽紙貴，更會一再加刷，讀者將會多得不得了。」阿宜驕傲地說。

店家的目光望向了我們的夫君。「大爺，這些活字版可以用在別的大作上。留給『您』用，會不會比較好些？」

「你就照做，我們下一版的印刷還是會來找你。如果你不想接下這筆生意，這條街上多的是別的書商願意承接。」夫君毫不考慮地說。

雙方一來一往討價還價。終於確認價格後，我們接著去找印刷商，選了上好的油墨，決定版面的設計與安排，將寫在頁邊或是行間的文字，全部移到書頁的上端。當印刷商排版完成後，大家——包括夫君的小兒子，都一起參與校對。一旦拍板定案後，我所能做的就只有等待了。

東風

「東風起，憂心事又添一樁。」麗娘曾如此吟唱。吳家如今也遭逢此害。

阿宜原本就體弱，在歷經這幾個月的辛苦忙碌後，儘管我處處留意，夫君也很關心她的飲食起居，但阿宜仍然病倒了。她沒有胃口，吃不下，體重直線下降，體力也愈來愈差。很快的——太快了——她連下床都沒法下床，只能躺在床上。這時是仲夏，天氣最炎熱的時候。

「是心病嗎？」夫君詢問前來出診的趙大夫。

「她在發燒，而且咳得很厲害，」趙大夫鄭重地說，「有可能是肺水病，也可有能是血肺病。」

他熬了一副桑椹汁給阿宜喝，但不見效。接著他將海麻雀粉灌入阿宜的喉嚨，想驅散她體內的陰毒，可是，阿宜的體熱還是沒有散去。我一直設法，讓阿宜保住她長久以來的強韌內力，可是大夫卻總是弄巧成拙地愈幫愈忙。

「夫人的氣脈紊亂。她胸口的鬱氣使她氣悶、鬱結，讓她胃口盡失。這種情況務必得馬上改善。只要她生氣，她的氣就可以衝破鬱結，打通血脈。」

多年以前，趙大夫曾把這一招用在我的身上，當時沒有效，所以我憂心忡忡地看著他們將阿宜拉下床，對著她大聲責罵，罵她不是個賢妻良母，罵她對下人刻薄。阿宜兩條腿疲軟無力，虛弱地垂在地上。他們推她、拉扯她，希望她對這些粗魯的對待生氣，要她大叫「住手」。可是她根本沒有力氣，而且也罵不出口。當她開始嘔血，他們連忙將她扶回床上。

「我不能失去她，」夫君對趙大夫說，「我們說好了百年好合，要白頭偕老，會生同衾死同穴。」

「吳爺，你這番話很令人動容，但卻不是很實際。要知道，這世界上是沒有永遠這回事的。如果有，也就只有『無常』才是亙古不變的。」

「可是她才二十三歲，還那麼年輕。」夫君絕望地說，「我一直認為，我們可以比翼雙飛一生一世。」

「我聽說少夫人對《牡丹亭》很沉迷，沉迷到廢寢忘食的地步，是不是？」趙大夫問。夫君回答是的。趙大夫長嘆了口氣。「我長年面對它所引發的疾病，不計其數。有太多的女子都為了它而喪命。」

全家人為阿宜吃齋祈福。道士前來設壇施法，並化了好幾張符，讓柳兒將灰拿去給廚子——一半跟蕪菁一起煮，用來治療阿宜的咳嗽，另一半跟被蟲咬過的玉米一起煮，用來退燒。婆婆準備祭品，焚香膜拜，祈求神明的保佑。至於夫君，如果現在是冬天，而且外面正在飄雪的話，他一定會跑出去，在雪地上打滾，然後進屋躺進被窩，為阿宜降溫。可是現在是夏天，所以他跑到街上找了條狗，放進被窩，希望牠能過繼阿宜身上的病痛。只不過這一切都不見效。

而後，奇怪的事情發生了。在接下來的幾天裡，房間突然變得很陰冷，而且是愈來愈冷。牆壁、窗枱上結出細小的水珠。夫君、婆婆和僕人紛紛披上圍巾保暖，房內更是燃上了火盆。夫君呼出的氣，都化成白煙，但是阿宜卻氣若游絲。她沒有氣力移動，甚至睜不開眼，到後來，連咳嗽都停止了。可是她身上的高燒仍然沒有退去的跡象。

我不懂，現在是盛暑，怎麼會變得這麼冷？我知道不是因為我的緣故。早在阿宜六歲開始，我就跟她在一起，我從來沒有使她滋生病痛，或是讓她感到不舒服過。事實上，我還保護她，幫她延年益壽。現在的我六神無主，完全無計可施。

「真希望現在是好心的狐仙在守護尊夫人，她需要她們的笑，她們的溫暖，以及她們的智慧。可是，這會兒惡鬼已經接近身邊了，他們都是些帶著疾病、鬱氣、陰氣的鬼，這些都是從尊夫人游移不定的脈象中聽出來的。他們沸騰尊夫人的血液，讓她有如已經下到地獄一般。她的心脈悸動得彷彿有厲鬼在攻擊她的心臟一般。我們現在就只能等了。」趙大夫低頭肅穆地說。

房內掛了好幾面鏡子，以及一個竹篩，它們限制了我的活動區域。柳兒跟婆婆輪流掃地，夫君則拿著劍揮來舞去，目的在嚇阻任何想要偷走阿宜生命的鬼怪。他們的舉動害我只能蹲坐在椽榱上。不過，無論我怎麼仔細查看，就是看不到有任何的鬼魂。我閃避鏡子的照射，躲過搖晃的劍，以及左右揮舞的掃把，降落到阿宜的床上。我探了探阿宜的額頭，發現她燒得比火盆裡的炭還要火熱。我在她旁邊躺下，並撤除這些年來的防護罩，將封在體內的寒氣釋放出來，好幫助阿宜降溫。

我將她擁入懷中，淚水滴在她的臉上。阿宜等於是我養大的，是我幫她纏的腳；她生病的時候是我看護她；她結婚，是我送她出嫁；她的孩子是我接生。她是這麼的乖巧、聰慧，是這樣一個蕙質蘭心的賢妻良母，我好以她為榮……

「我愛妳，阿宜，」我在她的耳邊低語。「妳不僅是個好姐妹，更替我完成了心願，讓我的心聲得以被眾人聽到。」我的心充滿了豐沛的情感，猶豫了一下後，終於脫口而出，「妳是我生命裡的喜樂泉源，我愛妳，阿宜，妳就像是我的親生女兒一樣。」

「哈！」

那是個既冷漠又很幸災樂禍的聲音。而且絕非出自於人類。

我轉身，小心地避過掃過來的劍。我看到了，是談則。在血湖受刑了那麼久，她已經不成人形，變得非常醜陋。看見我震驚的表情，她笑了。而她的那一笑，讓柳兒、夫君、婆婆全都停止動作，並冷得直打哆嗦，阿宜抖得更厲害，還劇烈地咳了起來。

我驚駭得片刻說不出話。「妳怎麼會在這裡？」這是個愚蠢至極的問題，可是我的腦子全用在拼命思考，該如何應付現在的狀況，怎樣引開談則，以免她傷害我愛的人。

她沒有回答。她不需要。她的父親知道該做什麼法事，而且他也夠富有。他一定是請了高僧替談則超渡，給了他們很多錢，再由他們獻給陰間血湖的主管。一旦獲得自由，談則可以選擇成為吳家的祖先——但她顯然選擇了另一條路。

夫君手裡的劍一揮，我稍不留神，被他削下了一只袖子。

阿宜呻吟了一聲。

一股怒氣湧上我的胸口，「我在世時，妳找我麻煩，我死了以後，妳還是不放過我。妳到底想要怎麼樣？為什麼要這樣處處找我麻煩？」

「我找妳麻煩？」

「我很抱歉妳在世的時候，我嚇著妳；我很抱歉妳因我而死。我那時候並不知道我會害死妳，可是事情不能全怪到我頭上。妳都嫁入吳家，成了夫君的妻子了，妳就該知道為人妻者，應當怎麼做！」

「他是我的！看戲的那晚，我一眼就看中他了。我告訴過妳，他被我相中了！」她指著阿宜。「等她走了，他又會是我一個人的。」

聽見她的那句話，很多事頓時變得清晰起來。看來，她不是這些天才回到人間，而是早就離開血湖了。在阿宜發現我的遺稿後，一定是談則故意讓書從架上落下，讓阿宜發現那兩頁好轉移夫君的注意力，從我的身上拉回她的身上，記起她的好；也一定是她慫恿阿宜，在她寫的那本眉批上寫下感想；那本她寫了眉批的冊子，也一定是她引火燒掉的。只怪那時候的我，注意力全都放在雪地裡跳舞的夫君跟阿宜身上，才會疏忽當天的氣候冷得有些怪異。我早該想到，這個房間的陰冷並不尋常，阿宜的病來得未免突然，還有，孩子出世那天種種不尋常的異象。難道阿則一直躲在阿宜肚子裡，打算用臍帶勒死胎兒？

我將目光移離阿則，環顧四周，試圖找出她這段日子的藏身處。花瓶、床底下、阿宜的肺、阿宜的子宮？大夫的袋子、柳兒的鞋子，還是那根用來讓阿宜退火、被蟲蛀過並拿來摻雜灰燼給阿宜吃下的玉米？以阿則的能耐，哪裡都可以躲，而且絕對可以躲過我的耳目，因為我根本沒有想到要提防她。

阿則趁著我注意力分散的片刻，撲上阿宜的胸口。

「還記得妳當時是怎麼對付我的嗎？」阿則發出刺耳的聲音。

「住手！」我大叫，往阿則撲過去，試著將她拉開。柳兒丟開掃帚，捂住耳朵。夫君反手一劍劈了過來，劍鋒掃過阿則的腿，黑色的血液濺在地上。

「夫君愛的人是妳。他從來沒見過妳，可是他打從心底愛的卻是妳。」

我該告訴她真相嗎？說了，有用嗎？

「妳無時無刻都在他的心裡。妳是他的夢想，於是我只能變成妳。我想起妳患了相思病，想起妳不吃東西——」

「我不該不吃的！那是個要命的錯誤。」

當我正打算脫口而出，這才想到一件事。阿則臥病在床的時候，趙大夫曾說她的病灶是嫉妒。我當時認為趙大夫根本是故作聰明，根本是在胡說八道。可是我現在終於明白，趙大夫是對的。那時應該讓阿則服用療妒羹的。

「我記得，我全都記得。妳讓我知道不吃東西會有什麼後果。於是我學妳不吃不喝——」

「這又是為什麼？」

「他是我的！」她拚命掙脫，往上一躍，黑色的指甲掐入了椽榱，身體吊掛在那裡搖來晃去，像某種叫人作嘔的生物。而事實上，她也的確是個看了就教人愉快不起來的「東西」。「是我先看到他的！」

夫君整個人撲倒在床前，同時緊握阿宜的手，滿臉淚水。阿宜的命已經危在旦夕。我終於了解，娘那時為爹犧牲的心情。此刻，為了救阿宜，我什麼都可以不要。

「別找無辜的人。妳要算帳，就針對我。」我繞個彎往阿則走過去。我希望能把她的注意力引開，希望她來對付我。她鬆開掐在椽榱上的長爪，朝我吐了口毒氣。

「要怎麼做才好？」

她的聲音裡就像住著一個自私、狂妄的小女孩，不，不是自私狂妄，我突然領悟阿則不是自私狂妄，而是沒有自信，沒有安全感，她只是想獲得大家的注意力而已。

「我很抱歉，忘了提醒妳要吃飯。」我無措地說。

「我說的話妳都沒在聽嗎？我說不是妳害死我的。」阿則大吼。「不是妳偷走我的氣息，不是妳。是我自己不吃的。那是我有史以來第一次，完完全全掌握了自己的命運。我要妳放進我肚子裡的東西餓死。」

我震驚地倒退了一步。「妳殺死妳自己的孩子？」

她臉上儘是得意的笑容。

「可是他是條無辜的小生命啊，他跟妳又沒有任何過節。」

「所以我才會被判到血湖服刑。不過，這是值得的。我恨妳，我拿妳最在乎的事刺激妳，我告訴妳，是妳害死我，害死了那個胎兒。而妳相信了。看看現在妳變成什麼樣子。膽小鬼一個！」

「我沒有害死妳？」

她想大笑，笑我的愚昧，可是從她嘴裡吐出的卻是悲哀。「妳沒有害死我。妳不知道該如何害死人。」

多年來的內疚、自責、哀慟全都卸除，交給了環繞屋內的那團陰冷氣息。

「我從來就沒有怕過妳。」她又說。似乎我有多釋然，她也就有多輕鬆。「是妳的記憶在作祟。妳一直都在夫君的心頭，妳佔據了他的心。」

此時此刻，一部分的是我可憐她的。她什麼都有，但也什麼都沒有。在世時，她是個想要什麼就有什麼的千金大小姐，可是她的不知惜福使她感受不到人們——她的父母、夫君，甚或是我——對她的好。

「妳也是啊。他也是把妳放在他心上啊。他拋開不了妳我，因為他愛我們。而他對阿宜的愛，是延續對我們的愛。妳瞧瞧他看她的樣子。他是想到我當年臥病在床時的模樣，還有妳臨死時的病容。妳看看他的心都碎了。」我努力地勸說。

可是阿則不聽，即使只要一眼，就可以看出夫君的一片深情，她也沒興趣去看。嚴格說來，我跟她都是可憐的鬼。我很慶幸阿則的死，不是我害的，但我也愈發覺得，她並非真的想要阿宜的命。

「看，阿則，看看他。妳真的忍心再讓他傷心一回？」

她的肩膀垂了下來。「我之所以讓大家都認為那本眉批是夫君寫的，是因為我要他愛我。」

「他本來就愛妳。妳真該看看，失去妳之後他是如何度日的。」

可是，她充耳不聞。「我以為我的死可以擊敗妳，可以扳回一城。可是妳也知道，吳家家境只是小康，雖然他們沒停止拜祭我，但是，」我知道她接下來會說什麼，「寒門到底是寒門，要不是我爹，我現在還在血湖裡受苦。我一離開那裡，立刻趕回，猜猜我看到什麼！」她拉扯頭髮。「他居然娶了新人！」

「阿則，看看她為妳、為我們，做了什麼。她聽見了我們的心聲，阿則。妳寫的眉批跟我一樣多，妳的見解十分精闢，妳還協助阿宜下筆——妳必用否認。」我更接近阿則了。「阿宜還幫忙夫君釐清楚他的感情，讓他明白他對我們三人的感情都是愛——不一樣的愛，但都是愛。他可以三個都愛。寫有我們眉批的書就要出版了。很棒，對不對？人們都將知道我們，記得我們，敬佩我們。」

阿則的眼眶泛起淚光，多年來在血湖被折騰成的可怕樣子，隨著她的忿怒、怨恨和我執逐漸褪去，總算恢復本來清麗的模樣。她本來就不是一個心腸惡毒的人，也就不是一個想致人於死的鬼。她只是一個孤獨、自憐、渴望被愛的靈魂，如今經過了春雨的洗滌，終於還原本來的面目。

我凝聚我娘和祖母的力量，伸出手去，擁住阿則。我沒有讓她掙脫，我擁著她，閃過柳兒的掃帚，繞過鏡子，避過竹篩。到了外面，我才放開她。她在我的頭頂上漂浮了片刻，然後仰起臉望向天空，接著慢慢消失。

回到室內，阿宜已經吐出了肺中的積水，正努力喘著氣。而夫君則激動地啜泣起來。

微風

《吳吳山三婦合評牡丹亭還魂記》於康熙三十二年冬末出版，這年恰好是我冥誕四十五歲生肖。此書一出，馬上造成轟動。令我既訝異又竊喜的是，我的名字——以及我那兩位妹妹的名字——舉國盡知。像我父親那樣的收藏家，視我的書如珍寶；很多書院買去放在他們的藏書閣中，供學生閱覽；名門貴族的女眷對它愛不釋手，一讀再讀。在讀到我的寂寞、悵然以及見解時，她們會感同身受，會因為我道出了她們內心深處難以言喻的情懷而潸然落淚。當她們看到我對春情秋恨的描寫文字，會不由得感嘆，希望自己也能抒發心中的想法。

沒多久，她們的丈夫、兄弟、兒子也都開始閱讀這本書，並且對這本書產生完全不同於女性的想法與觀感。他們發現，原來男人是可以寫出令女人神魂顛倒到廢寢忘食、日益消瘦、終而死亡的作品。還有什麼比這個更讓他們感到自傲？那讓他們覺得身為男性，是足以自傲的，也讓他們恢復了既往失落的男子氣概。

除夕的前一天，阿宜加入全家大掃除的行列，準備祭品、付清這一年來未清的帳款，但我看得出她心不在焉。待到手邊的工作完成，她穿過大院，走向那間放著假人的房間。進入房間後，她猶豫了片刻，然後從裙子裡摸出一把刀子——這是新年期間不該出現的物品——在假人旁蹲跪了下來。我瞠目結舌地看著她割下貼在頭部的紙臉，接著脫下假人身上的新娘服，將它們折好放在一旁。之後，她小心翼翼剖開假人的肚子。

我心中五味雜陳，情緒紊亂至極。

我不知道她為什麼要傷害那個假人，要是被夫君發現，肯定會大發雷霆，但倘若她取出了我的神主牌，說不定會神主牌沒有點主？我蹲在她身旁，心裡既期待又擔心。阿宜將手伸了進去，拿出神主牌，撥開覆蓋在上面的稻草後，就拿起假人的紙臉，往門外走去。她並沒有細看。

她沿著迴廊來到花園，走到我寄居的梅樹下。她將神主牌放到地上後，走回她的房間。過了片刻，當她回到樹下時，手裡多了一張小桌子。放下小桌子後，阿宜又再度離開。下一次她拿來的是印刷好的《吳吳山三婦合評牡丹亭還魂記》、一個花瓶，還有其他的祭拜用品。她將神主牌連同那張紙臉放上桌，點上香燭，再放上那本《吳吳山三婦合評牡丹亭還魂記》、水果以及一杯酒。之後她開始祭拜我，彷彿我已經位列吳家的祖先。

踏出樓台的夫君，看到正在祭拜的阿宜。「妳在做什麼？」

「新年到了，我們祭拜了吳家的祖先，我想我們也該謝謝麗娘，謝謝她啟發了我，還有……兩位姐姐。」

夫君大笑，笑阿宜的單純與稚氣。「一個虛構的人物妳也拜！」

阿宜不滿地回嘴，「天地間無處沒有神靈，就算是塊石頭，是棵樹，也都是有其靈性。」

「可是連作者湯顯祖自己都說，世上無杜麗娘這個人，她是杜撰的。一個本來就不存在的人物，妳為什麼要祭拜？」

「你我如何能夠判斷麗娘的存在與否？」

今天是除夕，依照中國習俗規定，此時是不可以發生爭執，否則祖先會生氣的。所以夫君讓步了。「好好好，妳對，我錯。上來一起喝茶吧，我想唸今天完成的詩文給妳聽。」

因為距離太遠，夫君看不清楚那張紙臉，看不見神主牌上的字，也沒有問及用來代表麗娘的東西，是從哪裡來的。

稍後，阿宜回到樹下將那些東西收拾好帶走。在她仔細地將神主牌縫回假人肚子裡的時候，我只能哀傷地站在她身後看著，看著她替假人穿上將那套紅衣，粘回紙臉，再三確定整個假人看起來跟先前並無不同。我想把失望之情置之度外，可是試了又試，就是沒有辦法。我太絕望了。

該是讓阿宜認識我的時候了。長期以來，是我給予她幫助，而非麗娘。我記得阿宜曾經在《牡丹亭》的書眉上寫下：「可知鬼只如夢，亦可知夢即是鬼」。她的這段感言使我確信，只有一個方法不會嚇到她，那就是到她的夢裡與她相見。

那天晚上，阿宜才一進入夢鄉，我隨即踏入她夢中那座讓麗娘驚夢的花園，身邊處處開滿了牡丹。我踏進牡丹亭後，靜靜等待著，阿宜很快出現，我現身到她的面前，她果然沒有尖叫，也沒有轉身就跑。在她眼中，我的美麗既燦爛又奪目。

「妳是麗娘？」她問。

我對她嫣然一笑，正準備開口回答，花園又走進另一個人。

是夫君。除了我死後不久曾在夢中相見外，這是唯一一次的見面，我們注視著彼此，激動得無法言語，我跟他之間，就好像從來沒有時空的間隔，我對他的愛彷彿滲進周圍的空氣中，瀰漫開來。可是阿宜在場，所以我不敢說話——他看了看阿宜，又看看我，似乎也不敢當著阿宜的面開口，不過他的眼睛充份流露出對我的情意。

我折下一枝梅枝遞給他，並想起麗娘的遊園驚夢如何告終：我飛快旋轉身軀，將花園內所有花朵的花瓣捲起至空中，變成一片花瓣雨，落在阿宜和夫君的身上。明晚，我將再次進入阿宜的夢鄉，並且為夫君的再次現身作好準備，到時候，我會想辦法發出聲音對他說話……

身在人間的夫君，兩眼一睜醒了過來。睡在他旁邊的阿宜，呼吸連岔了兩次氣。夫君搖了搖她的肩膀。

「醒醒！醒醒！」

阿宜睜開眼睛。

夫君還來不及問話，阿宜趕忙著將夢中的情景告訴他。「我就說麗娘是存在的。」她得意地說。

「我做了跟妳相同的夢，」他說。「不過，那女子不是麗娘。」夫君緊握阿宜的手，急切地詢問，「妳昨天祭拜時，是從哪裏拿的神主牌位？」

阿宜搖頭，並試圖將自己的手抽開，但夫君握得很緊。

「我不會生氣，」他說。「快告訴我。」

「不是從祠堂拿的。」她小聲地說。「不是你的伯母、嬸嬸，或是——」

「阿宜！拜託妳！告訴我！」

「我想找到一位神主牌的主人，能與麗娘形象相當，而且也有相思成疾的過去……」看見夫君緊張的神情，阿宜咬了咬唇，最後終於坦承，「我拿了牡丹姊姊的牌位。不過，我有放回去。求求你，別生我的氣。」

「妳夢到的是牡丹。」夫君迅速起身，抓起一件袍子披上。「妳把她召入妳的夢中了。」

「夫君——」

「我告訴妳是她。如果她成了我們吳家的祖先，就不會以那樣的方式出現。她一定是……」

阿宜挪動身軀想要下床。

「妳留在這裡。」夫君命令。

語畢，夫君快步出房間，跑到放著假人的房間。

他在假人旁邊蹲下，一手按在假人的心口，過了良久之後，就像新郎在洞房花燭夜時，解開新娘的衣服那般，他逐一解開紅裳上的盤扣。當他的手緩慢地解開一顆顆盤扣，眼睛卻不曾須臾離開紙臉上的雙眼。而我也同樣眨都沒眨地凝視著他。

他比以前老多了，髮間有白絲，眼周有皺紋，可是在我的眼中，他還是那個卓然出眾的翩翩美男子。他的手指仍然修長美好，他的舉止還是那麼優雅、出眾。我愛他，愛他曾經帶給我的喜悅及快樂，更愛他對阿則跟阿宜的忠實跟疼惜。

衣服撩開，露出了假人的裡布。他坐在腳跟上，目光掃視四周，想找個可供使用的工具，但遍尋不著，他摸摸口袋，仍沒有派得上用場的工具，於是深吸了口氣，扯開裡布，掏出我的神主牌。在凝視了片刻後，他於拇指上沾了些唾液，抹去牌面上的灰塵跟髒污。當夫君看到上面沒有點主時，他低下頭去，將神主牌緊緊抱在胸口。

我在他的面前跪了下來。二十九年來，我嘗盡了身為餓鬼的苦楚，但現在我凝視著他，他的表情就像是對我這些年來曾經遭遇的種種折磨，了然於心。

最後，他站起身，將我的神主牌拿進他的書齋，並要人找來柳兒。

「去叫廚娘宰隻公雞，然後立刻把雞血拿來給我。」他簡潔地命令。

柳兒沒有多問，馬上銜命而去。

我激動得哭了起來。我等待了如此的久，久得我早已不再奢望點主的日子會有降臨的一天。

片刻之後，柳兒端了一碗溫熱的雞血回來，夫君接過後，便打發她退下，然後將雞血端至桌邊，恭敬地向神主牌行禮。這時，奇異的事情發生了，我覺得有什麼東西在我的體內轉化，房間內開始瀰漫一股天國的香氣。

他站起身來，淚水止不住地在眼眶裡打轉，一面將筆刷沾滿雞血，一面穩穩地拿著神主牌——如同柳夢梅對麗娘表現真情那般，他為我的神主牌補上缺了的那一點。

一瞬間，我不再是餓鬼了。我的魂魄分為兩半，一條進到神主牌裡，從今以後，我可以就近看顧庇佑我的家人；至於另一條，將繼續它在陰間的報到行程。

我復活了——但不是重生為人，而是我終於完完整整成為吳人的元配妻子，找到自己在社會、家庭及宇宙之間的合法位置。

我整個人在發光，而因為我的關係，整座宅子也跟著閃起亮光——一種喜悅、快樂的光。而後我開始飄離吳家，去完成我身為吳家祖先的行程。我回眸再看了夫君最後一眼，他還有很多年才會到陰間與我相聚。在等待與他再相會的時日裡，我會靠寫作過日，等著他。

作者後記

西元二〇〇〇年的時候，我替時尚雜誌（Vogue）寫了篇有關於在林肯中心上演的全本《牡丹亭》的報導。在資料收集的期間，我無意中發現害了相思病的少女的這一群人，那讓我對她們產生了好奇，好奇到文章完成後很久，都還難以忘懷。試想，我們以前從來沒有聽過女作家、女藝術家、女歷史學家、女廚師……等等，可是沒聽過並不代表她們不存在，只是顯示她們的事蹟遺失在時光的洪流裡，或者被遺忘，又或者是被刻意掩蓋，省略不提。所以只要我一想起，就會去翻找資料，結果卻發覺這群少女是巨大現象中的冰山一角。

在十七世紀中葉的中國，長江下游一帶出了很多作品付梓的女作家——我指的「很多」，是數以千計的那種「多」。而她們都是出身富家、生活封閉、裹了小腳的女人。有些是家人幫她們出版——她們或許為人母，為人女，又或許只寫了那麼一首詩或是一闋詞，但她們的家人為了想要留作紀念，或是出於引以為榮的心態，皆出贊助。但絕大多數女性是專業級的作家，她們不但寫給大眾看，還能靠寫作營生，分擔家計。世界上有這麼多這樣了不起的女性，為什麼我會不知道？為什麼我們會沒人知道？而後，我接觸到了《吳吳山三婦合評牡丹亭還魂記》，這是全世界第一本女性評論文學，是三個共事一夫的女人寫的評論。至此，我的好奇變成了著迷。

湯顯祖的《牡丹亭》、害了相思病的少女，然後是《吳吳山三婦合評牡丹亭還魂記》的故事性，以及當時的社會文化背景，這些要素兜在一起來挺複雜的，而且有些部份是重疊的，不過還是請聽我一一道來。

湯顯祖的《牡丹亭》，故事的時代背景是設定在宋朝（960～1127），可是作者是明朝人（1368～1644）。明朝是個文化藝術很發達，政治卻極為混亂腐敗的王朝。

湯顯祖的《牡丹亭》是在西元一五九八年完成。此戲曲一完成，湯顯祖成了有史以來最重要的催「情」者——他寫的這齣戲不僅僅是講述男女間的情愛，也包括其他的深層感情。跟所有的優秀作家一樣，湯顯祖寫他知道的，可是那不等於當朝者樂意聽聞。所以劇作出版後沒多久，執掌審查的當權者便對此劇大加撻伐，認為它的政治色彩、色情意味太濃厚。所以很快的，實際登台演出時的戲碼，由原本的五十五場戲目，被縮短成無關緊要的八場。劇作本身所受到的待遇更是不堪，有些被刪減，有些被改寫，甚或整本篡改以符合社會的變遷。

在一六六五年——也就是本書故事拉開序幕的時候，《牡丹亭》這齣戲曲就已經有十三個版本在市面上流傳。如今，三百多年後的現在，中國境內的版本更多了，還譯成多種語文流傳到世界各地。熟悉《牡丹亭》這部戲曲的人，在閱讀這部小說的時候會發現，我為了讓沒聽過《牡丹亭》，甚至沒看過此劇的國際讀者——尤其是西方的讀者，能夠去蕪存菁地對這個故事有所理解，更動了一些情節及對白。我必須使用較少的篇幅，將該劇的精髓鋪陳開來，說出我要說的故事，並直指出當代中國少女的教育跟文學素養的重點。

到了一七八〇年的乾隆年間，衛道者將此著作列入傷風敗俗類的黑名單，不過直至一八六八年同治頒下聖旨，才將它正式列為禁書，並下令焚毀，同時禁演。

時代進步並不意味很多方面也有在進步。現今，審查制度依然當道。林肯中心要上演這齣戲時曾有延誤，就是因為中國政府發現該劇復原了幾場戲，於是限制劇團出境。

撇開故事內容講述到兩個沒有婚約的男女發生了性關係，以及有批評當代的朝廷外——這兩件事應該都很嚴重吧，我一直想——這部戲曲到底為什麼會令人如此芒刺在背？《牡丹亭》是中國歷史上第一本女主角——一個十六歲的少女——選擇自己走自己的路的小說。這是很驚世駭俗的，也很令人嚮往的。這部小說讓無法看到這齣戲、聽到這齣戲，卻有幸能見識文字內容的那些的大家閨秀們，在閨房之內、教育之外產生了極大的震撼。這部小說的震撼力，媲美十八世紀歌德《少年維特之煩惱》在歐洲掀起的波瀾，也可媲美《飄》出版時在美國造成的風潮。在中國，那些受過教育、年齡在十三到十六歲之間、父母都已經替她們定了親的富家千金，受此劇的影響特別大。她們不吃食物，一直消瘦，消瘦到最後死亡。她們希望自己死後能跟杜麗娘一樣，可以跟意中人結為連理。

沒人知道，那些害相思病的少女的死因，不過有可能是因為絕食。我們原本認為那就跟現代的厭食症一樣，可是並不是。無論是中世紀的聖女，還是中國十七世紀罹患相思病的少女，或是今日的青春期女孩，她們都想要擁有自主的空間。

學者魯道夫・貝爾（Rudolph Bell）認為那些少女的絕食，是把要跟外界——一個她們無法自主，起而反抗顯然一定會失敗的世界——的抗衡，轉成與自我的內在對抗。在那些正值花樣年華的少女一個接一個地死亡時，其中有許多人——包括本書中所提及的小青跟俞二娘——她們所留下的詩稿都被廣為流傳。

這些有才學的女性，無論是那些自絕於世的相思病少女，還是蕉園詩社的那些才女，並不是偶然出現，然後就後繼無人。十七世紀中葉的中國，正值朝代替換期，這時明朝衰敗，滿清自北方興起，他們一舉南下滅了大明王朝。這段朝代更迭的動亂期，有長達三十年的歲月，固有的體制是處於崩傾的狀態。

戰爭是無情的（滿清入關後，在揚州大開殺戒，屠殺了八萬多人。本書女主角的祖母即為被害者之一）。很多人因為戰禍失去了他們的家。遭到異族統治的漢人，被迫剃去頭頂的頭髮，更換他們固有的服飾。也是由於朝代更換的關係，原本以出仕獲取功名利祿為人生方向的士大夫階級，頓失目標，改以玩石、繪畫、寫詩、喝茶、焚香……等等作為生活重點。

至於社會地位原本就不高的婦女，遭遇就更不堪了。有的人被人論斤論兩地販賣，稍有姿色和才學的女孩子，就變成了「瘦馬」，不是墜入風塵，就是被賣給男人當小妾。

但也有較好命的女性。由於男人大開門戶，一向深入簡出的女人得以窺天。她們有的出版詩文集成了女作家，有的成了藝術家，有的成了史學家，有的則跑江湖成了冒險家。還有一些婦女呼朋引伴成立了社團——她們有可能是讀書會的開山鼻祖。她們一起寫詩，一起讀書，舉辦研討會。以「蕉園詩社」為例，她們的成員原本有五人，後來增加到七人。她們出門遊玩，寫下所見所聞，在當時那樣的舉止行為算是離經叛道，可是人們並不那樣看待，依然將她們視為是大家閨秀，是才女。正因為識字的女子逐漸增加，加以社會有其一定的繁榮水準，印刷、出版事業日益發達，再加上男子另有旁騖，女子這才得以綻露頭角。

不過不是所有的著作都是以快樂、愉悅為主。有的婦女，像本書女主角的母親在牆壁上留下傷心欲絕的詩句，便以它的悲痛情懷受到文人的好評，還有那些害了相思病的少女，一個人孤孤單單，為伊消得人憔悴地等待她們的夢中情人來跟他們相會，那種的悲情很能激發人的同情心。

《吳吳山三婦合評牡丹亭還魂記》中的三婦：陳同、談則、錢宜都是確有其人。陳同的閨名已經不可考，只知道她的閨名跟她的婆婆一樣，為了避諱，所以就改叫陳同。而她們二人的真正閨名都沒有流傳下來。我盡可能地保留她們三人故事的真實原貌。其真實度，真實到我自己都經常被她們跟我設定的小說人物之間的巧合性感到驚奇。比如說，真實的錢宜的確曾在梅樹下擺供桌祭祀《牡丹亭》的女主角杜麗娘，而杜麗娘當晚就託夢給她跟吳人，向他們致謝。不過據我所知，陳同不曾見過她的未婚夫，也沒有以一縷餓鬼回到人世過。

吳人希望他的三位夫人都為世所知，不過他也很小心地保護著她們，所以這本著作的書名才會取名為《吳吳山三婦合評牡丹亭還魂記》。吳山是吳人的字，而陳同、談則、錢宜的名字，只出現在序跟跋上。

此書一出受到很大的好評跟迴響，只是沒多久，讚美變成了批評，而且經常是質疑性的批評。他們認為吳人寵妻過火，失去應有的分寸，是個愚人。而那些長久以來對

《牡丹亭》大加撻伐的所謂衛道之士，倡議焚書，連三婦合評也包括在內，他們說這樣才能一勞永逸地毀掉那些不當的文字。他們說這本書會帶壞原本就愚昧不知世故的婦女，會使她們不受教。他們說，古人老早就說過女子無才才是德。他們提醒男人，要男人提醒他們的母親、姐妹、妻女，在女誡的四德中可沒有「著作」跟「自我」的項目。他們說讓女人讀書、寫字、畫畫、出門旅遊，只會讓她們反抗男人。正本清源，應該回到古禮，也就是要她們：統統回到沒有聲音的定位上。

之後，他們的言論又指向了《三婦合評》，他們說那三個婦道人家對於愛哪會有那麼深的見解？哪寫得出那麼深刻的評論？她們哪來那麼齊全的版本做比較？陳同、談則、錢宜最原始的原稿怎那麼剛好都被火燒掉了？那一燒，三人的筆跡就無法從而得到比較了。在錢宜寫的跋中，她說她在一棵梅樹下擺供桌祭拜她的兩個姐姐。又說她跟她的丈夫都夢到了杜麗娘。他們問：那是不是將現實與夢境混淆了？總之他們所得到的結論就是：那些批注其實是吳人自己寫的。面對這些質疑，吳人的回應是：「疑者自疑，信者自信。」

在另一方面，滿清在政權鞏固後，皇帝頒佈了好幾道諭令。宣佈雲雨之事只有夫妻能做，而且只能發乎情，止乎禮，並嚴禁所有的秘戲圖，這麼一來，女孩子出嫁時再也不知道洞房花燭夜會有什麼事情發生。皇帝還賜給當父親的人完全的管教權力——要是女兒作出了羞辱家族門楣的行為，他們可以將她碎屍萬段。於是，沒有多久，女人又被關回了狹小的區域，又回到了大門不出二門不邁的日子。這種日子一直到一九一二年清朝滅亡、中華民國誕生，才宣告結束。

二〇〇五年的五月，在我要去杭州查訪三婦的事蹟的前十天，接到了《More》雜誌的來電，他們問我可不可以為他們寫篇有關中國的文章。打來的時間真是巧。所以除了去杭州外，我還去了好幾個長江流域的水鄉（那幾個城鎮就好像時空停住了一般，它們的樣貌都保留了一、兩百年前的樣子）。也去了我這部小說中提到的幾個場景（像是龍井茶場，以及幾座寺廟）。也去了趟蘇州（那裡的園林天下聞名）。

那家雜誌社要我寫的是有關尋找害相思病的少女的文章。我必須承認那一點也不難，因為我一直都為她們所吸引、牽掛。只是接到了這樣的一篇邀稿，讓我往內觀想，去檢視我對寫作以及女性渴望——期盼被她們的丈夫、子女、老闆傾聽的渴望——的想法。對於「愛」，我也想了很多。全世界的女人，莫不希望擁有一份能讓我們向上提升的愛情，莫不希望擁有能讓我們能面對一切不如意的勇氣，幫助我們克服夢想的未遂、事業的不順心、人際關係的不美滿、失戀等等。男人也一樣。

致答謝詞

這是一本歷史小說。而如果不是有許多術業有專攻的學者的研究論述，我是無法寫出這部小說的。在地點跟時間上，我要感謝喬治・柏得（George E. Bird）、佛雷德瑞克・道格拉斯・柯勞（Frederick Douglas Cloud）、沙拉・葛林姆斯（Sara Grimes），以及喬治・凱斯（George Kates），是他們的專題論文跟導覽讓我對該時代的杭州與中國有所認識。

至於中國人的喪葬禮俗，以及中國人對於人死後的信仰、靈魂的去向、鬼魂的能力跟忌諱，還有冥婚（到今天仍有人跟鬼結婚），我要感謝麥隆・寇汗（Myron L. Cohen）、大衛・喬丹（David K. Jordan）、蘇珊・納奎恩（Susan Naquin）、史圖亞特・湯普森（Stuart E. Thompson）、詹姆士・華生（James L. Watson）、亞瑟・沃夫（Arthur P. Wolf），以及余國藩先生（Anthony C. Yu）；雖然盧公明（Justus Doolittle）跟倪維思（John Nevius）這兩位在十九世紀曾到過中國傳教的傳教士，部份的言論未免帶些高高在上的味道，但是不可諱言的，他們對當時的民風習俗跟信仰留下了詳實的記錄；勃克哈德特（V. R. Burkhardt）所著的《中國人的信念與風俗》（Chinese Creeds and Customs）在上述這幾方面的論述，仍是非常實用；而馬修・梭莫（Matthew H. Sommer）的《中國末代王朝的性，法律與社會》（Sex, Law and Society in Late Imperial China），對於清代的人在行房時的規矩，以及男女的權利有很通盤的描述。

司徒琳（Lynn A. Struve）對明末清初那段期間的人物頗有鑽研，她並且翻譯了那時代的人物傳記索引。我這部小說即採用了其中兩則故事作為題材——一個是劉三秀，這位女子被清兵俘虜後，曾轉過好幾手，最後卻搖身一變變成多鐸親王的大妃；另一個則是令人不忍卒睹、讀了讓人毛骨悚然的《揚州十日記》。這篇紀事是出自王秀楚本人的經歷。他跟他的家人在經歷那場驚心動魄、冷酷無情的大屠殺時，同時也經歷了人性在面對生死關口的各種掙扎，他們有的是自願為家人犧牲，有的則是迫於無奈，也有的人是因為認為自己較不值得活著，而選擇就義。（滿清屠城為十日，但在這部小說中，我將十日改為五日。）

近年，出了不少鑽研中國女性的學者。像是專攻宋代女性的派翠西亞・布克雷・伊伯烈（Patricia Buckley Ebrey）、專攻十八世紀中國女性的教育的蘇珊・曼恩（Susan Mann），以及專攻晚清時期寫詠懷詩的女性的莫琳・羅勃生（Maureen Robertson），還有研究羽化登仙的曇陽子的安・華特勒（Ann Waltner）跟專門研究小青的傳奇的艾琳・威德莫（Ellen Widmer）。最近我在《Shanghai Tattler》這本雜誌上，看到一篇名為《好太太的二十項必備條件》的文章，這篇寫於二〇〇五年的文章內容讓我既好笑又警惕，因為那上面提到的好幾項分明是在建議想要成為現代好太太的時代女性，該去翻閱小說，學學十七世紀的女子怎麼取悅她們的丈夫。

對纏足有興趣的人，可以去看比弗利・傑克生（Beverley Jackson）的《金縷鞋》（Splendid Slippers），以及高彥頤（Dorothy Ko）的《灰姑娘的玻璃鞋》（Cinderella's Slippers）及《步步生蓮》（Every step a lotus）。高博士對中國十七世紀婦女的生活知之甚詳，對三婦更是如數家珍，其學識的淵博與專精，著實令人嘆服。

白之（Cyril Birch）所翻譯的全本《牡丹亭》是部經典之作，在此我要感謝出版者印第安那大學讓我使用他優美的文句。就在我這本小說的寫作進入最後一章的時候，我有幸看到白先勇先生製作、在加州上演、長達九小時的青春版牡丹亭。為了能更深入的了解《牡丹亭》這部戲曲，我麻煩呂蒂娜（Tina Lu）跟凱瑟琳・史瓦提克（Catherine Swatek）良多。

芝加哥大學的茱蒂斯・聶林（Judith Zeitlin）可以說是我這部小說的神仙教母。我們用電子信件聯繫，透過電子郵件談論《吳吳山三婦合評牡丹亭還魂記》。她推薦我看她對於中國女鬼、《吳吳山三婦合評牡丹亭還魂記》等等所寫的研討專文。我有幸跟聶林博士約在芝加哥相見，那次相談甚歡，我們聊到相思病，聊到鬼，聊到女性的寫作。那之後不久，我收到一包郵件，是她寄的。裡面是原版《吳吳山三婦合評牡丹亭還魂記》的影本。聶林博士天性慷慨、熱心，從不吝惜將她的專業知識分享給人，或是找人來幫我的忙。

翻譯花了很大的功夫。《吳吳山三婦合評牡丹亭還魂記》中陳同死前的詩稿、三婦都寫了些什麼、吳人的生平記事、錢宜做過一個有關麗娘的夢、她對那段夢境多所描述，另外還有當代的女作家為該書寫了序跟跋……等等，都需要翻譯。我使用了高彥頤、茱蒂斯・聶林的翻譯，也參考了陳京梅（譯音，Jingmei Chen）的博士論文：《患了相思病的少女的夢想世界：女性對《牡丹亭》的迴響之研究》（The Dream World of Love-Sick Maidens: A Study of Women's responses to the 'The Peony Pavilion'）。還有威特・艾迪馬（Wilt

Idema）跟畢他・格蘭特（Beata Grant）合著的《彤管》（Red Brush），這本書厚達九百多頁，裡面蒐羅了中國古代婦女的寫作。

除了運用《牡丹亭》這部戲曲作為故事的靈感來源外，我還要感謝上列諸位學者的著述，並針對那個年代許多女性詩詞著作所下的翻譯功夫。就跟湯顯祖撰寫《牡丹亭》時引用了不少詩人的作品一樣，為了向那些婦女表示敬意，我也引用了一些她們的作品。我這部《牡丹還魂記》是一本虛構的小說，我希望我有捕捉到三婦的精神——我所引用自《吳吳山三婦合評牡丹亭還魂記》一書的資料，我做了些異動，而內容要是有所錯誤，純屬我個人之過。

感謝諸位編輯。感謝攝影師潔西卡・安多拉（Jessica Antola）與她的助手珍妮芙・魏切（Jennifer Witcher），在我赴中國蒐集資料時跟著我東奔西跑；感謝王堅（譯音，Wang Jian）、唐東尼（譯音，Tony Tong）當我的嚮導跟翻譯；謝謝保羅・摩爾（Paul Moore）不辭辛勞地幫我安排差旅行程，我還要特別感謝閔安琪，謝謝她安排我跟崑曲名伶茅威濤見面。茅女士示範了崑曲的唱工，讓我領略了其中的美。

謝謝劉愛梅（譯音，Aimee Liu），告訴我有關厭食症的知識；謝謝巴芙・梅耶（Buf Meyer）提供我祖先可能會有的情緒的點子，謝謝我的編審珍奈・巴克（Janet Baker）；謝謝克利斯・陳德勒（Chris Chandler）總是這麼有耐心，還有細心地查核聯絡名單；還有謝謝艾曼達・史崔克（Amanda Strick），謝謝她的熱愛中國文學。

感謝出版社所有的相關人員，謝謝你們。謝謝珊蒂・狄克斯崔拉（Sandy Dijkstra），這些年來能有妳當我的經紀人，我真是幸運。妳是最好的。

最後，我要謝謝我的家人的支持。兒子，謝謝你們總是替我打氣；還有，媽，謝謝妳總是鼓勵我，要我對自己有信心；還有，妹，謝謝妳的支持，妳真好；我還要謝謝我的先生，謝謝他總是提點我，讓我往更深處思考，也謝謝他的體諒跟包容我的老是不在他的身邊。對他，我要說，這一切終將永永遠遠……。

《譯後感言》

馮麗莎這部《牡丹還魂記》（Peony in Love）是以《吳吳山三婦合評牡丹亭還魂記》的故事背景作為題材所寫的小說。

湯顯祖所寫的《牡丹亭》，故事是敘述宋代一名正值青春、家教甚嚴的太守之女杜麗娘，一日作夢，夢見與一柳姓書生在後花園的牡丹亭邂逅並兩情繾綣，醒後相思成疾，在自繪了一幅畫像不久便香消玉殞。杜家依其遺言，將她葬在花園的梅樹下，並將後花園的那一院落劃出，設立庵堂安置麗娘的神位。死後的杜麗娘到了幽冥，由於第十殿閻羅被玉皇大帝裁撤，無閻王審判，直到三年後新判官到任，才從枉死城被調出來審判。閻羅判官發現她的死因離奇，調來花神、姻緣簿以及生死簿查察案情，確認麗娘陽壽未盡，且跟新科狀元柳夢梅有宿世姻緣，兩人在紅梅觀相會，先幽歡後成婚配，於是放她出枉死城回陽間跟柳夢梅續緣，並命花神看守她的屍身不得讓屍身腐壞。

人死三年還能復活，這樣的故事或許荒誕，但作者的本意原本就是想凸顯愛情的魅力跟魔力，更想闡明真情真愛若是達極致，人可以死而復生。但由於是在封建時代，這樣一部等於是在鼓勵少女不要聽任父母之命的婚姻安排，要追求自己的理想跟幸福的書，可以想像這本譽為「玉茗堂四夢」之最的戲曲所造成的轟動跟衝擊。沈德符的《顧曲雜言》在評《牡丹亭》時說：「《牡丹亭》一出，便家傳戶誦，更使《西廂記》幾乎減價。」

有沒有減價，身處現代的我們無從得知，可以知道的是，它的盛況肯定比瓊瑤在這數十年間於兩岸造成的風潮跟現象有過之而無不及。我記得我第一次要買瓊瑤的小說時，書店的老板娘怎麼說都不肯賣《煙雨濛濛》、《窗外》、《幾度夕陽紅》、《翦翦風》、《三朵花》、《紫貝殼》……等悲劇收場的書給我，只極力推薦《秋歌》。她一直強調那本小說最好看。現在想來，那位當時看起來有徐娘年紀的老板娘是個非常有愛心的人，肯定是墨子的門徒，不願意青春少女染上灰色氣息。

《牡丹亭》的曲詞極美，對白令人拍案驚奇，內容豐富、架構扎實、情節高潮迭起，從出版後就頗受各界的好評，也受梨園的喜愛，又由於詞不好唱，當時格律派的人沈璟、呂玉繩，乃至後來的臧晉叔、馮夢龍都有刪改，衍生了許多版本，而湯顯祖本人很反對別人刪改他的著作。他說：「為了唱律，即使是增減一、二字，也都與他原本的意境大相逕庭。」。《牡丹還魂記》中的女主角陳牡丹便是因為迷上《牡丹亭》蒐集了十來個版本，並逐一訂正──不，應該說是《三婦評本》始作者陳氏。之所以稱她為陳氏，是因為她原本的閨名已經不可考，只知道為了避未來婆婆的名諱，她的父親將她的名字改為「同」。

《吳吳山三婦合評牡丹亭還魂記》被譽為世界上第一本女性批評文學。但更傳奇性的是這本書的產生始末。它不是一個女子的書評著述，而是三個女人，三個共嫁一夫的女人寫的書評。她們沒有一個是小妾，全都是吳人的妻子，而且都是在十六、七歲的時候嫁給他。吳人，字吳山，文才過人，當時被譽為「西泠三子」之一，他的第一任妻子陳同，是個才女，但在臨出嫁的前幾天病逝。隔了數年，吳人娶談則為妻。婚後三年，談則亡故。十多年後，吳人再婚，娶錢宜為妻。不僅吳人本人酷愛《牡丹亭》，陳同、談則、錢宜三個女人也都愛極《牡丹亭》，都寫了眉批。錢宜為了要讓其他兩個女人能在歷史的洪流中留下她們的才名，拿出了陪嫁的首飾典當變賣作為刻板印刷經費，還請當時名噪一時的蕉園詩社的眾才女寫跋。吳人本人也概述出版緣起的始末，這才有了這本被譽為世界上第一本女性文學批評的問世。

馮麗莎以她豐富的想像力，跟細密的考究功夫，寫出了這本《牡丹還魂記》，將三百多年前的時空介紹給現代人。隨著故事的情節，讀者可以悠遊《牡丹亭》、可以一窺高彥頤這位外國女子對中國古代婦女研究，透過麗莎的筆，描繪明末清初江南的才女文化所展現的一角。讀者更可以從麗莎在她所著《牡丹還魂記》小說的跋裡，閱讀到《牡丹亭》對當時名門閨秀、才女的種種影響，乃至如何受到保守勢力的圍剿。

在我翻譯這部小說的期間，我碰到不少難題。有屬於文字、文辭的，有屬於習俗的，有屬於時態的。在小說中，除引用自《牡丹亭》、《三婦評本》可以找到的原文，我就盡量將前後的原文一並附上，以供讀者做參考，至於裡面出自女主角、女主角之母、男主角的詩詞，我盡量按照原意翻譯，但是有時為了韻腳跟文字對仗便與原作英文有所差距，在此先告個罪。我曾寫伊媚兒給馮麗莎小姐向她請教陳家書房的那副對聯，及書中一關鍵性的詩詞的原文。麗莎很快即回信，告訴我她無法提供原文，她說那副對聯是她在參訪蘇州一私人園林時有人將書房裡的一幅對聯翻譯給她聽，她並沒有記下原文。至於女主角之母所寫的那首詩詞，是她的創作。於是我將我的譯稿跟意思告訴麗莎，說我大概會怎麼翻譯，徵求她的同意。等待的時間很是忐忑，因為之後的這封信我是在元月十三日寄出，卻沒有像先前的那封在隔天就得到回音，而是一直到十九日才收到回信。麗莎一開頭就先說抱歉，說她遲了這麼多天才回信是因為她這些天都不在家，去蒐集她新書的資料了。她說她很高興這本小說是由我來翻譯，客氣的稱讚我這麼用心（汗顏啊）。

在有關祭祀的習俗、冥界的傳說方面，我得謝謝好友君玲跟她的先生奇旺的幫忙蒐集資料跟解說。在小說裡，人死了以後，神主牌位入了祠就成了祖先。不過奇旺說，人死了以後，起碼要過一年才會真的感覺到自己已經往生，也才會知道自己已經升任祖先輩。

根據佛經，六道中的餓鬼的樣子是形容枯槁，面貌醜惡，頭髮散亂，爪尖長利，腹大如山，喉細如針，面上噴火。他們常年處於飢餓狀態，可是別說食物無法吞，即使水也沒法下嚥，而且常為飢火所燒，縱有食物，一入口裡便成火炭。從形容上看，餓鬼的長相應該跟魔戒中的咕嚕差不多。

在《牡丹還魂記》中，女主角陳牡丹死後仍一心一意地想著吳人，想著他會娶她，會因為愛情圓滿而復生，絲毫不自知她已因執著、貪念墜餓鬼道，淪為餓鬼。讓一個如花美貌、才情敏捷的少女只因為一心想跟意中人得成眷屬，又因心知在有婚約的情況下那是永不可能的事，以致一步步走向自絕的路，命運對她已屬殘忍，更殘忍的是，在她臨終前才曉得她的意中人即是跟她有婚約的人。而彷彿那還不夠慘，死後還得淪入餓鬼道。作者的安排完全符合輪迴傳說，不過麗莎並沒有讓牡丹的外貌也變成餓鬼的樣子，反而讓見得到牡丹的人，都只看到她的美麗。但是，話又說回來，佛經也有說，心中有佛，自然相貌圓滿。

中國長久以來一直是個男尊女卑的社會，種種的禁錮令女子千百年間不但行動受到限制，思想也受到箝制，自己的命運也是掌握在別人的手裡，難怪那些才女們都要大嘆命如一葉。幸好，時代永遠在進步，人們也永遠都在追求價值的提升。只要有希望，努力的經營，付出的心血，永遠能得到回饋。

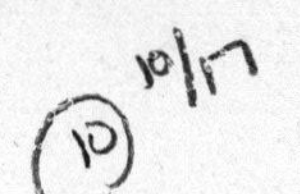